清代诗文研究丛书

丛书主编　杜桂萍

国家出版基金项目
NATIONAL PUBLICATION FOUNDATION

方象瑛研究

王成　著

中国社会科学出版社

图书在版编目(CIP)数据

方象瑛研究 / 王成著 . —北京：中国社会科学出版社，2023.8
（清代诗文研究丛书）
ISBN 978-7-5227-2916-9

Ⅰ.①方… Ⅱ.①王… Ⅲ.①方象瑛—文学研究
Ⅳ.①I206.49

中国国家版本馆 CIP 数据核字（2023）第 242619 号

出 版 人	赵剑英
责任编辑	王丽媛
责任校对	贾森茸
责任印制	王　超

出　　版	中国社会科学出版社
社　　址	北京鼓楼西大街甲 158 号
邮　　编	100720
网　　址	http://www.csspw.cn
发 行 部	010-84083685
门 市 部	010-84029450
经　　销	新华书店及其他书店
印　　刷	北京明恒达印务有限公司
装　　订	廊坊市广阳区广增装订厂
版　　次	2023 年 8 月第 1 版
印　　次	2023 年 8 月第 1 次印刷
开　　本	710×1000　1/16
印　　张	21.5
字　　数	310 千字
定　　价	109.00 元

凡购买中国社会科学出版社图书，如有质量问题请与本社营销中心联系调换
电话：010-84083683
版权所有　侵权必究

现状与反思：
清代诗文研究的学术进境
（代总序）

杜桂萍

  1999 年，清代诗文研究还是"一个期待关注的学术领域"①，和明代诗文一样，亟待走出"冷落寂寞"的困境；至 2011 年，"明清诗文研究由冷趋热的发展过程非常明显"②，清代诗文研究涉及之内容更为宽广、理解之视域更为开放、涉及之方法也更为多元。如今，明清诗文研究已然成为古代文学研究的一个新的学术生长点，而清代诗文与明代诗文研究在方法、内容乃至旨趣诸方面均有所不同，独有自己的境界、格局和热闹、繁荣之处，取得的成绩也自不待言。无论是用科研项目、研究论著或从业人数等来评估，都足以验证这个结论，而所谓的作家、作品、地域性、家族性乃至总集、别集的研究等，皆有深浅不一的留痕之著，一些可誉为翘楚之作的学术成果则为研究者们不断提及。这其中，爬梳文献的工作尤其轰轰烈烈，新著频出，引人关注。吴承学教授说："经过七十年的发展，近年来的明清诗文研究可谓跨越学科、众体兼备，几乎是全方位、无死角地覆盖了明清诗文的各个方面。"③ 对于清代诗文的研究而言，大体

---

  ① 吴承学、曹虹、蒋寅：《一个期待关注的学术领域——明清诗文研究三人谈》，《文学遗产》1999 年第 4 期。
  ② 周明初：《走出冷落的明清诗文研究——近十年来明清诗文研究述评》，《文学遗产》2011 年第 6 期。
  ③ 吴承学：《明清诗文研究七十年》，《文学遗产》2019 年第 5 期。

也是如此。回首百廿年之学术演进,反观二十年来之研究状态,促使清代诗文学术进境进一步打开,应是当下反思的策略性指向,即不仅是如何理解研究现状的问题,也关涉研究主体知识、素养和理念优化和建构的问题。袁世硕先生曾就人文学者的知识构成如是表述:"文科各专业的知识结构基本上是由三种性质的因素组成的:一是理论性的,二是专业知识性的,三是工具手段性的。缺乏任何一种因素都是不行的,但是,在整个的知识结构中,理论因素是带有方向性、最有活力的因素。因此,我认为从事文学、历史等社会科学研究的人应当重视学习哲学,提高理论素养,形成科学的思维方法。"① 以此来反思清代诗文的研究,是一个颇为理想的展开起点与思考路径。

一

清代文化中的实证学风,带给一代诗文以独特的性征,促成其史料生成之初就具有前代文学文献难以比拟的完善性、丰富性和总结性,这给当下的清代诗文整理和研究带来难得的机遇,促使其率先彰显出重要的文学史、学术史价值。史料繁多,地上、地下文物时常被发现,公、私收藏之什不断得到公布,让研究者常常产生无所措手足之感,何况还有大量的民间、海外收藏有待于进一步确认与挖掘。这带来了机遇和热情,也不免遭遇困惑与焦虑。顾此而失彼,甚至于不经意间就可能陷入材料的裹挟中,甚而忽略了本来处于进行中的历史梳理,抑或文本阐释工作。史料的堆砌和复制现象曾经饱受诟病,目前依然构成一种"顽疾",误读和错判也时常可见,甚至有过度阐释、强制解说等现象。清代诗文研究的展开过程中,不明所以的问题可以找到很多原因,来自文献的"焦虑"是其中一个重点。这当然不是清代诗文研究的初衷,却往往构成了学术过程的直接结果。张伯伟教授说:"我们的确在材料的挖掘、整理方

---

① 袁世硕:《治学经验谈——问题意识、唯物史观和走向理论》,《中国研究生》2018 年第 2 期。

面取得了很好的成绩，而且还应该继续，但如果在学术理念上，把文献的网罗、考据认作学术研究的最高追求，回避、放弃学术理念的更新和研究方法的探索，那么，我们的一些看似辉煌的研究业绩，就很可能仅仅是'没有灵魂的卓越'。"① 是的，清代诗文研究应该追求"灵魂的卓越"。

　　文献类型的丰富多元，或云史料形态的多样化，其实是清代诗文研究的独家偏得，如今竟然成就了一种独特性困境，也是我们始料不及。或者来自对于史料存在认知之不足，或者忽略了史料新特征的探求，或者风云变幻的宏观时代遮蔽了有关史料知识谱系的思考。的确，我们要面对如同以往的一般性史料，如别集、总集、笔记等，又有不同于以往的图像、碑刻乃至口述史料等；尤其是，这一切至清代已经呈现了更为复杂的文献样态，需细致甄别、厘定，而家谱、方志、日记等史料因为无比繁复甚而有时跻身于文献结构中心的重要位置。如研究清代行旅诗专题，各类方志中的搜获即可构成一类独立的景观，这与彼时文人喜欢出游、偏爱游览名胜古迹的行迹特征与创作习惯显然关系密切。在面对大量的地域性文人时，有时地方文献如乡镇志、乡镇诗文集都可能发挥决定性作用；而对类型丰富的年谱史料的特别关注，往往形成对人物关系的更具体、细致的解读，促成一些重要作家的别致理解。笔者对乾嘉时期苏州诗人徐爔生平及创作的研究即深得此益。就徐爔与著名诗人袁枚的关系而言，一贯不喜欢听戏读曲的袁枚几次为其戏曲作品《写心杂剧》题词，固然与徐爔之于当世名人的有意攀附有关，但袁枚基于生存、交际诉求进入戏曲文本阅读的经验，几乎改变了他的戏曲观念，一度产生了创作的冲动。② 题跋、札记、日记等史料的大量保存，为文人心灵世界的探究提供了便利，张剑教授立足于近代丰富的日记史料遗存所进行的思考，揭示了日常生活场景中普通文人的

---

① 张伯伟：《现代学术史中的"教外别传"——陈寅恪"以文证史"法新探》，《文学评论》2017年第3期。
② 杜桂萍：《戏曲家徐爔生平及创作新考》，《苏州大学学报》（哲学社会科学版）2007年第3期。

生活与创作情况，并于这些不易面世的文字缝隙处发现了生命史、心态史的丰富信息，为理解个体与时代的真实关系提供了新的维度和视角。① 显然，在面对具体的研究对象与问题时，史料的一般性认知与民间遗存特征有时甚至需要一种轩轾乃至颠覆传统认知的错位式理解。只有学术理念的不断优化，才可能冷静面对、正确处理这些来自史料的各种复杂性，并借助科学的分析方法和理性、淡定的心态，在条分缕析中寻找脉络、发现意义。知其然又能知其所以然，其中之困难重重，实在不亚于行进在"山阴道上"；不能说没有"山重水复"之后的"柳暗花明"，但无功而返、无能为力乃至困顿不堪等，也是必须面对之现实。

　　清代诗文研究过程中的困惑、拘囿或者也是其魅惑所在，一种难以索解的吸引力法则似乎释放着一种能量，引领并吸纳我们：及时占有那些似乎触手可及之存在的获得感与快感，成为一个富有时代性的学术症候。近二十年来，清代诗文研究的队伍扩充很快，从事其他研究的学者转入其中，为这一领域的突破性进展做出了重要贡献，著名学者如蒋寅、罗时进教授等由"唐"入"清"，带来了清代诗文研究崛起所稀缺的理念与经验；如今青年学者参与耕耘的热情更令人叹为观止："明清诗文的研究者主要集中在三十岁至五十岁之间，很多博士硕士研究生加入到元明清诗文研究的行列中，新生代学人已经成为元明清诗文研究的生力军，越来越多地涉足明清诗文的研究。"② 而相关研究成果更是以几何倍数在增长，涉及的话题已呈现出穷尽这一领域各个角落的态势。这一切，首先得益于清代诗文及其相关领域深厚的史料宝藏。各类史料的及时参与和独特观照，为清代诗文研究提供了多元、开阔的视野，为真正打开文本空间、发现价值和意义提供了更多可能："每一条史料的发掘背后几乎都有一个故事，这也是一部历史，充满血和泪，联结着人的活的

---

① 详见张剑《华裘之蚤——晚清高官的日常烦恼》一书相关论析，中华书局2020年版。
② 石雷：《明清诗文研究的观念、方法和格局漫谈》，《文学遗产》2011年第3期。

生命。"① 每当这个时刻，发现历史及其隐于漫漶尘埃中的那些惊心动魄，尤其那可能揭示"你"作为一种本质性存在的真正意义时，文学的价值也随之生成、呈现，成功的喜悦和收获的满足感一定无以复加。蒋寅教授说："明清两代丰富的文献材料为真正进入文学史过程的研究提供了可能。"② 21 世纪以来清代诗文研究的多维展开已然证明了这一判断。只有对"过程"有了足够的理解，才可能发现"内在层面的重大变革或寓于平静的文学时代，而喧嚣的时代虽花样百出，底层或全无波澜"③ 的真正内涵，而以此来理解清代诗文构成的那个似近实远的文学现实，实在是最恰切不过。譬如乾嘉时期的诗文，创作人群和作品数量何其巨大，文本形态又何其繁复，以"轰轰烈烈"形容这个诗文"盛世"并非不当；然深入其过程、揆诸其肌理，就会洞见这"轰轰烈烈"的底部、另一面，那些可被视为"波澜"的因子实在难以捕捉，其潜隐着、蛰伏着，甚至可以"隐秘"称之："彼时一般文人的笔下，似乎不易体察到来自个体心灵深处的压迫感、窒息感，审美的'乏力'让'我'的声音很难化为有力的'呻吟'穿透文本，刺破云霭厚重的时代天空。即便袁枚、赵翼、蒋士铨、张问陶等讲求性灵创作的诗人，现实赋予他们的创作动力和审美激情都只能或转入道德激情，或转入世俗闲情。"④ 如是，过程视角下的面面观，可能让我们深入到历史的褶皱处，撷出样态迥异的不同存在，借助历史与逻辑相统一的基本方法，廓清其表里关系，解释文学现象的生成机理，进而揭示文学史发展的多样性、复杂性。

作为特殊史料构成的文学文本也应得到特别关注。由于对清代诗文创作成绩的低估，认为清代诗文作品不如前代（唐宋），进而忽

---

① 钱理群：《重视史料的"独立准备"》，《中国现代文学研究丛刊》2004 年第 3 期。
② 蒋寅：《进入"过程"的文学史研究》，《王渔洋与康熙诗坛》，"导论"，中国社会科学出版社 2001 年版，第 2 页。
③ 蒋寅：《进入"过程"的文学史研究》，《王渔洋与康熙诗坛》，"导论"，中国社会科学出版社 2001 年版，第 3 页。
④ 杜桂萍：《重写与回溯：清代文学创作中的"明代"想象》，《中国社会科学报》2022 年 9 月 5 日第 4 版。

略文本细读的现象依旧十分普遍。文学作品在本时期具有更加丰沛的史料意义，已毋庸讳言，大量副文本的存在尤其可以强化这样的认知。实际上，将诗文作品置放于史料编织的"共时性结构"中给予观照，可以为知人论世的研究传统提供很多生动的个案。如陆林教授借助金圣叹的一首诗歌及其他史料的互文，细致考证出其生命结束之前的一次朋友聚会，不仅诗歌创作的时间、地点和参加聚会者的姓名等十分精确，还明晰推断出聚会的前因后果、来龙去脉，尤其是细掘出"哭庙案"发生后即金圣叹生命后期的心态、思想、交往方式等，还原了一次具有特殊意义的人生"欢会"，金圣叹的人格风采亦栩栩如生。① 很多时候，文学文本被视为与外部世界、与读者接受关系密切的开放式而不是封闭性结构，这是值得赞同之处，但到底如何发现与理解其审美性内容，也是研究清代诗文必须直面的关键性问题。蒋寅教授《生活在别处——清诗的写作困境及其应对策略》从全新的视角理解清代文人的创作努力，极富启发意义，值得特别关注。② 从美学、哲学、文化学或心理学等理论维度进入文本，对清代诗文进行意义阐发，是对作为一种古代文化"不可再生的资源"的价值发现，也是一种基于当代文化的审美建构过程。事实上，清代文人从没有放弃文学创作的审美追求，对审美性的有意忽略恰恰是当下清代诗文研究趋于历史化的原因之一。而对文学审美性选择性忽略的研究现状，也从一个侧面说明基础研究仍然处于缺位的状态。只有具有方法论意义的理论介入，才可能将史料与文本建构为一个完整的意义世界，形成对其隐含的各种审美普遍性的揭示、论证和判断。

的确，我们从未如今天一样如此全面、深切地走进清代诗文的世界，考察其历史境遇，借助政治、地域、家族、作家等维度的研究促其"重返历史现场"，或使其禀有"重返历史现场"的资质和

---

① 陆林：《生命中的最后一次欢会——金圣叹晚期事迹探微》，《南京师大学报》（社会科学版）2000 年第 6 期。
② 蒋寅：《生活在别处——清诗的写作困境及其应对策略》，《文学评论》2020 年第 5 期。

能力；我们由此发现了清代诗文带来的纷繁的、具体的和独特的文学现象，索解之，阐释之，并以同情之理解的眼光看待置身其中的大大小小的"人"，小心地行使着如何选择、怎样创作、为什么评价等权力。当然，我们也不应放弃探索深厚的文化传统的塑造之力以及清人对有关文学艺术经验的建构与解构；人文研究所应禀赋的主体价值判断，不应因缺乏澄明的理论话语而逐渐"晦暗"。微妙地蛰伏于清代诗文及其相关史料中的那个灵魂性的存在，将因话语方式的丰富、凸显而成就其当代学术研究的意义。丰富的学术话题，将日益彰显清代诗文研究独有的深度与厚度，以及超越其他时代文学的总结性、综合性的优势，而多视角、跨学科的逐渐深入与多元切入，将伴随着继续"走进"的过程而让清代诗文呈现为一种更加丰盈的学术现实。

二

葛兆光教授说："我们做历史叙述时，过去存在的遗迹、文献、传说、故事等等，始终制约着我们不要胡说八道。"① 其实，将"历史叙述"引进文学研究的话语结构中，即借助史料阐释已然发生的文学现象时，也需要有一种力量"制约着我们不要胡说八道"，那应该是思想的力量。我们应该追求有思想的学术。古人云"文章且须放荡"②，既是内容的，也是理念的，而从理念的维度出发，最重要者毫无疑问是方法论的变革。在史料梳理、考订的基础上回应文学现象的发生以及原因，辨章学术，考镜源流，揭示其中各种学术观点和思想的产生、演变及渊源关系，又能逻辑地提取问题、评价其生成的原因，借助准确的话语阐释发明其在文学史构成中的地位和价值，这是清代诗文研究面临的更重要的任务。我们并不急于提出

---

① 葛兆光：《思想史研究课堂讲录：视野、角度与方法》，生活·读书·新知三联书店2005年版，第94页。

② （梁）萧纲：《诫当阳公大心书》，（清）严可均辑《全梁文》卷十一，商务印书馆1999年版，第113页。

有关人类命运的思考，但人文学科的思想引领确实需要这样一个终极指向；而在当下，只有基于方法论变革的理论性思考，才能推动清代诗文研究学术境界的拓展和学术品格的提升。将理论、批评与史料"相互包容"并纳入对文学现象的整体评价，是当代学术史视野下一项涵盖面甚广的系统性工程。

近年，当代文学学科一直在促进学科历史化上进行讨论，古代文学则因为过于历史化而需认真面对新的问题。史料在学科体系中的基础地位，已然成为一种传统，然如何实现史料、批评、理论的三位一体，进而推动古代文学研究理论品格的提升，是人文学科研究应该担负的历史责任。清代诗文研究的水平提升和进境拓展尤其需要这一维度的关切。常见史料与稀见史料的辨别和运用、各类型史料的边界与关系、因主客观因素而形成的认知歧义等比比皆在的问题，皆需要理论性话语的广泛介入。在某种意义上，研究主体理论素养的提升是史料建设工作的根基。清代诗文别集的整理之所以提出"深度整理"的原则，也是基于这样一种理念所进行的学术选择。仅仅视别集整理工作为通常的版本校勘、一般性的句读处理，忽略对其所应具备之学理性内涵的发掘，会形成对别集整理工作的简单化理解。可以说，这种不够科学的态度是别集整理质量低下、粗制滥造之作频出的重要原因。钱理群教授说："文献学是具有发动学术的意义的，不应该将其视为前学术阶段的工作。"[①] 即是对文献研究深邃的理论内涵的强调。将史料及其处理方式视为文献学的重要方法，是专业性、学术性的表达，也是具有鲜明理论意义的方法论原则。在史料所提供的纵横坐标中为一个人、一件事或一种现象寻找历史定位，在史实还原中完成对真相的探索是必要的，然将其置放于一个完整的意义链中，展示或发现其价值和影响，才能促成真正有思想的学术。随意取舍史料，不仅容易被史料遮蔽了眼睛，难以捕捉到一些重要的细节和关键性的线索，也无法发现与阐释那

---

① 王风：《现代文本的文献学问题——有关〈废名集〉整理的文与言》，《中国现代文学研究丛刊》2004 年第 3 期。

些具有重要价值的论题，无法将文学问题、事实、现象置于与之共生的背景、语境进行长时段考察，而揭示其人文意涵、文学史价值，更可能是一句大而无当的空话。注入了价值判断的史料才能进入文学史过程，而具备了理论思考的研究方法才能为诸多价值判断提供观念、方式和视野。

当然，我们也应该避免将一些理论性话语变成某些理论所统摄的"材料"，将史料的文献学研究真正转变为有意味、有生命意识和人文担当的理论研究，这是古代文史研究中尤其需要关切的方法论问题。清代诗文研究中，普遍存在似"唐"类"宋"类的批评性话语，以"唐""宋"论说诗文创作之特色与成就已然体现为一种习见思维。如钱锺书先生之所论，甚为学者瞩目："夫人禀性，各有偏至。发为声诗，高明者近唐，沉潜者近宋，有不期而然者，故自宋以来，历元、明、清，才人辈出，而所作不能出唐宋之范围，皆可分唐宋之畛域。"① 诗分唐宋，尊唐或佞宋，助力于唐宋诗文的发现及其经典化，也打造了清代诗文演进中最有标志性的批评话语。唐宋诗文成就之高，以之为标的本无可厚非，然清代诗文的存在感、价值呈现度究竟如何呢？揆诸相关研究成果，或不免有所失望。唐宋，作为考察清代诗文时一种颇具理想性的话语方式，其旨趣不仅在乎其自身的理论内涵、价值揭示，更应助力于清代诗文系统化理论形态的发现与完成，而这样的自觉尚未形成，显然是相关理论话语缺乏阐释力量的反映。"酷似""相似"等词语弥漫于清代诗文评点和批评中，作为一种意义建构方式，其内蕴的文学思想和批评观念有时竟如此模糊、含混，固然有传统文论行文偏于感性的影响，也昭示出有关清代诗文创作的批评姿态，即其与唐宋之高峰地位永远不可能相提并论。我们并不纠结孰高孰低的评价，清代诗文的独特性和价值定位却是不能不回答的学术问题。作为清代诗文批评的方法论，"唐""宋"应该成为富含内质的话语方式，以之进行相关理论思考时，应关注清人相关概念使用的个性色彩，或修辞色彩，

---

① 钱锺书：《谈艺录》，生活·读书·新知三联书店2001年版，第3页。

创作或理论审视的历史语境,甚至私人化的意义指向,不能强人就我,或过度阐释。整合碎片化的话语成就一个整体性的理论体系内容,对古代文论中的理论性话语给予现代性扬弃,是清代诗文研究理论性提升不可或缺的路径。

进入21世纪的清代诗文研究,早已摆脱简单套用一般社会历史研究诸方法的时代,有意识地探索多学科方法的交叉并用,日益理性地针对史料和时代性话题选用最具科学性的研究方法,已成为观念性共识,并因学科之间的贯通彰显了方法的张力与活力。在具体话题的选取和展开中,来自西方的历史主义、接受美学、结构主义、原型批评等方法,成为与中国传统的知人论世等观照原则融通互助的方法,西方话语的生成语境与中国经验之间的独特关系得到了充分的尊重与关注;以往经常出现的悖逆、违和之现象已得到明显的改善,而对中国传统文论话语的重视也给予文学研究以足够的理论自信。借助于中西经验和多学科方法论的审视,清代诗文丰富的学术内涵正得到有效发现和阐释。但是,如何保持文学研究的独立性和学术旨归,尚需要进一步的深入探讨。如交叉研究方法,已逐渐成为一个广泛使用的方法,在面对复杂的文学现象时,集中、专门、精准地发挥其特点,调动其功能,往往能取得事半功倍的效果。新文科倡导所带来的方法论思考,于人文学科的融合与创新质素的强调亦提供了重要的思维方式和阐释路径。在守正创新的前提下,借助不拘一格的研究方法的使用,进一步发现清代文人的日常生活、心态特征和精神面貌,发现其创作的别样形式以及凝结其中的丰富意义,所生成的发现之乐和成就感,正是清代诗文研究多样性和价值的体现。沐浴在一个文化多元的时代,让我们有机会辗转腾挪于各种不同性质的方法之间,并以方法的形式完成对研究对象的反思、调整、建构和应用,在这一过程中与古人对话,建构一种新的生命过程,这是清代诗文研究带给当代学人的特殊福利。我们看到,近十年许多具有精彩论点或垂范性意义的论著先后问世,青年学者携带着学术个性迥异的成果纷纷登台亮相,清代诗文研究所富有的开拓性进展昭示了一个值得期盼的学术未来。

文学毕竟是人学，是一种基于想象的关于人类存在的思考。发现并理解人作为主体性存在的价值，呈现其曼妙的内心世界景观，借此理解现实世界和精神世界的构成方式，其实是文学研究必须坚持的起点、理应守护的终点，清代诗文研究也必须最后回到文学研究所确立的这一基本规定性。我们不仅应关注"他"是谁，发现其文学活动生成与展开的心理动因，且应回答"他"为文学史贡献了什么，进而理解政治、经济乃至文化如何借助作家及其创作表达出来、折射出来。我们已经优化了以往仅仅关注重要作家的审视习惯，不仅对钱谦益、王士禛等文坛领袖类文人进行着重点研究，也开始关注那些"不太重要"的文人，恰恰是这一类人构成了清代诗文创作的主体，成就了那些繁复而生动的文学现象，让今天的我们还有机会探寻到文学史朦胧晦暗的底部，进而发现一些弥足珍贵的现象。笔者多年前曾关注的苏州人袁骏就是这样一位下层文士，其积五十年之久征集表彰其母节烈的《霜哺篇》，梳理研究后才发现包含着作为"名士牙行"的谋生动力，借助这一征集过程所涉及的文人及彼此的交往、创作情况，能够透视出类似普通文人其实对文学生态的影响非同凡响①，而这是以往关注不够的。作为袁骏乡党的金圣叹本是一介文士，但关于其生平心态和精神世界的挖掘几乎为零。陆林教授的专著《金圣叹史实研究》改变了这一现状。针对这位后世"名人"生平语焉不详的状况，他集中二十多年进行"史实研究"，最终还原了这位当时"一介寒儒"的生平、交游及文学活动。相关研究厘清了金圣叹及相关史实，以往有关其评点理论等的众说纷纭恐怕也需要"重说"；更重要的是还揭秘了一大批名不见经传的普通文人的生活景观："金氏所交大多是遁世隐者、普通士人，对他的交游研究，势必要钩稽出明末清初一大批中下层文士的生平事迹，涉及当时江南地区身处边缘阶层的普通文人的活动和情感，涉及许多向来缺乏研究的、却是构成文学史和文化史丰满血肉和真实肌理的

---

① 杜桂萍：《袁骏〈霜哺篇〉与清初文学生态》，《文学评论》2010年第5期。

人和事的细节。"① 这形成了金圣叹研究的"复调",构造了一个丰满且具有精神史意义的文学世界。所以,越过一般性的史料认知,借助文本阐释等方法,达成实证研究与理论解析的有机结合,进而形成对"人"的审视和意义世界的探讨,才可能建构自足性的文学研究。意义的缺失会使本来可以充满生机的清代诗文研究生命力锐减,其研究的停滞不前自然难以避免。

阮元说:"学术盛衰,当于百年前后论升降焉。"② 清代文学的结束距离我们已百年有余,足可以论"升降"了,而作为距离我们最近的"古代",存在着说不尽、道不完缠绕的诸多问题,亦属正常。彼时的当代评价、20世纪以来的批评乃至如今我们的不同看法,也在纠缠、汇聚、凝结中参与着清代诗文研究的现实叙事;我们不断"后撤",力求对学术史做出有效的"历史"回望,而"历史"则在不断近逼中吸纳了日渐繁杂的内容,让看似日趋狭窄的"过程性"挤压着、浓缩着、建构着更为丰富的内容,这对当代学人而言,实在是一种艰难的考验和富有魅力的吸引。史实的细密、坚实考索,离不开学术史评价的纵横考量,不仅文学史需进入"过程",文学史研究也应进入"过程",只有当"过程"本身也构成为当代文学理论审视的对象,有关学术创获才更具维度、更见深度。文学史运动中的复杂性是难以想象的,学术史评价更是难而又难,研究者个人的气质、趣味和人格等皆不免渗入其中,对于清代诗文研究亦是如此。好在对一个时段的文学研究进行反思和盘点,也是时代的现实需求和精神走向的表达,作为个中之人,我们有足够的清醒意识与担当之责。吴承学教授在总结七十年来明清诗文研究的成就与不足时,针对研究盛况下应当面对的各种问题,强调填补"空白"和获得"知识"已不是目前的首要问题,如何"站在学术

---

① 陆林:《论明清文学史实研究的学术理念——以金圣叹史实研究为中心的反思与践行》,《社会科学战线》2015年第11期。
② (清)阮元:《十驾斋养新录序》,钱大昕《十驾斋养新录》,杨勇军整理,上海书店出版社2011年版,第1页。

史的高度,以追求学术深度与思想底蕴为指归"① 才是亟需思考的重点。的确如此。琐碎与无谓的研究随处可见,浮泛和平庸隐然存在着引发学术下行的可能性,我们必须克服日渐侵入的诸多焦虑,在过程中补充、拓展、修正、改写清代文学研究的现状。"学术史的高度"某种意义上也是一个时代的高度,清代诗文研究真正成为一代之学,是生长于斯的当代学者们回应时代赋能的最好文化实践。

三

转眼,21 世纪又有 20 年之久了。无论是否从朝代角度总结中国古代文学研究的成绩,清代诗文研究作为一个重要内容和学术热点已然绕不过去。研究成果之数量自不待言,涉及之领域亦非常宽广,重要的文学现象多有人耕耘,而不见于经传的作家、作品也借助于新史料的发现、新视野的拓展而得到关注,相关的独特性禀赋甚至带来一些不同凡响的新的生长点。包容性、专门化和细致化等特征多受肯定,而牵涉问题的深度和切入角度之独特等也提供了启人新思的不同维度。一句话,清代诗文的优长与不足、艺术创获之多寡与特色及其文学史价值等都在廓清中、生长中、定位中。面对纷繁的内容和大大小小的问题,我们往往惴惴不安,而撷取若干问题以申浅论,当是清代诗文研究中需要不断请益的有效方式之一。

譬如清代是一个善于总结的文学时代,这是当代学人颇为一致的观点。然彼时的文人会意识到他们是在总结吗?面对丰厚的文学遗产,清人的压力和焦虑一定超出我们今天的想象。或者,所谓的"总结"不过跟历代相沿的"复古"一样,是一种创新诉求的另辟蹊径。如是,力求在累积的经典和传统的制约中创新,应该构成了有清一代文人的累积性压力。职是之故,他们的创作不仅在努力突破前人提供的题材范围、表现方式和主题传达等,还有很多文人注重日常与非日常的关联、创作活动与非创作活动的结合;不仅仅关

---

① 吴承学:《明清诗文研究七十年》,《文学遗产》2019 年第 5 期。

注并从事整理、注释和评介等工作，还努力注入其中一种"科学"的意识，并将之转化为一种学术。在清代诗文乃至戏曲小说的研究中，我们已经发现了那些足以与现代学术接轨的思想、观念乃至话语，其为时代文化使然，也是一代文学开始的底色。

清代文坛总体来看一片"宽和"之气，并没有呈现出如明人那般强烈的门户之见乃至争持；二元对立的思维并不是他们思考问题的特点，恰恰相反，融合式的思考是有清一代文人的主导性思维。比如"分唐界宋"的问题，有时是一个伪命题，相关论述多有不足或欠缺；就清代诗文的总体性来评价，唐宋兼宗最为普遍，"唐""宋"本身又有诸多层面的分类。"融通"其实是多数清人的观念，"转益多师"才是他们最为真实的态度。在这方面，明代无疑提供了一种范式性存在，明人充满戾气的论辩尤其为有清一代文人自觉摒弃。入清之初，汉族文人已在伤悼故国的同时开启了多元反思中的复古新论与文化践行。尽管在规避明人的错误时，清人仍不免重复类似的错误，比如摹拟之风、应酬之气等①，不过"向内转"的努力也是他们践行的创作自觉。如关于诗文创作之"情""志"的讨论，如关于趣、真、自然等观念的重新阐释，等等。只是日渐窄化的思维模式并未给诗文创作带来明显的突破与创获，反而让我们看到了文学如何受制于特定历史时期的政治、文化的诸多尴尬，以及文学的精神力量和审美动能日渐衰退的过程。而清人所有基于整体性回顾而进行的诸种探究，为彼时诗文创作、理论乃至观念上呈现出的总结性特征提供了充分的证据。

譬如清代诗文创作"繁荣"的评价，一度构成了今人认知上的诸多困扰。清代诗文数量、作者群体等方面的优势，造成了其冠于历代之首的现实。人们常常以乾隆皇帝的诗歌作品与有唐一代诗歌相比较，讨论其以一人之力促成的数量之惑。而有清一代诗文创作经典作家、作品产量所占数量比之稀少，又凸显了其总体创作成绩

---

① 参见廖可斌《关于明代文学与清代文学的关系——以诗学为中心的考察》一文相关论述，《文学评论》2016年第5期。

的不够理想。清代诗文作品研究曾饱受冷落的现实，让这种轩轾变得简单明了，易于言说。量与质的评说，对于文学创作而言是一个仅靠单一、外在诸因素难以判断的问题吗？显然不是。实际上，存世量巨大的清代诗歌作品，很多时候来自普通文人对庸常现实生活的超越，因之而带来内容的日常化乃至艺术的平庸化，审美上的狭隘和琐碎比比皆然，不过其中蕴积的细腻情感、变革力量和剥离过往的努力等，也体现了对以往文学经验和传统的挣脱；没有这样的过程，"传统"怎么可能在行至晚清时突然走向"现代"？

近十年如火如荼的研究，让我们对清代诗文有了更进一步的体认，与之并生的是难以释解的定位困惑。我们往往愿意通过与前代诗文的比较进行价值评判。唐诗宋词一直与清诗研究如影随形，汉魏文、两宋文乃至明文，往往是进行清代文章审视时不可或缺的话语方式。我们常常不由自主地回首那些制造出经典的时代，用以观照当下，寻找坐标或范式。李白以诗歌表达生命的汪洋恣肆，诗歌构成了他的生命意识，杜甫、李商隐、李贺等皆然；但清人似并非如此。在生命的某一个空间，或一个具体的区间，确实发现了诗构成其生命形式的现象，却往往是飘忽而短暂的。以"余事为诗人"在很多时候是一种心照不宣的"假话"或"套话"，这决定了清代诗文创作的工具性特征，而与生命渐行渐远的创作现象似乎很多，并构成了我们今天进行审视的障碍。也因此，相比于那些已经被确认的诗文创作高峰时期，如何理解有清一代诗文创作的所谓"繁荣"，或将继续困顿我们一段时间。

譬如来自不同社会层面的诗文创作主体，形成了群体评价上的"众声喧哗"。几乎所有可能涉及的领域，都有清代诗文作家的"留痕"，所传达之信息的丰富、广泛也超过了历代："上至庙堂赓和、酬赠送迎，下至柴米油盐、婚丧嫁娶，包括顾曲观剧、赏玩骨董等闲情雅趣，日常生活的方方面面全都成为诗歌书写的内容，甚至作诗活动本身也成为诗歌素材。"[①] 这其中，洋溢着日常的俗雅之趣，

---

① 蒋寅：《生活在别处——清诗的写作困境及其应对策略》，《文学评论》2020 年第 5 期。

也深深镌刻出那些非日常的凝重与紧张,为我们了解和理解文人的生活世界与心灵景观提供了更多可能;在清代诗文作品中,更容易谛见以往难以捕捉的多面性和复杂形态。很多时候,我们撷取的一些文学现象来自所谓的精英创造,他们在实际的社会文化结构中位置突出,有条件也很容易留下特别深刻的历史印迹;但其在那个时代的影响究竟如何,是需要谨慎评价和斟酌话语方式的。袁枚的随园、翁方纲的苏斋,其中文学活动缤纷,颇为今人所瞩目,但其在当时这些主要属于少数文人的诗意活动,对那些长距离空间的芸芸众生究竟怎样影响的?影响到底如何评价呢?至于某些为人瞩目的思想观点,最初"常常是理想的、高调的、苛刻的,但是,真正在传播与实施过程中间,它就要变得妥协一些、实际一些"[①];当我们跨越时空将之与某些具有接受性质素的思想或话语相提并论时,大概应该考量的就不仅是接受者的常规情况,也还需要加入一个"传播与实施"关系的维度。因之,我们应特别关注"创造性思想"到"妥协性思想"的变化理路。

如是再回到清人是否以诗文为性命问题,又有另一种思考。李之仪"除却吟诗总是尘"[②]之说历来影响甚大,以之观照清人的情感世界和抒情方式,却少了很多诗情画意,多了喧嚣的世俗烟火气。文字不单单是生命的形式,更是生命存在的附加物,其生成往往与生存的平庸、逼仄相关。功名利禄与诗的关系从来不是有你无我的存在,而是你中有我、我中有你的现实。为了生存而进行繁复的诗歌活动,是阅读清代诗文时见到最多、感受最为深刻的印象。我们必须面对清代文学中更多的"非诗"存在,正视清诗中的缺少真情,或诗味之寡淡,并以理解之同情面对一切。诗文创作有时不是为了心灵之趣尚,也不是为了审美,反而是欲望的开始、目标和实现方式,由此而生成的复杂的诗歌活动、文学生态,其实是清代诗文带

---

① 葛兆光:《思想史研究课堂讲录:视野、角度与方法》,生活·读书·新知三联书店2005年版,第296页。

② (宋)李之仪:《和友人见寄三首》其三,北京大学古文献研究所编《全宋诗》卷九五四,北京大学出版社1995年版,第11174页。

来的一言难尽的复杂话题，其价值也在这里：这不仅仅是清代诗歌研究的本体问题，也能够牵涉出关于"人"的诸多思考。

譬如文献的生成方式及其形态特征等，带来了关于文献发生的重新审视与评价。以文字而追求不朽，曾经是文人追求形而上生命理想的主要方式，然在文献形态多元的清代，这一以名山事业为目的的实现方式具有了更多的机缘。大量诗文作品有机会留存，众多别集得以"完整"传世，地域总集总在不断被编辑中，这是清代成为诗文"盛世"的表征之一。"牙签数卷烦收拾，莫负生前一片功"①，很多文人通过汇集各个时段的诗文作品表达人生的独特状态，已然成为一种生命存在的方式。如是，在面对丰富的集部文献以及大量序跋、诗话、笔记等，实证研究往往轻而易举，面对汉唐、先秦文献的那种力不从心几乎可以被忽略。不过，清代诗文史料的类型繁复以及动态变化之性征，也容易造成其传播过程中知识的繁杂错讹，甚至促成"新"的知识生成，进而影响到后人的价值判断、学术评价等；而"新""旧"史料的传播过程、原因以及蛰伏其中的一些隐秘性因素，都可能生成新的问题，进而带来文学性评价的似是而非、变化不定。如何裁定？怎样评判？对于今天的我们实在是一个挑战性的选择，是一个难度系数极高的判断过程。根据学术话题对史料进行新的集合性处理，借助其不断生成的新意义链及时行使相关的学术判断，决定了我们对文献学意义的新理解，而避免主观化、主义化乃至强制阐释等，又涉及研究主体学养、修为乃至心态等的要求。如是，在有关文本、文献与文化的方法论结构中，理论具有特殊的建构意义，有时可能超过了勤奋、慧心、知识等一般意义上的文献功力要求。

譬如传统文学对周边文化群的影响和建构，已构成清代诗文研究不可或缺的重要内容。境外史料的不断发现提供了一个重要维度，中国汉语文学不同程度地参与了其他国家与地区文学的发展；但也

---

① （清）邓汉仪撰，陆林、王卓华辑：《慎墨堂诗话》卷十"余垒"条，中华书局2017年版，第409页。

应重视另外一个维度，在沐浴"他乡"文化风雨的过程后，史料的文献形态中多多少少会带有新的质素，即"回归"故国的史料绝对不仅仅是简单的"还原"问题。如何面对返回现场后的史料形态？如何评价其对本土文学建设的重新参与？这是需要格外重视的问题。如是，究竟有哪些异质文化元素曾经对清代诗文创作发生过影响，影响程度究竟如何，都会得到有效判断。19世纪末以来，中国逐渐进入世界结构体系，"他者"不仅参与到近代以来的文学建构，还以一种独特的眼光审视着清代乃至之前的社会、文化和文学；具备平等、类同的世界性视角，才能形成与海外文化的多向度对话，彰显一种国际观念、开阔视野，以及不断变革的方法论理念。立足于历史、现实人生和世界体系中回望清代文学，我们才可能超越传统疆域界限，以全球化视野，进行更全面、准确、深刻的清代诗文省察和评价。就如郭英德教授所言："一个民族的文化要立足于世界文化之林，就应该在众声喧哗的世界文化中葆有自身独特的声音，在五彩缤纷的世界图景中突显自身迷人的姿态，在各具风姿的世界思想中彰显自身特出的精神。"①

也还有更多的"譬如"。清代诗文各阶段研究的不平衡，已经得到了有效改善，但各具特色的研究板块之间的关系尚需辨析、总结；诗文创作的地域问题，涉及对不同区间地理、人文尤其是"人"的观照，仅仅聚焦经济文化发达的江南并非最佳方略，在北方文明及其传统下的士心浮动、人情展演和文学呈现自有独特生动之处；就清代而言，多民族汉语创作的情况呈现出更为复杂的状态，蒙古族、满族作家对于传统诗文贡献的艺术经验，以斑驳风姿形成汉语雅文化的面貌和风情，值得进一步总结。当然还有清代诗文复古之说，作为寻求思想解放、文学创新的思想方式，有待清理的问题多不胜数，这与中国的文化传统有关，与政治权力之于文学的干预有关，也与作家思维方式中注重变易、趋近看远的习惯等有关。清人复古

---

① 郭英德：《探寻中国趣味：中国古代文学之历史文化思考》，商务印书馆2017年版，第3—4页。

的多向度探索来自一种基于创新的文化焦虑,应给予理解之同情。而学者们关注的唐宋诗之争,不仅是诗歌取向的问题,也不仅是诗歌本质、批评原则、审美特征诸多命题的反映,更不仅仅涉及文学思潮、文学流派等,还是交往原则、权力话语等的体现,标新立异、标旗树帜等的反映,所牵系的一代文学研究中或深或浅的问题,亦有待深入。所以,面对清代诗文研究中的繁复现象,"不断放下"与"重新拾起",都是我们严谨态度、思考过程的生动彰显,而在不远的将来实现丰富、鲜明和具有延展性的学术愿景,才是清代诗文研究进境不断打开、真正敞开之必然。

四

钱谦益说:"夫诗文之道,萌折于灵心,蜇启于世运,而茁长于学问。"① 衡量诗文创作的状况应如此,评估当下清代诗文研究之大势,也不能忽略世道人心之于学术主体的重要作用。一代又一代的学者在这样的历史语境中开启了文化实践的过程,让百廿年的清代诗文研究成长为一门"学问",如今已经很"富有"。基本文献如袁行云《清人诗集叙录》,李灵年、杨忠《清人别集总目》,柯愈春《清人诗文集总目提要》等工程浩大,其贡献不言而喻;而就阐释性著述的学术影响而言,著名学者刘世南先生、严迪昌先生等成绩斐然,其开辟荆荒的研究至今具有不可替代性,正发生着范式性的影响。朱则杰先生依然在有计划地推出《清诗考证》系列成果,进行甘为人梯的基础性文献研究工作,也实践着他有关《全清诗》编纂的执念;蒋寅先生立足于清代诗学史的建构,力求从理论上廓清清代诗歌演进中的重要性问题,也还在有条不紊的探索中。新一代学者的崛起正在成为一种"现象",清代诗文研究的学者群将无比庞大而贡献卓越。作为年富力强的后起之秀,他们的活力不仅体现在著

---

① (清)钱谦益:《题杜苍略自评诗文》,《牧斋有学集》卷四十九,钱曾笺注,钱仲联标校,上海古籍出版社1996年版,第1594页。

述之丰富、论点之纷纭诸方面，更重要的是让清代诗文研究呈现出喧嚣嘈杂的声音聚合，活力、新意和人文精神都将通过这个群体的研究工作得以更好的表达。

  作为历史的一个部分，我们应时刻注意自身的局限性以及与历史呈现的关系，研究主体与"世运"的互文从来不仅仅是一个学术问题。一个尊重学术的时代不需要刻意追求主调，清代诗文研究也应在复调中灿烂生存，"喧嚣嘈杂"正可以为"主调"的澎湃而起进行准备、给予激发。而只有处于这样的文化进境中，我们才能切实释解清代诗文的独特性所在，真正捕捉到清代文人的心灵密码，促成一代文献及其文学研究意义的丰沛、丰满，并由此出发，形成有关清代诗文及其理论的重新诠释，进而重构中国古代诗文理论及其美学传统。郭英德教授说："在改革开放的时代语境中，学术研究仍然必须坚守'仁以为己任'的自觉、自重和自持，始终以'正而新'为鹄的，以'守而出'为内驱，'以文会友，以友辅仁'。"[①] 反观清代诗文的当代研究，这确实是一个至为重要的原则。谨以此言为结，并与海内外志同道合者共勉。

[①] 郭英德：《守正出新：四十年中国古代文学研究随想》，《文学遗产》2019 年第 1 期。

目 录

绪 论 …………………………………………………………（1）
  一 选题意义 ……………………………………………………（1）
  二 研究综述 ……………………………………………………（3）
  三 研究方案 ……………………………………………………（4）

第一章 方象瑛生平著述考论 …………………………………（7）
第一节 家世与家学家风 ……………………………………（7）
  一 淳安方氏世系简述 …………………………………………（7）
  二 方氏家风及其对方象瑛的影响 ……………………………（14）
第二节 生平经历 ……………………………………………（24）
  一 卒年考 ………………………………………………………（24）
  二 少承家学，举业科考，"放游历五岳" ……………………（28）
  三 举博学鸿词，与修《明史》；典试四川，
     "悉心搜录" …………………………………………………（32）
  四 乞归故里，"悠游度年岁" …………………………………（41）
第三节 佚著《松窗笔乘》考论 ……………………………（49）
  一 《松窗笔乘》佚文的辑录 …………………………………（50）
  二 《松窗笔乘》内容特点、文本生成考 ……………………（56）
  三 博学鸿词科视阈下的《松窗笔乘》 ………………………（62）
小结 ……………………………………………………………（66）

第二章 方象瑛的思想研究 ……………………………………（67）
第一节 文学思想 ……………………………………………（67）

一　"诗以道性情" …………………………………………（68）
　　二　"诗固因乎其遇，未可一概论" ……………………（75）
　　三　"文如其人" ………………………………………（82）
　第二节　史学思想 …………………………………………（86）
　　一　敢于质疑，勇于翻案 ………………………………（86）
　　二　秉承实录精神 ………………………………………（90）
　小结 …………………………………………………………（100）

第三章　方象瑛的诗歌创作研究 ……………………………（102）
　第一节　《展台诗钞》与京师文坛生态 …………………（103）
　　一　"喜值鸾书侧席求" …………………………………（103）
　　二　"雅游方信此中佳" …………………………………（109）
　　三　"贫偏与病俱" ………………………………………（118）
　第二节　《锦官集》与巴蜀文化 …………………………（125）
　　一　入蜀、离蜀的行迹路线略述 ………………………（126）
　　二　巴蜀文化于方象瑛诗文的体现 ……………………（131）
　　三　巴蜀文化于方象瑛诗文创作的意义 ………………（136）
　第三节　《萍留草》与钱塘文坛 …………………………（148）
　　一　侨居钱塘缘由与钱塘印象 …………………………（148）
　　二　思古堂雅集与斐园宴集 ……………………………（153）
　　三　"只赖文章、朋友稍慰目前" ………………………（159）
　小结 …………………………………………………………（170）

第四章　方象瑛的古文研究 …………………………………（172）
　第一节　赋论与赋创作 ……………………………………（172）
　　一　赋论与清初赋学 ……………………………………（173）
　　二　赋作的思想内涵及其特点 …………………………（179）
　第二节　传记文创作 ………………………………………（184）
　　一　传记文的主题建构 …………………………………（185）
　　二　传记文的艺术特色 …………………………………（193）

第三节　记体文创作 …………………………………（198）
　　一　台阁名胜记 …………………………………（199）
　　二　山水游记 ……………………………………（202）
　　三　书画杂物记 …………………………………（207）
　　四　人事杂记 ……………………………………（214）
　小结 …………………………………………………（217）

结　语 …………………………………………………（219）

附录一：方象瑛诗文辑佚 ……………………………（222）

附录二：方象瑛生平事迹编年 ………………………（231）

主要参考文献 …………………………………………（310）

后　记 …………………………………………………（318）

绪　　论

一　选题意义

中国古代文学研究素以清代诗文最为薄弱，相较于其他时期文学的研究尚处于劣势。近几年，清代诗文的研究受到学者们的重视，发表、出版了一批高质量的学术论文、专著，也有越来越多的硕士研究生、博士研究生将清代文学作为学位论文的研究对象。尽管成绩喜人，但仍存在诸多问题，研究对象多集中于钱谦益、吴伟业、王士禛、王夫之、黄宗羲、袁枚、龚自珍等诗文大家，云间派、神韵派、桐城派等流派上。虽然学者的视野越来越开阔，特别是硕士研究生、博士研究生的学位论文开始探讨李因笃、孙枝蔚、李良年、徐釚、江闿、姜宸英、王嗣槐、汪懋麟等有一定特色与影响的文人，但多数文章都是从宏观角度进行阐释，微观研究不够深入，缺乏对具体文本的细致剖析，一定程度上影响了清代文学研究的全面与深入。

欲提升文学总体之研究水平，实有赖于扎实、细致、深入的个案研究的展开与推进。本书即选择清初知名文人方象瑛作为研究对象，对其做全方位的研究。必须承认，方象瑛并非清代的一流作家。研究这类非一流但具有一定文学成就及影响力的作家，到底有没有价值与意义，这是学界一个颇具争议与困惑的话题。章培恒先生曾言："有一种现象：研究对象越伟大，越有意义，研究著作也就越有价值。其实，如以研究作家而论，无论其所研究的是怎样的作家，只要研究得深入，都能使我们在某些方面看到时代的风貌和个人与时代的相互关系，包括个人在环境逼挤下的顺应、挣扎或反抗，从而给予我们种种启示。"① 实乃真知灼见，为我们在研究中存在的困惑提供了理论上的指导意义。

研究方象瑛，实具有一定的意义与价值。首先，可以进一步丰富清代诗文的研究领域，拓宽研究思路与方法。方象瑛诗文皆佳，《健松斋集》（二十四卷）、《健松斋续集》（十卷）存诗文一千三百多篇，作品艺术成就颇高。其诗文作品被收入众多有影响力的诗文集汇编，如沈德潜《清诗别裁集》、邓汉仪《诗观》、徐世昌《晚晴簃诗汇》、邓之诚《清诗纪事初编》、钱仲联《清诗纪事》等，《民国遂安县志》、高平编注《清人咏藏诗词选注》等文献资料也选录了方象瑛的一些诗文。其次，可以让我们了解清初浙江与京师文坛。在清初东南文坛，方象瑛声名甚重，与毛际可并称"方毛"，又与毛奇龄、洪若皋、王嗣槐、丁澎、王晫合称"西湖六君子"。② 语石山雅集、与西陵诸子交游唱和，极一时文坛之盛，给浙江文坛乃至清初文坛都增加了亮色。方象瑛举博学鸿词科，官翰林院编修时，与京师文人诗文酬唱，其诗文呈现了京师文人的风貌，是研究京师文坛不可或缺的资料。最后，可以了解其诗文中蕴涵的风物民俗、历史文化等。方象瑛喜游历，曾"登会稽至郢中，抵蓟丘过邺城"③，还"自富春逾钱塘，左转而西，由姑苏渡扬子"④；典四川乡试时，"登览山川，冥搜往迹"⑤。无论游历到何处，他都一一寓之于诗文，因此其诗文蕴涵了丰富的历史文化。对其诗文进行研读，有助于丰富阅历、开拓视野。

---

① 章培恒：《〈陈维崧年谱〉序》，载陆勇强《陈维崧年谱》，中国社会科学出版社2006年版，第2页。
② 洪若皋（生卒年不详），字虞邻，浙江临海人。顺治十二年（1655）进士，累官至福建按察司金事。有《南沙文集》八卷。丁澎（生卒年不详），字飞涛，号药园，浙江仁和（今杭州）人。顺治十二年（1655）进士，累官礼部郎中。与陆圻、柴绍炳、毛先舒、沈谦、孙治、张丹、吴百朋、陈廷会、虞黄昊齐名，称"西泠十子"。著有《扶荔堂诗集选》《扶荔词》等传世。其他几人，后文有介绍，此处不赘述。
③ 徐汾：《〈四游诗〉序》，《健松斋集》卷二十二《四游诗》卷首，第352页。
④ 徐汾：《〈四游诗〉序》，《健松斋集》卷二十二《四游诗》卷首，第353页。
⑤ 张希良：《〈锦官集〉序》，《健松斋集》卷二十《锦官集》卷首，第324页。

二 研究综述

截至目前，学界关于方象瑛的研究还没有专著出现，成果为数不多，主要有如下几种类型：

其一，关于方象瑛诗文的研究。方象瑛诗文的专门研究如方亮《方象瑛巴蜀诗文论略》①，论文主要讨论了康熙二十二年（1683）闰六月方象瑛典试四川留下的日记、诗歌、游记，论文研究内容包括日记体现出的巴蜀自然形胜、人文古迹、民生情况，以及对巴蜀代表性诗作、游记的分析。该文是最早的关于方象瑛诗文的专门研究，虽论述简略，却具有开创意义。蒋寅《拟与避：古典诗歌文本的互文性问题》一文"古典诗歌文本的隐性互文——避"部分里，作者分析了方象瑛典试四川所作《锦官集》对王士禛典试四川时所著《蜀道集》的有意识规避，认为《锦官集》对《蜀道集》的规避除了因为作者自尊和自信的独创意识外，还有当时宋诗风消长的背景。作者因此得出结论："规避同样是文本间的一种关系，它与摹仿共同构成了隐、显两种截然不同的互文形态。"②

其二，关于方象瑛诗学思想的研究。张立敏《冯溥与康熙京师诗坛》第七章《康熙间"穷而后工"的反驳与话题转换——以方象瑛、徐乾学、曹禾为中心》③，分析了方象瑛对"穷而后工"的反驳，认为方象瑛是清初批驳"穷而后工"的中坚力量，对"穷而后工"的批驳不遗余力。

其三，关于方象瑛交游的研究与年谱的撰写。王伟丽《江闿研究》第三章《交游考论》④部分论述了方象瑛与江闿的交游情况。胡春丽《方象瑛年谱》⑤对方象瑛生平经历进行编年，勾勒其人生

---

① 《成都大学学报》（社会科学版）2012年第2期。
② 《文史哲》2012年第1期。
③ 中国社会科学出版社2011年版。
④ 安徽大学，博士学位论文，2014年。
⑤ 《明清文学与文献》第6辑，社会科学文献出版社2018年版。

大致轨迹。

其四，关于方象瑛修纂《明史》的研究。黄爱平《〈明史〉稿本考略》《万斯同与〈明史〉纂修》①二文指出方象瑛曾参与了《明史》人物列传的撰写工作，尤其是方象瑛撰写的关于于谦传得到了施闰章、汤斌等人的高度赞扬。杜书冠《汤斌〈明史稿〉研究》②也论及方象瑛撰写的于谦传，观点和黄爱平基本相同。段润秀《官修〈明史〉的幕后功臣》第九章《方象瑛与〈明史〉纂修》③根据方象瑛《健松斋集》的相关文章，考述了方象瑛撰写《明史》的篇数；指出方象瑛《明史分稿残本》在《明史》成书过程中具有非常重要的价值：记事翔实，补《明史》缺陷；史料可靠，供《明史》取材。

另外，还有文章将方象瑛的诗文作为论证的佐证材料，章培恒《关于洪昇生平的几个问题——读〈洪昇研究〉》④引用了方象瑛《少司农余杭严先生传》《送洪昉思游梁兼寄毛祥符会侯》，以此证明陈万鼐所著《洪昇研究》（台湾学生书局出版）关于洪昇寓居大梁时间考证的错误。

综上可见，研究者从不同维度对方象瑛作了研究，但不够深入、全面，关于方象瑛的研究还存在巨大的拓展空间，如家世家风及对他的影响、生平行迹心态、交游网络、诗文创作等都值得深入、细致的研究。

三 研究方案

1. 研究对象与研究目的

本书以方象瑛文集所存诗歌、散文为基本研究对象，从第一手材料爬梳入手，力求具体而深入地厘清方象瑛的家世、家风、生平、

---

① 《文献》1983年第4期；《史学集刊》1984年第3期。
② 河南师范大学，硕士学位论文，2011年。
③ 人民出版社2011年版。
④ 《复旦学报》（社会科学版）1980年第3期。

交游等情况。在此基础上，论述诗文作品的内涵、艺术特征以及在清初文坛的地位。本书研究的目的在于，客观地呈现方象瑛个体真实而丰满的形象，展现出清初文人作家群体的生存状态、文学创作、文学思想等，为清初文学研究的拓展贡献绵力。

2. 研究方法

"知人论世"法。所谓知人，指要充分了解作家各个方面的情况、创作意图等；所谓论世，指要了解作品反映的时代背景、作家创作该作品时所处的社会状况等。韦勒克《文学理论》指出："一部文学作品最明显的起因，就是它的创造者，即作者。因此，从作者的个性和生平方面解释作品，是一种最古老和最有基础的文学研究方法。"① 欲将方象瑛的文学作品研究透彻，就要充分了解其人、其家族、其出身环境等，并熟悉清初社会、经济、政治、文坛发展等。只有如此，才能得出符合实际的研究结论。

文本细读法。"细读法"是 20 世纪英美新批评学派创造的一种具体的批评方法，所谓"细读"，即对文学作品作全方面、立体式的解剖，要求研究者细致地研究作品的上下文及其言外之意，发现词句之间微妙的联系，包括词语的组织和搭配、意象的选择，等等。陈思和《文本细读在当代的意义及其方法》中说："细读文学作品的过程是一种心灵与心灵互相碰撞和交流的过程。我们阅读文学，是一种以自己的心灵为触角去探索另一个或更为熟悉或陌生的心灵世界。"② 方象瑛的诗文营造出了一个心灵世界，我们要走进这既精彩而又陌生的心灵世界，就需要对其诗文作品进行细致的文本解读，认识方象瑛诗文作品产生的过程与意义，实现"细读文本"作为主体心灵审美体验的交融与碰撞。

诗史互证法。在全面搜集相关文献资料的同时，重视在考证方面下功夫。以考究原始文献为基础，史论融通为主，将历史描述与逻辑分析相结合，力求阐明方象瑛家世生平，考述其著述情况和交

---

① 韦勒克：《文学理论》，刘象愚等译，生活·读书·新知三联书店 1984 年版，第 68 页。
② 陈思和：《文本细读在当代的意义及其方法》，《河北学刊》2004 年第 2 期。

游状况，深入分析方象瑛的诗文，对其作品中丰富的思想内涵及艺术特色作尽可能深入的解读。

3. 创新之处

其一，就方象瑛研究本身而言，本书是第一次有关方象瑛全面系统的专题研究，对其家世、生平、交游、著述、文学创作的内涵和艺术特色等都作出了具体阐述。其二，在具体研究方面，详细系统地论及其诗文，将方象瑛置于清初政治、文化和社会活动的客观环境中，注意选择方象瑛每一时期的代表性作品，作重点评析；同时兼顾每一时期的创作概况，以点带面，点面结合，从纵向和横向对清初文坛情况进行整体把握。

第一章　方象瑛生平著述考论

方象瑛凭借富赡广博的学识思想、持重的人格魅力和丰富的文字著述为自己及其方氏家族在文坛争得了一席之地，直至今日仍吸引着人们去思考和探索。本章将通过对方象瑛撰述、时人诗文序跋、方志等文字材料的爬梳剔抉，争取对其家世、生平、心态、著述等情况作出翔实可信的描述，知其人论其世，为后文文学研究的展开奠定基础。

第一节　家世与家学家风

关于方象瑛家世的记载主要见于《健松斋集》卷十四"行述"、卷十五"祭文"，《健松斋续集》卷七"行状"、卷八"墓志铭"，《遂安方氏族谱》《光绪淳安县志》《民国遂安县志》以及陈玉璂《学文堂集·敕赠文林郎翰林院编修稚官方公墓志铭》《明史·方逢年传》《四库全书·方逢年传》、毛际可《会侯先生文钞·亡女节烈述》等文献。祖辈、父辈身上的某些品质一定程度地影响了方象瑛思想、性格等的形成。本节拟对方氏家族成员做出梳理与考察，重点记述其生平中的主要事迹及对方象瑛的影响。

一　淳安方氏世系简述

据方象瑛《节孝行述》一文所载，其先世可追溯到唐代著名诗人方干，"先世系出唐玄英先生干"①，后震四公由桐庐迁到遂安，

---

① 方象瑛：《节孝行述》，《健松斋集》卷十四，《清代诗文集汇编》第128册，上海古籍出版社2010年版，第218页。以下所引方象瑛诗文材料，如无特殊说明，均引自此书，不再一一标注。

世代定居于此，震四公成为遂安方氏始祖。震四公传六代为元龙公，元龙公（又被称为教谕公）为南宋恩免进士，任遂安县儒学教谕。元龙公传四代为忠一公，忠一公有四子，其三子为宗礼公。宗礼公有子方永赐，方永赐有子方文谨，方文谨有子方云槐，即为方象瑛的六世祖。① 从方云槐开始，皆有资料可查。

六世祖方云槐（1502—1574），字国征，号慕庭。方云槐四岁时，父亲方文谨去世，母亲余氏年二十有余。家贫不能自给，有人劝余氏改嫁，余氏痛哭流涕曰："我无天，有婴儿在；无生产，有十指在。且方氏止此六尺孤，吾誓与共生死矣。"② 闻者无不叹息。朝廷征收绢子，催促甚急，里中妇人多慵于机杼，余氏勤劳手巧，日夜操作，缣又纺得精好，有司倚赖，于是生活状况有所缓解。方云槐受母亲影响，自小即勤劳能干，"晓起操耒耜出城东门，躬自耕播；夕则负束薪供母爨，如是以为常"③。家境渐渐转好，并有了积蓄，积谷百余石。方云槐娶任氏，生三男二女。长子方应庶。

高祖方应庶（1539—1588），初名玄应，字文会（《遂安方氏族谱》作"字星会"）④，号见南。方云槐家贫，生活拮据，直至晚年才构建房舍，开拓田庄，但无法亲自打理。方应庶独自承担下来，家业慢慢得到振兴。方应庶任邑刑曹掾史时，"涤狱具，恤系囚，凡可为人地者，辄委曲营解，然不使人知"⑤。他对此却不以为然，也不想以此博得名声。数举明经不第，于是勉励诸弟要勤学苦读。方应庶性格伉直，人有过错，正色责备；有不平则慷慨论辩，务得其是非曲直。与人交往，没有城府，高兴时倾囊以赠，拂意时挥案而去。家人时时规劝，又曲意调解，族人亲戚才没有过多怪罪。

---

① 此处叙述参照《节孝行述》："六世祖孝子公讳云槐，字国徵，号慕庭，先世系出唐玄英先生干。始祖震四公由新源迁遂安，进贤坊，传六世为元龙公，南宋恩免进士，仕本县儒学教谕。教谕公四传为忠一公，生四子，其三为宗礼公。又四传为惟冕公，是为公大父。"
② 方象瑛：《节孝行述》，《健松斋集》卷十四，第218页。
③ 方象瑛：《节孝行述》，《健松斋集》卷十四，第218页。
④ 《遂安方氏族谱》卷二《世考考》："应庶，国征长子，字星会，号见南。……嘉靖己亥正月初七日亥时生，万历戊子九月廿九日戌时卒。"民国三十年永锡堂木活字本。
⑤ 方象瑛：《见南公行述》，《健松斋集》卷十四，第219页。

曾祖方可正（1560—1624），字允中，号直完。《遂安方氏族谱》卷二《世系考》云："可正，应庶子，字允公，号直完，岁贡生。累任福建建宁府寿宁县知县，致仕。……嘉靖庚申年九月廿一日酉时生，天启甲子年十月初十日亥时卒，享年六十五。"①方可正自小聪颖，熟读四书五经。明万历四年（1576）擢博士弟子冠军，万历四十七年（1619）授桐乡训导，后升任福建寿宁知县。所著《大易金解》《五经纂史》《断节录》等藏于家。方可正精于《易》，钩析卦爻，多前人所未发。苏濬视学两浙时，推重《易》，方可正所论闳深奥衍，苏濬大为称赏。自此以后，方可正以《易》教授乡里子弟，执经问业者甚众。门人余叔纯尽得其传，所著《周易读》为后世学者宗尚。"今里中《易》学率本公教，递相授受，故遂安《易》为最盛。"②方可正对儿子方逢年要求严格，亲自督课、教授。方可正曾深夜命方逢年讲《易》义，方逢年偶而失对，方可正怒而操杖逐之。方逢年躲匿于床下，"公从弟署丞君跪请曰：'儿善属文，盍听为文自赎。'"③直到看到方逢年的文章，方可正才略觉宽慰。方可正为官能体恤百姓、严格执法，任福建寿宁知县时，"自此始平市值，斥蠹胥吏盗帑金，立抵于法。宦族夺民妻，论还民。夏秋，税粮听民自交兑，里胥不得上下其手"④。其德行感召乡里，崇祯年间，"祀桐乡、寿宁名宦，郡邑乡贤"⑤。

祖父方逢年（1585—1646），字书田，方可正长子，母王夫人。《遂安方氏族谱》卷二《世系考》："逢年，可正长子，字书田，天启壬戌科进士。……万历乙酉年六月初十日辰时生，顺治丙戌年九月初五日未时卒，享年六十二。"⑥方逢年八岁时，受学于父方可正。方可正教学重视经义，心不可旁骛，方逢年在这样的家教下，

---

① 民国三十年（1941）永锡堂木活字本。
② 方象瑛：《直完公行述》，《健松斋集》卷十四，第221页。
③ 方象瑛：《直完公行述》，《健松斋集》卷十四，第221页。
④ 方象瑛：《直完公行述》，《健松斋集》卷十四，第221页。
⑤ 方象瑛：《直完公行述》，《健松斋集》卷十四，第221页。
⑥ 民国三十年永锡堂木活字本。

勤奋好学，"夜篝灯取诸子百家伏读之，遂博通今古"①。十四岁时补府学弟子员，与同邑汪乔年齐名。应试时因家贫不能乘船，方逢年只能穿草鞋往返四五百里，等回到家中，首录已经公布了。明万历四十年（1612）举于乡，天启二年（1622）成进士，改翰林院庶吉士。孙承宗为读卷官，赞叹其为"端人正士"。在翰林院期间，方逢年文辞博雅，得到大学士叶向高、韩爌的器重，声名大振。天启四年（1624）授翰林院编修，崇祯元年（1628）升左中允，纂修神宗、光宗、熹宗三朝实录。崇祯三年（1630）充经筵讲官，崇祯四年（1631）升左谕德。任会试同考官时取中马世奇、杨以任、项声国、詹尔选、叶树声等，均为栋梁之才。同年九月，同倪元璐典武会试，奏请施行殿试，如同文制，武举殿试自此始。崇祯六年（1633）以右庶子主顺天府乡试。崇祯七年（1634）进南京国子监祭酒，罢除陋规，奖掖徐孚远、周立勋等名士。崇祯八年（1635）升詹事府少詹事，请假卜葬。崇祯十年（1637）召为礼部右侍郎，充纂修两朝实录玉牒副总裁。崇祯十一年（1638）六月，进礼部尚书兼东阁大学士，仕途达到顶峰。著有《经筵讲义制草》《馆课问剑》《学歔乳洞》《雪涤斋文集》等。

叔祖父方蘧年（1600—1671），字书玉。方可正次子，方逢年同父异母弟。方蘧年无心仕途，不屑制举，喜治生产。他博闻强识，阅读古今书籍过目成诵，从两事可见其记忆力之强，一是方蘧年曾读时文数百篇，披阅完即随手弃去。方象瑛叩问所得，"公历数某科何人，人何篇，篇何句，娓娓不失一字"②。二是方蘧年避乱山中时夜晚被盗，报于官府，官府捕获盗贼数人，但是盗贼不肯招认，方蘧年指证被盗物品，"曰某簏积处有补缀，大小高下悉如所言"③。方蘧年恬淡静居，敝衣布履，晚年垦废地为田圃，种植果蔬；生平不求人，也不愿意与人交往，"蓄良叶酒凫雉麕麋竹豚童鱼之属，多

---

① 方象瑛：《阁学公行述》，《健松斋集》卷十四，第222页。
② 方象瑛：《两叔祖行述》，《健松斋集》卷十四，第225页。
③ 方象瑛：《两叔祖行述》，《健松斋集》卷十四，第225页。

非常馔，然亦不数款客"①。

叔祖父方迓年（1612—1668），字书衡，方可正第三子，方逢年同父异母弟，与方蘦年同为章氏所生。方蘦年与方迓年虽为一母所生，但性格截然不同。方迓年性格豪爽，善饮酒，喜交游，与里中名士过从甚密，曾在城东南辟地为穆园，蒔花养鱼，延请宾客、歌妓饮于其中。方迓年平生好学，喜搜奇书，晚年手录《尚书》《诗》《左传》《国语》诸书教授儿孙，参以诸儒论说增删《周易集注》，命方象瑛作序。方迓年管束家人极严，僮婢有过则鞭笞之。有子方成邠、方成郜。

父亲方成郯（1612—1670），字稚官，一字景问。方逢年次子。方成郯和易近人，与人交往无亲疏贵贱之分，均以诚相待。乡里有向其求贷者，他都一一应许。后因借贷人去世或穷困不能偿还，方成郯取券焚烧，合计四千余金。辛卯、壬辰年间闹饥荒，方成郯"贷粟为粥糜饲饿者，所全活甚众"②。有僧人募建慈慧庵，方成郯第一个捐资。他性情豪爽，喜好饮酒，能日饮数斗而不醉，王晫《今世说》载：

> 方稚官孝友性成，事父少傅公，服勤尽养。少傅尝曰："是子先意承顺，不愧古养志者已。"少傅遇变闽中，乃尽鬻田庐，迎柩以归。少弟稚稷，偶随之吴门，遘寒疾，舌苔厚几寸许。稚官以帛裹指拭口中，四十日始愈，指为溃烂。③

> 方稚官天怀坦易，饮酒数斗不乱。每良辰令节，携故人诣狮山，剧饮欢呼，旷然自放。间独行道中，诸田父相谓曰："村酿新熟，翁能从吾饮乎？但苦无佐酒具。"方亟归，左提鱼，右持盖，行烈日中。就其家酣醉，达旦始罢。④

---

① 方象瑛：《两叔祖行述》，《健松斋集》卷十四，第225页。
② 方象瑛：《先府君行述》，《健松斋集》卷十四，第227页。
③ 王晫著，陈大康译注：《今世说》，东方出版中心1996年版，第8页。
④ 王晫著，陈大康译注：《今世说》，东方出版中心1996年版，第141页。

母亲吴氏（1611—1643），遂安望族，其六世祖吴倬官云南按察使，高祖吴钦官湖广佥事，祖父吴一栻官广东副使，父亲吴觐光官刑部主事。吴氏性格严肃，悬饬内外，无人敢犯。她亲自耕织，拿出金银首饰购置生产。吴氏对儿子方象瑛督课严格，"每夜读必遣人觇之，闻咿唔声则大喜，驰果饵相劳；否则闭户自责，跪请乃已。不欲一日使废学"①。方象瑛十余岁时，与乡里儿童们以战事为游戏，吴氏听闻，鞭打其数十下，"垂涕曰：'吾宁不知爱子，顾吾为汝家妇，止育汝一子，不思读书承先业，乃从亡赖子游耶？'"② 对儿子的殷切希望由此可见一斑。

妻子吴氏（1632—1680），十八岁时嫁给方象瑛。吴氏孝顺公婆，婆婆因病不食，"孺人遍市甘旨，中宵露立牖下，伺食竟乃归"③；公公生病，"孺人碎肉糜和粥以进"④。方象瑛两罢乡试，被人怠慢，吴氏怒斥曰："细人无知，吾夫子岂青衿老者！"⑤ 方象瑛第三次乡试时，吴氏典当首饰资助，"捷至，孺人不色喜，徐曰：'稍可吐生平耳。'"⑥ 吴氏疼爱丈夫，方象瑛曾得毒疮，狂躁无法入睡，"孺人引烛视之，红晕浃背，乃大惊，祷于天，愿减年瘥病者。祷毕，余已熟寐矣"⑦。吴氏勤俭持家，"督耕课织无虚晷，豚彘鸡鹜之属，亦躬自经理，衣必数浣，敝则缝缉以御冬"⑧。但是对待贫困者慷慨大方，资助施舍："赈贫给难，不惜倒箧予之"⑨，得到众人的一致肯定。

伯父方成都（1605—1670），字稚华，方逢年长子，与方成郯、方成郊均为毛夫人所生。方成都性格严肃，见到人有不当之举即当

---

① 方象瑛：《先母吴孺人行述》，《健松斋集》卷十四，第 228 页。
② 方象瑛：《先母吴孺人行述》，《健松斋集》卷十四，第 228 页。
③ 方象瑛：《亡室吴孺人行述》，《健松斋集》卷十四，第 232 页。
④ 方象瑛：《亡室吴孺人行述》，《健松斋集》卷十四，第 233 页。
⑤ 方象瑛：《亡室吴孺人行述》，《健松斋集》卷十四，第 233 页。
⑥ 方象瑛：《亡室吴孺人行述》，《健松斋集》卷十四，第 233 页。
⑦ 方象瑛：《亡室吴孺人行述》，《健松斋集》卷十四，第 233 页。
⑧ 方象瑛：《亡室吴孺人行述》，《健松斋集》卷十四，第 233 页。
⑨ 方象瑛：《亡室吴孺人行述》，《健松斋集》卷十四，第 233 页。

众叱责，以致人们都有些惧怕他。乡里子弟嬉戏于街市，见方成都身影，"仓皇避匿，至相倾跌不暇顾"①。父亲去世后，方成都独自承担起家庭的重任，惨淡经营五六年。方成都为人有雅量，帮助他人不求回报。方象瑛任职荆州时，数次遣使迎养，方成都坚决不赴："吾方冀为良吏，乃以老人累汝耶？"②后优游乡里，重新修葺父亲方逢年的旧宅，于园里种植竹子、牡丹、桂树等，与诸弟、亲友置酒宴会于此。平生喜好饮酒，但有节而不乱，每次酒酣即毅然而起，人不敢留。有子方象琮、方象瑛。

叔父方成郊（1606—1681），字稚苢，方逢年第三子。十四岁补邑诸生，博学多才，"博涉诸史及他书传，论古今成败得失、人物臧否，具悉其本末"③。方逢年在京师任职期间，方成郊侍奉左右，并入太学，得习闻朝中掌故，接触贤士大夫，眼界大开，学识日长。方成郊平素不治产业，方逢年仕途顺畅时，田也不满百亩，患难中又损失过半。但方成郊安贫守约，得到了乡里、亲友的一致赞誉。毛际可曾邀请方成郊到其署中，方成郊执事公正，内外肃然。方象瑛请方成郊主持家政，方成郊俭朴持家，安排得井井有条。

叔父方成邰（1621—1687），字稚稷，方逢年第五子，母为汪夫人。顺治十四年（1657）举于乡，授台州府教授。方成邰勤敏好学，"晨餐毕，始赴馆，开卷朗诵，声彻街巷"④。方象瑛患病典四川乡试，方成邰劝慰到："汝奉天子命，抡才万里，职分当然。况巴蜀山川名胜甲天下，乘传往游，内地使臣所未有。虽多病，何虑险远乎？"⑤这番话慷慨豪迈，无疑给了方象瑛极大的鼓励。

堂兄方象琮（1623—1686），字玉宗，号蓉邲，晚号缄斋。方成都长子。方象琮年少喜作文，与其弟方象瑛齐名。性情和易近人，为人耿直豪放。人有不当，即当面训斥；慷慨好义，为人排难解纷，

---

① 方象瑛：《伯父岁贡公行述》，《健松斋集》卷十四，第229页。
② 方象瑛：《伯父岁贡公行述》，《健松斋集》卷十四，第230页。
③ 方象瑛：《叔父太学公行述》，《健松斋集》卷十四，第231页。
④ 方象瑛：《五叔父助教公行述》，《健松斋续集》卷七，第451页。
⑤ 方象瑛：《五叔父助教公行述》，《健松斋续集》卷七，第451页。

倾资以济。有《沚园偶吟》传世。与方象瑛感情深厚，二人"长衾大被，相依最久"①。有子方引禔、方引祐。

堂兄方象璜（1625—1691），字玉双，号雪岷，方成都仲子。十余岁通五经、古文。顺治十六年（1659）进士，曾任荆州推官、合肥知县。康熙十二年（1673），与方象瑛一同纂修《遂安县志》。康熙十七年（1678）与试博学鸿词科，错过了应试时间。著有《莲漪阁文集》《迥园诗汇十种》等。方象璜与方象琮、方象瑛同为顺治辛卯、壬辰（1651、1652）年间语石雅集的主要参与者，"每念语石之役，余兄弟同事笔研，当时有'三方'之目"②。有子方引祒。

方象瑛有三子，长子方引禊，号安洲。勤奋读书，没有贵介之气。以明经任武康训导，其训士重视器量、见识。方引禊为人正直，喜好帮助他人。有才华，能即景赋诗，所著《安洲文集》藏于家。次子方引禠（1662—1680），字奕昭。颖慧好学，喜读《资治通鉴》及书传。为人至孝，能理解父母之意。母亲哭泣时，他亦哭泣；母亲不食，他亦不食。方引禠和善兄弟，"与兄弟处，和颜怡色。至辨论文艺，有不合，反复未尝屈也"③。体弱多病，三四岁时"患滞下，肛脱，服葰数斤始愈"④，年仅十九岁因病而亡。娶毛际可女毛孟。三子方引祎，字纯可。自小聪颖，六岁即读书成诵。为人乐善好施，家族有因贫困而自卖其身者，方引祎为之赎回；凡是暴露尸骸、无人收敛者，方引祎亲自埋葬。

二 方氏家风及其对方象瑛的影响

在遂安乡风民俗、地理环境、自身修养等诸多因素的共同作用下，方氏家族孕育出了代代相传的诸多优良传统。他们以孝友著称，以诗礼传家风。罗时进说："家风是文化家族的精神旗帜，标志着高贵的血统和风雅的承传，成为他们守护的根本，也激励他们慎终追

---

① 方象瑛：《伯兄拔贡公画像记》，《健松斋续集》卷三，第417页。
② 方象瑛：《伯兄拔贡公画像记》，《健松斋续集》卷三，第417页。
③ 方象瑛：《亡仲子行述》，《健松斋集》卷十四，第234页。
④ 方象瑛：《亡仲子行述》，《健松斋集》卷十四，第234页。

远，振奋高华精神，是其以文传家，使门风不坠、宗脉永隆的动力源泉。"① 方象瑛就继承了方氏优良的家风传统，本部分将对此着重探讨。

(一) 洁己自持、安贫乐道

在方氏族人身上表现出洁己自持、自强不息、安贫乐道的精神品质。他们面对困难、身处逆境时，仍然不折不挠、坚持不懈。方云槐、方应庶、方成郯就是这种品质的体现者，并一定程度地影响了方象瑛。

方云槐家境贫困，但勤劳肯干，早起晚归，家业渐兴；又豪迈慷慨，磊落大气，从下面这则故事可见一斑："嘉靖十八年大饥，公积谷百余石，族豪破廪夺之。公扶母踉跄往视，至，则无粒遗矣。母大忿惜。公跪曰：'仪不常有，母幸康，岁不足杀我也。'无何，浙东西以剽夺闻诏，巡按御史所在治之，豪大惧，夜叩户，立券为偿。公尽挥去，曰：'痛已往矣。'"② 方云槐的慷慨大气，对后世子孙影响很大。方应庶亦是如此，性格豪迈："公性豪举，向时操家政，固不为私蓄别产。后益好施予，余夫人簪珥时时质市中。尝微讽之曰：'独不能治生为后嗣乎？'公笑曰：'吾止一子，当大吾宗，吾挥金不惜，正以为此子也。'"③ 方迓年性格豪爽，为人排难解纷，重承诺，挥金似土；喜交游，善饮酒，曾修建穆园，邀请亲戚、宾客、歌妓等日夕豪饮。

方成郯与人交往，没有亲疏贵贱之分，均以诚相待，人们也乐与其亲近。乡里有求贷者，方成郯都一一允诺。后因某人去世，或贫穷不能还贷，方成郯取券焚烧，凡四千余金。辛卯、壬辰年间闹饥荒，方成郯舍粥贷粟，救活了一大批人。有僧人募建慈慧庵，方成郯第一个为之捐资。方成都为人亦慷慨大方，杭州营守备李某罢官，因贫不能归家，方成都资助他路费盘缠。李某欲以二女酬谢，

---

① 罗时进：《地域·家族·文学——清代江南诗文研究》，上海古籍出版社2010年版，第5页。
② 方象瑛：《节孝行述》，《健松斋集》卷十四，第218页。
③ 方象瑛：《见南公行述》，《健松斋集》卷十四，第219页。

方成都推却不受。李某坚持请方成都接受其中一人，方成都怒曰："吾哀若贫，今受女，视我何如人耶？"① 李某泣泪拜谢而去。方成郊少时豪放不羁，任性负气。方逢年在京都任职期间，方成郊曾侍奉左右。待方逢年罢官归家，方成郊"与里中少年日夕纵饮，或踞五狮山绝顶，或泅文林湖中，令童子浮杯水面，唼而饮之"②。方成郊刚直不能容人有过，"见败行饰诈者，必唾之，或酒后拍案大骂"③。里中有豪奴多次砍伐他人冢木，一日方成郊遇到豪奴，大声训斥，豪奴颇为不逊。成郊怒而捶杀之，"主者大恚愤，然邑中人则欢呼相告，曰：'三公子为通邑除害矣。'"④

方象瑛深受父辈影响，为人持重，洁己自好。康熙六年（1667）举进士，未授一官，但他泰然处之。在京师官翰林院编修时，生活贫困，"夏长怜再食，客久愧加餐"⑤，还要靠友人赠米糊口，但他依然兢兢业业，积极撰写《明史》人物列传。尤其是方象瑛回复给妻弟吴宏的书信，对自己的喜好作了详尽的阐发，"声色、货利、伎乐之属，实所厌弃"⑥，不仅如此，"凡人所供玩弄者，如围棋、六博之类，仆于此茫然不知"⑦。方象瑛对自己有"乡间之名""文章之名"的理解与阐释，亦足见其洁己自持的性格特点：

> 乡间之名，非仆所得已也。夫人幸叨一第，凡事关桑梓，即当为之兴其利而除其弊。若淡漠视之，亦何赖有我辈？故尝痛墨吏之贪饕、蠹胥之横恶、劣衿土豪之相缘为奸。稍为论列，罢差徭积弊，岁省民脂膏巨万。所言公公言之而已，而非好名以喜事。既为民条议矣，即不得复有干与。是用谢绝请托，名刺不入公门者七年。理固宜尔，而非好名以养高。里中少年才

---

① 方象瑛：《伯父岁贡公行述》，《健松斋集》卷十四，第229页。
② 方象瑛：《叔父太学公行述》，《健松斋集》卷十四，第231页。
③ 方象瑛：《叔父太学公行述》，《健松斋集》卷十四，第231页。
④ 方象瑛：《叔父太学公行述》，《健松斋集》卷十四，第231页。
⑤ 方象瑛：《谢张膏之舍人馈米》，《健松斋集》卷十八《展台诗钞上》，第285页。
⑥ 方象瑛：《答吴芬月孝廉书》，《健松斋集》卷十一，第174页。
⑦ 方象瑛：《答吴芬月孝廉书》，《健松斋集》卷十一，第174页。

隽之士以文来贽，辄为论次。或资给荐引之，奖掖后进。吾尝谅有同心，而非好名以悦众。甲寅之乱，大帅颇多俘获，其中六人则傍郭农夫也。仆见其旦供租而午俘系，故为诸请，六人者皆得释。所掳多良民妇女，仆闻而哀之，脱妻儿钗镯，赎难妇五口。此亦乍见孺子之恒心，而非好名以市恩。故谓仆好名者，亦未亲历其境、见其事耳。①

方象瑛认为自己进士及第后积极为民请命，论列差徭之弊，为百姓节省钱财数以万计，"非好名以喜事"，而是读书人的社会责任所在；自己谢绝请托，名帖不投衙门长达七年，"非好名以养高"；乡里少年才俊以文求教，自己大胆指正、积极推荐，奖掖后进，"非好名以悦众"；不畏生死，救济落难之人，"非好名以市恩"。方象瑛指出，认为自己沽名钓誉的人，都是没有亲历其境、亲见其事者。自己童年时学习诗歌古文，父亲教育严厉，心不得旁骛；避乱居杭州时，与诸文士约为古学，得到称许，于是名为能古文，是"文而工也，逃名而名归"②。在翰林院为官时，自己刻意砥行，以"搜求遗书，博观经史，求进古人之无穷"为志向。如果这些都能被称为好名的话，自己也就接受而不辩白了。方象瑛致书陈廷会时也诉说了自己在精神上的追求："用是拙守杜门，惧陨先德，且蒿目桑梓，谬为条列利弊。迄今五年，誓不投公门一字，非故为高简，理固有不可者。"③

（二）执政为公、睦民识才

遂安方氏族人入仕为官，无论官职大小，都能做到执政为公、体恤百姓。据《民国遂安县志》"坊表"载，遂安县东南建有"祖孙伯侄翰林坊"，为"大学士方逢年、宏文院检讨方犹、翰林院编修方象瑛"④。县东南还建有"世科甲坊"，为"大学士方逢年，子举

---

① 方象瑛：《答吴芬月孝廉书》，《健松斋集》卷十一，第174—175页。
② 方象瑛：《答吴芬月孝廉书》，《健松斋集》卷十一，第175页。
③ 方象瑛：《答陈际叔书》，《健松斋集》卷十一，第172页。
④ 罗柏丽修，姚桓等纂：《遂安县志》卷二"坊表"，《中国地方志集成·浙江府县志辑》第10册，民国十九年（1930）排印本，上海书店1993年版，第767页。

人方成邳，孙进士方象璜、方象瑛，举人方象璇，曾孙举人方引彦，元孙举人方锡纲"①。这些都说明遂安方氏得到了同里的充分肯定。

方可正任桐乡训导时，礼教乡里，"捐俸葺学宫，修建孔子庙堂，严课校"②。后升任福建寿宁知县，寿宁坐落在群山之中，办公条件简陋。方可正设置延宾馆，召集诸学子询问都有哪些困难，并选拔出一批寒士。方逢年任翰林院编修时，仪表雍容，文辞博雅，受到众人尊重。明天启四年（1624），方逢年典试湖广。当时魏忠贤窃政，方逢年发策时以"上下泰交"发问，有"巨珰大蠹"语，文章慷慨激昂，直陈时事，"宇内岂无人？宁有薄视士大夫，而觅皋夔稷契于黄衣阉尹之流者"等语一时传诵称快。魏忠贤见而大怒，矫旨连贬方逢年并外调。方逢年的做法却得到了家人的大力支持，方可正对方逢年能论刺时政、弹劾魏忠贤大加赞赏："汝言人所不敢言，是可报天子，不负吾学矣。"③方逢年不仅为人正直，更知人善任，四典文武试，赏识人才，奖掖后学。如崇祯四年（1631），方逢年主持会试，取中马世奇、杨以任、项声国、詹尔选、叶树声等人，都成为栋梁之材；崇祯七年（1634），方逢年进南京国子监祭酒，罢除陋规，奖掖名士徐孚远、周立勋等；崇祯十一年（1638），朝廷诏举人才，方逢年推举汪乔年。汪乔年后任三边总制，在襄城殉难，为一代名臣。

方可正、方逢年等的为官之道深深影响了方氏家族的后辈，方成邳任台州府儒学教授时，"规范峻整，课士先品行"④，选拔名士秦椒、戴应华等。方成邳还修建文庙、学宫，不辞辛劳。章廷元被人诬陷，方成邳为其申诉，事情才得以真相大白。方成邳助人扬善，得到民心，"台人至今思之，议祀公名宦"⑤。方象璜任荆州推官时，

---

① 罗柏丽修，姚桓等纂：《民国遂安县志》卷二"坊表"，《中国地方志集成·浙江府县志辑》第10册，民国十九年排印本，上海书店1993年版，第767页。
② 方象瑛：《直完公行述》，《健松斋集》卷十四，第221页。
③ 方象瑛：《直完公行述》，《健松斋集》卷十四，第221页。
④ 方象瑛：《五叔父助教公行述》，《健松斋续集》卷七，第451页。
⑤ 方象瑛：《五叔父助教公行述》，《健松斋续集》卷七，第451页。

官兵会剿西山,他积极搬运粮食,修建营房。贼寇消灭后,方象瑛又建议:"疆界宜清,投诚兵器宜销,逋粮逃民宜究,驿马越站宜禁。"① 荆州素来民刁善讼,方象瑛原情按法,做到公平裁决。闲暇时,考察诸学子的学业,邀请宿儒王文南、严以方等重修《荆州府志》。公安县原来有一百六十多人供往来驿使,战乱时大多逃亡外地,因此商议派里户出钱催募,得一千六百金,"胥吏相缘为奸,利价已入官,而夫仍取于民"②。方象瑛"承谳重惩奸吏,法不便者,立罢之"③,此举得到了公安人的一致赞誉,"创祚德庵祠祀焉"④。

方象瑛也受到祖辈、父兄辈的影响,进士及第后未授一职,闲散家居近十年。期间,他关心民生疾苦,积极为乡里百姓请命。《民国遂安县志》的一段记载足见方象瑛的以民为本:"邑多粃政,适旧令升任,士民环聚鼓噪,亟往理论,许以条列上陈,众始解。令馈金以报,峻却之。旋与仲兄象璜吁当道,得允所请,岁省脂膏万计。新令至,以暮夜金,俾缄口邑中事,坚拒勿受。有狱将具,欲置之死,务得荐绅公呈,案始定。令遣人数四恳,拂衣起曰:'杀人媚人,天道何在?'事遂寝。某出狱诣谢,辞不见,设座,再拜而去。"⑤ 方象瑛帮助原任县令平息了群众的聚集喧闹,并拒绝了县令的馈金。他又与堂兄方象璜积极向朝廷呼吁,为遂安百姓"岁省脂膏万计"。新任县令想贿赂方象瑛,使其不再插手,但遭到方象瑛的坚决拒绝。方象瑛搭救了入狱之人的性命,也没有接受感谢。这几件事充分地证明了方象瑛爱民、敬民的品质。

方象瑛也继承了先辈知人善任的品格。康熙十七年(1678),方象瑛分校顺天乡试,他展阅一份考卷,初看不见有可喜之处;掩卷深思整日,顿觉该文乃"性情所发,真有即之愈深、味之愈永者"⑥,不

---

① 方象瑛:《仲兄合肥公行状》,《健松斋续集》卷七,第453页。
② 方象瑛:《仲兄合肥公行状》,《健松斋续集》卷七,第453页。
③ 方象瑛:《仲兄合肥公行状》,《健松斋续集》卷七,第453页。
④ 方象瑛:《仲兄合肥公行状》,《健松斋续集》卷七,第453页。
⑤ 罗柏丽修,姚桓等纂:《遂安县志》卷七"廉介",《中国地方志集成·浙江府县志辑》第10册,民国十九年排印本,上海书店1993年版,第839页。
⑥ 方象瑛:《马严冲制义序》,《健松斋集》卷三,第71页。

禁狂呼叹绝。

> 亟以第一人荐,两主司虽加称赏,顾以余执持过切,颇疑之。余闻,怃然曰:"安有求真才而使人疑者乎?"于是诣聚奎堂,引天日自誓,且告主司曰:"两君抡文畿辅,将取其负才积学乎?抑姑随世俯仰也?今所见揣摩之业满几案,性情之发,独此卷耳。夫人负才学而不我遇,斯已矣。既识之而又姑听焉,某实不忍。两君独不为天地惜才,为国家得士乎?"于是两主司欣然曰:"君毋过激,人能以性情为文,岂有私者。"凡八荐,乃以第七人冠本房。当是时,余词色俱厉,同事皆为太息。①

这一段关于方象瑛语言、神态、动作及与主考官对话等的描写,足见方象瑛为国选拔人才、以才衡人的迫切心情。所取之士即清代政坛著名人物马教思(号严冲)。方象瑛的慧眼识人也得到了同僚的赞誉,"吴户部五崖、张学士敦复诣余,称生不置口,且曰:'得名士难,得寒士更难,君独为其难者。'"②

康熙二十二年(1683),方象瑛任四川乡试主考官,他尽心甄录,"得士四十二人,每拆一卷,当事辄额手称得人"③。冯云骧(字讷生)当时正督学四川,他"籍三川名隽三十人,验其得失,榜发售者二十有五、副车三,所未见者二人耳"④,于是蜀人争相传诵。康熙二十四年(1685),方象瑛所取四川诸生赴京参加会试,"以中卷额少,举南宫者二人,皆余所取士,而樊生泽达以解首得入读中秘书,诸生亦循例试县"⑤。樊泽达是清代的知名人物,四川乡试第一名,康熙二十四年(1685)举进士,选翰林院庶吉士,散馆授检讨。康熙三十一年(1692),擢侍读学士。后任广东乡试主考

---

① 方象瑛:《马严冲制义序》,《健松斋集》卷三,第71页。
② 方象瑛:《马严冲制义序》,《健松斋集》卷三,第71页。
③ 方象瑛:《四川乡试序齿录序》,《健松斋集》卷一,第19页。
④ 方象瑛:《四川乡试序齿录序》,《健松斋集》卷一,第19页。
⑤ 方象瑛:《四川乡试序齿录序》,《健松斋集》卷一,第19页。

官,提督广东学政。由此可见方象瑛之识人。

(三)宗亲孝友,诗礼传家

方氏先祖以至孝纯笃闻名,族人深受浸染,在家族内部形成了孝友唯德、彬彬礼让之风。孝悌是遂安方氏家族的精神旗帜,方氏家族成员对此有着自觉的遵守,历代相传,门风不坠。

方云槐性孝,"生平教子悉以孝义"①。知县因方云槐的至孝,恪表曰"节孝之门"②。方成郯孝友仁恕,笃于友爱,内睦宗亲,外通宾客。由以下几件小事可见方云槐、方成郯之孝悌:

> 公(方云槐)性孝,居恒念父早逝、母茹荼鞠育,中夜号恸,里邻皆太息有泣下者。母病剧,刲股救疗,疾得旋愈。③

> (方成郯)事阁学公及母毛太夫人尽子道,尝解衣脱帽作儿童戏于太夫人前,或述里巷谐谑,博欢笑。迨太夫人既耄苦昏眊,饮食起处,必躬奉视以为常。④

> 弟成邰尝为乱兵所留,先生(方成郯)闻之,日夜涕泣,气结不能语,久乃苏。而成邰方游吴门,遘危疾,不食饮者旬余,舌毛长寸许。先生疾趋至,亲视汤药,日取帛裹指拭口中,指且溃裂。⑤

方象瑛亦是至情至孝之人,父亲方成郯去世时,他正客旅建宁,"忽中夜跃起狂呼,烦闷若不欲生"⑥,同舍之人惊诧不已。方象瑛担心父亲,第二日即赶路回家,"七昼夜,驰千二百里"⑦。父亲去

---

① 方象瑛:《节孝行述》,《健松斋集》卷十四,第218页。
② 方象瑛:《节孝行述》,《健松斋集》卷十四,第218页。
③ 方象瑛:《节孝行述》,《健松斋集》卷十四,第218页。
④ 陈玉璂:《敕赠文林郎翰林院编修稚官方公墓志铭》,《学文堂集》"墓志铭一",《清代诗文集汇编》第143册,上海古籍出版社2010年版,第493页。
⑤ 陈玉璂:《敕赠文林郎翰林院编修稚官方公墓志铭》,《学文堂集》"墓志铭一",《清代诗文集汇编》第143册,上海古籍出版社2010年版,第493页。
⑥ 方象瑛:《先府君行述》,《健松斋集》卷十四,第228页。
⑦ 方象瑛:《先府君行述》,《健松斋集》卷十四,第228页。

世后，方象瑛携带纪念父亲的文章，积极向当时名人乞文，下文有所叙述。这些都反映出方象瑛的至孝。

弟弟方象琟死后，方象瑛十分悲痛，"零落悲群从，思君益恸哉"①。妻子吴氏病亡，方象瑛作《告亡室吴孺人文》，开篇以几近痴疯的言语道出自己对妻子之死的哀痛："呜呼！孺人，汝死耶？汝年甫及艾，未宜死也。"②篇末再次陈情以哀悼："今归矣，其幸耶？抑尚有不能忘者在耶？呜呼痛哉！"③

方氏一族素有习文重艺的传统，一方面，他们潜心攻读儒家圣贤之书；另一方面，又对文学创作表现出浓厚的兴趣，喜好诗词歌赋，寄情诗文，抒发怀抱。因此，方氏家族不乏学问造诣精深、诗文兼备的卓越之士。方可正精通《易》学，"于《易》无所不究，精心图象，钩析卦爻，多前人所未发"④，著有《大易全解》《五经纂史》《断节录》等书。其易学被门人承传，发扬光大，"门人余叔纯尤得其传，所著《周易读》为学者宗尚"⑤。方逢年不仅位居高位，也习文善书法，"为文警拔有奇气，晚乃务为博大。书法宗二王，后更仿孙过庭"⑥，所著《经筵讲义》《雪涤斋文集》等已散佚。《民国遂安县志》收录其《重修王公碑记》《游乳洞记》等文章，其《游乳洞记》一文将写景、抒情与议论相结合，堪称游记的典范。

方迓年平生好学不倦，"节录《尚书》《毛诗》《左传》《国语》诸书，手自缮录，又取《周易集注》增损之，参以诸儒论说"⑦。方成郊也勤于读书，考据前代职官先达科贡始末，手录成帙。康熙十二年（1673），方象瑛应郡邑聘请纂修县志，多次向叔父方成郊请教，"补亡正谬，皆旧志所未有"⑧。方氏家谱旧多散佚，方成郊整

---

① 方象瑛：《哭弟象琟》，《健松斋续集》卷十《所之草下》，第492页。
② 方象瑛：《告亡室吴孺人文》，《健松斋集》卷十五，第252页。
③ 方象瑛：《告亡室吴孺人文》，《健松斋集》卷十五，第252页。
④ 方象瑛：《直完公行述》，《健松斋集》卷十四，第220页。
⑤ 方象瑛：《直完公行述》，《健松斋集》卷十四，第220页。
⑥ 方象瑛：《阁学公行述》，《健松斋集》卷十四，第224页。
⑦ 方象瑛：《两叔祖行述》，《健松斋集》卷十四，第226页。
⑧ 方象瑛：《叔父太学公行述》，《健松斋集》卷十四，第231页。

理、搜集家谱时，采用"以古系源"①之法，以致方氏家谱"支分派列，犁然毕具"②。方象瑛撰述家谱十余篇，方成郊亲加订正，间或指出错误，无不精当。方象璜十余岁时通五经、古文，著有《己亥纪恩诗》《莲漪阁文集》等，诗风"缜密秀润，文颇尚华"③，晚年所作"特造遒洁，诗则刻意清新，几入钱刘之室"④。如《语石山拜石》诗："群山皆培嵝，兹石踞其顶。烟岚生衣袂，俯拾日月景。石势撑铁云，卓立抑何猛。再拜抚寒光，气象肃而整。天语下虚空，秘密堪独领。况值禅定余，孤磬发深省。"⑤ 此诗格律严谨，风格秀丽，确有钱起、刘长卿诗风之神韵。

方象瑛秉承家学，能诗善文，可谓方氏家族中诗文成就最高者。清初学者叶方蔼云："渭仁仰承家学，夙有元本，又能锐志精思、孜矻罔倦，经史诸书皆极搜猎贯穿，且于先秦、两汉、唐宋诸大家之文，亦复直诣傍综，自然神合。"⑥ 方象瑛《健松斋集》《健松斋续集》有古文260多篇、诗歌1000多首，得到了当时文人的广泛赞誉，毛奇龄、毛先舒、尤侗、王嗣槐、林云铭、毛际可、陈廷会、陈玉璂、姜宸英、冯溥、王晫、李澄中、叶方蔼、汤右曾等名流为其文集作序，并给予高度评价。

方象瑛不仅精于诗文创作，还是一位有较高水准的艺术鉴赏家，这从他留存下来的各种像赞、图赞、题画诗等约略可见。如《毛会侯〈松壑据琴图〉赞》"听万壑之松风，俯流泉之弥弥。横素琴而勿御，恍清音其在耳"⑦ 句，虽为画卷，却使人身临其境；"是其冥心静息，非彭泽归来，谁解此无弦之至理"⑧ 句揭示了画家之深远寄

---

① 方象瑛：《叔父太学公行述》，《健松斋集》卷十四，第231页。
② 方象瑛：《叔父太学公行述》，《健松斋集》卷十四，第231页。
③ 方象瑛：《仲兄合肥公行状》，《健松斋续集》卷七，第454页。
④ 方象瑛：《仲兄合肥公行状》，《健松斋续集》卷七，第454页。
⑤ 罗柏麗修，姚桓等纂：《民国遂安县志》卷十"诗"，《中国地方志集成·浙江府县志辑》第10册，民国十九年排印本，上海书店1993年版，第994页。
⑥ 叶方蔼：《〈健松斋集〉序》，《健松斋集》卷首，第3页。
⑦ 方象瑛：《毛会侯〈松壑据琴图〉赞》，《健松斋续集》卷五，第432页。
⑧ 方象瑛：《毛会侯〈松壑据琴图〉赞》，《健松斋续集》卷五，第432页。

托，透彻入理，颇有见地。再如《题〈黄山铺海图〉》："群峰浸其内，日月仍西东。茫茫烟雾影，铺作虬龙宫。杳冥只一气，万象浮虚空。聚散视晴雨，摇曳随天风。观海难为水，此际焉能穷。君不见蓬莱之山环弱水，又不见蜃楼海市摇空蒙。海中有山山有海，离奇幻忽将无同。"① 诗歌造玄远之境界，抒高洁之情怀，诗中有画，诗境融合画境，相得益彰。

第二节　生平经历

钱穆曰："凡中国文学最高作品，即是作者的一部生活史，也可以说是一部个人的心灵史。"② 方象瑛的诗文也是一部个人的生活史和心灵史，为今人深入了解他复杂多变的人生轨迹和心路历程提供了鲜活材料。本节将运用诗史互证的方法，深入解读方象瑛的诗文作品，参照相关史传、方志、笔记等文献资料，详细考察方象瑛的生平行迹，着重突出其主要的社会活动、文学活动，为其文学研究奠定必要而坚实的基础。

一　卒年考

方象瑛生于明崇祯六年（1632）确认无疑，由《重九生日偶成》《重九闱中生日即事》③ 诗题可知出生日期为农历九月初九日。关于其卒年有"卒年不详"和"1685 年后"两种说法。主"卒年不详"者甚多，如李灵年、杨忠主编《清人别集总目》"方象瑛（1632—？），字渭仁，号霞庄，遂安人"④，柯愈春著《清人诗文集总目提要》"象瑛生于崇祯五年（1632），卒年不详"⑤，方亮《方象瑛巴蜀诗文论略》"方象瑛，清初诗人，生于明崇祯五年（1632），

---

① 方象瑛：《题〈黄山铺海图〉》，《健松斋集》卷十七《秋琴阁诗》，第 271 页。
② 钱穆：《现代中国学术论衡》，生活·读书·新知三联书店 1996 年版，第 271 页。
③ 方象瑛：《健松斋集》卷十八《展台诗钞上》、卷二十《锦官集上》，第 291、337 页。
④ 李灵年、杨忠主编：《清人别集总目》，安徽教育出版社 2000 年版，第 239 页。
⑤ 柯愈春：《清人诗文集总目提要》，北京古籍出版社 2001 年版，第 232 页。

卒年不详。字渭仁，号霞庄"①等。主"1685年后"者，如钱仲联主编《中国文学家大辞典》（清代卷）"方象瑛（1632—1685后），字渭仁，号霞庄，浙江遂安人"②。但"1685年后"的说法太过笼统。方象瑛辞官家居后所作诗集《所之草》有诸多明确的时间线索，如《所之草上》有诗《辛未夏访门人陈宅三于宜春，时新葺东斋，予名之曰"静寄"，留寓数日喜而有作并以志别》，辛未即康熙三十年（1691）；《所之草下》有诗《丙子元日》，丙子即康熙三十五年（1696）等。

那么，方象瑛到底卒于何年？《健松斋续集》卷九《自题〈所之草〉》文末云："康熙壬午春日，艮堂耆叟象瑛偶书，时年七十有一。"③壬午即康熙四十一年（1702），时年方象瑛71岁。方象瑛文集提供的时间信息到此无法更进一步，还需要通过文献史料进一步考辨。

清初陈枚辑《留青新集》卷三"杂文类"载有方象瑛所作《扶摇陈先生暨元配戴孺人合葬墓志铭》一文，文曰："兹于康熙癸未年十月□□日卯时，简侯与弟天培将奉两尊人柩合葬陆家□祖茔，南山之阳，问志于余。"④癸未年即康熙四十二年（1703）。《民国遂安县志》卷二《营建志》"坛庙祠"载，遂安邑人为祭祀方象瑛而建思贤祠："思贤祠　城南。康熙五十年，邑人公建，祀故翰林院编修方象瑛，邑人章振萼记。"⑤由此推知，方象瑛的卒年当在康熙四十二年（1703）至康熙五十年（1711），具体卒年有待新材料的发现。

关于方象瑛的生平经历，钱谦益（1582—1664）《列朝诗集小传》、邓汉仪（1617—1689）《诗观》、沈德潜（1673—1769）《清诗别裁集》、张维屏（1780—1859）《国朝诗人征略》、李桓（1827—

---

① 方亮：《方象瑛巴蜀诗文论略》，《成都大学学报》（社会科学版）2012年第2期。
② 钱仲联主编：《中国文学家大辞典》（清代卷），中华书局1996年版，第88页。
③ 方象瑛：《自题〈所之草〉》，《健松斋续集》卷九，第471页。
④ 陈枚辑：《留青新集》，清康熙四十七年（1708）刻本。
⑤ 罗柏丽修，姚桓等纂：《民国遂安县志》卷二，《中国地方志集成·浙江府县志辑》第10册，民国十九年排印本，上海书店1993年版，第771页。

1892)《国朝耆献类征初编》、《清史列传》、赵尔巽《清史稿》、邓之诚（1887—1960）《清诗纪事初编》、罗柏麓等《民国遂安县志》、钱仲联《清诗纪事》等都有记载，但所记资料大都简略且相互承袭，鲜有新的线索。这些文献材料中，以《清史稿》记载最为详尽："方象瑛，字渭仁，遂安人。康熙六年进士。试鸿博，授编修。典试蜀中，寻告归。象瑛性简静，早慧，十岁作《远山净赋》，惊其长老。致仕家居，望益重。邑有大利弊，则岳岳争言，岁省脂膏万计，邑人建思贤祠祀之。著有《健松斋集》《封长白山记》《松窗笔乘》。"①

《健松斋续集》卷二《七十自序》是现存较为完整的关于方象瑛生平经历、性格气质、仕宦为官、辞官归家等情况的文献资料。为下文行文有据，兹录全文于下。

往辛未秋，余虚度六十，阖邑五十七里以余向年条列利病，颇裨桑梓，公制屏幛为寿。余意乡先生初度，从无里民称祝，固辞不获。今又十年矣。马齿加长，贫病如故，岂复重烦父老子弟？于是榜门却贺，届期强起，为子若孙举一卮而已。盖余家自六世祖孝子公寿登七十有三，嗣后从祖文学公七十二岁，余皆仅逾下寿。而三叔太学公、五叔助教公、仲兄合肥公并止于六十七，似有数限之者。余早衰善病，惴惴不能自必，而今且七十矣。期颐耄耋，人生所常有，何敢侈望乎？余幼服先大父庭训，九岁能文，十二学为诗歌小赋，十四为诸生，三十二始举贤书，三十六成进士，中间需次选人。四十八应博学鸿辞举，蒙恩召试，官翰林，在史馆七年，积劳成疾。会当量移，即乞假归里。盖自乙丑迄今，家居十有七载矣。仕宦何常，适可即止，犹叹二疏之不早也。每念硁硁拙守，无事不可告人。辛亥之革弊，甲子之均差，义所当为，不辞劳怨。生平淡素，无声色、货利、珍玩、博奕之好。自论交四方，日以文章朋友

---

① 赵尔巽等：《清史稿》第44册卷四八四《列传二百七十一·文苑一》，中华书局1977年版，第13345页。

为乐。诸君子征诗索文，挥毫立应。其以文来贽者，亦倾接无倦容。故一校京闱，再典蜀试，甄拔多知名寒士。虽勇于任事，笃于求友，严于论文，亦由神健气王，精力足以赴之。今老矣，心摇汗脱，筋力顿衰，乡间疾苦，势不能更为再三之告。即声气辞章，向所乐之不疲者，亦复见以为苦。盖曩时偶侥自喜之概，消磨尽矣。还山以来，薄田不过三十亩，旧屋数椽，檐楹未具，而丝粟之入，皆尽于覆药。仰屋旁皇，何能堪此？然淡泊自甘，一切干请，概行谢绝，足不入公府，亦不投公门一字。郡邑长吏，岁时一刺，往还而已。家世城居，门庭萧寂，子孙辈读书砥行，绝不与闻外事。士大夫立身应世，自当以严气正性持之。半生寡鹄，岂垂白乃丧其所守哉？今夏又举一曾孙矣。一堂四世，差慰老年。倘不即填沟壑，与田夫、野老优游圣世，以乐余生，宁非厚幸。①

此文大致勾勒出了方象瑛的生平行实，另据《健松斋集》《健松斋续集》诗文提供的线索，方象瑛的生平经历大致可分为以下几个阶段：第一阶段，明崇祯五年（1632）至清康熙十二年（1673），期间方象瑛参加语石山雅集（1651年、1652年），举业科考（1657年、1660年、1663年、1667年），四处游历，完成《遂安县志》（1673年），创作诗集《秋琴阁诗》《四游诗》各一卷。第二阶段，康熙十三年（1674）至康熙十五年（1676），期间方象瑛与毛际可携家避乱杭州，与西陵诸子切磋诗文、学问，创作诗集《萍留草》一卷。第三阶段，康熙十六年（1677）至康熙二十三年（1684），期间方象瑛候补中书舍人（1677）、举博学鸿词科（1679）、入史馆修《明史》；典试四川（1683），尽心取士，创作诗集《展台诗钞》（二卷）、《都门怀古诗》（一卷）、《锦官集》（二卷）。第四阶段，康熙二十四年（1685）后，方象瑛乞假归里，居家不复出，有诗集《倦还篇》（一卷）、《所之草》（二卷）。

---

① 方象瑛：《七十自序》，《健松斋续集》卷二，第 408 页。

二　少承家学，举业科考，"放游历五岳"

遂安历史悠久，人杰地灵，素有"文献名邦"的美称，清代吴培源《义学记》云："遂邑虽山陬偏壤，向为文献名邦。先儒讲学之地，遗墨犹存。词臣摛藻之余，鸿文不朽。"① 遂安重视教育，书院、县学、私塾兴办较早且相当普遍，因而人才辈出。自唐至清，出过状元3人、榜眼1人、探花1人、进士400余人。② 据统计，有生平记载和传世著作的约400人，如唐代皇甫湜、皇甫松，宋代钱时、方逢辰、何梦桂、方夔，元代何景福、邵亨贞，明代商辂、徐贯、徐楚，清代毛际可、方象瑛、余国桢、章振萼等。

或许是遂安山清水秀的滋养和浓郁人文气息的熏陶，方象瑛幼时即天资聪敏、禀赋颖悟；又承教于祖父大学士方逢年，他"九岁能文，十二学为诗歌小赋"③，十三岁社课时作《远山净赋》，时人为之惊异。试看《远山净赋》其中一段："鸟入林以影明，树依空而素薄。似坐久以峰来，乍会心而木落。祝暮霞其缓生，听松涛之卷蜇。其风舒也，秋声到席，疏影澄波，叶将黄掩，山乍白多。散幽芬于天末，寄萧澹于崇阿。恍清音其可接，托雅意于啸歌。其月至也，高映峰明，光含石醉，夜冷仍空，宵深如媚。冰雪莹其清姿，星河澹其无翳。"④ 文章骈散结合，对仗工整，语句华美，写景状物，曲尽其妙，是一篇较成熟的赋作。这样的作品出自十三岁孩子之手，确让人惊诧。

顺治八年（1651）、顺治九年（1652），方象瑛与毛际可等人读书于语石山。语石山是"遂安八景"之一，文人士子时常登临，吟诗题词，渐渐成为浙江的一处文化圣地。据方象瑛《健松斋集》、毛际可《安序堂文钞》及《民国遂安县志》载，遂安学子在清代顺

---

①　罗柏丽编，姚桓等纂：《民国遂安县志》，《中国地方志集成·浙江府县志辑》第10册，民国十九年排印本，上海书店1993年版。
②　参阅章百成《淳安进士》，浙江工商大学出版社2013年版，第1—4页。
③　方象瑛：《七十自序》，《健松斋续集》卷二，第408页。
④　方象瑛：《远山净赋》，《健松斋集》卷九，第158页。

治、康熙、乾隆年间多次在语石山雅集，较文制艺，论学交友。其中以顺治辛卯（1651）、壬辰（1652）间语石山之会最为著名，方象瑛、毛际可都称之为"人文之盛"，名噪两浙。方象瑛《梅峰课业序》云："犹忆辛卯、壬辰间，与同学、兄弟读书语石山，极一时人文之盛。"① 毛际可《〈方若韩稿〉序》曰："忆岁在壬辰，余与同学诸子集于语石精舍者十有二人，赏奇析义，颇称一时人文之盛。"② 除方象瑛、毛际可外，顺治辛卯、壬辰年间语石山之会参与者还有方成邰、方象琮、方象璜、姜如芝、姜如兰、李品玉、黄凝禧、郑士瑜、郑士瑛、吴赤琪、程只婴等人。毛际可《〈四游草〉序》云："予之定交方子渭仁也，自壬辰春仲始。犹忆同学十有二人，以制举艺集于语石。"③ 这段文字交代了二人定交的时间、地点，叙述了胜极一时的语石山雅集情况。

顺治十四年（1657）、顺治十七年（1660），方象瑛分别参加了两次乡试，均落榜。康熙二年（1663），第三次参加乡试，中举，时年三十二岁。康熙六年（1667），进士及第（二甲第三十六名），但一直未授官职，"及擢第南宫，而需次里门，未膺一命"④，家居十年，直至康熙十六年（1677）才候补为中书舍人。

闲散家居给了方象瑛亲近自然、潜心读书、游历四方的机会，这一时期所作诗文大多体现出了这种情怀。他曾亲自垦土、栽植，"我亦感时序，种植悦昏晨。伐竹除其冗，去留审所因。顾见半畦土，岁久荒荆榛。呼童集群力，垦土使之均"⑤。田园劳作只是方象瑛生活中的一种调剂，读书才是他性情之所在。阅读陶渊明，他顿生"能使水欲静，又令山俱深。此中有真意，唱叹生清音"⑥ 之感；阅读历史，则又有一番感悟，"千载感项王，甚于怀汉祖。哀其真意气，不得席尺土"与"相如奉璧西，勇气生奇策。毕礼屈秦王，慷

---

① 方象瑛：《梅峰课业序》，《健松斋集》卷一，第 24 页。
② 毛际可撰，顾克勇校点：《毛际可集》，浙江大学出版社 2015 年版，第 77 页。
③ 毛际可撰，顾克勇校点：《毛际可集》，浙江大学出版社 2015 年版，第 161 页。
④ 毛际可撰，顾克勇校点：《毛际可集·方渭仁文集序》，浙江大学出版社 2015 年版，第 415 页。
⑤ 方象瑛：《微雨植玫瑰数畦》，《健松斋集》卷十七《秋琴阁诗》，第 271 页。
⑥ 方象瑛：《读陶》，《健松斋集》卷十七《秋琴阁诗》，第 270 页。

慨振今昔"等诗句①，对项羽、蔺相如赞颂有加。方象瑛的诗歌呈现给读者的世间事物也是多姿多彩的，如"隐约微香远，萧疏浅翠匀。东篱三两朵，分醉与陶邻"②的马兰菊，"手香如叶嫩，棚软山花红。细蕊星初放，奇葩锦自工"③的西番菊，"绕砌宜幽韵，闻香识远情。方秋能滴翠，似作不分清"④的小青花，"凝红花荡漾，围翠叶婆娑"⑤的美人蕉，等等。方象瑛并非只是闲居家中、闭户读书，也曾远游四方，足迹遍及江苏、山东、河北、湖北、福建等地，游历成了他生命中不可或缺的重要部分。所游历之地，皆有诗文留纪，"上下数千年间，山川人物有感于中，或发为诗歌，或撰为碑记铭颂"⑥。他晨发桐江，所见所感所闻的是"雨后青山青在水，水光漾入山光里。此时曙气含空蒙，鸡声喔喔啼晨风"⑦；晚停富春，看到的景色是"烟影横空青欲合，山光带雨翠难收"⑧；秋渡钱塘江，别是一番景象，"江云忽立青峦外，海日遥生碧浪中。潮发三门天欲动，舟移十里岸俱空"⑨。夜晚泛舟江上，所见景色是"渔火明空浦，江烟妆远天。溪回山不住，月落水相连"⑩。

从此时期所作诗歌内容来看，方象瑛的心境是较为平和的，其《遣怀》诗云："当设千古怀，奇旷别有属。愿息诸生肩，得拜升斗禄。文章结主知，声名遍穷谷。因假半通纶，放游历五岳。故人继清醪，县官给马粟。所至纸墨多，奇文勒金玉。息驾归田园，清轩对松竹。左右具图史，酒茗制寒燠。良友同志气，孙子趋教育。垂老便须归，不藉灵方药。"⑪《遣怀》诗可谓是方象瑛这一时期生活

---

① 方象瑛：《读史》其一、其二，《健松斋集》卷十七《秋琴阁诗》，第270页。
② 方象瑛：《马兰菊》，《健松斋集》卷十七《秋琴阁诗》，第273页。
③ 方象瑛：《西番菊》，《健松斋集》卷十七《秋琴阁诗》，第273页。
④ 方象瑛：《小青花》，《健松斋集》卷十七《秋琴阁诗》，第273页。
⑤ 方象瑛：《美人蕉》，《健松斋集》卷十七《秋琴阁诗》，第274页。
⑥ 金鋐：《〈健松斋集〉序》，《健松斋集》卷首，第1—2页。
⑦ 方象瑛：《晓发桐江》，《健松斋集》卷十七《秋琴阁诗》，第272页。
⑧ 方象瑛：《晚泊富春》，《健松斋集》卷十七《秋琴阁诗》，第274页。
⑨ 方象瑛：《渡钱塘江》，《健松斋集》卷十七《秋琴阁诗》，第274页。
⑩ 方象瑛：《夜泛》，《健松斋集》卷十七《秋琴阁诗》，第272页。
⑪ 方象瑛：《遣怀》，《健松斋集》卷十七《秋琴阁诗》，第271页。

状态、心态、心路历程最真实的写照。

康熙十三年（1674）遂安发生寇乱，方象瑛与毛际可一同携家侨居钱塘。下文有详细叙述。方象瑛避寇钱塘时，"间为西陵诸君作词序"①。这些序文体现出了清初西陵词坛概况及词人词风。如其评徐汾之词，"或触境以兴怀，或缘物而托意，不必皆出于悼亡而一往情深"②；评诸匡鼎之词，"娟秀流丽中时具清挺之致，晓风残月，固自靡靡动人。即使铁板按歌，亦复慷慨淋漓，唾壶欲缺"③；评俞士彪之词，"所著《玉甦词》，风期秀上，兼苏辛周柳之长"④，等等。这些评语或论述词作的思想蕴涵，或论述词作的风格特点，抑或兼而论之。论述均切中肯綮，展示出清初西陵词人的风貌。

康熙十六年（1677），方象瑛北上赴京候选。钱塘众文人为其赋诗壮行，王嗣槐作《送方渭仁入补中翰序》以赠，对友人多加勉励，"以极大事业期之"⑤。王嗣槐将其他钱塘文人赠别方象瑛的诗作汇成一册，《送方渭仁诗册题辞》曰："今春，予与潜子牛公寓春江，三月，苃思贻书云：'渭仁将赴阁谒选，行有日矣。'乃与牛公归至吴山道院，剧谈竟日。时祖望从江东归，武令至自蓟州，遥声、掌天倦游而返，稚黄病起强步，而野君诸子皆以一日放遣生徒而来。各为诗歌文词，集苃思茂承堂，以志河梁之别，汇为一册，而绘画以赠之。因念吾辈聚处三年，皆东西南北之人也。……渭仁在郡城与诸子欢会时，忘其居官，而流连无已。"⑥ 如王晫《送方渭仁入中书省》诗曰："河桥分手向燕台，丹阙新征作赋才。夜半挥毫莲烛映，月斜鳌禁漏声来。"⑦ 诗歌对方象瑛的卓越文采、"夜半挥毫"

---

① 方象瑛：《披云阁诗余序》，《健松斋集》卷三，第70页。
② 方象瑛：《徐武令〈碎琴词〉序》，《健松斋集》卷三，第67页。
③ 方象瑛：《诸虎男〈茗柯词〉序》，《健松斋集》卷三，第68页。
④ 方象瑛：《俞季瑮〈玉甦词钞〉序》，《健松斋集》卷三，第69页。
⑤ 王嗣槐：《送方渭仁入补中翰序》，《桂山堂文选》卷二，《清代诗文集汇编》第73册，上海古籍出版社2010年版，第91页。
⑥ 王嗣槐：《送方渭仁诗册题辞》，《桂山堂文选》卷三，第140页。
⑦ 王晫：《送方渭仁入中书省》，《霞举堂集·松溪漫兴》，《清代诗文集汇编》第144册，上海古籍出版社2010年版，第121—122页。

的勤奋等给予了热情的赞美。

三 举博学鸿词，与修《明史》；典试四川，"悉心搜录"

康熙十七年（1678）朝廷有应试博学鸿词之举，正月二十三日，康熙帝诏谕吏部："凡有学行兼优、文词卓越之人，不论已仕未试，令在京三品以上及科道官员，在外督抚布按，各举所知，朕将亲试录用。其余内外各官，果有真知灼见，在内开送吏部，在外开报督抚代为题荐，务令虚公延访，期得真才。"① 户部侍郎严沆举荐了方象瑛。严沆（1617—1678），字子餐，号颢亭。浙江余杭（今杭州）人。顺治十二年（1655）进士，选庶吉士。先后担任刑科给事中、太仆寺少卿、金都御史、宗人府府丞、左副都御史、户部侍郎等。与莱阳宋琬、仁和丁澎、宣城施闰章、阳武赵宾、大梁张文光、同里陈祚明往来倡和，称"燕台七子"。藏书楼"清校楼"藏书万余卷，所编《清校楼书目》已佚。著有《皋园诗文集》《严少司农集》《古秋堂集》等。

严沆与方象瑛渊源颇深。严沆曾受知于文德翼（别称文灯岩，字用昭），文德翼是当年方象瑛祖父方逢年所赏识、极力争取提拔之人，方逢年"获灯岩，奇之，以触忌讳，力争不得，置副卷第一"②，方逢年的义举使文德翼终身感激。所以说严沆"于先大父渊源之谊，相孚合久矣"③。方象瑛在孩童时即闻严沆之名，相见时，"询先人旧事，咨嗟叹息"④。严沆在朝时，"朝野倚重若泰山北斗"⑤，且喜交游、讲仁义，与四方名士结社论文。退隐后，以奖掖后学为己任，"士苟擅一长，必折节下交，为之延誉。岁时置酒宴会，诗文赓和无虚日"⑥，有长者之风。又有仁者之爱，"或有死丧

---

① 玄烨：《圣祖仁皇帝圣训》卷十二，《文渊阁四库全书》影印本。
② 方象瑛：《寿少司农严颢亭先生序》，《健松斋集》卷五，第90页。
③ 方象瑛：《寿少司农严颢亭先生序》，《健松斋集》卷五，第90页。
④ 方象瑛：《寿少司农严颢亭先生序》，《健松斋集》卷五，第90页。
⑤ 方象瑛：《寿少司农严颢亭先生序》，《健松斋集》卷五，第90页。
⑥ 方象瑛：《少司农余杭严先生传》，《健松斋集》卷十三，第202页。

穷乏，必倾囊为赠，偶不给，即称贷济之"①。这样的人自然受人爱戴，"东南士倚之为依归者二十年"②。方象瑛也是仰慕以久，康熙十六年（1677）秋他上书拜见严沆，未能如愿。直到同年十月六日，严沆邀集诸名士时才得以相见。方象瑛描述会面时的情景："十月六日，先生宴集诸名士。舒崇先在坐，问慰曲至。象瑛入，先生降阶执手，且曰：'频年闻君名，今乃得相识，然读君诗文盖已久矣。'当时座客无不惊叹，谓先生之遇两生如此其厚也。"③ 一位关爱后学、谦虚有礼的儒者形象跃然在目。方象瑛也在多篇文章中记述了严沆举荐之事：

  语所亲曰："吾所知无逾方、叶二子者。"会舒崇谬为政府诸公论荐，例不得更列，于是首以象瑛入告，而宁都魏禧、秀水朱彝尊次焉。④

  上以军兴需才，复思得博学宏辞之士备顾问，先后诏廷臣各举所知。先生疏荐奉化俞廷瑞、沁水王纪、晋江张汝瑚备军前任用。于文学则举秀水朱彝尊、宁都魏禧，而鄙陋如象瑛亦与焉。忆拜疏前一夕，先生札召象瑛及陆嘉淑、王嗣槐、顾永年饮西轩，偶及政府荐士某某。永年曰："方子亦被荐否乎？"先生曰："未也。"已又曰："会须有人物色耳。"不知先生已缮疏诘旦启事矣。其荐士不使人知如此。⑤

严沆对方象瑛的才华、人品非常认可，在举荐博学鸿词之士时，列方象瑛于"清初散文三大家"之一的魏禧与著名学者、诗人朱彝尊之前。方象瑛也不负严沆的举荐，在康熙十八年（1679）博学鸿词科试中取得二等第十五名，入史馆修《明史》。方象瑛《寿少司

---

① 方象瑛：《少司农余杭严先生传》，《健松斋集》卷十三，第202页。
② 方象瑛：《少司农余杭严先生传》，《健松斋集》卷十三，第202页。
③ 方象瑛：《祭余杭严先生文》，《健松斋集》卷十五，第248页。
④ 方象瑛：《祭余杭严先生文》，《健松斋集》卷十五，第248页。
⑤ 方象瑛：《少司农余杭严先生传》，《健松斋集》卷十三，第202页。

农严颢亭先生序》《少司农余杭严先生传》《祭余杭严先生文》等文章不仅是严沆的人物传记,也是二人交往的有力证据,抒发了方象瑛对前贤的感激与崇敬之情。

康熙十八年(1679)三月一日,康熙帝于体仁阁召试被举荐之士。王应奎《柳南随笔》对此次考试的考题、应试场景等有所记述:

> 次年三月初一日,上御体仁阁,临轩命题,学士捧黄纸唱给,首题《璿玑玉衡赋》,有序,用四六;次题《省耕诗》,五言二十韵。散迄,命就坐,撤护军,俾吟咏自适。日中,鸿胪引出,跪听上谕云:诸士皆读书博古,当世贤人,朕隆重有加,宿命光禄授餐,使知敬礼至意。引上阁设席赐椅,四人一席,繡衣捧茶陈馈,十二簋加四饭,丰腆苾芬,缉御恭肃,召二品三人陪宴。既毕,叩头谢恩。从容握管,文完者先出,未完者命给烛,至漏二下始罢。吏部收卷,翰林院总封,进呈卿览。①

试题是一诗一赋,均有规定要求。康熙帝设宴招待与试者,秦瀛《己未词科录》亦有记载:"设高桌五十张,每张设四高椅。光禄寺设馔十二色,皆大盘高攒,相传给直四百金。先赐茶二通,时果四色,后用馒首卷子、红绫饼、粉汤各二套,白米饭各一大盂,又赐茶。迄,复就试。时陪宴者,太宰满汉各二员、掌院学士满汉二员,皆南北相坐,谓之主席,以宾客皆东西向也。余官提调者,皆不与焉。"② 从赐宴食物品类、陪宴人员身份等来看,此次设宴规格高大、场面隆重,充分体现出了康熙帝对此次博学鸿词科应试者的重视。

大学士户部尚书李霨、大学士礼部尚书杜立德、大学士刑部尚书冯溥、掌院学士礼部侍郎叶方蔼等四人为此次考试的阅卷官。康熙帝钦取中五十人,号称五十鸿博,其中彭孙遹、倪灿、张烈、汪

---

① 王应奎著,严英俊点校:《柳南随笔》,中华书局1984年版,第64页。
② 秦瀛编:《己未词科录》卷一,清嘉庆刻本。

霖、乔莱、王顼龄、李因笃、秦松龄、周清原、陈维崧、徐嘉炎、陆葇、冯勖、钱中谐、汪楫、袁佑、朱彝尊、汤斌、汪琬、邱象随等二十人列一等,李来泰、潘耒、沈珩、施闰章、米汉雯、黄与坚、李铠、徐釚、沈筠、周庆曾、尤侗、范必英、崔如岳、张鸿烈、方象瑛、李澄中、吴元龙、庞垲、毛奇龄、钱金甫、吴任臣、陈鸿绩、曹宜溥、毛升芳、曹禾、黎骞、高咏、龙燮、邵吴远、严绳孙等三十人列二等。五月十七日赐封职衔,分授侍读、侍讲、编修、检讨等官职,《清史稿·选举四》载:"以光禄少卿邵吴远为侍读,道员、郎中汤斌等四人为侍讲,进士出身之主事、中行评博、内阁典籍、知县及未仕之进士彭孙遹等十八人为编修。举贡出身之推知、教职,革职之检讨、知县及未仕之举贡荫监布衣倪灿等二十七人为检讨。俱入史馆,纂修《明史》。"① 方象瑛被授予翰林院编修。其友人邵长蘅《五月十七日喜闻诸公同官翰林赋赠五十韵有序》曰:"康熙十八年诏举博学鸿词,海内之士应诏集阙下者百余人,上亲试之,得五十人,悉命官翰林,纂修《明史》,盖异数也。与余雅故者,施愚山闰章、汪钝翁琬、秦对岩松龄、钱宫声中谐、曹峨嵋禾、乔石林莱、李子德因笃、陈其年维崧、毛大可奇龄、朱竹垞彝尊、汪舟次楫、严荪友绳孙、徐胜力嘉炎、潘次耕耒、李渭清澄中、方渭仁象瑛、周雅楫清原暨家戒三远平。"②

康熙十八年(1679)的博学鸿词科试,既是一次大规模的人才选拔考试,也是一场空前的文化盛会。各地应征的鸿儒们云集京师,盛况空前。他们借此机会自发地联谊交游,一些喜好风雅的京城官员也经常开宴招饮,"被征博学鸿儒入京后相互交游唱和,自己的小圈子与他人的小圈子相互交叉形成大圈子,大圈子交叉扩展形成交游网"③。由此,一场名流荟萃、朝野融合的文化盛会就此形成。当时京师最引人瞩目、颇具规模和影响的雅集唱酬活动,冯溥是重要

---

① 赵尔巽等:《清史稿》卷一百九卷《选举四》,中华书局1977年版,第3176页。
② 邵长蘅:《五月十七日喜闻诸公同官翰林赋赠五十韵有序》,《邵子湘全集·青门旅稿》卷一,清康熙刻本。
③ 高莲莲:《王士禛的文人雅集与康熙诗坛风尚的变迁》,《河北学刊》2014年第3期。

招集者之一。下文有详细叙述。

  京师作为全国政治、文化中心，经济繁荣，文化昌盛，有着广泛的人际资源，是普天下文人士子的梦想。文人士子不仅可以参与大小雅集酬唱，更可以从与寓京鸿儒们的交谈中获得更多关于文坛的信息。方象瑛的序体文就透露出很多京师文人之间谈文论艺、臧否人物的情况，《庞雪崖诗序》云："戊午冬，余以辟举候召试，与清苑陈蔼公论诗。蔼公负奇少许可，独称任丘庞君雪崖。蔼公之言曰：今天下诗学敝极矣，庞君文而不缛，质而不俚，有风人之遗焉。且性谦退善下，进之当不止于是。"① 戊午即康熙十七年（1678），方象瑛与陈僖（字蔼公）论诗谈文，陈僖甚少称许他人，独认可庞垲（号雪崖）。方象瑛是未识庞垲其人已先闻庞垲其名。再如方象瑛曾听朱彝尊（字锡鬯）、徐嘉炎（字胜力）谈论禾中（今浙江嘉兴）名士："曩在京师，朱锡鬯、徐胜力论禾中名士，辄称语溪钟子静远。"② 是时钟静远迁陈留令，方象瑛也是未得识其人而先识其名。方象瑛也曾与毛奇龄（字大可）谈论越中名士："往与萧山毛检讨大可论越中名士，辄称其同邑张君迩可。"③ 对于张远，方象瑛也是先闻名而后识人。他人的绍介虽是间接的，但也为后来的相识埋下了伏笔。方象瑛后与庞垲同举博学鸿词科，于体仁阁同试时相见。方象瑛对庞凯外貌、性格的刻画："貌清弱，恂恂若不胜衣。每朝会，侪辈杂处欢笑，独瞑目默坐，若不欲多与人事者"④，寥寥数笔，一位沉静寡言、清瘦的文弱书生形象跃然纸上。对庞垲诗风的概括更是精要，"高古澹朴，一往辄有真气""奇峭激壮"⑤。

  此段时期，方象瑛的好友同僚或不得于时，或公干外出，或乞假归里，方象瑛均有诗相赠。李因笃（字天生）于康熙十八年（1679）秋奉旨离京归养，方象瑛赋诗《送李天生奉旨归养》相赠，

---

① 方象瑛：《庞雪崖诗序》，《健松斋集》卷二，第51页。
② 方象瑛：《钟陈留词序》，《健松斋续集》卷二，第406页。
③ 方象瑛：《张迩可梅庄集序》，《健松斋续集》卷二，第402页。
④ 方象瑛：《庞雪崖诗序》，《健松斋集》卷二，第51页。
⑤ 方象瑛：《庞雪崖诗序》，《健松斋集》卷二，第51页。

"未许陈情闲令伯,谁云奏赋重相如。还山赐秩恩偏厚,捧檄归田志未虚"①,称赞李因笃的才学并褒其志节。康熙二十一年(1682),张英(字敦复)乞假奉旨归桐城,方象瑛作《送张敦复学士奉假南归》诗,"十年侍直迥难俦,赐第西华接凤楼。讲幄春深承睿藻,瀛台花暖奉宸游。一时父子文章重,千古君臣宠眷优"②诗句,赞扬张英得到的恩宠以及出众的才华。

方象瑛和其他鸿儒于康熙十八年(1679)五月入史馆,奉命修《明史》,十二月十七日开馆。方象瑛于次年正月分撰《景帝本纪》与景泰、天顺、成化朝臣王翱、于谦等传;康熙二十年(1681)六月,分得天启、崇祯朝臣顾大章、朱燮元等传;康熙二十一年(1682)四月,又分得隆庆、万历朝臣梁梦龙、许孚远等传。陈维崧去世后,徐元文又将王崇古等八传属方象瑛草拟,汤斌又属方象瑛补撰邓廷瓒、胡拱辰二传,总计八十六传。方象瑛撰写的《明史》人物列传得到了施闰章、汤斌等人的一致赞扬。

京师为官时,方象瑛"取金台故迹各为一咏,于凭览之中寓惩劝之意"③,创作《都门怀古诗》十六首,得到了一众文人的赞誉。

> 所为《都门怀古诗》,音节壮凉,寄托高远,直欲横视一世。彼暮响繁声,对此能复以雄丽自诩耶?京洛之诗,当为之一变矣。(万言)④
>
> 《都门怀古诗》流连感兴,苍凉豪健,擅初盛唐之场。(朱载震)⑤
>
> 方子渭仁作《都门怀古诗》十六章,实指其人与事,悲歌凭吊,寓意尚论,不矫不随,有俾世教,与古人相去未远,故

---

① 方象瑛:《送李天生奉旨归养》,《健松斋集》卷十八《展台诗钞上》,第291页。
② 方象瑛:《送张敦复学士奉假南归》,《健松斋集》卷十八《展台诗钞上》,第309页。
③ 黄虞稷:《健松斋集》卷二十四《都门怀古诗》集后,第373页。
④ 万言:《健松斋集》卷二十四《都门怀古诗》集后,第373—374页。
⑤ 朱载震:《健松斋集》卷二十四《都门怀古诗》集后,第374页。

足传也。(王岱)①

试举《蒯文通墓》诗以窥方象瑛《都门怀古诗》的艺术成就:"当年狙诈委荒丘,芳草孤坟尚可求。王气应知归汉祖,奇谋原不负韩侯。书传《隽永》人谁问,愤到徉狂死未休。鸟尽弓藏千古憾,寒灯井上夜深游。"② 蒯通,辩才无双,论战国之权变,成《隽永》八十一章。曾建议韩信与刘邦、项羽三分天下。方象瑛对蒯通的才华是肯定的,对其结局则充满了同情。诗歌风格苍凉悲壮,寓意深刻,"不矫不随,有俾世教"。

康熙二十二年(1683),方象瑛奉旨典四川乡试。此时四川平乱不久,"乡贡之典阙而不举,十年于兹矣"③。方象瑛此去肩负着为朝廷选拔人才的重任,友人王嗣槐认为方象瑛是典试四川乡试的最佳人选,其《送方太史典试四川序》云:"夫永叔以一人之力,居京辇之下,举天下士子数十,百年相沿之旧习,回狂澜而逆折之,卒反于醇正。今巴蜀一隅,疮残虽深,风气未改。"④ 王嗣槐认为方象瑛一定不会辜负朝廷的重托,能像欧阳修一样选拔出贤士。对方象瑛此行充满期待,以欧阳修作比,"苟有子瞻兄弟其人,先生力能拔而出之,与庆历至和间士子相尚"⑤。王嗣槐希望方象瑛会像欧阳修推举出苏轼兄弟一样,在四川选拔出优秀的人才。方象瑛典试四川时,也有众多友人赠诗为其送别,如梁清标《送方渭仁门人典试蜀中》、毛奇龄《方编修典试四川》、李澄中《送同年方渭仁编修典试四川序》、高层云《送方太史渭仁先生典试四川序》、沈荃《送方渭仁馆丈典试四川》、彭孙遹《送方渭仁典试蜀中》等,诗歌多是对方象瑛才华的赞美以及对其典试的期许。

方象瑛从京师出发,途经河北、山西、陕西、湖北、重庆等地,

---

① 王岱:《〈都门怀古诗〉序》,《健松斋集》卷二十四《都门怀古诗》卷首,第371页。
② 方象瑛:《蒯文通墓》,《健松斋集》卷二十四《都门怀古诗》,第372页。
③ 王嗣槐:《桂山堂集》,《清代诗文集汇编》第73册,上海古籍出版社2010年版,第76页。
④ 王嗣槐:《桂山堂集》,《清代诗文集汇编》第73册,上海古籍出版社2010年版,第77页。
⑤ 王嗣槐:《桂山堂集》,《清代诗文集汇编》第73册,上海古籍出版社2010年版,第77页。

由秦蜀栈道进入四川；后沿长江三峡返程，由维扬回京师，行程总计二万余里，创作诗集《锦官集》（二卷）、《使蜀日记》一篇、游记六篇。他在给冯溥的信中说："西趋秦栈，东下夔巫，得日记一首、游记六首、诗二百余首，虽不敢言文，或可备一部蜀道路程耳。"① 诗集《锦官集》第一首诗为《出都二首》，最后一首为《抵安庆憩天宁寺》，收录诗作近300首。《使蜀日记》从康熙二十二年（1683）七月初一日至康熙二十三年（1684）三月初六日。方象瑛在入蜀、离蜀途中，对所经之地的经济状况也有或详或略的记述，这对研究清初战乱后经济状况较有价值。而所记史实有些为正史所不载，可补正史之不足。对沿途山水地名的考证、辨析，引用古籍兼实地考察，于历史地理学研究也有一定的价值。其中记载的诸多乡风民俗、历史典故考辨、社会现实等颇具史料价值。如关于明末清初四川战乱以及虎患的记载都是历史的实录：

　　（八月）二十四日，由灵山铺至盐亭县。川北自保宁以下，旧称陆海。明末张献忠屠戮最惨，城廓村镇尽毁，田野荒芜，人民死徙，处处皆然，颓垣废畦间犹想见昔日之盛。……（二十五日）蜀寺观多名画铸像，皆毁于寇。②

　　（八月）二十六日，抵潼川州，沃野千里，尽荒弃，田中树林如拱，沟塍隐隐。③

　　九月一日，次汉州，抵新都县，皆名区。乱后中衢，茅屋数十家，余皆茂草，虎迹遍街巷。④

方象瑛在典试途中对友人充满怀念之情。康熙二十二年（1683）闰六月，施闰章过世。此时方象瑛正典试途中，"（七月）初六日，过定州，憩新乐县，读王阮亭司成（士禛）壁间诗，因感施愚山侍

---

① 方象瑛：《上益都先生书》，《健松斋集》卷十一，第176页。
② 方象瑛：《使蜀日记》，《健松斋集》卷七，第125页。
③ 方象瑛：《使蜀日记》，《健松斋集》卷七，第125页。
④ 方象瑛：《使蜀日记》，《健松斋集》卷七，第126页。

讲（闰章）。时愚山殁京邸，余以使命不得往哭，作诗纪哀"①。此诗题为《新乐使院读王阮亭司成壁间韵因感施愚山侍讲，时愚山殁京邸余以使命不得往哭》，诗曰："屈指神交四十春，金门奏赋喜相亲。谁能折节从知己，真觉忘年是古人。三载论文书在箧，一时话别语伤神。王程未尽西州恸，回首燕台泪满巾。"② 诗歌不仅回忆了二人的莫逆交情，更表达了对施闰章过世的沉痛悼念之情。同年八月初四，方象瑛途经黄牛驿一带，"夜宿草凉楼，驿无驿舍，茅屋数间，虫声四壁，霜气袭人。夜梦施愚山索余诗共读。愚山殁久，此时或归榇宣城，不知栈山千里，何以入梦也"③。醒后，方象瑛作《梦施愚山》诗二首，抒发了对施闰章深深的思念与哀痛之情，如其一："空山凉月白，独夜思旁皇。故人忽到梦，黯黯微灯光。雍容悦情素，举止颇非常。苦索新诗读，叹赏语偏长。顿觉旅愁豁，安知生死忘。君家住宣州，老死嗟帝乡。招魂更何处，谅各天一方。如何亦草草，远赴道路旁。栈云高万叠，陇树郁青苍。魂来不可见，雪涕沾衣裳。"④ 诗歌其一写施闰章进入自己的梦中，容颜清晰、举止不凡。作者与友人施闰章在史馆时经常切磋诗文技艺，梦中依然不忘诗文切磋，"苦索新诗读，叹赏语偏长"以一个常见而难忘的场景表达了友人在自己心目中永恒的印象。结尾两句，又从梦境落回到现实上来，凄清幽独，意深，痛巨，余音袅袅，让人黯然魂销，回味无穷。诗歌其二紧承上一首诗而发，作者因梦而回忆起往昔与施闰章的交往，开篇交代在接受典试任务时，"匆卒向君过"⑤，当时的施闰章身体健康、精神矍铄，"于时正健饭，神王气亦和"。没想到竟然中道病逝，"老成遂凋谢"。诗人每每想到于此，"念之时怆恻"，只能"惆怅对岩阿"⑥。八月十日到达黄沙驿，方象瑛出云

---

① 方象瑛：《使蜀日记》，《健松斋集》卷七，第122页。
② 方象瑛：《新乐使院读王阮亭司成壁间韵因感施愚山侍讲，时愚山殁京邸余以使命不得往哭》，《健松斋集》卷二十《锦官集》，第326页。
③ 方象瑛：《使蜀日记》，《健松斋集》卷七，第124页。
④ 方象瑛：《梦施愚山》其一，《健松斋集》卷二十《锦官集上》，第331页。
⑤ 方象瑛：《梦施愚山》其二，《健松斋集》卷二十《锦官集上》，第332页。
⑥ 方象瑛：《梦施愚山》其二，《健松斋集》卷二十《锦官集上》，第332页。

栈时非常想念毛际可，借诗以抒情，《出栈怀毛会侯》诗曰："十日度云栈，渺然怀故人。当年嗟远宦，今日老闲身。漫道归田好，谁知作客贫。灯前儿女泪，南望益沾巾。"① 诗中最后两句化用了王勃《送杜少府之任蜀州》"无为在歧路，儿女共沾巾"句，表达了与毛际可的深厚情谊以及对毛际可的思念。

方象瑛一路上饱览了沿途的山河美景，如八月十七日，更舟晚发嘉陵江，"嘉陵江疾流激石，舟行如驶。榜人唱渝州歌，悠扬清越可听。仰睇朝天诸岭，高入天际，崖半石穴数千，亦古栈阁故迹也。下有千佛崖，凿石为屋，镂诸佛罗汉其中，大小数百，或立或坐，变相毕具"②，诗歌《放舟嘉陵江》曰："放缆千峰内，溪石何离离。水石动相忤，湍急声怒嘶。荡桨捷如鹜，岗岭纷飚驰。羌水扶日出，仰见百尺崖。雄关冒其顶，突兀迎朝曦。绝壁斧凿痕，参错留江湄。想见旧悬栈，虹霓夹岸垂。"③ 诗歌描绘出嘉陵江水急、壁绝、崖险等特点，与日记所载内容互读的话，更能体会到嘉陵江江水、两岸峭壁的特点。

"三年一届乡试，这是读书人中举进入仕途的重要途径，是学子及其父母、亲友的希望得以实现的关键一步。慧眼卓识、清廉正直的考官是一个地区选才公正的保证，也是培养国家有用之才的实施者。对于鸿儒来说，他们担任典试，十分荣耀，因此他们竭尽全力去完成使命。"④ 方象瑛肩负重任，竭尽全力去完成使命，"悉心搜录，得士四十二人，大半名下寒士"⑤，圆满地完成了典试取士的任务。

四 乞归故里，"悠游度年岁"

康熙二十四年（1685），方象瑛分撰史传完毕，即乞假归里。作

---

① 方象瑛：《出栈怀毛会侯》，《健松斋集》卷二十《锦官集上》，第334页。
② 方象瑛：《使蜀日记》，《健松斋集》卷七，第125页。
③ 方象瑛：《放舟嘉陵江》，《健松斋集》卷二十《锦官集上》，第335页。
④ 赖玉芹：《博学鸿儒与清初学术转变》，中国社会科学出版社2010年版，第58页。
⑤ 方象瑛：《上益都先生书》，《健松斋集》卷十一，第176页。

《述归》组诗五首,回忆了在京供奉翰林院期间及典试四川时的情形,并展望了归家后的生活。为全面展示方象瑛彼时的状况、心境等,兹录组诗全文于下。

晨出春明门,旷漭豁胸次。暧暧远村烟,松萝郁苍翠。数载滞京华,微官愧高寄。今朝倦眼开,乡心偶然遂。于世既无营,此心更何累。放浪天地间,秋水滤无际。(其一)①

官寒真似水,三载困沉疴。殚力竣前史,昕夕穷搜罗。一病苦怔忡,绵延久未瘥。前年奉使命,力疾趋岷峨。往返二万里,展转须鬐鬐。参苓等饘粥,薄宦当如何。微躯委京国,中夜长咨嗟。朝参有常期,职业在编摩。病夫縻廪禄,愧惕良已多。投牒请休假,诏许归蓬萝。生还实天幸,游目放江河。心闲气亦静,稍觉神理和。乃知麋鹿群,性本狎岩阿。(其二)②

驱车戒晨发,有客思攀留。旦晚便迁陟,何不停轩驺。主人敬谢客,感君意绸缪。仕官若行路,倦足宜归休。营营嗜进心,昏暮谁肯收。知足乃不辱,古人虑实周。保身许明哲,完名继姱修。胡为久恋窃,中道来悲忧。吾将返初服,高卧白蘋洲。(其三)③

回睇燕山道,丹阙亘中天。报称颇未易,七载糜金钱。迂儒滥科第,荐辟厕诸贤。承恩侍从班,稍喜旧业传。文章窃时誉,秘阁留简编。瀛台饫燕赏,锦绮赐华鲜。空群致冀野,杞梓收三川。家声幸未坠,臣职偶无愆。昔贤戒知止,衰老计归田。寄谢金闺侣,逍遥适余年。(其四)④

家园亦何乐,夙昔困清贫。负郭鲜百亩,第宅谁经营。穷愁谅不免,何以适中情。顾怜旅病久,决策谋归耕。团圞聚孙子,情话邀弟兄。山川自清丽,松竹罗轩楹。肩门谢干请,公

---

① 方象瑛:《述归》其一,《健松斋集》卷二十四《倦还篇》,第374页。
② 方象瑛:《述归》其二,《健松斋集》卷二十四《倦还篇》,第374—375页。
③ 方象瑛:《述归》其三,《健松斋集》卷二十四《倦还篇》,第375页。
④ 方象瑛:《述归》其四,《健松斋集》卷二十四《倦还篇》,第375页。

府无姓名。十年筹桑梓，讵肯丧生平。赏心得其静，淡泊何所撄。悠游度年岁，未拟学长生。（其五）①

诗歌其一展示在"松萝郁苍翠"的早晨，"于世既无营"的诗人步出春明门，不由对"数载滞京华"深有感慨，今朝终于"乡心偶然遂"，可以返回家乡，"放浪天地间"，心情是十分愉悦的。诗歌其二讲述了诗人在史馆虽疾病缠身，仍"殚力竣前史"；在疾病未愈的情况下，典四川乡试，"往返二万里"，舟车苦顿，终不辱使命，圆满完成任务。回到京师，即"投牒请休假"，得到允许，"诏许归蓬萝"。诗人的心情是轻松而愉快的，"游目放江河""心闲气亦静，稍觉神理和""性本狎岩阿"等诗句是诗人性情的本真抒发。诗歌其三写诗人清晨出发，朋友们相送，依依不舍。诗人对仕宦、为人处世等发表了一番见解，在他看来，仕宦如同行路，累了就该休息；为人处世，不能汲汲于名利，要知足常乐，明哲保身。如果久恋官场，那么最终只能"中道来悲忧"。诗歌其四主要抒发了诗人的自谦，其中有对自己科举、仕宦的谦虚，"迂儒滥科第，荐辟厕诸贤。承恩侍从班，稍喜旧业传"；有对自己文学创作的谦虚，"文章窃时誉，秘阁留简编"。字里行间其实渗透出强烈的自信，诗人庆幸自己没有辱没家世、愧对朝廷，"家声幸未坠，臣职偶无愆"。正如有学者所言："士人通过科举一途而跻身通显，成为家族与政治地位的标志。家族因为士人科举的成功，不仅可获得现实政治利益和经济利益的双重回报，还将推动家族良性持续发展。"② 诗歌其五开篇展现给读者的是久病的诗人以及清贫的生活、微薄的田地等残酷的现实，但诗人与世无争、不慕名利，诗歌书写的重点不是受困于此，而是对家居生活的渴望。诗人想从此"扃门谢干请，公府无姓名"，过上"团圞聚孙子，情话邀弟兄"田园式的生活，真正做到"赏心得其静""悠游度年岁"。

---

① 方象瑛：《述归》其五，《健松斋集》卷二十四《倦还篇》，第375页。
② 刘文娟：《彭孙贻、彭孙遹仕隐心态与清初士人的出处选择》，《学术交流》2022年第3期。

方象瑛踏上归乡之路的心情是轻松、愉悦的，"乡心轻万里"①。他路经聊城，发出"排难空闻鲁仲连"②之感。在济宁，他因病未能登上太白楼。来到"惊飚荡遥天，洪波竞吼怒"③的徐塘口，他"囊钱问小舟"④，船家却"张皇未肯去"⑤。他过宿迁、黄河，舟中"寒雪乍霏霏"⑥。在崔镇遇大风，"顿使客愁多"⑦。渡淮河，遇到好友洪昇，和其赠诗留别。他归途访游韩侯钓台、漂母祠、露筋庙、董公祠等名胜古迹，均纪之以诗。

经过一路的跋涉，方象瑛回到了家中，实现了《述归》（其五）中所展望的生活途径，享受到了家庭的温暖。《夜集》诗云："家酿朝来熟，春盘更得鱼。儿孙陪夜话，兄弟共闲居。只觉围炉好，都忘对客疏。病夫且坚坐，快饮莫教虚。"⑧ 农家生活是温馨恬淡的，儿孙及兄弟围坐在一起，品尝着亲手捕捞的鱼，即使是病中的诗人，也不想虚度而争相饮酒。添丁增口更是让诗人感到幸福，《三儿举孙喜成》诗曰："灯下传呼近，新添第四孙。熊占方一索，雁序有诸昆。伏枕初闻喜，扶筇便出门。欢陪汤饼会，莫惜酒盈樽。"⑨ 卧病在床的诗人听到新添了第四个孙子，全然不顾身体，高兴得拄着手杖就奔出家门。由"欢陪"、频繁饮酒、劝酒等可见诗人当时的心情之佳。享受天伦之乐是所有老人最大的幸福，而温馨、和美的家庭生活是方象瑛家居后的主旋律。《同诸孙松下晒日》一诗向我们展示了家庭生活的美好：

　　腊月天气晴，南窗宜好日。病起向园亭，诸孙松畔出。隔

---

① 方象瑛：《阻风》，《健松斋集》卷二十四《倦还篇》，第375页。
② 方象瑛：《聊城》，《健松斋集》卷二十四《倦还篇》，第375页。
③ 方象瑛：《徐塘口书事》，《健松斋集》卷二十四《倦还篇》，第376页。
④ 方象瑛：《徐塘口书事》，《健松斋集》卷二十四《倦还篇》，第376页。
⑤ 方象瑛：《徐塘口书事》，《健松斋集》卷二十四《倦还篇》，第376页。
⑥ 方象瑛：《黄河舟中微雪》，《健松斋集》卷二十四《倦还篇》，第377页。
⑦ 方象瑛：《崔镇阻风》，《健松斋集》卷二十四《倦还篇》，第377页。
⑧ 方象瑛：《夜集》，《健松斋集》卷二十四《倦还篇》，第378页。
⑨ 方象瑛：《三儿举孙喜成》，《健松斋集》卷二十四《倦还篇》，第378页。

篱见阿翁，欢呼颇不一。长孙粗解事，问答亦详悉。其次能强记，开轩弄纸笔。倔强是三孙，扬扬索梨栗。怪我须似银，笑我领缘虱。黄独试分尝，团圞齐绕膝。相悦更相争，天真自洋溢。老夫为开颜，对此忘疢疾。含饴娱老年，陶然得真逸。①

腊月天气晴好，诗人从病榻起身来到园亭。小孙子们正在松畔玩耍，隔着藩篱看见老爷爷出来，都欢呼着，声音长短不齐。长孙稍稍懂事，问答较为自如；二孙能强记，开始摆弄纸笔；三孙最是倔强，一直索要梨子和栗子。小孙子们嗔笑着老爷爷胡须银白，衣服上有虱蚤。围坐在老爷爷的身边，连黄独（药材名）也争着想尝一尝，天真烂漫。诗人开心得忘记了疾病，不禁发出"含饴娱老年，陶然得真逸"的感慨。这首诗描述的完全就是一幅爷孙欢愉图，画面感强烈，传达出的是暖暖的天伦之乐。

归里家居的方象瑛仍疾病缠身，但没有消磨掉他徜徉山水、会友谈文的情怀。他曾过鄱湖（《重过鄱湖》）、拜忠臣庙（《康山忠君庙》）、于滕王阁怀古吊今（《滕王阁怀古》）、过扬子江（《重过扬子江》）等，放览山川，徘徊古今名胜。方象瑛笔下不仅有优美、壮阔的自然山水风光，更有对历史、人文的关照。在游历之外，方象瑛还与乔莱、郑熙绩（字懋嘉）、汪懋麟、徐釚、汪霦、毛奇龄、王嗣槐、王晫等友人诗文唱和、酬答，悠然忘老。如受洪若皋（字虞邻）招集，方象瑛与王晫、林西铭、毛际可等人同聚洪斋，时朝廷将有文选之举，方象瑛作《洪虞隣招集寓斋同林西仲、聂晋人、毛会侯、王丹麓》："客舍招携便，从君竟日留。文章垂大业，品赏订千秋。帘卷籐花雨，窗分桂子秋。晚凉期更酌，街鼓促更筹。"② 王晫六十岁时，方象瑛作《王丹麓六十和原韵》，诗曰："论交都在壮年时，君惜流光我亦疑。但得买山成大隐，何须垂老逐人为。床头

---

① 方象瑛：《同诸孙松下晒日成》，《健松斋集》卷二十四《倦还篇》，第 378 页。
② 方象瑛：《洪虞隣招集寓斋同林西仲、聂晋人、毛会侯、王丹麓》，《健松斋续集》卷十《所之草下》，第 483 页。

书尺量奇字,花下生绡谱异枝。高卧墙东三万日,只今还是小孩儿。"① 方象瑛家居无事时出北郭,被王嗣槐、王晫留饮恰与吴仪一相逢,方象瑛作《出北郭王仲昭、丹麓留饮喜值吴舒凫志上》,诗云:"经年期我友,今日喜相亲。巷僻林高士,堂开贾舍人。清尊宜永夜,连雨滴芳春。二妙重携手,挑灯不厌频。"② 诗歌首联交代了好友多年未见,在心中始终充满期许与惦念,希望相见,今日偶见,一个"喜"字足见诗人见到好友的喜悦心情。

方象瑛家居期间一直疾病缠身,四处访医时亦不忘拜访朋友。一日从吴兴归来,访王嗣槐、王晫,《归舟访仲昭、丹麓》诗曰:"故人三载隔,舣棹便相寻。漫诧颠毛改,应同积念深。叙怀追往事,话别怅江浔。后会知谁健,停云共此心。"③ 从诗中可知,距离上次三人见面已相隔多年,此时三人都颠毛尽改,垂垂老矣。叙说往事,又在江边话别,一"追"一"怅",活现了当时好友相见的欣喜与惆怅离别之情。诗人最后"后会知谁健"的感慨,让人不仅悲从中来。

方象瑛曾同毛奇龄、徐釚(字电发)夜聚汪霦家,方象瑛作《夜集汪东川宅同毛大可、徐电发》以纪。诗曰:"今宵共醉余杭酒,桂菹笋脯霜螯红。杯阑烛跋未忍别,花前聚首皆衰翁。笠泽桐江复归去,几时重与故人同。"④ 方象瑛在诗中回忆了在京师史馆,几人纂修史书,退朝同行松树下,夜晚同看星月,春风得意、其乐融融的情景:"十年踪迹长安中,分曹珥笔摇春风。待漏同看玉河月,退朝时踏慈仁松。"⑤ 诗人慨叹当年的五十鸿儒人生匆匆,漂泊东西,"聚散升沉信有数,比来飘泊还西东。五十人中半凋谢,浮生

---

① 方象瑛:《王丹麓六十和原韵》,《健松斋续集》卷十《所之草下》,第487页。
② 方象瑛:《出北郭王仲昭、丹麓留饮,喜值吴舒凫志上》,《健松斋续集》卷十《所之草下》,第487页。
③ 方象瑛:《归舟访仲昭、丹麓》,《健松斋续集》卷十《所之草下》,第493页。
④ 方象瑛:《夜集汪东川宅同毛大可、徐电发》,《健松斋续集》卷十《所之草下》,第487页。
⑤ 方象瑛:《夜集汪东川宅同毛大可、徐电发》,《健松斋续集》卷十《所之草下》,第487页。

泡幻真匆匆"①。"今宵共醉余杭酒""杯阑烛跋未忍别"两句点出了几人畅饮而不忍分离的依依不舍之情。"笠泽桐江复归去，几时重与故人同"句表达了希望与友人能再次相聚欢饮畅谈的愿望，但此时几人都已"花前聚首皆衰翁"，何时能聚首，能否再聚首，又有几人知！悲凉之情溢于言表。

康熙二十八年（1689），方象瑛、毛奇龄、张鸿烈（字毅文）、杜首昌（字湘草）、俞场（字犀月）、顾嗣协（字迂客）、顾嗣立（字侠君）、毛际可、吴应辰、王六皆、张星陈、金以宾、丁澎（号药园）、杨雍建（号以斋）等人聚会于萃野草堂，毛奇龄作《听松楼宴集序》，文曰："康熙己巳，淮阴张子毅文、杜子湘草，与吴门俞子犀月、顾子迂客、侠君兄弟同来明湖。适睦州方子渭仁、家季会侯寄湖之南屏。而越州吴子应辰、王子六皆、张子星陈、金子以宾，皆前后至。因偕丁子药园辈若干人，高会于萃野之草堂，而以杨先生以斋为之祭酒，仍题之曰'听松楼燕集'，统所名也。"②

康熙二十八年（1689）冬，方象瑛路经广陵（今扬州），与江闿相逢。"今冬过广陵，青园公已捐馆，复属余状公行实。"③方象瑛受江闿之请，推辞不掉，遂为江闿父撰写行状，即《皇清敕封文林郎湖广长沙府益阳县知县青园江公行状》。广陵相逢是二人阔别多年之后的首次，感今追往，江闿作《送方渭仁编修归里》诗以赠，诗曰：

十年阔别才相逢，追数从前俄顷中。升沉存殁古人少，两人短鬓今蓬松。迹半天下竟何益，贫无庐舍殊相同。我虽长令成潦倒，君在史馆犹有功。春来忧戚诗久废，为君赋别难为工。

---

① 方象瑛：《夜集汪东川宅同毛大可、徐电发》，《健松斋续集》卷十《所之草下》，第487页。

② 毛奇龄：《听松楼燕集序》，《西河文集》序十四，《清代诗文集汇编》第87册，上海古籍出版社2010年版，第295页。

③ 方象瑛：《皇清敕封文林郎湖广长沙府益阳县知县青园江公行状》，《健松斋续集》卷七，第449页。

胶漆友朋元不易，一聚一散偏匆匆。何年共结桐江屋，教人羡煞双渔翁。①

此时二人鬓发斑白，数年不见，但往昔情谊犹在"俄顷中"。江闿在诗中抒发了沧海桑田之感慨。二人仕途殊异，江闿仕途并不如意，一直混迹于地方；方象瑛则官至翰林院编修，入史馆修《明史》，显赫一时。诗句"何年共结桐江屋，教人羡煞双渔翁"运用了隐士严光的典故。严光（前39—41），字子陵，东汉著名隐士。少有才名，与东汉光武帝刘秀同窗且交好，曾积极帮助刘秀起兵。公元25年，刘秀即位，多次延聘严光，但严光不肯致仕，隐居桐庐富春山，终日于富春江畔垂钓。江闿借此典故，表达了愿与友人一起隐居田园、徜徉山林之念。过广陵时，方象瑛留宿在门人郑懋嘉的休园，作《过广陵郑懋嘉留寓休园》，江闿次方象瑛之诗韵作《次方渭仁留寓蕊楼元韵》，其一云："曾向秋风别御沟，几年负却玉泉游。江南霜叶由来好，屋里青山分外幽。郑谷偶然营小筑，方干端的爱清流。钱塘路上差相似，万壑千岩到睦州。"② 王伟丽分析江闿《次方渭仁留寓蕊楼元韵》其一认为："诗中可见江闿与方象瑛对沧海桑田之感慨及老友间的依依惜旧之情，并流露出二人有退隐田园，徜徉山水之念，亦表明二人在情感交流和精神沟通上获得了相互认同。"③

康熙三十年（1691），方象瑛过信州，在冯协一寓所与徐釚相逢。方象瑛作《重过信州冯躬暨使君留饮》两首，其二诗句"相逢有故人"下有作者自注："吴江徐电发、苕上胡朏明。"④ 徐釚亦有诗《至信州与冯躬暨太守话旧》："屈指彭宣到后堂，相逢今已鬓毛

---

① 江闿：《送方渭仁归里》，《江辰六文集》卷十八，《清代诗文集汇编》第162册，上海古籍出版社2010年版，第550页。
② 江闿：《次方渭仁留寓蕊楼元韵》，《江辰六文集》卷十八，《清代诗文集汇编》第162册，第550—551页。
③ 王伟丽：《江闿研究》，安徽大学，博士学位论文，2014年。
④ 方象瑛：《重过信州冯躬暨使君留饮》，《健松斋续集》卷十《所之草下》，第477页。

苍。闲来自觉鸥波稳，老去偏惊噩梦长。雨笠烟蓑容我懒，朱轮皂盖看君忙。回思少日追游处，万柳园中醉几场。"①冯协一、方象瑛、徐釚等观看小伶演剧，徐釚作《躬暨招同方渭仁同年暨李颂将、吴志上花间观小伶演剧即席成四绝句》以纪。方象瑛与徐釚同游般若庵，方象瑛作《般若庵与徐电发话旧》。

康熙三十一年（1692）秋，方象瑛游汴梁（今河南开封）后归家，路经常州，访陈玉璂于罟圃。陈玉璂把所撰《史论》予方象瑛，并嘱其为序。方象瑛对陈玉璂的生平经历、才识阅历是比较了解的，"椒峰少负隽才，沉酣经史，中遭坎坷，郁郁不得志。又为儿女所累，一病几不起。自谓向平之愿度未能偿，惟是读书论古，差可自遣。故穷愁力疾，益肆力于史，借古人之成迹，抒一己之垒块，宜其学力所至，才愈高识愈老，孤行一世而无难也"②。知其人而论其文，方象瑛认为该书"举数千年来哲后贤臣才人志士，与夫荒淫奸慝，各举其生平，衡为定论，其持议多前人所未发。间有已经论定而褒讥考据有未当，则必折衷以信之"③。归家后，方象瑛致信陈玉璂："便道过访，深慰契阔，足下治具留饮，得读近来著述，并观罟圃池亭竹木之胜。"④

七十一岁高龄时，方象瑛已不能远游，"因取丙寅以来游览赠答之什，附以家居偶吟"⑤，编成诗集《所之草》（二卷），从此文集可窥见方象瑛归田居家时的行迹及心态。

第三节　佚著《松窗笔乘》考论

《己未词科录》《清史稿》《民国遂安县志》等均记载方象瑛

---

① 徐釚：《至信州与冯躬暨太守话旧》，《南州草堂集》卷十四，《清代诗文集汇编》第141册，上海古籍出版社2010年版，第353页。
② 方象瑛：《陈椒峰〈史论〉序》，《健松斋续集》卷一，第391页。
③ 方象瑛：《陈椒峰〈史论〉序》，《健松斋续集》卷一，第391页。
④ 方象瑛：《柬陈椒峰》，《健松斋续集》卷四，第424页。
⑤ 方象瑛：《〈所之草〉自序》，《健松斋续集》卷九，第471页。

著有《松窗笔乘》，方象瑛在多篇文章中也提及曾编著此书，并作有《〈松窗笔乘〉自序》一文。惜今不见全书。李集（生卒年不详）《鹤征录》将《松窗笔乘》作为重要的文献资料加以征引，征引条目的内容均关涉康熙朝博学鸿词科事。通过考察《〈松窗笔乘〉自序》及相关史料可知，该书是一部内容丰富、分门别类的笔记著作，部分内容关涉康熙朝博学鸿词科事，还包含其他类内容，且文献来源有自。这些问题的发现与解决，不仅对研究方象瑛具有整体关照意义，且于深入研究清初社会、文坛生态等亦有重要价值。本节就《松窗笔乘》内容的辑佚、文献来源、价值等略作考论。

一 《松窗笔乘》佚文的辑录

《己未词科录》《清史稿》《民国遂安县志》等均记载方象瑛著有《松窗笔乘》一书，《己未词科录》云："方象瑛，字渭仁，号霞庄。浙江遂安人。……著有《锦官集》《健松斋集》《健松斋续集》《松窗笔乘》《方氏先贤考》"[①]，《清史稿》曰："方象瑛，字渭仁，遂安人。康熙六年进士。……著《健松斋集》《封长白山记》《松窗笔乘》"[②]，《民国遂安县志》言："象瑛，字渭仁。……著有《健松斋》前后集行世，《方氏先贤考》《松窗笔乘》藏于家。"[③] 当代论著介绍方象瑛时，也言及方氏著有《松窗笔乘》一书。[④] 方象瑛《健松斋集》卷一《〈闻乘〉序》、卷十一《答王丹麓书》等文章亦提及此书、《健松斋续集》卷一另有《〈松窗笔乘〉自序》一文，以上文献信息表明方象瑛确实著有此书。

就目前所能查阅到的文献可知，有多部著作或提及或征引《松

---

① 秦瀛：《己未词科录》卷三，清嘉庆刻本。
② 赵尔巽等：《清史稿》（第四十四册）卷四八四《列传》，中华书局1977年版，第13345页。
③ 罗柏麓修，姚桓等纂：《民国遂安县志》卷七《人物·廉介》，第839页。
④ 如邱树森编《中国历代人名辞典》（增订本）（江西教育出版社1989年版），淳安县"三大"纪念活动组委会编《人物春秋》（西泠印社出版社2008年版），章百成编《淳安进士》（浙江工商大学出版社2013年版）等。

窗笔乘》①，其中李集《鹤征录》是最早征引《松窗笔乘》且将其作为重要资料来源者。李集，字绎初，号敬堂。浙江嘉兴人。乾隆二十八年（1763）进士。清初文人李良年曾孙。《鹤征录》（八卷首一卷）专记康熙十八年（1679）博学鸿儒词事，叙述人物籍贯、著作等时多采录文人别集、笔记、诗话等附之，其中笔记采录颇多，如王士禛《池北偶谈》《居易录》《香祖笔记》、毛奇龄《制科杂录》、王晫《今世说》以及方象瑛《松窗笔乘》等。我们按照《鹤征录》编排的次第顺序，辑录《松窗笔乘》佚文于下。

> 王阮亭《池北偶谈》云：己未鸿词内外荐试者共一百八十六人。方渭仁《松窗笔乘》云：是时大臣科道题荐八十三人，各衙门揭送吏部七十二人，督抚外荐三十一人，共一百八十六人。（《鹤征录》"凡例"）②

> 方渭仁《松窗笔乘》云：汪东川丁内外艰，归庐墓西湖，足不入城市，三年服阕，自以二亲连丧，应服六年，乃投牒请假，服浅淡衣履不赴忧觞。往，汪晦庵亦连值二丧，守服六年，尽情守礼，所见略同。（卷一"汪霦"条）

> 《松窗笔乘》云：徐华隐淹贯经籍，常侍直，上命背诵《咸有一德》，全篇朗诵不失一字，至"厥德不常"数语，则敛容奏曰臣不敢诵，上为嗟异。（卷一"徐嘉炎"条）

> 《松窗笔乘》云：朱锡鬯夙负才名，上亦久知之。御试时遣侍卫索其草进阅，擢官翰林，寻入直南书房。既罢官，留京师，

---

① 提及《松窗笔乘》者：吴振棫（1792—1871）《养吉斋丛录》（卷十）、陈康祺（1840—1908）《郎潜纪闻二笔》（卷十五）提及《松窗笔乘》关于举荐人数的记录。征引《松窗笔乘》者：秦瀛（1743—1821）《己未词科录》（卷二、卷三、卷十一）"钱中谐""崔如岳""张新标"条，吴衡照（1771—?）《莲子居词话》（卷三）"魏禧"条，陶梁（1772—1857）《国朝畿辅诗传》（卷二十二）"陈僖"条，梁章钜（1775—1849）《楹联丛话》（卷九）"尤侗"条，张维屏（1780—1859）《国朝诗人征略》（卷十）"尤侗"、《国朝诗人征略二编》（卷四）"应撝谦"条，平步青（1832—1896）《霞外攟屑》（卷一）"沈筠、钱金甫"条等。上述著述均晚于李集《鹤征录》，且引用《松窗笔乘》条目均不出《鹤征录》所引范围，因此不再赘述。

② 李集辑，李富孙续辑：《鹤征录》，清嘉庆十五年漾葭老屋刻本。本节所引《松窗笔乘》，如无特殊说明，均出自此版本，随文仅标注卷数、条目，不再一一标注。

取都门古迹辑为《日下旧闻》，论者谓帝京景物略所不及也。（卷一"朱彝尊"条）

《松窗笔乘》云：汪钝翁性峭直，颇自矜许。吴人多訾之，至诋为矫饰过矣。予访之虎丘，翁鲑菜留饮极欢，自是时相过从。己巳，予归自庆陵，便舟过访，翁诣予，言别，执予手曰：吾老矣，再至吴门，幸一有我。言毕，惨然登车去。及予再赴，则已为故人矣。遥望故庐，不禁丝竹青山之感。（卷一"汪琬"条）

《松窗笔乘》云：潘次耕游肇庆，购端溪石数枚，因其质理品式，自为铭，构一室藏之，客至，出石相品赏，时谓之石痴。（卷一"潘耒"条）

《松窗笔乘》云：施愚山以文章、理学自任，观察湖西，集诸生讲学，环听者数千人。及为侍讲，分撰史传，务求至当。与予尺牍往复，不下数十，前辈虚怀如此。癸亥卒于京邸，予以使命不得往哭。至连云栈梦愚山向予索诗，音容宛然，作诗二章纪之。（卷二"施闰章"条）

《松窗笔乘》云：山阳李公凯举进士，南宰边邑，以博学鸿词举改编修，恬静不事奔竞，由宫坊洊历卿寺至银台，复入为内阁学士，循资渐进，遂登三车。当时嗜进者未免中道颠踬，观公凯乃知功名信有数也。（卷二"李铠"条）

《松窗笔乘》云：仁和沈开平、上海钱越江既并膺荐举，又同中戊午、己未乡、会试，三月御试授翰林，五月选庶吉士，复列共名，两膺词林之选，士林荣之。（卷二"沈筠"条）

《松窗笔乘》云：尤悔庵初著"临去秋波那一转"制义，流闻禁中。世祖知其为徐立斋业师，因取观之，叹为"真才子"。及召试官翰林，尝偕诸儒臣进平蜀诗文，上见其名曰：此老名士。悔庵以此二语刻堂柱，左曰：章皇天语，右曰：今上玉音，极文人之荣。（卷二"尤侗"条）

《松窗笔乘》云：乙丑正月二十五日，上亲试翰林、詹事官八十二人于保和殿，《经史赋》一首，《懋勤殿应制排律》二十韵。上亲定高下，次日传上谕：徐乾学、乔莱等五员文学优通，着议叙。彭孙遹等六十八员文理亦通，着照旧供职。崔如岳、钱中谐、庞垲等八员文理荒疏，着调用。雪后严寒，笔墨皆冻。予以怔忡完卷，蒙恩尚厕前列，悉窈极矣。（卷二"崔如岳"条）

《松窗笔乘》云：张毅文召试，官检讨，上疏陈三事，密封以进，部议降一级，调用。既罢官，放游西湖，与诸名士纵酒赋诗，颓然自放，未几，复入补大理寺副，告归。（卷二"张鸿烈"条）

《松窗笔乘》云：荐举命下，少司农严颢亭先生荐予及朱锡鬯、魏冰叔，拜疏前一夕，手札召余同陆冰修、王仲昭、顾九恒饮西轩，偶及政府荐士某某，九恒曰：方君子亦被荐否乎？先生曰：未也。已又曰：会须有人物色耳。不知已缮疏诘旦启事矣。其荐士不使人知如此。（卷二"方象瑛"条）

《松窗笔乘》云：毛大可在翰林，上表进所撰《韵书》，上善之。明年遂特简分校会闱，既谢病家居，殚心经学，又作《太极图辨》，谓陈希夷以道家之说解经，极诋周元公并及朱子，其说甚辨，然诋毁太过。予尝以此规之。（卷二"毛奇龄"条）

《松窗笔乘》云：曹峨嵋上疏请封禅，予在皖城遇倪闇公，共读其奏。予笑曰：钟伯敬评司马相如封禅颂谓：长卿岂真有所求？只是胸中有一篇好文字，不写埋没耳。峨嵋想亦是此意。闇公笑而然之。（卷二"曹禾"条）

《松窗笔乘》云：王仲昭少工骈体，晚乃为大家之文。二体并传，世罕其匹。戊午游京师，冯文毅公馆指东轩。会举鸿辞，御史成公其范荐之。召试体仁阁，以诗韵误失一字，不中格，授中书舍人。戊辰，太皇太后升遐礼成，仲昭撰《孝德广运颂》。上南巡，奏献于灵隐寺，后群臣送圣驾，特召仲昭至河干，谕以所进文字已看过，尚有数语以舟行疾听未真，观者莫不荣之。又云：仲昭待试阙下时，撰《赓盛诗》一百韵，又为《长白》《瀛台》二赋，皆瑰丽可观。（卷三"王嗣槐"条）

《松窗笔乘》云：荐举令下，政府诸公首以曹秋岳列荐，力辞不至。进所藏崇祯朝邸报五千余册上史馆。时崇祯未有实录，乃取邸钞辑为长编，作史始有所稽考焉。（卷三"曹溶"条）

《松窗笔乘》云：叶元礼少负隽才，于书无不读。丙辰成进士，名重公卿间。会荐博学鸿词，三相国交章荐之。待试阙下，与予交，载酒登临，分题和韵。后悦懒园花竹，移居之。旬日遂病卒，时方注《哀江南赋》未成也。子哭之以诗，有云"凄绝床头未竟书"谓此。（卷三"叶舒崇"条）

《松窗笔乘》云：黄俞邰家晋江，侨居白门，博雅负盛名，家藏书甚富，录有《千顷堂书目》。以荐起同纂修《明史》，徐司寇奉诏修《一统志》，复疏请同事洞庭湖，未卒业，不及授官而终。（卷三"黄虞稷"条）

《松窗笔乘》云：钱唐应嗣寅潜心理学，动必中礼，其学以躬行实践为先，谢弃制举，授徒自给。家素贫，外无应门，妻女共主。晨客至，子供役，环堵萧然，行谊高古，四方贤士造庐请教者履常满。戊午举博学鸿儒辞，不赴。寻卒。赵中丞特祀乡贤，刻其《性理大中》行于世。（卷四"应撝谦"条）

《松窗笔乘》云：魏冰叔负重名，每一篇出，即时传布。钱唐吴璿符（一仪）独面驳之，如止友笞婢，细事也，而题曰《省刑书》，刺刺千余言不已，失事之权衡；论岳鄂王事，谓宜铸高宗像跪于墓，乖君臣之义，用字如以肱触其背类，非史家法。座客以为狂，冰叔怃然叹服。（卷四"魏禧"条）

《松窗笔乘》云：山阳张吏部新标为中书舍人时，故相国陈公名夏得罪死，无敢殓者。公慨然曰：溧阳死于法，固未尝禁殓葬。乃集同志醵金，命老仆张胪制棺衾具殓，老仆尝曰：我乃相国义儿。公绝口不言也。（卷四"张新标"条）

《松窗笔乘》云：湘潭王山长能诗文，官京师，卫武学教授十余年，不迁泊如也善。严司农策蹇往来，萧然寒索。（卷五"王岱"条）

《松窗笔乘》云：胶州法黄石、高平毕亮四，学问渊博，所

撰著皆艰深古奥，不欲轻使人上口，笔尤晦涩至不可读，盖樊宗师一流人也。（卷五"法若真"条）

《松窗笔乘》云：康熙初，上以翰林官教养有年，命内外互转使历民事，觇其学问、经济以资任用，亲定吴正治、张瑞征、王纶等十五人，俱才堪外任，照例遇缺补用。（卷五"张瑞征"条）

《松窗笔乘》云：冯讷生督学四川，所取皆一时才隽。癸亥，予典试赴蜀，讷生籍三川名士三十人为一册，验其得失，榜发，中式二十五人，副榜三人，所未见者二人耳。蜀中称予得人，实讷生拔其尤也。（卷五"冯云骧"条）

《松窗笔乘》云：江青园以子闿迎养至益阳，值覃恩，戒勿制冠服，曰：吾以君恩重，不以章服重也。邑中寮属绅士酿袍带为寿，固辞不得。乃移所馈创祠龟台山，祀邑之先哲十九人，邑人传为佳话。（卷六"江闿"条）

《松窗笔乘》云：钱唐吴庆百、海宁徐大文同学友善，皆有诗文名。吴尤工俪体，徐通敏。诸大吏皆延之上客。吴疏懒，放浪文酒间。戊午同膺荐入都，止竹林寺，声悬只荣一时。又云两君皆与予同庚，召试时，予缮写垂竟，忽眩晕，久之始能完卷。时以薄暮，大文交卷讫，复留待余同出长安门。今墓木已拱，念之未尝忘也。（卷七"吴农祥"条）

《松窗笔乘》云：清苑陈霭公以诗文名河北，豪迈不群，自言生平不肯作无关系文字。召试入都，贻余书有云：素不耳食，非目睹不敢信，独于子叹相见之晚。盖爱而忘其陋也。余奉使过保定，拟造访之，以王禄敦追，不果。（卷七"陈僖"条）

如此，共辑得《松窗笔乘》佚文合计29则。这些佚文有一个明显特点，即都与清初博学鸿词科事相关，所辑录条目勾勒、描述了部分被举荐文人的才学、品性、交游等。

二 《松窗笔乘》内容特点、文本生成考

除上文所辑佚内容体现出的特点外,《松窗笔乘》是否含有他类内容?成书途径、文献来源如何?《〈闻乘〉序》《答王丹麓书》《〈松窗笔乘〉自序》三篇文章为我们提供了大量有益信息,激活了关于《松窗笔乘》的诸多考察线索。为把相关问题阐释清楚,兹录主要内容于下:

> 余友徐君武令家贫,喜著书,所撰述十种,析经史词赋之源流,极事物见闻之细故,亦綦博矣。《闻乘》一编,则有明三百年汇所闻而笔之者也。其体仿《世说新语》,其事本国史家传与夫稗官野史,为卷二,为目三十有二。……余尝有《松窗杂述》一书,纪数十年来耳目所经之事。然皆得于邸抄,由于传闻非参稽确核,不敢率意命笔,故属稿至今未定。(《〈闻乘〉序》)①
>
> 客岁四月中得足下书,并示《今世说》数则,词义简雅,直可远接临川王。……向年家居时曾辑《松窗杂述》一书,略记迩年闻见之事,中有数条可采。自入都来便已沉阁,然所闻所见尚多记忆。此时史事敦迫,不遑他务。明年事竣,乞身归田里,当为足下佐成快举事。求其核义,取其公辞,尚其驯雅,庶不使临川王独擅今古也。(《答王丹麓书》)②
>
> 语有之:"山中人不知鱼大于木,海中人不知木大于鱼",所见者未广也。予少侍先大父,胜国旧事略记一二。壮而通籍,闻见稍广。然天下之大、人物事类之繁,未能身历而目睹之也。戊午应召阙下,获交海内诸君子,联床并辔,资益颇多。已,滥竽史馆,追随名公巨卿间,益得习闻掌故,而足迹所未经,姑有待焉。癸亥奉使蜀中,西出秦晋,东下夔巫,跋涉江淮齐鲁之境,以至还朝,往返二万余里。中间登眺山川,放览古今名胜,所接

---

① 方象瑛:《〈闻乘〉序》,《健松斋集》卷一,第26页。
② 方象瑛:《答王丹麓书》,《健松斋集》卷十一,第180页。

贤士大夫，询其土风、详其物产以及幽奇荒僻之事。盖至是而舟车所至，身历目睹者为不少矣。里居苦病，不能远游，间访医四方于白门豫章汴宋闽南。时一憩足，所得亦加广焉。恐日久易忘，暇中类而笔之，凡二十八卷。夫天下大矣，人物之繁、事类之变，其为可喜可愕者，何所不有。吾之闻见有限，乃遽笔之为书，毋乃山居岛处之见乎？予亦志吾知己尔。吾知之，人亦知之，订疑考异，予之所大快也。吾知之而人或不尽知，开卷有益，庶无少见多怪之诮也夫。（《〈松窗笔乘〉自序》）①

通过解读上面文字可知，《松窗笔乘》共 28 卷，分门别类，其成书过程呈现累积型特点。方象瑛在为徐汾（字武令）《闻乘》作序时言及曾编著《松窗杂述》一书，"纪数十年来耳目所经之事"，因是家居时各种听闻的抄录，未"参稽确核"，所以不敢刊刻、流布。王晫（字丹麓）以清初四十余年间的人物为主要记述对象，仿《世说新语》体例编著《今世说》。他把《今世说》中数则材料寄给为官京师、纂修《明史》的方象瑛，求方氏品评、论断。方象瑛高度评价《今世说》的同时，认为自己所著《松窗杂述》中的数条可供王晫采用，这数条的内容当为方象瑛举博学鸿儒词前、家居时听闻所得。方象瑛在回信中还提到待《明史》修毕，自己就会辞官归里，把为官京师这一时期的所闻见记录下来，完成《松窗杂述》的撰写，并"求其核义，取其公辞，尚其驯雅"，欲与《世说新语》相较高下。《〈松窗笔乘〉自序》出自《健松斋续集》，是集撰写于方象瑛辞官家居时期。据现有信息可推知，《松窗杂述》应为最初书名，归家增补后更名为《松窗笔乘》。"笔乘"原指历史著作，春秋时晋国的史书称"乘"，后通称一般的史书。由"杂述"到"笔乘"这一名称的更变，以及"未能身历而目睹之""足迹所未经，姑有待焉"到"舟车所至，身历目睹者为不少""时一憩足，所得亦加广"等经历、情感的变化，可见方象瑛是在有意识地记述史实。

---

① 方象瑛：《〈松窗笔乘〉自序》，《健松斋续集》卷一，第 390 页。

《松窗笔乘》成书以听闻、亲历为主要途径、文献来源。听闻与亲历之事也成为该书的主要内容。关于听闻，方象瑛在《〈闻乘〉序》等三篇文章中反复陈说。方象瑛祖父方逢年为明崇祯朝东阁大学士、礼部尚书，学识渊博。他幼从祖父庭训，想必听闻了很多关于明朝社会、政治、历史、文化等方面的信息。他两次参加乡试、两次参加会试，进士及第后需次家居十年，必定又听闻了很多人事。这些成为《松窗笔乘》最初书稿的主要内容。另外，考察辑录的条目更可直观看出《松窗笔乘》以听闻为文献主要来源这一特点。如第 22 则"张新标"条描述了张新标的义举，在无人敢埋葬因罪而死的陈名夏时，他号召众人集资以助，内容亦见于《健松斋集》卷十三《张吏部传》。该传记是方象瑛受托之作，"山阳张鞠存先生卒，长君鸿烈官京师，徒跣数千里趋治丧。濒行，属余为先生传。自揆鄙陋，何敢任。顾与先生父子同试阙廷，已获与长君共史馆。同官李君铠，先生中表弟也，复申长君意，乃不获辞"①。这段文字清楚地交代了人物关系及事情的起因、经过、结果等。第 27 则"江闿"条描写了江闿父江九万的一段轶事，内容也见于《健松斋续集》卷七《皇清敕封文林郎湖广长沙府益阳县知县青园江公行状》。该行状亦是方象瑛受托所作，"往戊午春，余与江子辰六同召试阙下，尊人青园公方寿登七十，索余文为寿。明年，辰六之官益阳，余赋诗送之。荏苒十年余矣。今冬过广陵，青园公已捐馆，复属余状公行实。余久病，谢绝笔墨。辰六固命之，遂力疾述其梗概焉"②。从两段文字表述以及他传、行状的文体性质可知，请托人事先已经准备好了材料，受托人只需再加润色、整理最终成篇即可。同时也表明，《松窗笔乘》与《健松斋集》有着密切的关联，可互为印证，为我们的相关阐释提供了理论依据。

亲历也是《松窗笔乘》成书最重要的途径、方式。辑录的 29 则

---

① 方象瑛：《张吏部传》，《健松斋集》卷十三，第 203 页。
② 方象瑛：《皇清敕封文林郎湖广长沙府益阳县知县青园江公行状》，《健松斋续集》卷七，第 449 页。

材料中有9则（第5则、第7则、第11则、第13则、第15则、第18则、第26则、第28则、第29则）直接提及作者本人，均为作者亲历之事。如第7则"施闰章"条所述内容在《健松斋集》中亦有记录，卷七《使蜀日记》、卷十一《答施愚山侍讲书》云：

> （七月）初六日，过定州，憩新乐县，读王阮亭司成（士禛）壁间诗，因感施愚山侍讲（闰章）。时愚山殁京邸，余以使命不得往哭，作诗纪哀。①
>
> （八月）初四日，过黄牛驿一带，……夜宿草凉楼，驿无驿舍，茅屋数间，虫声四壁，霜气袭人。夜梦施愚山索余诗共读。愚山殁久，此时或归榇宣城，不知栈山千里，何以入梦也。②
>
> 辱示李文达、商文毅二传，事详笔简，甚佳。偶有未当处，据愚意商酌一二，应台命耳。先生不弃，引为忘年交。长者既尽其虚，仆敢不尽其直耶？③

《健松斋集》卷二十《锦官集上》有《新乐使院读王阮亭司成壁间韵因感施愚山侍讲，时愚山殁京邸余以使命不得往哭》《梦施愚山》（二首）诗不仅与两则日记相应，而且与《鹤征录》所引《松窗笔乘》的表述基本一致，如《梦施愚山》（其一）："空山凉月白，独夜思帝皇。故人忽到梦，黯黯微灯光。雍容悦情素，举止颇非常。苦索新诗读，叹赏语偏长。"④

第26则"冯云骧"条涉及康熙二十二年（1683）方象瑛于四川乡试取士之事。《健松斋集》卷一《四川乡试序齿录序》、卷十一《上益都先生书》、卷十一《报魏庸斋先生书》等文章对此事也有描述：

> 入闱之日，与铨部王君暨诸同事，殚心搜拔，爱惜矜护，

---

① 方象瑛：《使蜀日记》，《健松斋集》卷七，第122页。
② 方象瑛：《使蜀日记》，《健松斋集》卷七，第124页。
③ 方象瑛：《答施愚山侍讲书》，《健松斋集》卷十一，第176页。
④ 方象瑛：《梦施愚山》，《健松斋集》卷二十《锦官集上》，第331页。

不敢率意涂乙，得士四十二人，每拆一卷，当事辄额手称得人。余怦怦未敢信也。当未撤棘时，学使者冯君讷生籍三川名隽三十人，验其得失，榜发售者二十有五、副车三，所未见者二人耳。于是蜀人相传，以为极盛。①

巴蜀人文渊薮，向称极盛。兵火后，观场止九百有奇。悉心搜录，得士四十二人，大半名下寒士，其年齿亦皆十七以上、四十以下。讷生督学，曾籍三川名隽三十人，验其得失，榜发中式者二十有五、副车二，所未见者三耳。以此颇为士论所许。②

故早夜搜阅，得士四十二人，皆年少有时誉。……讷生为仆言：初闻试蜀之命，即谕诸生，主司识至高，勿以庸碌自弃。又籍两川才隽三十人，验其得失，榜发中式至二十五人，蜀人称叹，有英才拔尽之论。③

《上益都先生书》《报魏庸斋先生书》《四川乡试序齿录序》所述内容表述基本一致。典四川乡试、取士是方象瑛亲历之事，信息无疑是真实、可靠的。

我们还可据《〈松窗笔乘〉自序》描述的方象瑛行迹作一些合理推断。如他奉旨典四川乡试时，"盖至是而舟车所至，身历目睹者为不少"④，他在给冯溥的信中说自己"西趋秦栈，东下夔巫，得日记一首，游记六首，诗二百余首"⑤。"日记一首"即《使蜀日记》，约一万一千字；"游记六首"指《游杜工部草堂记》《浣花溪记》《八阵图记》《滟滪堆记》《登白帝城记》《谒岳中武家庙记》六篇文章；"诗二百余首"编成《锦官集》二卷。日记、游记、诗歌中有大量关于沿途、蜀地等风土人情、幽诞之事的描写，如《土穴》一诗属于"土风"，诗前小序云："恒霍山中民皆穴土为居，窗榻几

---

① 方象瑛：《四川乡试序齿录序》，《健松斋集》卷一，第19页。
② 方象瑛：《上益都先生书》，《健松斋集》卷十一，第176页。
③ 方象瑛：《报魏庸斋先生书》，《健松斋集》卷十一，第178页。
④ 方象瑛：《〈松窗笔乘〉自序》，《健松斋续集》卷一，第390页。
⑤ 方象瑛：《上益都先生书》，《健松斋集》卷十一，第176页。

机悉就土成之,其颠依然树艺也。"① 《使蜀日记》中康熙二十二年(1683)九月十九日一则内容属作者所历"幽奇荒僻之事":

> 十九日,内帘鬼啸。《易》两房例解十名,一房佳卷多至六卷,而二房仅得四。余谓取士务真才,何论彼此?乃以一房赢卷入二房,众以为公。已二房有后言。余不怿,索回,而责二房别求佳者,终不得。是夕,鬼从后出。余勿闻也,王吏部闻之。旦,语余,余笑曰:"佳卷不得隽,鬼神固宜怒耳。"俄而各房至,人人皆闻。井研令仆人且亲见之,朱衣长身,从《易》二房出,循墙至中堂而灭。于是众皆惊叹。二房亦颇悟,请别《易》一胾前卷,定本房第一。是夕,寂无声。②

据此可以推测,《松窗笔乘》应该会有很多关于"土风""物产""幽奇荒僻之事"等的记载。方象瑛在史馆前后七年,积劳成疾,于康熙二十四年(1685)辞官归家,四处访医,"时一憩足,所得亦加广"。诗集《所之草》(二卷)记录了他访医时的所见所感。翰苍岳《〈所之草〉题辞》云:"兹过金陵,复出《所之草》一编见示,乃先生十余年来往来吴越瓯闽及汴宋豫章,求医治疾,足之所履、目之所瞩之作也。"③《健松斋续集》中部分文章也记录了他访医时所见,如《瘗莩说》记载了康熙三十一年(1692)作者自颍赴汴途中所遇之事④。此事是否记载于《松窗笔乘》不是讨论重

---

① 《土穴》诗曰:"下营窟室上桑麻,几榻窗垣事事赊。雨后炊烟青缕缕,始知土穴有人家。"《健松斋集》卷二十《锦官集上》,第327页。
② 方象瑛:《使蜀日记》,《健松斋集》卷七,第126页。
③ 翰苍岳:《〈所之草〉题辞》,《健松斋续集》卷九《所之草上》,第470页。
④ 《瘗莩说》:"康熙壬申春,秦晋大饥,斗粟千钱,民流入河南北者数万计。鸠鹄之形,狼藉道路,死则委诸壑,或漂流入河,见者哀焉。三月七日,予自颍赴汴,舣舟朱仙镇,见道旁一饥者,息奄奄垂尽。饮以水,能咽,犬舐其面,尚引手逐之。予欲求其生不可得,比再问之,则已死矣。予心恻然,给钱数百缗,属土人瘗之。谢不敢,恐官司验问,贻累也。予叹曰:掩骼埋胔,王制也。今流亡载道,将为诸大夫言之,何虑为?土人乃受命,穴土三尺许,周以砖,裹以苇箔,草草藁葬,毋使暴露焉尔。事竣,还报。明旦,闻风而瘗者数辈。予不觉怆然太息。"《健松斋续集》卷四,第424页。

点，据此可以推测《松窗笔乘》中应含有更多作者访医时的所历所闻。

三 博学鸿词科视阈下的《松窗笔乘》

《松窗笔乘》与《健松斋集》的密切关系可以成为我们合理推测《松窗笔乘》诸多问题的重要理论依据，但该书具体价值的探讨还是要聚焦于辑录的29则材料上。由于《鹤征录》专记清初博学鸿词科事这一性质，所以将这些材料置于博学鸿儒科这一语境下考察则更具学理性。

博学鸿词科是影响清初文坛的重要历史事件，文人别集、笔记等相关史料为还原这一政治、文化现象提供了重要线索。检视所见材料可知，应征者及时人所记更为翔实、可靠。除方象瑛《松窗笔乘》外，时人王士禛《居易录》（三十四卷）、《池北偶谈》（二十六卷），应征者毛奇龄《制科杂录》（一卷）等亦是典型代表。然《居易录》《池北偶谈》只是对个别文人做了简笔勾描，并未将应征文士作群体审视；《制科杂录》所述内容主要为科试选题、应试过程、征士表现、入馆修史等，叙述相对宏观，未对征士作个案交代。据所辑《松窗笔乘》条目，方象瑛对博学鸿词科本事，应征者的品性、才学、交游以及中试者的仕宦经历等都有所关照，呈网状式记录，体现出方象瑛"于史有补""于人有评"的自觉意识。

首先，是对康熙朝博学鸿词科相关史实的记述。如第1则是关于博学鸿词科的被举荐人数的记录。清代多部著述对应征人数有所记载，但数据存在较大差异。如《圣祖仁皇帝实录》卷八十、王先谦《东华录》、吴荣光《吾学录初编》卷五"贡举门"记载为一百四十三人；施念曾《施愚山先生年谱》"康熙十八年己未先生年六十二岁"条记载为一百七十五人；王士禛《池北偶谈》卷二"明史开局"条、陈锦《勤余文牍续编》卷二《重刻高邮鸿博夏检讨半舫斋诗存序》、陈康祺《郎潜纪闻二笔》卷十四、陈僖《燕山草堂集》卷二《送黄俞邰奔母丧归江宁序》《送王山史归华阴序》、李富孙《校经庼文稿》卷十二《鹤征后录自序》记载为一百八十六人，等等。《鹤征录》"凡例"引述方象瑛《松窗笔乘》的记载为一百八十六人。相比而言，其他著述的记载都非常简略，无外"荐得一百八十六人""与试者一百四十三人"等表述，只交代了人数；《松窗笔乘》叙述较为具体，以衙门机构与官职进行分类统计，"大臣科道题荐八十三人，各衙门揭送吏部七十二人，督抚外荐三十一人"，分类标准也符合康熙帝的谕旨："在京三品以上及科道官员，在外督抚布按，各举所知，朕将亲试录用。其余内外各官，果有真知灼见，在内开送吏部，在外开报督抚代为题荐。"① 在考察博学鸿词科荐举人数时，方象瑛的这则材料应引起我们的高度重视。

第 11 则叙述了康熙二十四年乙丑（1685），康熙帝于保和殿以《经史赋》、《懋勤殿应制排律》（二十韵）为题御试八十二位翰林、詹事官之事。此则材料可为研究五十鸿儒的仕宦经历提供参照。"文学优通"的徐乾学、乔莱等五人被加级、奖励，"文理亦通"的彭孙遹、方象瑛等六十八人仍原职任用，而"文理荒疏"的崔如岳、钱中谐、庞垲等八人被降职外调。另外，此则材料可与其他文献材料或互为印证，或订正讹误。《清史稿》"庞垲"条有语："大考降补中书，荐擢户部郎中，出知建宁府"②，"大考"当即第 11 则所云"乙丑正月二十五日，上亲试翰林、詹事官"之事。这对研究庞垲的仕宦经历、编写庞垲年谱等有一定参考意义。《己未词科录》《国朝先正事略》《晚晴簃诗汇》等关于崔如岳的记载甚为简略，基本限于字岱斋、直隶获鹿人、举鸿博等信息，《石家庄市志》介绍崔如岳"常赴御宴，皇帝赏赐优厚。因遭权贵忌妒，调外任，旋辞职归里"。③ 对比第 11 则可知，崔如岳被调外任是因为御试所作诗文"文理荒疏"，而非遭权贵妒忌。《松窗笔乘》的记载订正了《石家庄市志》的讹误。

其次，是对应征者品性、才学等的描摹、品评。所辑录《松窗

---

① 玄烨：《圣祖仁皇帝圣训》卷十二，《文渊阁四库全书》影印本。
② 赵尔巽等：《清史稿》第 44 册卷四百八十四《列传二百七十一·文苑一》，中华书局 1977 年版，第 13353 页。
③ 李建英主编：《石家庄市志》（第五卷），中国社会出版社 1999 年版，第 520 页。

笔乘》条目往往能抓住记述对象的典型特征，展现人物的性格、才学等。如第 13 则、第 17 则突出了严沆、曹溶的高风亮节。严沆本已举荐方象瑛应博学鸿词科，但当别人问及此事时，他却未直接言说。曹溶被荐举鸿博而不与试，却捐献藏书助力修《明史》，其捐助的五千余册崇祯朝邸报，很大程度上解决了崇祯朝未有实录的问题。第 19 则关于黄虞稷的描述，突出了黄氏藏书丰富及博学。第 20 则突出了应撝谦精通理学、安贫治学、砥砺躬行等特点。第 21 则写吴仪一当面指出"清初散文三大家"之一魏禧文章的不足，彰显文人之风骨，魏禧则叹服不已，尽显儒士风范。

　　再次，是对清初文坛生态的呈现。清初文人尚雅集、好交游。辑录条目勾勒出了文人之间的交游以及深厚友谊，其中包括方象瑛与汪琬、施闰章、叶舒崇、曹禾、陈僖、吴农祥、徐林鸿等的交往。以方象瑛与汪琬、施闰章、叶舒崇之间关系为例。第 5 则描述了方象瑛于康熙二十七年（1688）赴虎丘访汪琬（号钝庵），自此时时往来。方象瑛"鱼蔬相对好，信宿为君留"①"凄绝故人凋落尽，尧峰缥缈不胜愁"② 等诗句不仅可与第 5 则的描述相印证，更可见方、汪二人结下了深厚的友情。对于汪琬的离世，方象瑛悲痛欲绝。第 7 则涉及方象瑛与施闰章的交往。③ 第 18 则关涉方象瑛与叶舒崇（字元礼）的交游。叶舒崇移居懒园，方象瑛有诗《元礼移寓懒园》（二首）；叶舒崇去世后，方象瑛作《哭叶元礼》（四首）：

　　　　廿载才名重子虚，凌云争拟荐相如。司农已逝君还死，师友悲深一纸书。（诏举文学，严先生拟荐余及君）
　　　　蓟门握手只经年，遇我先征唱和篇。（君赠余二律有"门风韦杜幽，才调应刘间"句）太息修文年未老，不堪开箧读遗笺。
　　　　研亭曲折小园虚，花竹横窗画不如。何事乍来偏病剧，悔教当日

---

① 方象瑛：《访汪钝翁山居》，《健松斋续集》卷九，第 473 页。
② 方象瑛：《过钝翁故居》，《健松斋续集》卷九，第 488 页。
③ 参见王成《清初文人方象瑛交游考论》，《社会科学辑刊》2016 年第 3 期。

赋移居。

圣主崇文诏赐糈，灵輀归去已成虚。（时荐举皆给俸金，君已归丧）汉廷倘更求遗稿，凄绝床头未竟书。（君注《哀江南赋》）①

诗歌其一盛赞叶舒崇的才华，以司马相如作比，并言及二人曾同被严沆举荐博学鸿词科。其二交代二人诗文唱和频繁，叶舒崇高度评价了方象瑛的家世、才华，言方氏"门风韦杜幽，才调应刘间"。其三感慨叶舒崇移居懒园后不久即病逝，在质疑移居对错与否的背后是作者深深的痛惜之情。其四惋惜叶舒崇没能享受到朝廷的恩宠以及未能完成对《哀江南赋》的注释。

随着清廷采取的一系列怀柔政策发挥作用，明朝遗民的反清态度发生了很大转变，原本紧张的关系渐趋平和，文人士子们接受了新朝，这从辑录的条目可见一斑。文人学者因得到皇帝的赏识、礼赞而激动不已、感恩戴德，如第10则记述了尤侗因制义及平蜀诗文得到顺治帝、康熙帝的称赞，他引以为傲，将赞语刻于堂柱之上，左书"章皇天语"，右书"今上玉音"，可见对这份殊荣的重视程度。第16则记述王嗣槐在康熙帝南巡时进献文章于灵隐寺，康熙帝特召其于河边言谈，此等礼待让人艳羡。方象瑛对尤侗、王嗣槐的际遇分别用了"极文人之荣""观者莫不荣之"的叙写，从中可以感受到他的羡慕之情，这也应是绝大多数文人的心底写照。

讨论清初康熙文坛，博学鸿词科是一个绕不开的话题，且是学界的讨论热点。通过对《松窗笔乘》主要内容、文献来源等的初步考辨，博学鸿词科相关人事存于此书中是确切无疑的，这部分内容反映出了文人性情、才学、交游、仕宦经历等信息，是考察博学鸿词科事及清初文坛生态不可忽视的散佚著述，可以补充相关的学术研究。因此，辑录、考论《松窗笔乘》佚文具有重要的学术价值。

---

① 方象瑛：《哭叶元礼》，《健松斋集》卷十八《展台诗钞上》，第287页。

小结

　　对于在当地具有一定影响力的家族而言,遂安方氏诗礼传家,家族的世德门风维系着遂安方氏历代不绝。遂安的地理环境、乡风民俗等对方氏家族产生了深远的影响,家族内部形成了洁己自持、忠义睦民、宗亲孝友等家风,代代相传,这些家族传统对方象瑛思想性格的形成有着一定程度的影响。如宗亲孝友使方象瑛对父母亲人至孝至善至爱,在外求学与仕宦时,时常挂念家中父母亲人,常作家书报平安、询家况。在兄弟之间,方象瑛谦虚礼让,并视族中子弟如同己出,诲人不倦,积极奖掖、提携。方象瑛又喜交天下之士,对于朋友真挚情深,在其诗集中有大量的友朋赠答、送别之诗,处处流露出对朋友的真挚之情。乐施睦民的族风也深深影响了方象瑛的为人,他劳心为民,体恤百姓,重视教化。

　　研究一位作家,对其生平、行迹、著述等的考察是十分重要的。知其人,才能更好地论其文。观《健松斋集》《健松斋续集》,犹如铺开了方象瑛一生丰富多彩的桢桢画卷,每一幅都凝聚着诗人的情感,沾染着诗人心灵颤动、变化的历史过程。方象瑛在人生七十多个春秋里,饱经世事沧桑,年壮高第,却需次家居十年;举博学鸿词科,又冷署七载;乞假归家,始终疾病缠身。方象瑛一生游历大江南北,极大地开拓了他的视野、心胸,丰富的人生经历也使他的诗文内容博厚,文笔俊逸,《健松斋集》《健松斋续集》《明史分稿残编》取得了较高的艺术成就。总而言之,淳安水土的滋养、家世家风的影响、自身的努力,共同成就了清初著名文学家方象瑛。

第二章 方象瑛的思想研究

方象瑛于文坛颇有诗名且以勤奋好学著称,"仰承家学,夙有元本,又能锐志精思,孜矻罔倦"①;登进士后,仍"日购遗书,闭户而读"②;携家避寇侨居钱塘时,"读书声闻户外,其好学甚,而能养其心"③;举博学鸿词科,入史馆纂修《明史》,"好学如闲居时"④。可以说,方象瑛"未尝一日离楮墨"⑤,所以达到了"经史诸书皆极搜猎贯穿"⑥的境界,为他文学思想、史学思想的形成奠定了坚实的基础。《健松斋集》《健松斋续集》的部分序文、书信等蕴涵着丰富的文学思想、史学思想,尽管很多思想并非新论或首创,但在清初大的文化语境下,亦有个人特点与时代特色。

第一节 文学思想

在探讨方象瑛的诗文创作之前,有必要对他的文学思想进行分析。"一个作家,不论创作什么样子的作品,都有某种文学思想作为指导。他们通过创作反映了所属阶层的情趣、要求和宗旨。"⑦方象瑛的文学思想对其文学创作也有着积极的推动作用,概而言之,其

---

① 叶方蔼:《〈健松斋集〉序》,《健松斋集》卷首,第3页。
② 王嗣槐:《方渭仁健松斋文集序》,《桂山堂文集》卷一,第12页。
③ 吴仪一:《〈健松斋续集〉序》,《健松斋续集》卷首,第380页。
④ 吴仪一:《〈健松斋续集〉序》,《健松斋续集》卷首,第380页。
⑤ 王晫:《〈健松斋续集〉题辞》,《健松斋续集》卷首,第381页。
⑥ 叶方蔼:《〈健松斋集〉序》,《健松斋集》卷首,第3页。
⑦ 周勋初:《中国文学批评小史》,复旦大学出版社2007年版,第1页。

文学思想主要体现在以下几个方面。

一　"诗以道性情"

"性情"这一概念进入诗学领域始于《诗大序》："故变风发乎情，止乎礼义。发乎情，民之性也；止乎礼义，先王之泽也"①，后成为中国古代诗学领域影响深远、诗论家争相探讨的命题之一。进入清代，"性情"仍是诗学领域的热门话题。清初时期，可以说言诗者必谈"性情"，从诗坛名家到一般诗家多有论述，如黄宗羲《万贞一诗序》云："今之言时者，谁不言本于性情？"②

翻检方象瑛的诗文集，"性情"一词出现频率很高，"性情"是他秉持的重要评判标准。他重视诗文的性情，在文章中反复陈说：

> 夫诗所以道性情也。性情所寄，动者易竟，静则难窥。③
> 夫诗以道性情，而思者，性情之所发也。④
> 诗以道性情，性情所寄不可强而同也。⑤
> 性情之文，能使千百年必传。⑥
> 诗以道性情也，至性所感，一往而真。……发乎性情，止乎礼义，高远深厚，皆有缠绵笃挚之意。⑦
> 君之诗出乎性情，止乎礼义。⑧

"诗以道性情"反映出方象瑛对诗歌本质的深刻认知，也是其诗学思想的根本立足点。有学者指出清初文坛，"在伦理上对诗学传统的复归，首先表现为对已成为诗学根本概念的'性情'的重新解释。

---

① 郭绍虞主编：《中国历代文论选》第1册，上海古籍出版社2001年版，第63页。
② 沈善洪主编：《黄宗羲全集》第10册，浙江古籍出版社2005年版，第94页。
③ 方象瑛：《牛潜庵诗序》，《健松斋集》卷二，第48页。
④ 方象瑛：《益都先生〈佳山堂诗〉序》，《健松斋集》卷二，第37页。
⑤ 方象瑛：《释逸庵诗序》，《健松斋集》卷三，第73页。
⑥ 方象瑛：《马严冲制义序》，《健松斋集》卷三，第71页。
⑦ 方象瑛：《韩醉白诗序》，《健松斋集》卷三，第59—60页。
⑧ 方象瑛：《庞雪崖诗序》，《健松斋集》卷二，第51页。

因为当时实在已到了'诗以道性情，无人不知，且无人不言之矣。然人人知之而性情之旨晦，人人言之而性情之真愈淆'的地步"①。方象瑛即对"性情"加以多向度的发挥与引申，使"性情"的外延得到拓展、内涵不断充实。

首先，方象瑛认为"静"与"性情"有着密切关系。他为牛奂（字潜子）诗集所作序文开篇指出"天下惟静者可与言诗"②，在他看来，诗人只有具备了"静"，才能"才敏而气沉，思深而致远。举凡欢愉拂逆之来，皆不足以动之"③，从而达到所作诗歌隽永渊深，使人羡慕而不能测其所至的程度。他认为孔子"思无邪"中的"无邪"乃"静之至也"④，后世只有陶渊明的诗歌外朴中腴，"读之浮气俱尽，盖本乎其人之性情，非可易言矣"。因此得出结论："夫诗所以道性情也。性情所寄，动者易竟，静则难窥。"⑤ 诗歌的性情抒发，"静"是非常难达到的境界，而牛奂"于纵谈剧饮时，一往俱有静气"⑥，因此其所作诗歌，"变化古今，虽感慨中来，而缘物写意，绝无牢骚不平之鸣"⑦。

其次，方象瑛将"思"与"性情"的关系作了探讨。《益都先生〈佳山堂诗〉序》曰："昔孔子删诗，一言蔽之曰：思无邪。夫诗以道性情，而思者，性情之所发也。思出于正，贞静专一，可以感人心，易风俗；不得其正而杂用之，其憧憧往来于吾心者，盖不知何如矣。故欲治诗，先治思，思固诗之本也。"⑧ 方象瑛所引孔子之语出自《论语·为政》："《诗》三百，一言以蔽之，曰'思无邪'。"⑨ 孔子认为《诗经》的诗歌思想纯正，符合儒家的伦理道德

---

① 蒋寅：《清代诗学史》第1卷，中国社会科学出版社2012年版，第104页。
② 方象瑛：《牛潜庵诗序》，《健松斋集》卷二，第48页。
③ 方象瑛：《牛潜庵诗序》，《健松斋集》卷二，第48页。
④ 方象瑛：《牛潜庵诗序》，《健松斋集》卷二，第48页。
⑤ 方象瑛：《牛潜庵诗序》，《健松斋集》卷二，第48页。
⑥ 方象瑛：《牛潜庵诗序》，《健松斋集》卷二，第48页。
⑦ 方象瑛：《牛潜庵诗序》，《健松斋集》卷二，第48页。
⑧ 方象瑛：《益都先生〈佳山堂诗〉序》，《健松斋集》卷二，第37页。
⑨ 杨伯峻译注：《论语译注》（简体字本），中华书局2006年版，第15页。

标准。方象瑛由孔子之语引出关于"思"与"性情"关系的讨论，他认为"思"是"性情之所发"，他从两个对立方面，即"出于正"与"不得其正"所取得的不同效果来论证"思"的重要意义，并由此得出"故欲治诗，先治思，思固诗之本"①与"思正诗亦正"②的结论。他认为冯溥的诗歌就是"思"后的产物，"先生之诗，先生之思之所寄"③，以至达到了"贞静专一之极，发于性情，止乎礼义，潜移默化乎人心风俗"④的境界。

再次，方象瑛指出诗歌虽以抒发性情为根本，但是又有所不同，"诗以道性情，性情所寄，不可强而同也"⑤。方象瑛认为，抒发对象也就是"所寄"的不同，会导致诗歌风格随之发生变化，"志在庙廷，其诗必庄以肃；志在田野，其诗必静以深；志在天下国家，其诗必渊厚而广博"⑥。庙堂之作与布衣之作因其"所寄"也就是"志"不同而风格迥异，"朝庙馆阁之作，巨丽瑰玮，始为雅称。若山林缁羽，其性情所至，自有灵心朴绪回旋楮墨间"⑦。如果不分清楚，强制将其归为一类，那么就会产生不好的效果，与风雅传统相去甚远，"必使同出一途，无论体不相宜，揆诸风雅之原，当亦有未合矣"⑧。梁清标的诗歌即体现出因"所寄"不同而诗歌风格发生变化这一特点，《大司农梁先生诗集序》曰："今试读其诗，掌邦礼以前，庄以肃者，其颂之遗乎？归田诸什，气静而思深，殆得于雅乎？兵农礼乐之大宴劳，登眺之章，渊厚广博者，十五国风之正声乎？"⑨方象瑛本人即追求不同寄托下创作不同风格的诗篇，他说："若余自顾非陋，每欲兼综古今，游览怀思之什，幽奇凄婉者，依乎

---

① 方象瑛：《益都先生〈佳山堂诗〉序》，《健松斋集》卷二，第37页。
② 方象瑛：《益都先生〈佳山堂诗〉序》，《健松斋集》卷二，第37页。
③ 方象瑛：《益都先生〈佳山堂诗〉序》，《健松斋集》卷二，第37页。
④ 方象瑛：《益都先生〈佳山堂诗〉序》，《健松斋集》卷二，第37页。
⑤ 方象瑛：《释逸庵诗序》，《健松斋集》卷三，第73页。
⑥ 方象瑛：《大司农梁先生诗集序》，《健松斋集》卷二，第38页。
⑦ 方象瑛：《释逸庵诗序》，《健松斋集》卷三，第73页。
⑧ 方象瑛：《释逸庵诗序》，《健松斋集》卷三，第73页。
⑨ 方象瑛：《大司农梁先生诗集序》，《健松斋集》卷二，第38页。

风；酬赠赋物之章，和平质实者，依乎雅；应制之篇，堂皇端丽者，依乎颂。"① 他根据诗歌所抒发感情的不同，追求不同的诗歌风格。方象瑛在实际创作中也确实做到了这一点，他于京师为官所作《展台诗钞》，"应制诸篇，铺张扬厉，与《天保》《采薇》同风"②；登临宴会、赠答怀思之章，"清和秀润，思深致远，得《风》《雅》遗意"③。李必果认为方象瑛的诗歌"温柔敦厚，为风雅正宗"④。试看其作于康熙十九年（1680）的《中秋日早朝》诗："秋色平分向晓天，桂华香袅禁城烟。云璈似识霓裳奏，侍从新题皓露篇。暑气才收丹阙外，晴光先到紫宸前。太平今夕同民乐，万里清辉入御筵。"⑤ 诗歌称颂和平盛世，属清明之音。

作为传统文人，方象瑛崇尚儒家实用诗学理论，他高举诗教的大旗，认为诗歌可以抒写哀愁穷苦，但要"合乎《小雅》怨诽不怒之义"⑥，做到温柔敦厚，而不抒发牢骚不平之气，"至于温柔敦厚可矣。萧骚不平，非诗人之正也"⑦。方象瑛论诗以诗教作为核心思想，"昔夫子论诗，兴观群怨，极于事父事君。夫《诗三百》篇，皆古忠臣孝子所为作也。忠孝之外，别无所谓兴观群怨"⑧。《论语·阳货》云："诗，可以兴，可以观，可以群，可以怨。迩之事父，远之事君；多识于鸟兽草木之名。"⑨ 兴观群怨是孔子对诗歌社会功用的高度概括与深刻认识，他认为诗歌可以感发人的意志、观察风俗盛衰、使人善于与他人交往、敢于批评时政。在方象瑛看来，事父事君是诗歌的重要社会功用。他称赞张英之诗，"入都以前，流连景物，类乎《风》。被荐以后，春容应制，近乎《颂》。自挂吏

---

① 方象瑛：《释逸庵诗序》，《健松斋集》卷三，第 73 页。
② 李必果：《〈展台诗钞〉序》，《健松斋集》卷十八《展台诗钞上》，第 277 页。
③ 李必果：《〈展台诗钞〉序》，《健松斋集》卷十八《展台诗钞上》，第 277 页。
④ 李必果：《〈展台诗钞〉序》，《健松斋集》卷十八《展台诗钞上》，第 278 页。
⑤ 方象瑛：《中秋日早朝》，《健松斋集》卷十八《展台诗钞上》，第 296 页。
⑥ 方象瑛：《顾向中诗序》，《健松斋集》卷二，第 52 页。
⑦ 方象瑛：《顾向中诗序》，《健松斋集》卷二，第 52 页。
⑧ 方象瑛：《郑生诗序》，《健松斋集》卷三，第 64 页。
⑨ 杨伯峻译注：《论语译注》（简体字本），中华书局 2006 年版，第 262—263 页。

议，不复多作诗，间有吟咏，萧然远寄，有《小雅》之遗焉"①。尽管经历了不同的阶段，但是张英的诗歌都做到了合乎诗教。方象瑛认为韩魏（字醉白）之诗同样符合儒家诗教，"发乎性情，止乎礼义"②；庞垲（号雪崖）之诗亦然，"出乎性情，止乎礼义"③。方象瑛诗文突出特点即善于抒写性情，"其文之至者，皆其情之至"④，"每上下古今人行事，反复感慨，意绪怆然，至于友朋离合之际，悲继以欢，尤三致意焉"⑤。无论是抒发任何情感，他的诗歌始终以温柔敦厚为旨，时人评其诗歌"以雅适称胜，而不以愁苦见长"⑥，哪怕是悼亡之作，"往往情见乎辞，而凄婉和平，绝无牢骚感愤之气"⑦。方象瑛的性情思想还被运用到具体实践应用上。康熙十七年（1678）方象瑛分校顺天乡试，他以性情作为衡文取士的重要评价标准。据《马严冲制义序》所载，方象瑛于中秋日获得一份考卷，初看时觉得很平常，但他恐怕率易而失，于是掩卷深思终日，顿觉此文是性情所发，"真有即之愈深、味之愈永者"⑧。于是以第一名推荐给主考官，主考官觉得方象瑛执持过切，怀疑他是否怀有隐情。方象瑛于是来到聚奎堂，慷慨陈词："今所见揣摩之业满几案，性情之发，独此卷耳。"⑨ 两位主考官欣然曰："君毋过激，人能以性情为文，岂有私者。"⑩ 方象瑛以性情衡文，选拔出清代政坛著名人物马教思。

方象瑛重视温柔敦厚的性情观念不仅仅是其个人的诗学趣尚，更是复兴诗教这个清初诗学主流话语影响下的产物。清初文人以《诗经》的雅正传统为文学创作、文学批评的核心，显示强烈重振儒

---

① 方象瑛：《张仲张诗序》，《健松斋集》卷二，第49页。
② 方象瑛：《韩醉白诗序》，《健松斋集》卷三，第59页。
③ 方象瑛：《庞雪崖诗序》，《健松斋集》卷二，第51页。
④ 林云铭：《〈健松斋集〉序》，《健松斋集》卷首，第5页。
⑤ 张烈：《〈健松斋集〉序》，《健松斋集》卷首，第4页。
⑥ 李必果：《〈展台诗钞〉序》，《健松斋集》卷十八《展台诗钞上》，第277—278页。
⑦ 李必果：《〈展台诗钞〉序》，《健松斋集》卷十八《展台诗钞上》，第277页。
⑧ 方象瑛：《马严冲制义序》，《健松斋集》卷三，第71页。
⑨ 方象瑛：《马严冲制义序》，《健松斋集》卷三，第71页。
⑩ 方象瑛：《马严冲制义序》，《健松斋集》卷三，第71页。

家诗学传统的个人与时代诉求。蒋寅认为清初文坛，"诗人的天职，诗人的本质，忽然都与'诗教'联系起来，'诗教'一时竟成了清初诗学的焦点，成为当时最活跃的诗学话语之一"①，以至出现了"论诗于今日而必以温柔敦厚为言""今日之诗孰不曰吾温柔敦厚"②这样的批评话语。翻阅清初别集，鲜有诗文序跋不论及温柔敦厚者，如钱谦益云："诗人之志在救世，归本于温柔敦厚"③，毛先舒曰："诗者，温柔敦厚之善物也"④，等等。

方象瑛的性情论是清初主流诗学的一个侧影，是在"以圣祖、冯溥为首的清王朝上层展开文治的背景下展开的"⑤，其中冯溥之于方象瑛的影响是不容忽视的。方象瑛寓京师期间为冯府常客，得到了冯溥的多方面照顾，他曾自言："于先生为门下士，顷来京师，提携教诲又最厚。"⑥ 翻阅《健松斋集》，和冯溥诗韵之作以及专为冯溥而作的诗文计十余篇，方象瑛也是万柳堂雅集以及以冯溥为核心的其他游宴活动的主要参与者，他也参与了冯溥诗集《佳山堂诗集》整理、刊刻工作。潘务正曰："文人雅集是对某种诗风的形成会产生重要影响，尤其是冯溥将其作为一种有目的的活动展开时，其效果不言而喻。"⑦ 同时，冯溥于当时文坛可堪为"领袖人物"，"领袖人物"在文学风气的转移中起着不可或缺的作用，严迪昌云："领袖式人物无论在学术抑或是在文学的领域内影响和作用，最突出的是团聚号召力，其对养成或开创一种风气的推促能量，往往不是轻易估量得出。"⑧ 康熙十七年（1678），由于不满当时文坛宋诗风盛行的现状，冯溥开始整顿诗坛。他提倡诗歌创作要温柔敦厚，呼吁盛世

---

① 蒋寅：《清代诗学史》（第一卷），中国社会科学出版社2012年版，第105页。
② 王艮：《周俶文诗序》，载《鸿逸堂稿》，四库全书存目丛书影印康熙刊本，集部第233册，第335、336页。
③ 钱谦益：《施愚山诗集序》，《施愚山集》第4册，黄山书社1992年版，第247页。
④ 毛先舒：《诗辩坻》卷一，载郭绍虞选编，富寿荪校点：《清诗话续编》第1册，上海古籍出版社2016年版，第69页。
⑤ 张立敏：《冯溥与康熙京师诗坛》，中国社会科学出版社2011年版，第257页。
⑥ 方象瑛：《送座师益都先生致政东归序》，《健松斋集》卷四，第76页。
⑦ 潘务正：《王士禛进入翰林院的诗史意义》，《文学遗产》2008年第2期。
⑧ 严迪昌：《清诗史》，浙江古籍出版社2002年版，第212页。

之音，倡导唐风而反对宋诗风气。毛奇龄《西河诗话》记载了冯溥在万柳堂宴会上大斥宋诗之弊的情景：

> 益都师相尝率同馆官集万柳堂，大言宋诗之弊，谓开国全盛，自有气象，顿惊此佻凉鄙夺之习。无论歌格有升降，即国运盛杀，于此系之，不可不伤也。因庄颂皇上《元旦》并《远望西山》二诗以示法。……时侍讲施闰章、春坊徐乾学、检讨陈维崧辈皆俯首听命，且曰："近来风气日正，渐鲜时弊。"①

冯溥不仅批评宋诗的各种弊病，还以具体诗歌作为学法指南，使当时文坛颇具知名度的施闰章、徐乾学、陈维崧等人俯首听命。而方象瑛作为"受知最久"②的万柳堂门客，其对冯溥诗学主张的接受、受到影响是必然的。康熙十一年（1672）王士禛典四川乡试时创作了《蜀道集》，该诗集是"宋诗风潮下的一个成功范例，赢得同时名诗人的交口称赞，在当时产生很大反响"③。康熙二十二年（1683）方象瑛典试四川时创作了《锦官集》。综观王士禛《蜀道集》与方象瑛《锦官集》，相同路线下创作的诗歌大致有九十多首（以彝陵为界，彝陵后，二人路线不同），只有三十多首诗体裁相同，但内容却毫无相似之处，其他之诗自不必说。可以说，方象瑛有意识地规避了王士禛《蜀道集》，这和方象瑛受冯溥影响有很大关系。"关于《锦官集》对《蜀道集》的规避，除了考虑出于作者自尊和自信的独创意识外，还要顾及当时宋诗消长的背景。"④ 方象瑛典四川乡试时，正值王士禛入掌国子监，声名文坛，追随者甚众，此时也是文坛猛烈批评宋诗风之时。冯溥在万柳堂"大言宋诗之弊"，斥宋诗为"非盛世清明广大之音"⑤，在京师诗坛引起震动。

---

① 毛奇龄：《西河诗话》卷五，《西河文集》，《清代诗文集汇编》第89册，第75页。
② 方象瑛：《万柳堂铭》（并序），《健松斋集》卷十，第167页。
③ 蒋寅：《拟与避：古典诗歌文本的互文性问题》，《文史哲》2012年第1期。
④ 蒋寅：《拟与避：古典诗歌文本的互文性问题》，《文史哲》2012年第1期。
⑤ 毛奇龄：《西河诗话》卷五，《西河文集》，《清代诗文集汇编》第89册，第75页。

王士禛也不得不重新考量,编订一系列唐诗选本,重竖唐诗的旗帜,标举"神韵"之说。在这种风潮下,作为万柳堂常客的方象瑛,其诗风的取向受到冯溥影响也就在情理之中了。毛际可曾指出方象瑛的诗风有三次变化,"余读渭仁文,凡三变矣"①,二十岁左右语石之会时,"习为徐、寅之篇"②;避寇杭州时,与毛先舒等砥砺切劘,"敛华就实,骎骎体格日上"③;入翰林院,修《明史》时,文风"扬厉敷陈"④。冯溥康熙十八年(1679)冬至为方象瑛《秋琴阁诗》作序,明确表明自己的诗学观点及对方象瑛诗风的认识:"其诗怨而不怒,哀而不伤,绝去凡近晦蒙之习,而一归清远澹逸之旨,可以兴矣。"⑤方象瑛的诗歌在冯溥看来是怨而不怒、哀而不伤的,是符合儒家实用理论的诗歌。在这些事实面前,方象瑛受到冯溥的影响而高举诗教的大旗就很容易理解,也无须笔者赘言了。

二 "诗固因乎其遇,未可一概论"

在中国传统文学批评领域,"穷而后工"是一个影响深远的诗学命题,欧阳修从士人遭际引起的心理变化对于文学创作的影响入手,揭示了一个近乎普遍规律的现象。欧阳修《梅圣俞诗集序》云:

> 予闻世谓诗人少达而多穷,夫岂然哉?盖世所传诗者,多出于古穷人之辞也。凡士之蕴其所有,而不得施于世者,多喜自放于山巅水涯之外,见虫鱼、草木、风云、鸟兽之状类,往往探其奇怪;内有忧思感愤之郁积,其兴于怨刺,以道羁臣、

---

① 毛际可撰,顾克勇校点:《毛际可集·方渭仁文集序》,浙江大学出版社2015年版,第415页。
② 毛际可撰,顾克勇校点:《毛际可集·方渭仁文集序》,浙江大学出版社2015年版,第415页。
③ 毛际可撰,顾克勇校点:《毛际可集·方渭仁文集序》,浙江大学出版社2015年版,第415页。
④ 毛际可撰,顾克勇校点:《毛际可集·方渭仁文集序》,浙江大学出版社2015年版,第415页。
⑤ 冯溥:《〈秋琴阁诗〉序》,《健松斋集》卷十七《秋琴阁诗》卷首,第268页。

寡妇之所叹，而写人情之难言。盖愈穷则愈工。然则非诗之能穷人，殆穷者而后工也。①

欧阳修这段话强调的是诗歌创作与诗人人生际遇的关系问题，他认为二者有着直接的联系，处于穷困哀愁境地的诗人创作的诗歌，往往更能入境，更容易引起人的共鸣。关于人生际遇与诗文作品的关系问题并非欧阳修首创，实则其是远接司马迁、近绪韩愈。司马迁《报任安书》提出"《诗》三百篇，大抵圣贤发愤之所为作也"的论断，韩愈《荆潭唱和诗序》一文中说："夫和平之音淡薄，而愁思之声要妙；欢愉之辞难工，而穷苦之言易好也。是故文章之作，恒发于羁旅草野；至若王公贵人气满志得，非性能而好之，则不暇以为。"② 韩愈认为和平欢愉之词由于缺乏真情实感，因此很难取得动人的艺术效果；愁思穷苦之言由于是发自内心，自然带有撼人心魄的力量，也相对容易成功。欧阳修的"穷而后工"是司马迁、韩愈等的继往开来者，并演化成诗歌创作评价标准乃至诗歌创作艺术范本，对中国古代文学创作、文学批评均产生了深远影响。

梳理从宋至清这一段文学批评史，可以看到，"穷而后工"是文坛的主流思想，占据论诗话语的主导地位，将其引述、发挥者甚多。如余靖《孙工部诗集序》："世谓诗人必经穷愁，乃能抉造化之幽蕴，写凄辛之景象。盖以其孤愤郁结，触怀成感，其言必精，于理必诣也。"③ 李纲《五峰居士文集序》："欧阳文忠公有言'非诗能穷人，殆穷而后工'，信哉。士达则寓意于功名，穷则潜心于文翰，故诗必待穷而后工者，其用志专，其造理深，其历世故险阻艰难无不备尝故也。"④ 此类资料甚多，兹不一一列举。

方象瑛在文章中也多次讨论"穷而后工"这一诗学命题，但其

---

① 洪本健：《欧阳修诗文集校笺》，上海古籍出版社2009年版，第1092—1093页。
② 韩愈撰、马茂元整理、马其昶校注：《韩昌黎文集校注》，上海古籍出版社1986年版，第262—263页。
③ 蒋述卓等：《宋代文艺理论集成》，中国社会科学出版社2000年版，第66页。
④ 李纲：《梁溪集》，《文渊阁四库全书》影印本。

态度主要是批驳，且十分激烈：

> 自韩退之、欧阳永叔论诗谓必穷而后工，于是世之言诗者遂以诗为幽忧穷苦、言愁遣愤之作。夫使诗必穷始工，则是《三百篇》后定推郊、岛，而王、谢、机、云皆不可与言风雅矣。唐人如张燕公、高达夫入参侍从，出领节旄，其诗高迈雄伟，绝非寒俭可拟。盖穷愁之士，忳郁无聊，发为诗歌，使人可悲可涕。若夫履丰席腴，耳不闻凄楚之音，目不睹俭僿之气，适境怡情，往往引人入胜。诗固因乎其遇，未可一概论也。……然后知诗之工拙存乎其人，因乎其遇，固未可以穷达论也。前明三百年间，李献吉、王元美皆起家郎署，振兴诗教，一时倡和之盛，称前后七才子。（《胡枢部诗序》）①

> 韩昌黎曰：欢愉之辞难工，穷愁之言易好。夫诗必待穷愁而后工，则是金谷、兰亭必尽幽忧愤郁之士，而曹、陆、王、谢皆不可与言诗矣。昌黎之言非谓能诗者尽穷愁也。盖人幸值宴安，父母俱存，疾瘵不作，樽酒赋诗亦其常耳。若夫穷愁之士，其历境也艰，其积虑也远，萧骚不平之感，触绪而动，诗即工，工即传矣。……至于温柔敦厚可矣。萧骚不平，非诗人之正也。（《顾向中诗序》）②

方象瑛对"穷而后工"的批驳是非常有力度的，也能够切中问题的要害。他主要运用反面例证法来驳斥"穷而后工"。方象瑛认为，按照韩愈、欧阳修论诗的逻辑，好的诗作都是诗人穷困境遇下的产物，那么《诗经》之后只能推举贾岛、孟郊了，而参与金谷游宴、兰亭雅集之人都应该是幽忧愤郁之士，王羲之、谢灵运、陆机、陆云等辈就更不足言道了。贾岛、孟郊是唐代苦吟诗派的代表人物，有"郊寒岛瘦"之称。金谷集会、兰亭雅集是两次重要的文学集会

---

① 方象瑛：《胡枢部诗序》，《健松斋集》卷三，第62页。
② 方象瑛：《顾向中诗序》，《健松斋集》卷二，第52页。

活动，西晋惠帝元康六年（296）石崇于洛阳金谷园主持金谷集会，有潘岳、陆机、陆云、左思、欧阳建、刘琨等人参加；东晋穆帝永和九年（353）王羲之在会稽主持兰亭集会，有谢安、谢万、孙绰、王凝之、王献之、吕本、曹礼等人参加。两次文会参与者并非"幽忧愤郁之士"，金谷集会的召集者巨富石崇自不待言，潘岳、陆机、陆云、左思等也不是穷困之徒；参与兰亭雅集的琅琊王氏、陈郡谢氏、颍川庾氏、高平郗氏四大家族更是门楣显赫。唐代张说（封燕国公）、高适（字达夫）都身居高位，张说历官兵部员外郎、弘文馆学士、尚书左丞、兵部尚书、右丞相、左丞相等，前后三次为相，执掌文坛三十余年；高适曾任刑部侍郎、散骑常侍、渤海县侯，世称高常侍。明代李献吉、王元美等前后七子也不是仕途坎坷、穷困潦倒之人。

欧阳修倡导诗必穷而后工，之后愈演愈烈，言诗者"遂以诗为幽忧穷苦言愁遣愤之作"。但胡智修"生长华阀，周历诸曹"[①]，并非穷困之士。他将登临赏景之会、与友朋樽酒之谊赋诗成《谷园诗》，"一时名流叹为秀绝"[②]。在优越闲适的生活条件下同样可以创作出好诗，并非只是遭遇坎坷穷困才可为诗、为好诗。方象瑛进而指出："诗之工拙存乎其人，因乎其遇，固未可以穷达论。"[③] 诗歌是抒发情感的载体，方象瑛认为有什么样的境遇、什么样的性情，就创作什么样的诗歌，即诗歌创作应"因乎其遇"[④]。钱塘文人丁潆（字素涵）、顾有年（字向中）同生世胄，同负隽才，但二人的诗歌风格截然不同，"素涵之诗，静以愉；向中之诗，婉而多感"[⑤]。诗歌风格差异如此之明显，缘于二人际遇之不同，"素涵忘世，缘物写意，绝无萧骚不平之鸣。向中年少，方驰骋而顾困于病，抚今吊古，

---

① 方象瑛：《胡枢部诗序》，《健松斋集》卷三，第62页。
② 方象瑛：《胡枢部诗序》，《健松斋集》卷三，第62页。
③ 方象瑛：《胡枢部诗序》，《健松斋集》卷三，第62页。
④ 方象瑛：《胡枢部诗序》，《健松斋集》卷三，第62页。
⑤ 方象瑛：《桥西草堂唱和诗序》，《健松斋集》卷二，第50页。

一往思深，要其所寄一也"①。尽管诗风不同，但都写出了性情之文，此方象瑛所谓"性情所寄不可强而同"②。考察与方象瑛同时期的翰林文人所作诗文，大抵不出纪恩颂圣、宴游题咏、友朋赠答等题材，呈现"歌赞黼黻康熙盛世之音"③。如王顼龄，"值文治昌明之日，奏太平黼黻之音，故一时台阁文章，迥异乎郊寒岛瘦"④；邵平远，"五载内所作，多典礼、纪颂之章，酷摹唐音，颇见宏赡"⑤；汤斌，"高文典册，扬庙堂之盛，则纶扉判词，槐厅起草，举凡应制、应试之作，往往而是"⑥；汪楫，"入词馆后，典重高华，易幽峭为台阁"⑦；高咏，"通籍后所作，非颂圣即贡谀"⑧；彭孙遹，"馆阁诸体尤为瑰玮绝特，盖孙遹博雅之才，际国家文治鼎新，和声以鸣太平之盛，要亦无愧于词科矣"⑨，等等。这些人离开史馆、归家后的诗歌风格则发生了较大变化，与为官京师期间所作形成了鲜明对比。有学者以潘耒为例作了对比分析，颇有见地："这次考试不仅改变了潘耒的身份，而且引发其诗歌创作的变化。内容方面，他创作出歌颂盛世、记录同僚间唱和、反映官员生活的作品，凸显其翰林与史官的身份。艺术形式上，诗歌内容上的巨大变化也营造出不同的艺术风格，应制诗雍容典雅、华丽整饬，描写文官生活的篇章平和娴雅，即使是情感激烈的抒怀之作，也在化解内心矛盾的过程中最终趋向清旷淡雅。虽然他明明知道自己蒙冤受屈，可是最终放弃了申诉辩解，选择自我反省、参化人生。潘耒考中博学鸿词科后的诗歌创作体现了儒家'温柔敦厚'的诗教原则，诗风也由沉郁顿

---

① 方象瑛：《桥西草堂唱和诗序》，《健松斋集》卷二，第50页。
② 方象瑛：《释逸庵诗序》，《健松斋集》卷三，第73页。
③ 李舜臣：《"博学鸿儒科"与康熙诗坛》，《民族文学研究》2012年第5期。
④ 永瑢："《世恩堂集》提要"，《四库全书总目》卷一八三，中华书局1995年版，第1659页。
⑤ 永瑢："《戒庵诗存》提要"，《四库全书总目》卷一八三，中华书局1995年版，第1655页。
⑥ 毛奇龄：《汤潜庵先生全集序》，《西河文集》卷三十二，第432页。
⑦ 阮元：《淮海英灵集》甲集，转引自钱仲联《清诗纪事》，江苏古籍出版社1989年版，第2791页。
⑧ 邓之诚：《清诗纪事初编》，上海古籍出版社2012年版，第582页。
⑨ 永瑢："《松桂堂全集》提要"，《四库全书总目》卷一七三，第1523页。

挫变为平和雅正。"①

　　境遇不同而诗风迥异最鲜明、直接的例子，莫不过方象瑛本人。未入翰林、家居游历时，方象瑛的诗歌"渊雅秀润，谓为王摩诘一流"②；任职翰林院期间所作诗集《展台诗钞》，多为纪恩颂圣、宴游赠答之作，体现出了盛世之音，时人评此时方象瑛诗是"应制诸篇，铺张扬厉，与《天保》《采薇》同风"③"迩来历官禁御，啸歌尽金石之声"④。境遇不同，诗风发生了很大的变化。

　　对于"穷而后工"的批评并非方象瑛首创，自此理论产生即有不同的声音出现，如南宋张表臣云："夫'诗非能穷人，待穷者而后工耳'，此欧阳文忠公之语也。以不肖观之，犹为未当。……然则谓诗能穷人者，固非矣，谓待穷者而后工，亦未是也。夫穷通者，时也。达则行于天下，穷则独善其身，政不在能诗与不能诗也。"⑤明代袁宏道说："古云：'诗能穷人。'又云：'诗非能穷，穷者而后工也。'夫使穷而后工，曹氏父子当为伧夫，而谢客无芙蓉之什，昭明兄弟要以纨绮终也。"⑥这种不同的声音却是非常微弱的，而"方象瑛批驳不遗余力"⑦。方象瑛批驳"穷而后工"有其时代背景，潘务正说："在清初社会政治形势下，'穷而后工'与'不平而鸣'的理论既不适合力倡进入盛世的统治者的心理，亦不贴切位登清华之地的翰苑词臣的际遇，故而在此时遭到严厉的批判。"⑧

　　康熙时期随着政治统治秩序越来越巩固以及经济逐步繁荣，实现思想文化统一、歌颂太平盛世的文治显得尤为迫切而重要，而诏举博学鸿词科就是文治的一项重要举措。此时期"清明广大"一词在诗论中频繁出现，如施闰章《〈佳山堂诗集〉序》记载了冯溥的

---

① 张立敏：《博学鸿词科与康乾盛世诗风》，《中国社会科学报》2019年9月2日。
② 冯溥：《〈健松斋集〉序》，《健松斋集》卷十七《秋琴阁诗》，第267页。
③ 李必果：《〈展台诗钞〉序》，《健松斋集》卷十八《展台诗钞上》，第277页。
④ 毛升芳：《〈展台诗钞〉序》，《健松斋集》卷十八《展台诗钞上》，第278页。
⑤ 张表臣：《珊瑚钩诗话》卷三，载何文焕辑《历代诗话》，中华书局1981年版，第477页。
⑥ 黄宗羲辑：《谢于楚〈历由草〉引》，《明文海》卷270，《文渊阁四库全书》影印本。
⑦ 张立敏：《冯溥与康熙京师诗坛》，中国社会科学出版社2011年版，第240页。
⑧ 潘务正：《清代翰林院与文学研究》，人民出版社2014年版，第114页。

一番言论:"尝窃论诗文之道,与治乱终始,先生(冯溥)则喟叹曰:'宋诗自有其工,采之可以综正变焉。近乃欲祖宋、元而祧前,古风渐以不竞,非盛世清明广大之音也。愿与子共振之。'"① 施闰章本人也多次提及"清明广大",其《重刻何大复诗集序》云:"古人称诗,莫尚于六经。……风雅递变,义归正始。率多清明广大、一唱三叹之遗音焉"②,等等。在这样的时代语境下,反对"穷而后工"的声音渐渐多了起来,如魏裔介《张素存内翰诗草序》言:"乃说者谓'诗必穷而后工',彼《东山》《豳风》诸什,'行行'十九首之作,岂尽骚人逸士之所为耶?大约国家值昌大之运,光岳气辟,贞元会合,则必有英伟魁硕之彦起而申畅之"③,李光地说:"诗能穷人,虽未必然,亦不可开口便悲哀。张曲江、韦左司诗俱和平温厚,可以养人性情"④,叶燮云:"余以为诗之工固不在乎遇之穷,而在乎品之淡"⑤,等等。

尤其是康熙十七年(1678)至康熙二十三年(1683),随着文治的展开、推进,"穷而后工"这一诗学命题遭受到了强烈的挑战。围绕在帝王身边的翰苑文人,他们以维护诗教为己任,"与提倡盛世清明广大之音相关,批判自韩愈'不平则鸣'到欧阳修'穷而后工'的文学思想也是康熙时翰林院的重要任务"⑥。如翰林院编修曹禾言:"至宋欧阳子始谓工者必出古穷人之辞,是以雕琢之语为工,非以大雅之音为工也,不亦谬与?"⑦ 左春坊左赞善徐乾学云:"于是有穷而后工之谈,有不平则鸣之论,一似山林放废之所独为,而非有位者之所得与,诗人之失其职久矣。"⑧ 编修黄与坚曰:"欧阳

---

① 施闰章:《佳山堂诗集序》,《愚山先生文集》卷七,《清代诗文集汇编》第67册,第60页。
② 施闰章:《重刻何大复诗集序》,《愚山先生文集》卷三,第30页。
③ 魏裔介:《张素存内翰诗草序》,《兼济堂文集》卷五,《文渊阁四库全书》影印本。
④ 李光地著,陈祖美点校:《榕村语录》卷三十,中华书局1995年版,第535页。
⑤ 叶燮:《张素存内翰诗草序》,《兼济堂文集》卷五,民国六年叶氏重刊本。
⑥ 潘务正:《清代翰林院与文学研究》,人民出版社2014年版,第112页。
⑦ 曹禾:《〈佳山堂诗集〉序》,载冯溥《佳山堂诗集》卷首,《清代诗文集汇编》第29册,第515页。
⑧ 徐乾学:《〈百尺梧桐阁诗集〉序》,载汪懋麟《百尺梧桐阁集》卷首,《清代诗文集汇编》第151册,第341页。

永叔之序圣俞诗也,曰:穷愁之言易好,欢愉之词难工。后之人率
躐其言,余以为非也。……若必欧阳之说以为诗,是将舍其和平广
大,入于愤惨诡激,改其常而后可,岂古人作诗之意也哉!"① 作为
翰林院编修的方象瑛批驳更是不遗余力,前文已述。

在此特别需要指出的是,骆复旦、李必果也强烈地批驳"穷而
后工",恰是在为方象瑛的诗集作序时完成的。骆复旦《〈秋琴阁
诗〉序》云:"杜、李擅号长歌,沈、宋工五七言律体,宋广平、
高达夫且致位通显,不废吟咏,诗非必幽忧穷愁始工也。"② 李必果
《〈展台诗钞〉序》曰:"太史公谓《三百篇》皆圣贤发愤之所为作,
昌黎作《裴杨唱和序》,致叹于欢娱之词难工,愁苦之言易好。顾皆
取乎诗之哀者,言之抑独何欤?窃尝思之,子长既失意于武帝,退
之亦不得行其道于宪宗,其言盖有为而发,若执此以言诗,夫岂通
论乎?"③ 骆复旦、李必果都不赞同"穷而后工"说,他们都以方象
瑛的诗歌为依据来反驳"穷而后工"。骆复旦认为方象瑛的诗歌
"直分内事,一卷冰雪文"④,李必果认为方象瑛的诗歌"大约以雅
适称胜,而不以愁苦见长"⑤。方象瑛无论是诗歌理论还是诗歌创
作,都很好地践行了其诗歌抒发性情、"诗固因乎其遇,未可一概
论"的理念与追求。

三 "文如其人"

"文如其人"作为源远流长、影响深广的传统文论命题,深刻地
揭示出了作家与作品在内在品格上的密切联系。诗文与人格互相作
用、彼此影响,"风格反映作家的人格,作家的人格也影响文章的风
格"⑥。中国古代文人很早就认识到了这一点,苏轼《答张文潜书》

---

① 黄与坚:《吴巢薇诗集序》,《愿学斋文集》卷二十八,《清代诗文集汇编》第 74 册,第 270 页。
② 骆复旦:《〈秋琴阁诗〉序》,《健松斋集》卷十七《秋琴阁诗》,第 269 页。
③ 李必果:《〈展台诗钞〉序》,《健松斋集》卷十八《展台诗钞》,第 277 页。
④ 骆复旦:《〈秋琴阁诗〉序》,《健松斋集》卷十七《秋琴阁诗》,第 269 页。
⑤ 李必果:《〈展台诗钞〉序》,《健松斋集》卷十八《展台诗钞上》,第 277—278 页。
⑥ 吴奔星:《文学风格流派论》,北岳文艺出版 1987 年版,第 72 页。

云:"子由之文实胜仆,而世俗不知,乃以为不如。其为人深不愿人知之,其文如其为人"①,道出了文章风格与作家性格之间的密切关系。历代评论家对"文如其人"多持肯定意见,如明代宋濂《刘兵部诗序》云:"诗,心之声也。是故凝重之人,其诗典以则;俊逸之人,其诗藻而丽;躁易之人,其诗浮以靡;奇刻之人,其诗峭厉不平;严庄温雅之人,其诗自然从容而超乎物象之表。"②清代陈元辅《枕山楼课儿诗话》曰:"夫诗,心声也,其人和平者诗必温厚,其人沉潜者诗必静穆,其人风骚者诗必俊逸,其人哀怨者诗蒸楚,其人嫉愤者诗必激烈。读其诗,可以知其人矣"③等,均着眼于文学特征与作家气质、性格等的联系问题。

方象瑛奉行"文如其人"的理念,并作为评价他人作品的重要依据。他认为作家与作品是统一的,由其人想见其诗文,由其诗文想见其人,《霞举堂集序》言:"夫文章之道,与品行相为表里。昔人谓不知其人,视其文,予谓知其人即可以信其为文。"④方象瑛认为阅读王晫的文章就可以知道王晫的为人,想要了解王晫其人那就要阅读王晫其文。他在给张英的诗集作序时也强调"文如其人",《张仲张诗序》云:

> 文人笔墨所寄,其人之生平因之。柳子厚诗文巉峭,虽当登临觞咏,而幽忧沉郁之气,若不能自解,故常坎壈终其身。人生升沉得失,孰若苏长公,然其襟度轩豁,毋论庙堂之作,飚发霞举,即黄州、惠州诸诗,酣畅淋漓,使人神爽,究之习苦得甘,境遇不足以穷之。然则欲睹其人,不若读其诗;即其诗,固可得其人已。……然则未知仲张之为人,当读仲张之为诗,"诗可以观"信矣。⑤

---

① 孔凡礼点校:《苏轼文集》,中华书局1986年版,第1426页。
② 宋濂:《刘兵部诗序》,《宋学士全集》卷六,丛书集成初编本。
③ 陈元辅:《枕山楼课儿诗话》,日本内阁文库藏雍正三年重刊本。
④ 方象瑛:《霞举堂集序》,《健松斋续集》卷二,第401页。
⑤ 方象瑛:《张仲张诗序》,《健松斋集》卷二,第49页。

有学者在论述"文如其人"时认为，文章与作家之间存在着必然相关且对应的属域，"所谓必然性相关域，指的是文、人之间在知性、气性层面的联结。知性主要指写作主体的智力因素和学识修养，包括智商、灵感、观察、记忆、思维、想象、知识、阅历、学养诸多因素。气性主要指主体的个性气质和才情志趣，包括秉性、天资、个性、爱好、特长、志向、才思、兴趣诸多因素。就文章写作而论，人的知性与气性都极为重要，因为它们必然地灌注到文章的整体构思、文本结构及语言细胞之中"①。在方象瑛看来，作家的文学创作与其人性格、气质存在密切关系。柳宗元诗文巉峭，即使是登临觞咏，其幽忧沉郁之气也始终贯穿诗文。苏轼一生宦海升沉，但是襟度轩豁，即使是被贬黄州、惠州之诗文，风格亦是酣畅淋漓，使人神爽，更不用说他的庙堂之作。究其原因，是人的气质使然，境遇是无法改变的。想要了解张英，就去阅读他的诗歌。蒋寅言"文如其人是如人的气质"②，钱钟书说"其言之格调，则往往流露本相；狷急人之作风，不能尽变为澄澹，豪迈人之笔性，不能尽变为谨严。文如其人，在此不在彼也"③。张英即是如此，虽"以同经之累夺一职"④，但诗文始终无一句牢骚语，这与他为人"中通外朗，绝无城府"⑤的性格、气质是相关的。

方象瑛在为胡渊诗集作序时说："魏武之奇，子桓兄弟之秀，乐府中父子各擅一体，亦各肖乎其人"⑥，"各肖乎其人"道出了"三曹"诗歌风格与其个人气质的密切关系。方象瑛认为孙枝蔚的诗风随着年龄的增长而愈发老练："中岁不多作，而古健质直，旨趣遥深。即偶然赠答之作，亦感慨萧凉，各有其故，于陶杜间自出一手

---

① 任遂虎：《分层析理与价值认定——"文如其人"理论命题新论》，《文学评论》2010年第2期。
② 蒋寅：《文如其人？——一个古典命题的合理内涵与适用限度》，《求是学刊》2011年第6期。
③ 钱钟书：《谈艺录》（订补本），中华书局1993年版，第163页。
④ 方象瑛：《张仲张诗序》，《健松斋集》卷二，第49页。
⑤ 方象瑛：《张仲张诗序》，《健松斋集》卷二，第49页。
⑥ 方象瑛：《胡匏更诗序》，《健松斋集》卷二，第46页。

笔。姜桂之性，老而愈辣，诗固如其人耶？"① 诗如其人，随着人年龄、阅历的增加，诗歌也呈现越来越老辣的韵味。

既然文如其人，就要求作家不断地去完善自己，使不识己者通过读己文而了解自己。方象瑛认为"多读书而厚养气"（"读书养气"）是达到如此境界的一条途径。孟子有"吾善养吾浩然之气"之语，强调要自我完善；曹丕提出"文以气为主"，强调气于文的重要性。读书与"气"的关系是互相促进的，读书可以养气，"气"又可以反馈读书。方象瑛对文与气的关系有深入探讨，他在给陈廷会诗集所作序文的开篇言："士欲以文名天下、传后世，非多读书而厚养气未可易言也"②，"读书养气"乃名天下、传后世的基础。他运用意象批评法进一步阐发："读书如居肆，然珠玉绮绣以及粟帛器用，无一不具，而后应天下之求，而无不足养气者。譬若培风，风之积也不厚，则其负大翼也无力，故必多读书而后识始精，养气厚而后力始大。苟非综贯古今，而又无渊博静深之气以持之，浅才末学不数见而易尽矣。"③ 方象瑛认为多读书，识见才能精道；养气深厚，创作与识见才能高远。而陈廷会是读书养气之士，"盖其读书也，镕经铸史，根极理要，即九流百氏之言，无不穷微而抉其蕴。而其养气也，闭门扫轨，足不出里闬，授徒讲学外，绝不知繁嚣绮靡之习"④。

蒋寅言："据我对清代诗学的考察，清人的任何理论主张都与诗坛风会、与流行的诗风密切相关，或者说理论的矛头始终都指向一定的创作实践，一个理论口号的背后必有相应的创作背景在。"⑤ 方象瑛关于诗歌应抒发性情、论诗不应一概而论、文如其人等思想观点，并非是割裂的，三者之间是有着密切联系的，它们相互依存，相互指涉，共同构建了他的文学思想体系。更为重要的是体现出了清初文学理论的某些时代特征，顺应了清初文学理论发展的潮流。

---

① 方象瑛：《溉堂后集序》，载孙枝蔚《溉堂集》，上海古籍出版社1979年版，第1209页。
② 方象瑛：《陈际叔集序》，《健松斋集》卷二，第39页。
③ 方象瑛：《陈际叔集序》，《健松斋集》卷二，第39页。
④ 方象瑛：《陈际叔集序》，《健松斋集》卷二，第39页。
⑤ 蒋寅：《王渔洋与康熙诗坛》，凤凰出版社2013年版，第23页。

第二节 史学思想

方象瑛"博极经史百家之言"①以及官翰林院编修、纂修《明史》的经历，培养了他深厚的史学修养，他敢于质疑、勇于翻案，在著史、撰写家谱时，始终秉承着实录精神。

一 敢于质疑，勇于翻案

钱穆在《中国历史研究法》一书中指出："中国人向来讲史学，常说要有史才史识与史德。"②所谓史才，他认为是一种"贵能分析，又贵能综合"③的能力。唐代刘知几在《史通》曾感叹道："史才之难，其难甚矣"④，并历数前人史才之失，文人修史的局限性。所谓史识，"须能见其全，能见其大，能见其远，能见其深，能见人所不见处"⑤。有了史才、史识，更须有史德。所谓史德，"只是一种心智修养，即从上面所讲之才与识来，要能不抱偏见，不作武断，不凭主观，不求速达。这些心理修养便成了史德"⑥。方象瑛可谓是史才、史识、史德兼备，其史才、史识突出表现在他对历史人物的评论、论辨上，他善于以质疑的眼光去看待历史、审视现实，独具只眼。《考亭辨》《寿亭侯辨》《曹娥碑辨》《项王论》《于谦论》《昭烈论》《王祥论》《赵普论》等文章论析中肯，颇有见地。

方象瑛对世传南宋理学家朱熹别称"考亭先生"深表怀疑，他通过深入分析给予了否定。《考亭辨》云："世皆称朱子为考亭，向亦谓居其地则称其人，如西山、五峰之类。及观《建宁府志》，则考亭固非朱氏之亭也。《志》称南唐御中黄子稜从父入闽，悦建阳山

---

① 李澄中：《〈健松斋集〉序》，《健松斋集》卷首，第4页。
② 钱穆：《中国历史研究法》，生活·读书·新知三联书店2001年版，第12页。
③ 钱穆：《中国历史研究法》，生活·读书·新知三联书店2001年版，第12页。
④ 刘知几撰，张振珮笺注：《史通笺注》，贵州人民出版社1985年版，第328页。
⑤ 钱穆：《中国历史研究法》，生活·读书·新知三联书店2001年版，第12页。
⑥ 钱穆：《中国历史研究法》，生活·读书·新知三联书店2001年版，第12—13页。

水，因家焉。父殁，葬三桂里。子稜筑亭山半以望其考，名曰望考亭。建阳《陈氏族谱》又云：宋侍中陈逊构亭望其父广寒先生，扁曰望考。后人因名其地为考亭焉。为黄为陈，未知孰是，然非朱氏之亭明矣。朱子自崇安迁居建阳，实在其地，人遂以此称之。夫以地称人可也，以他人之地称之则不可，以他人望考之亭称之则尤不可。"① 南宋理学家真德秀（1178—1235），字景元，号西山，学者称其"西山先生"；南宋理学家胡宏（1104—1161），字仁仲，号五峰，人称"五峰先生"。南宋朱熹晚年曾于建阳西郊考亭著述讲学，考亭书院也成为南宋时全国最有影响的书院之一，朱熹也因此被称为考亭先生。方象瑛翻阅《建宁府志》、建阳《陈氏族谱》后指出，不管是黄氏所建还是陈氏所建，并非朱氏之亭是确定无疑的。方象瑛列举了几种世人可能的臆测："或曰：朱子殁，理宗诏立考亭书院，亲题额赐之，考亭之称由书院而名也"②，"若曰：此朱氏讲道之地云尔，非谓考亭为朱子也。世人不察，乃以名书院者名之。"③ 方象瑛对其作了批驳，他认为书院的设立是"名其地非名其人"，如果是因为世人不小心而"以名书院者名之"，那么"朱子在考亭有云谷、有沧洲精舍，天湖之阳又有寒泉精舍，不以此数者称之，而独取于他人之考亭，何耶?"④ 宋代建阳人熊禾《勿轩集》关于考亭书院的记述也未以朱子称之，"观勿轩熊氏书院记，建之考亭即鲁之阙里，亦谓考亭所系至重耳，未尝以称朱子也。"⑤ 方象瑛运用类比论证来进一步驳斥世人的错误观点："如必以考亭称朱子，亦将称孔子为阙里耶?"⑥ 在层层推理、细致辨析后得出结论："故后人推尊，从其始生之地，则曰新安，所居之山则曰紫阳，断不容袭他人望考之亭以为推尊也。"⑦ 刘知几曾言："凡为史者，苟能识事详审，措

---

① 方象瑛：《考亭辨》，《健松斋续集》卷四，第 422 页。
② 方象瑛：《考亭辨》，《健松斋续集》卷四，第 422 页。
③ 方象瑛：《考亭辨》，《健松斋续集》卷四，第 422 页。
④ 方象瑛：《考亭辨》，《健松斋续集》卷四，第 422 页。
⑤ 方象瑛：《考亭辨》，《健松斋续集》卷四，第 422 页。
⑥ 方象瑛：《考亭辨》，《健松斋续集》卷四，第 422 页。
⑦ 方象瑛：《考亭辨》，《健松斋续集》卷四，第 422 页。

辞精密，举一隅以三隅反，告诸往而知诸来，斯庶几可以无大过矣。"① 方象瑛的分析、论辨，有理有据，客观冷静，足见其分析和归纳史实的能力。

方象瑛北上京师时曾经由项羽故里宿迁（秦时称下相），有感楚汉旧事，写下《项王论》一文，盛赞项羽的意气情深，"夫英雄情深，孰有如项王者哉"②。鸿门宴上，范增召项庄舞剑，想趁机杀死刘邦。范增举所佩玉玦多次示意项羽，项羽犹豫不决，终被刘邦逃脱。于是出现了乃是张良、樊哙、项伯之功的论调："论者谓张良之出，樊哙之入，项伯之翼蔽，功莫大焉"③，方象瑛则与世人意见不同，他认为世人是"不知项王固不忍杀沛公也。英雄举事以力争，耻以术济使。果甘心，沛公直几上肉耳"④。方象瑛又进一步用事实表明项羽的情深义重。在势穷力蹙之时，常人往往会后悔自己太过意气用事，但是项羽"终未尝一语及沛公，慷慨起舞，惟举而归之于天"⑤。垓下被围时，项羽眷念爱姬、伤心骏马，"与吕马通数语，恋恋故人，其情深且如此，安能杀沛公?"⑥ 刘邦曾"隔鸿沟而语曰：吾与羽为兄弟，吾翁即若翁，必欲烹而翁，幸分我一杯羹"⑦，方象瑛对刘邦此话深恶痛恨，评语犀利："嗟乎！此何言欤？此言而忍出于口，将何所不至欤？"⑧ 方象瑛认为"天下最深情莫如项羽，而至薄即莫若沛公"⑨，态度非常明确。最后，悲剧意识被普及到了所有因情而败事的天下世人身上："故吾谓项王之霸也，以力兴，而其亡也，以情败。情之败事不独一项王也。"⑩

不仅是对项羽、刘邦表达看法、抒发情感，对鸿门宴中的范增，

---

① 刘知几撰，张振珮笺注：《史通笺注》，贵州人民出版社1985年版，第180页。
② 方象瑛：《项王论》，《健松斋集》卷八，第144页。
③ 方象瑛：《项王论》，《健松斋集》卷八，第144页。
④ 方象瑛：《项王论》，《健松斋集》卷八，第144页。
⑤ 方象瑛：《项王论》，《健松斋集》卷八，第144页。
⑥ 方象瑛：《项王论》，《健松斋集》卷八，第144页。
⑦ 方象瑛：《项王论》，《健松斋集》卷八，第144页。
⑧ 方象瑛：《项王论》，《健松斋集》卷八，第144页。
⑨ 方象瑛：《项王论》，《健松斋集》卷八，第144页。
⑩ 方象瑛：《项王论》，《健松斋集》卷八，第144页。

方象瑛也独抒己见。《范增论》文章开篇先摆出世人的观点："史称范增年七十，素家居好奇计"①，树立了议论的对象，接下来"方子曰：呜呼！增亦何尝有奇计哉！"②一句表明了作者的立场。作者缘何认为范增没有什么奇计呢？下面即陈述了几点作者的理由：范增辅佐项羽多年，但是项羽杀楚怀王时，"矫杀卿子冠军，增未能救也"③。项羽弑杀楚义帝，范增"未能明大义以谏也"④。项羽在巨鹿大破秦军主力后入关，"烧秦宫室，杀降王子婴，掘始皇冢，增未能止也。屠咸阳，坑秦卒二十余万人，不闻一言解也"⑤。范增使项庄舞剑欲击杀刘邦，在方象瑛看来，"不过庸夫竖子阴鸷猜忌之谋"⑥。况且范增"既年七十矣，其更事必多，其阅境已久，老马知途"⑦，但他"既不能引鲁连高踏之义，复不能有马援择主之明，又不能效伍胥死谏之节"⑧，陈平六出奇计，而汉代昌兴，"增好奇计而楚不免于灭"⑨，所以方象瑛认为范增虽尊为"亚父"，但是"漫然一无所匡救，安在其为奇计哉？"⑩方象瑛对范增无奇谋的论述，层次分明，逻辑缜密，指向性很强。

中国古代科举史上有连中三元的特殊现象存在。三元，明清时期指乡试、会试、殿试的第一名，连中三元即一人在科考中取得了解元、会元、状元三个头衔，这在历史上是不多见的。中国的科举制度存在了1000多年，产生了600多位状元，但只有17人连中三元，明代商辂就是其中之一。商辂连中三元的事迹为人们广泛传颂，有剧名《三元记》（又名《断机记》）传其勤奋好学、高榜得中的事迹。曾有人观看《三元记》剧后问方象瑛："商公，妾媵子，父早

---

① 方象瑛：《范增论》，《健松斋集》卷八，第140页。
② 方象瑛：《范增论》，《健松斋集》卷八，第140页。
③ 方象瑛：《范增论》，《健松斋集》卷八，第140页。
④ 方象瑛：《范增论》，《健松斋集》卷八，第140页。
⑤ 方象瑛：《范增论》，《健松斋集》卷八，第140页。
⑥ 方象瑛：《范增论》，《健松斋集》卷八，第140页。
⑦ 方象瑛：《范增论》，《健松斋集》卷八，第140页。
⑧ 方象瑛：《范增论》，《健松斋集》卷八，第140页。
⑨ 方象瑛：《范增论》，《健松斋集》卷八，第140页。
⑩ 方象瑛：《范增论》，《健松斋集》卷八，第140页。

卒，嫡母秦断机教之，信乎？"① 方象瑛回答得非常干脆："不然。所谓齐东野人之语也。"② 于是方象瑛写下了《商文毅公传奇辩》一文，目的是"以戒传奇、小说之肆言无忌者"③。"按《淳安志》及《商氏家乘》，宋时西夏都知兵马使商瑗入朝，赐田里淳之芝山，公祖敬中，妣胡氏，父仲瑄，妣解氏，无所谓秦雪梅也。其庶出早孤，亦不见于志传，俚俗传奇，不知创自何人。"④ 作为同乡，方象瑛对商辂是非常钦佩的，他首先援引《淳安县志》以及《商氏家乘》对商氏作了追源溯流，这是非常具有说服力的。在文章最后，方象瑛指出："大抵传奇取快耳目，其间忠孝节义亦自慷慨动人。若传讹附影，如《琵琶》《会真》之属，类多失实。"⑤ 道出了传奇的特征之一，即为了取悦读者或观众而设置虚构的情节。

二　秉承实录精神

方象瑛注重实录精神主要体现在两个方面：一是关于《明史》人物列传的修撰，一是关于家谱的修纂。

方象瑛在史馆七年，撰史传八十余篇，他一直遵循史家的修史原则，其《〈明史〉分稿残编二卷自序》对纂修《明史》的时间、分工以及分撰《明史》的情况有大致交代：

> 余自己未五月奉命修《明史》，以监修徐公未至，十二月十七日开馆，明年正月分撰《景帝本纪》，景泰、天顺、成化朝臣传王翱、于谦等。辛酉六月，暂分天启、崇祯朝臣传顾大章、朱燮元等。壬戌四月分隆庆、万历朝臣传梁梦龙、许孚远等。计七十六传。又陈检讨维崧殁，昆山徐公属续构王崇古等八传，睢州汤公属补邓廷瓒、胡拱辰二传，通八十六传。（《〈明史〉

---

① 方象瑛：《商文毅公传奇辩》，《健松斋集》卷十六，第256页。
② 方象瑛：《商文毅公传奇辩》，《健松斋集》卷十六，第256页。
③ 方象瑛：《商文毅公传奇辩》，《健松斋集》卷十六，第256页。
④ 方象瑛：《商文毅公传奇辩》，《健松斋集》卷十六，第256页。
⑤ 方象瑛：《商文毅公传奇辩》，《健松斋集》卷十六，第256页。

分稿残编二卷自序》）①

己未即康熙十八年（1679），博学鸿词科试最终确定录取一等二十名、二等三十名，合称"五十鸿博"，授予翰林院官职，并同入史馆修《明史》。因监修官徐元文未到任，直到十二月十七日才正式开馆。康熙十九年（1680）正月，方象瑛分撰《景帝本纪》，景泰、天顺、成化朝臣传王翱、于谦等传；康熙二十年（1681）六月，分得天启、崇祯朝臣传顾大章、朱燮元等传；康熙二十一年（1682）四月，又分得隆庆、万历朝臣传梁梦龙、许孚远等传。陈维崧去世后，徐元文又将王崇古等八传属方象瑛草拟，汤斌又属方象瑛补撰邓廷瓒、胡拱辰二传，总计八十六传。②

方象瑛对于著史与论史的看法可见其卓越的史学见识。《陈椒峰〈史论〉序》言："夫史难言矣，而论史更难。作史家网罗旧闻，稽核情事，所谓载笔三长，迁、固以下盖已罕矣。若夫论史，其人之是非已定，功罪已明，似无烦更为论列。然或爱憎由己，或传闻失实，或一人而得失互淆，或一事而同异各别，苟非具上下古今之识，即劳费笔墨，于古人究无当也。"③ 方象瑛认为论史难，之所以难，是因为著史者做到了"网罗旧闻，稽核情事"，所传之人"是非已定，功罪已明"，似无须再进行臧否。并且，或私人感情之爱憎，或传闻失实，或混淆是非，或一事而同异各别，由于这些情况的存在，如果不具有上下古今之史识，即使大费笔墨，也无法做到精当准确。

关于史家之职责，方象瑛在文章中也多次阐发："夫阐幽搜佚，

---

① 方象瑛：《〈明史〉分稿残编二卷》，振绮堂丛书，上海书店《丛书集成续编》第22册。
② 《纪分撰〈明史〉》一文有相似表述："余以己未五月奉命修《明史》，十二月十七日开馆，明年正月分撰《景帝本纪》，景泰、天顺、成化朝臣传王翱、于谦等，辛酉六月暂分天启、崇祯朝臣传顾大章、朱燮元等，壬戌四月分隆庆、万历朝臣传梁梦龙、许孚远等，计七十七传。又陈检讨维崧殁，昆山徐公属续构王崇古等八传。睢州汤公属补邓廷瓒、胡拱辰二传，通八十七传。"《健松斋集》卷十六，第265页。
③ 方象瑛：《陈椒峰〈史论〉序》，《健松斋续集》卷一，第391页。

史职也"① "阐扬幽隐,史职也"② "夫阐幽表节,史职也"③,文字表述大体一致,核心观点即博览群书、实录直叙是史官最基本的职责之一。在史馆撰写《明史》人物传时,方象瑛即遵从史官职责,"搜考群书,衷之公论,期于不负职掌"④ "具极苦心事业,考之群书,是非衷之公论"⑤,以览阅群书、实录精神撰写人物传记。实录精神又称直笔精神,是我国古代史学的一个优良传统。实录者,按照真实情况记载的文字。历代学儒都推尊《史记》为实录。班固在《汉书·司马迁传》中引刘向、扬雄之言,赞扬《史记》"其文直,其事核,不虚美,不隐恶,故谓之实录"⑥。具体而言,文直事核是实录的最基本精神,也是历史著述最基本的方法。它要求史家作史有据,要全面地占有材料,承认客观事实的存在,全面而系统地直书史事,不做任何曲笔或漏略。不虚美,不隐恶,要求史家具有求是存真的高尚史德,不仅要善恶必书,而且要"明是非""采善贬恶",自觉地表明对史事的褒贬爱恨。方象瑛以疑史、实录精神撰写人物传记,试看下面几则材料:

> 王翱、崔恭、姚夔、林聪诸传,大约以《吾学篇》为稿子。然事迹散见于群书者,正复不少。仆详考而增定之,殊快所未见也。(《答施愚山侍讲书》)⑦
> 《景泰实录》出焦芳辈,所纪私意传会,语多失实,而馆中又无书可考,何以折衷损益,俾成信史?惟先生教之。(《答施愚山侍讲书》)⑧
> 启、祯以后,书传无征,间有纪载,未可遽信。虽缀葺成

---

① 方象瑛:《俞明经传》,《健松斋集》卷十三,第215页。
② 方象瑛:《文学王公墓志铭》,《健松斋集》卷十五,第241页。
③ 方象瑛:《族母蒋孺人传》,《健松斋续集》卷六,第444页。
④ 方象瑛:《陈椒峰〈史论〉序》,《健松斋续集》卷一,第391页。
⑤ 方象瑛:《纪分撰〈明史〉》,《健松斋集》卷十六,第265页。
⑥ 班固撰,颜师古注:《汉书》,中华书局1962年版,第2738页。
⑦ 方象瑛:《答施愚山侍讲书》,《健松斋集》卷十一,第176页。
⑧ 方象瑛:《答施愚山侍讲书》,《健松斋集》卷十一,第176页。

篇，尚多舛漏，不敢自以为是也。(《纪分撰〈明史〉》)①

有明一代，以史未成书，"靖难""复辟""大礼""三案"诸大事，别见于辩说，正而不偏，博而能裁，可谓难矣。(《陈椒峰〈史论〉序》)②

方象瑛在这里指出王翱、崔恭、姚夔、林聪等传大多取材于郑晓的《吾学篇》，自己又详细查阅、考证诸多文献而增补了很多罕见的史料。方象瑛认为《景泰实录》出于焦芳等人之手，颇多附会失实、主观臆断的情况，而史馆又无他书可以参考，不知道如何折中取舍，遂向施闰章请教。方象瑛强调天启、崇祯书传无征，间有记载，也无法全部相信；认为自己所拟天启、崇祯朝臣传尚多纰漏，自己也不太满意，因此也没有收录到自藏本《明史分稿残编》中。施闰章在《修明史议》中指出修《明史》有"八难"，其第一难就是"考据难"（史料阙乏，无从依据），施闰章说："明史如《大政纪》《吾学编》《宪章录》诸书，皆起自洪、永，迄于万历、启祯，二朝信史阙然，此考据之难也"③，道出了万历以后史料稀少的情况，和方象瑛的认识是一致的。方象瑛指出在修纂《明史》时，很难对"靖难之役""英宗复辟""大礼仪""三案"等诸大事作出公正客观地评价。"靖难之役"，又称靖难之变、奉天之变，是明朝开国皇帝朱元璋死后不久，朱棣以"清君侧，靖国难"为口号发动的一场政变。"英宗复辟"又称夺门之变、南宫复辟，指明朝代宗朱祁钰景泰时期，明代将领石亨、政客徐有贞、太监曹吉祥等于景泰八年（1457）拥戴被朱祁钰囚禁在南宫的明英宗朱祁镇复位的政变。"大礼仪"指发生在明正德十六年（1521）到嘉靖三年（1524）间，一场皇统问题上的政治争论，明世宗登基不久，与杨廷和、毛澄为首的武宗旧臣们之间关于以谁为世宗皇考（即宗法意义上的父考），以及世宗生父尊号

---

① 方象瑛：《纪分撰〈明史〉》，《健松斋集》卷十六，第265页。
② 方象瑛：《陈椒峰〈史论〉序》，《健松斋续集》卷一，第391页。
③ 施闰章：《修史议》，《愚山先生文集》卷二十五，《清代诗文集汇编》第67册，第219页。

的问题发生了争论和斗争。"三案"指万历朝北京后宫内围绕着皇帝宝座的争夺，发生的三个疑案，即梃击案、红丸案和移宫案。

方象瑛撰写的于谦传记是他史学思想的成功实践，通过于谦传的撰写过程、与于谦相关的文章的书写等，亦可见方象瑛的史学思想。于谦为人刚直，颇遭众忌，后被诬陷致死。方象瑛认为于谦"一代伟人，不敢草草略过"①，所以积极查阅古籍文献，"数月来，搜采不遗余力"②，以期"考核精详，期于至当"③。方象瑛又多次向翰林院同仁施闰章（号愚山）、汤斌（号潜庵）、李泰来（字石台）、汪琬（号钝庵）、王士禛（号阮亭）质询，"自奉教先生，又复质之潜庵、石台、钝翁、阮亭诸君子"④，后"五易稿始得成篇"⑤。施闰章、汤斌等一致肯定："来谕云毫发无遗憾，当书一通焚之忠肃祠中，其信然耶？潜庵亦云宜亟上史馆。"⑥ 辞官归家后也曾在诗中提及，《于忠肃公祠》一诗最后两句"忠勋公自名天壤，载笔犹惭太史书"⑦，自注云："予分撰《明史》，于公传凡五易稿。宣城施愚山谓当书一通焚之忠肃祠中。"⑧

方象瑛在与挚友毛先舒的通信中也探讨了关于于谦传撰写的细节问题，他曾把撰写的《于谦传》写信寄予毛先舒，毛先舒回信谈了自己的看法，认为文章对于谦的评价——"机疏"二字不确，"来谕云'机疏'二字宜易"⑨，应该改换他语。方象瑛回信毛先舒，阐发了自己缘何用"机疏"的考量：

夫仆所谓"才大机疏"者，以于公负戡乱才，其正气直性，

---

① 方象瑛：《答施愚山侍讲书》，《健松斋集》卷十一，第176页。
② 方象瑛：《答施愚山侍讲书》，《健松斋集》卷十一，第176页。
③ 方象瑛：《答施愚山侍讲书》，《健松斋集》卷十一，第176页。
④ 方象瑛：《答施愚山侍讲书》，《健松斋集》卷十一，第176页。
⑤ 方象瑛：《答毛稚黄书》，《健松斋集》卷十一，第179页。
⑥ 方象瑛：《答施愚山侍讲书》，《健松斋集》卷十一，第176页。
⑦ 方象瑛：《于忠肃公祠》，《健松斋续集》卷九《所之草上》，第476页。
⑧ 方象瑛：《于忠肃公祠》，《健松斋续集》卷九《所之草上》，第476页。
⑨ 方象瑛：《答毛稚黄书》，《健松斋集》卷十一，第179页。

毫不顾虑，所谓无机械之心耳。使一心谋国，又一心虑患，则于石亨辈必多方周旋矣。惟公全无机械，故祸至如此。若谓指麾大事，不得谓之机疏，则仆于忠肃安攘之烈，铺张扬厉至矣。所谓才大者，谓何？顾少之耶？足下以机械之机作机宜之机，故以相商。然既谓不当，便须另更二字，易"疏"为"沉"，殊不尔也。①

这段对为何用"才大机疏"评于谦而未用他语的阐发，鲜明地体现了方象瑛撰写历史人物传记时的卓越识见。在他看来，毛先舒是"以机械之机作机宜之机"，所以对此给予了解释。毛先舒还与方象瑛探讨了于谦传记其他语句的运用，"又云'易储不复争，故卒以不免'句宜去"②，方象瑛对此也作了回应，"此语亦屡经斟酌"③，接下来说出了自己的理由：

盖帝意虽定，在公自不可无言，明知谏必不入，然与其不谏，孰若谏而不听，可尽吾心，可告天下后世乎？此亦《春秋》责备贤者之意。《景泰实录》载，三年五月，遣安远侯柳溥为正使、兵部尚书于谦为副使，持节册封，见深为沂王，则公非独不谏，且奉册矣。虽焦芳怼笔不可信，仆作《景帝纪》，毅然去之，然在公当日固少此一段议论耳。来教云云，似欲曲为公讳。夫公心事，青天白日，即不谏易储，亦何损于公正，使瑕瑜不相掩，乃见生平。且此语总结上文。初议立郕王，及大同城守易储诸事，推公受祸之根，与前徐石、曹吉祥三段，叙公致祸之由，盖重为公伤，非有所不足也。④

毛先舒"似欲曲为公讳"，所以想把"易储"一句去掉，方象瑛秉

---

① 方象瑛：《答毛稚黄书》，《健松斋集》卷十一，第179页。
② 方象瑛：《答毛稚黄书》，《健松斋集》卷十一，第179页。
③ 方象瑛：《答毛稚黄书》，《健松斋集》卷十一，第179页。
④ 方象瑛：《答毛稚黄书》，《健松斋集》卷十一，第179页。

承史家直录精神，实言而不回避，"使瑕瑜不相掩，乃见生平"。"易储"句在文章结构上是"总结上文"，是不可以去掉的。有史实依据，有作者创作经历与体悟，作者要真实地表现历史人物、历史事件的态度由此可见一斑。在于谦传里，方象瑛是冷静而客观的叙述，虽没有评论之语，实则已寓褒贬于史实叙述之中。

方象瑛《于谦论》一文中则高度评价了于谦的历史功绩，"当英宗蒙尘，谦奉郕王即位，此即郑人立髡顽、晋人卜贰圉之意。宗社危而复安，上皇去而复返，谦之功大矣"①；对时人的言论，"论者谓谦得君行志，近世所未有。南内之幽、东宫之易，不闻一言匡救。天顺丁丑之祸，未可独罪徐有贞"②，方象瑛不仅感喟到："嗟乎！亦尝即当日情事思之乎？"③ 此即"知人论世"的道理，想要了解历史人物、事件，就该置其于特定的历史环境中。方象瑛论述到：

> 帝之任谦，徒以功在安攘，非真一德同心，若古君臣相得之盛也。兄为太上，彼何尝不以为尊养，降尊处卑，恐逆天道。自其致书迤北，时已无意逊避矣。废沂王而立怀献，帝意已决，非口舌可争。谦身任安危，岂与钟同、章纶同试虎吻哉？且谦尝称徐武功矣。大臣得君至荐，一祭酒不可得，况废立之大乎？特自事后论之，在当日固少此一谏耳。明知谏必不入，遂不复言。夫与其不言，孰若言之不听，尽吾心以告天下后世，而惜乎其未出此也。君子不以一箐掩大德，爱谦者固不必曲为之讳；即仇谦者，亦岂得以此遂没其功哉。④

对于谦作如是之思考、分析，才真的"可以论谦矣"。段润秀认为方象瑛的《于谦论》"论述十分精辟，充分体现了方象瑛修史时直书

---

① 方象瑛：《于谦论》，《健松斋续集》卷四，第420页。
② 方象瑛：《于谦论》，《健松斋续集》卷四，第420页。
③ 方象瑛：《于谦论》，《健松斋续集》卷四，第420页。
④ 方象瑛：《于谦论》，《健松斋续集》卷四，第420页。

实录的精神"①，毛际可对方象瑛在撰写《明史》人物列传时的实录精神也给予了高度肯定，"矢慎矢公，详雅有体，犹恐其考据之未确也。从丹徒张宗伯假《穆神两朝实录》，目涉手抄，不逾月而脱稿"②。

关于家谱的撰写及其相关要求，也透视出了方象瑛重视实录的精神。史学家章学诚说："家有谱，州县有志，国有史，其义一也"③，将家谱同县志、国史等置于同等重要的位置。方象瑛也重视修纂家谱，他认为撰写家谱意义重大："家之有谱，所以传信，使人知祖宗所自出也"④，"家之有谱，犹国之有史，所以昭信纪实，重本笃亲，使后世子孙不敢忘所自也"⑤。修谱之意义重大：其一，可以使人知道"祖考所自出"⑥；其二，能使族人和睦宗亲，教育后世子孙，"嘉与父兄子弟，敦本笃亲，以睦九族"⑦；其三，按谱可以找寻遗失或疏远之族人。其《内黄尚氏家谱序》云："盖凡族姓之始，欢然一父之子也，久之而亲者疏矣，又久之而疏者远矣。划分疆异地，系序阙焉。其相视若秦越者，势也。君当政事之余，恻然念祖考所自出，既有系复有图，用心可谓厚矣。异日者，君与兄之子若孙，各祖其祖，虽南北悬殊，而按谱以稽，森然有序，譬诸黄河之水，千里九曲，穿龙门，过积石，以达于海，其始固同源星宿也。读斯谱也，油然而孝敬生，蔼然而礼让接，重本笃亲，毋忘所自，是则君之志也夫。"⑧ 因为修纂家谱如此重要，所以方象瑛对于修谱时出现的问题进行了批评。

有学者指出宋代人在撰写家谱及序跋时，"撰者常常有着浓厚的远代世系情结，所谓远代世系，就是对始祖以前的远代祖先的追溯，

---

① 段润秀：《官修〈明史〉的幕后功臣》，人民出版社 2011 年版，第 165 页。
② 毛际可撰，顾克勇校点：《毛际可集·方渭仁〈明史〉拟稿题词》，浙江大学出版社 2015 年版，第 589 页。
③ 章学诚撰，吕思勉评，李永圻、张耕华整理：《文史通义》卷八外篇三《为张吉甫司马撰〈大名县志〉序》，上海古籍出版社 2008 年版，第 303 页。
④ 方象瑛：《黄氏族谱序》，《健松斋集》卷一，第 35 页。
⑤ 方象瑛：《内黄尚氏家谱序》，《健松斋集》卷一，第 31 页。
⑥ 方象瑛：《内黄尚氏家谱序》，《健松斋集》卷一，第 31 页。
⑦ 方象瑛：《茶坡方氏族谱序》，《健松斋集》卷一，第 32 页。
⑧ 方象瑛：《内黄尚氏家谱序》，《健松斋集》卷一，第 31 页。

上至秦汉之世，远至三皇五帝"①，清代人亦然。清初人撰写家谱，追寻自己先祖时，必要上溯到名人或帝王方才罢体的做法带来了诸多突出的问题，表妍隐媸、窜籍冒宗等现象经常发生。方象瑛举了一个例子："方沔阳公修谱时，闽人黄理、黄中携汉太尉宋涪翁二像及海内黄姓名族，汇成十二册诣公，约同附梓。公阅所刻，牵合传会，与家谱异，乃谢之，其人拂然去。"②方象瑛对此深恶痛绝，语气激昂："攀援蔓引，动侈华胄，甚且舍先世之源流，徇他人之祖父。绘为遗容，撰为传赞，自欺欺人，恬不知怪。而人之披其谱者，亦不复考据真伪，见簪绅赫奕，辄相顾叹为巨族，于敦本睦族之道，反漠然若无与。"③他在《方氏先贤考序》中也有相似的表述："若谓攀援滥引，侈陈氏族，彼狄青武人尚不肯拜梁公之像。"④胡适《曹氏显承堂族谱序》中的一段话可说是道出了古人修谱时的弊病："中国的家谱有一个大毛病，就是'源远流长'的迷信。……可惜各姓各族都中了这种'源远流长'的迷信的毒，不肯承认自己的祖宗，都去认黄帝、尧、舜等等不相干的人作远祖。"⑤

对于如何解决修谱时出现的此类问题，方象瑛认为，当修纂家谱发生讹舛、脱误时，应遵循并采取史家"疑则阙之"的原则，实事求是，不凭空设想，也不混乱攀援。古史官书史时有"信则书之，疑则阙之"⑥的史家公则，即对于事实模糊不清或者可疑之处，或宁可空阙不书而以待后考，或虽书而明言其疑。方象瑛以方氏族谱为例作阐释，方氏"自受姓以后，如周之元老叔、汉之黟侯储、唐之处士干，皆列于古系"⑦，迁到遂安之后，"始祖则断自震四公"⑧。方氏旧谱记载，震四公方焕为方干的玄孙，方焕自唐乾符黄巢之乱

---

① 梅华：《宋代家谱序跋的文化意蕴》，《社会科学家》2012年第8期。
② 方象瑛：《黄氏族谱序》，《健松斋集》卷一，第35页。
③ 方象瑛：《黄氏族谱序》，《健松斋集》卷一，第35页。
④ 方象瑛：《方氏先贤考序》，《健松斋续集》卷一，第387—388页。
⑤ 《胡适文集》第2册，北京大学出版社1998年版，第142页。
⑥ 黄汝成：《日知录集释》卷四，上海古籍出版社1985年版，第376页。
⑦ 方象瑛：《重修家谱序》，《健松斋续集》卷一，第392页。
⑧ 方象瑛：《重修家谱序》，《健松斋续集》卷一，第392页。

时由桐庐白云源迁到遂安。震四公玄孙孜公的六世孙德瞻公，生卒在南宋淳熙、景定间，于是方氏族人怀疑震四公为"宣和时人，或又以为显德间人"①。方象瑛认为震四公是方氏不祧之祖，不应存有任何的疑义，应该使事实清楚，令后人信服，对于方氏族人认为震四公为"宣和时人，或又以为显德间人"，方象瑛表达了质疑，提出四点疑问：

> 按《唐史》，僖宗乾符二年王仙芝作乱，黄巢起兵应之，剽掠江浙州郡。公既避乱徙居，当在乾符乙未、丙申间，迄今八百一十六年。古者三十年为一世，以其时考之，应得二十七世，而今乃二十三世。其可疑一也。
>
> 干公以诗名晚唐，咸通中隐居鉴湖，其卒也在文德、戊申，距乾符乙未止十三年。旧传公为干公玄孙，自属讹错。盖旧序误以干公为中唐元和时人，而不知其为咸通也。其可疑二也。
>
> 孜公父子生南宋孝光之世，去公几二百载。永仕公旧序又有族人多死于方腊之乱语，遂疑腊寇作乱，族众避祸他徙。公之迁遂或在其时，牵合附会，谓迁自始新源。夫腊寇以宣和二年庚子反，历数至今康熙己巳才五百七十年，岂能竟历二十三世，则非宣和明矣。其可疑三也。
>
> 至谓公之迁遂，在后周显德间。今考旧序及他碑志，皆云乾符，绝无显德之说。顷见族人钞本有显德巳未一序，载震四公迁遂年月，悉同显德二字始见此。然既称震四公，后又署遂阳方焕撰。夫焕即公讳，岂得自称震四公耶？其中世系讹乱，尤为不伦，亦未言迁自显德，不知此论所起。遂信以为实，至宗祠木主皆因之。故家大族乃承讹袭舛如此。其可疑四也。②

此"四疑"是针对本族家谱而言，彰显了方象瑛对于家谱实录的重

---

① 方象瑛：《重修家谱序》，《健松斋续集》卷一，第392页。
② 方象瑛：《重修家谱序》，《健松斋续集》卷一，第392页。

视。基于此，他提出了关于家谱撰修的方法与原则："震四公以前，公之祖若父，不必干公之玄孙与否也。震四公以后，公之子若孙，不必问孜公父子之相距远与不远也。其时乾符、其地白云源，则从旧序。而二十三世系次秩然，则从今谱。"① 方象瑛作了清晰的划分，"从旧序""从今谱"的原则、处理方法是比较高明的，避免了讹误，同时保留了原始材料。"但唐末五代之乱，流离播迁，门宗单弱，文事未兴，谱牒未具，数传之中不能无脱误，要当以史氏阙文之意通之。虽云存疑，实以传信，未可轻为改易也。"② 同时要考虑到时代变迁问题，由于年代久远、流离迁播，以及门宗单薄、家谱未具等原因，所以有脱误在所难免。有脱误，就"以史氏阙文之意通之"，确为卓见。如此为之，"虽云存疑"，实际上已经做到了"实以传信"。方象瑛撰写的亲族行述，也能够看出他一直坚持此原则，如《节孝行述》："六世祖孝子公讳云槐，字国徽，号慕庭，先世系出唐玄英先生干。始祖震四公，由始新源迁遂安，进贤坊。传六世为元龙公，南宋恩免进士，仕本县儒学教谕。教谕公四传为忠一公，生四子，其三为宗礼公。又四传为惟冕公，是为公大父。"③ 简洁赅要，信笔书之，没有混乱攀援。

小结

方象瑛虽然没有文学理论、史学理论专著，但散见于诗歌、散文中的文学思想、史学理论，不仅具有内在的关联，也与时代语境联系紧密，前文已述。方象瑛因个人趣尚原因，很少探讨诗文的具体作法和表达技巧，但他对文坛现状、文学发展规律等的认知却颇具理论意义。方象瑛主张修史要"阐幽搜佚"、实录直叙，他的史学修养不仅在撰写《明史》人物列传中得到了充分施展，于论说体散

---

① 方象瑛：《重修家谱序》，《健松斋续集》卷一，第392—393页。
② 方象瑛：《重修家谱序》，《健松斋续集》卷一，第392—393页。
③ 方象瑛：《节孝行述》，《健松斋集》卷十四，第218页。

文、家谱序文等中亦有鲜明体现。这类散文多用史实史事，史识史才兼具。他常以思辨、质疑的眼光，贯穿着严谨的史学态度，往往翻案出奇。罗香林《中国族谱研究》云："中国族谱，以各族姓之世代传统及其活动与事功，为载述对象。而各族姓各分子之活动与事功，又往往与国家治乱有关，故族谱研究，亦往往可为发现重大史实，而为正史与方志所失载，或补正其所载之疏略者。"[①] 但是清人在修家谱时，问题频发，方象瑛对此做了激烈批驳并指出了撰写家谱应该遵循的原则，非常具有理论价值与现实指导意义。

---

① 罗香林：《中国族谱研究》，香港中国学社1971年版，第4页。

第三章　方象瑛的诗歌创作研究

　　蒋寅在《清代诗文集的类型、特征与文献价值》一文中说："清代作家步入文坛，通常都是从刊刻小集开始的。若干小集问世，赢得一定声誉，有了一定地位后，就有了编合集的资本。清初名集往往有若干种小集订为一册的。"① 方象瑛的诗文集《健松斋集》即由《秋琴阁诗》（一卷）、《展台诗钞》（二卷）、《锦官集》（二卷）、《四游诗》（一卷）、《萍留草》（一卷）、《都门怀古诗》《倦还篇》（合一卷）、《所之草》（二卷）等小集组成。每部小集创作时间不同，亦有各自较为突出的特点，《四库全书总目提要》云："《健松斋集》二十四卷、《续集》十卷，是集，象瑛所自编。凡文十六卷，少作及入翰林以后之作悉在焉。十七卷以下为诗集，《秋琴阁诗》一卷，刻于康熙己未，少作也；《展台诗钞》二卷，展台，燕昭王展礼贤士之台，即金台而变其名也；《锦官集》二卷，康熙癸亥典试四川所作，时蜀乱始平，补行乡试，故以癸亥行也；《旧游诗》一卷，未仕时游邺、游燕、游越、游楚作也；《萍留草》一卷，国初，浙闽未定时，避兵杭州时作也；《都门怀古诗》《倦还篇》共一卷：《都门怀古诗》作于辛酉官翰林时，《倦还篇》则乞假归里时作也。其编次不以作诗年月为先后，不解其意。《续集》十卷，刻于康熙壬辰，凡文八卷、诗二卷，诗题曰《所之草》，皆归田以后作也。"② 《秋琴阁诗》前有

---

　　① 蒋寅：《清代诗文集的类型、特征与文献价值》，载蒋寅《清代文学论稿》，凤凰出版社2009年版，第108页。
　　② 纪昀总纂：《四库全书总目提要》，河北人民出版社2000年版，第4975—4976页。

冯溥、骆复旦、胡渊所作序，《展台诗钞》前有李必果、毛升芳、吴陈琰所作序；《都门怀古诗》前有陈维崧、王岱所作序，后有施闰章、黄虞稷、万言、朱载震、俞珮、沈朝初所作跋语；《四游诗》有毛际可、陆进、徐汾所作序；《萍留草》前有王晫序，后有陈廷会、毛先舒的跋语。《锦官集》有毛奇龄、朱彝尊、王材任、张希良、汤右曾所作序，《倦还篇》无序，《所之草》有龚岳所作序与方象瑛的自序。这些小集从不同侧面展示出了方象瑛在不同时期的文学创作、心态变化，以及文坛发展风貌等。本章拟选取其中风格特点鲜明、诗歌数量较多的《展台诗钞》《萍留草》《锦官集》三部诗集进行分析论述，以管中窥豹。

第一节 《展台诗钞》与京师文坛生态

《展台诗钞》存诗200多首，时间迄于康熙十六年（1677）止于康熙二十四年（1685），诗集主要记录了方象瑛为官京师期间的所见所闻所思，体现出方象瑛自谦实则以才华自负的心理，以及疾病、贫困兼身但又泰然处之的生活状态，不仅可以窥视方象瑛的日常生活、心境等，也一定程度上反映出了清初京师文坛的生态。

一 "喜值鸾书侧席求"

康熙十七年（1678），内阁学士李天馥招方象瑛于寓宅宴饮，是晚方象瑛听闻自己被荐举博学鸿词科，"闻道圣朝方侧席"[1]，举荐者为总督仓场侍郎严沆。[2] 方象瑛作诗《上谕荐举博学鸿辞恭纪和李学士韵》四首抒怀：

---

[1] 方象瑛：《李容斋学士招饮是夕闻荐举之令》，《健松斋集》卷十八《展台诗钞上》，第284页。
[2] 副都御史金鋐亦举荐了方象瑛，《健松斋集》卷十八《展台诗钞·上大中丞金悚存先生十六韵》"有意称徐稚"句后有诗人自注："先生缮疏首荐余，以严司农章先上乃止"，《健松斋集》卷一《东南舆诵序》："戊午春，诏举博学鸿辞之士，今抚军宛平金先生暨少司农严先生皆首以象瑛应，时先生方长御史台。"

> 同文盛世志偏虚，汉策贤良总不如。圣学自探千载秘，侍臣原贯五车书。乍传沈宋承恩日，恰喜班扬献赋初。干羽两阶文教远，炎荒万里罢犀渠。（其一）
>
> 丝纶五色下诸司，诏许同升各异辞。拜疏先求天下士，感恩肯效市人为。应知学古能经世，谁道雄文只入赀。旷典初颁春正始，鲲鹏早已到天池。（其二）
>
> 海内争弹贡禹冠，遭逢谁道会偏难。山中猿鹤征书下，陌下轮蹄诏语宽。（定限八月到部）缥缈五云来国士，搏扶八月满长安。遥知奏对甘泉日，万里风云集简端。（其三）
>
> 年来寂寞帝京游，喜值鸾书侧席求。载笔自应咨董贾，还山且莫羡巢由。人文千里风云合，天语三春雨露收。自愧巴吟真忝窃，敢夸名姓动公侯。（其四）①

诗歌其一化用沈佺期、宋之问、班固、扬雄得到君王赏识之典，抒发自己也能如同当年的沈、宋、班、扬一样得到赏识，施展才华。诗歌其二用高度概括的语言描绘了朝廷诏令各有司荐举有才华之人的盛举，康熙帝于康熙十七年（1678）正月二十三日诏谕吏部："凡有学行兼优、文词卓越之人，不论已仕未试，令在京三品以上及科道官员，在外督抚布按，各举所知，朕将亲试录用。其余内外各官，果有真知灼见，在内开送吏部，在外开报督抚代为题荐，务令虚公延访，期得真才。"② 方象瑛的好友毛际可、方象璜、王嗣槐等也被举荐博学鸿词科。而鲲鹏到天池之喻可见方象瑛对众征士才识的期许与肯定。诗歌其三承上一首诗最后一句之诗意，展望了天下饱学之士云集京师的情景，众名士各自施展才华，京师文坛呈现一派繁荣的景象。诗歌其四抒发的是，不应该像尧时巢父、许由那样隐居不仕，而应像西汉董仲舒、贾谊那样建功立业、扬名文坛。

---

① 方象瑛：《上谕荐举博学鸿辞恭纪和李学士韵》，《健松斋集》卷十八《展台诗钞上》，第284页。
② 玄烨：《圣祖仁皇帝圣训》卷十二，《文渊阁四库全书》影印本。

四首诗中的"盛世""感恩""旷典""海内争弹""喜值""天语"等词语，奠定了作者欣喜、感恩的情感基调。作为传统文人，"学而优则仕"的观念在方象瑛的思想中根深蒂固，他因被荐举从而能施展才华而满心欢喜，这种欣喜是可以理解的。方象瑛于康熙六年（1667）进士及第，却需次家居十年，一官未授，梁允植《〈健松斋集〉序》云："丁未之役，家司徒公之典礼关也，所得百五十人皆瑰奇雄博之士。……方子渭仁其一也。第百五十人中，或浮沉金马，或出膺民社，鞅掌劬劳，而方子独以需次里居几十年矣。"①方象瑛对仕途是向往的，他在多篇诗文中表达了对无官可做的惆怅：

作客嗟无计，求官苦未前。（《哭同年虞省庵》其一）②
嗟予蹉跎久，数载等漂萍。一官苦未就，虚誉烦公卿。（《内弟吴芬月、五尚两孝廉至》）③
少壮通朝籍，蹉跎十载余。（《重九生日偶成》其一）④
却笑一官寒未就，褐衣犹是旧年贫。（《秋雨》）⑤

进士及第却只能家居的经历，对于有着"愿息诸生肩，得拜升斗禄"⑥志向的诗人方象瑛来说，无疑是残酷的。所以他渴望得到机会，步入仕途，实现自己的抱负。更为重要的是，不仅可以施展自己的才华，更能够光宗耀祖，"史乘窥中秘，家声继石渠"⑦。

也有很多被荐举者采取拒绝态度，如顾炎武、李颙、黄宗羲、魏禧、傅山、孙枝蔚、李因笃等人。清代佚名《啁啾漫记》载：

当戊午正月大科诏下，阁臣争欲以遗民顾炎武荐。炎武预

---

① 梁允植：《〈健松斋集〉序》，《健松斋集》卷首，第10页。
② 方象瑛：《哭同年虞省庵》其一，《健松斋集》卷十八《展台诗钞上》，第287页。
③ 方象瑛：《内弟吴芬月五尚两孝廉至》，《健松斋集》卷十八《展台诗钞上》，第289页。
④ 方象瑛：《重九生日偶成》其一，《健松斋集》卷十八《展台诗钞上》，第291页。
⑤ 方象瑛：《秋雨》，《健松斋集》卷十八《展台诗钞上》，第281页。
⑥ 方象瑛：《遣怀》，《健松斋集》卷十七《秋琴阁诗》，第271页。
⑦ 方象瑛：《重九生日偶成》其一，《健松斋集》卷十八《展台诗钞上》，第291页。

令诸门人之在京者辞曰:"绳刀俱在,无速我死。"众乃止。

李容被征,自称废疾,长卧不起。陕抚怒,檄周至县令迫之。遂舁其床至西安,抚臣亲至榻前怂恿,容遂绝粒,水浆不入口者六日。而抚臣犹欲强之,容拔刀自刺,陕中官属大惊,乃免。

黄宗羲闻掌院学士叶方蔼将荐己,寓书拒之。叶不从,竟荐于帝前。门人陈锡嘏知之,大惊,诣叶曰:"公如是,是将使吾师为叠山之杀也。"叶愕然,乃又以老病奏闻,事遂得解。

魏禧被征,又疾辞,宁都州尹不听,强舁至南昌。赣抚疑其诈,以板扉舁之入署。禧絮被蒙头卧,称疾笃,乃放归。

傅山年七十有四,大吏强征之,固辞不可,遂称疾。大吏令役舁其床以行,至京师三十里,以死拒不入城。大学士冯溥首过之,公卿毕至,山卧床不起,问之不答。魏象枢乃以老病上闻,诏免试放还。特加中书舍人以污之,冯溥诣山强入谢,不可。令宾客百辈诱说之,称疾笃。仍使役舁以入,数人强掖之跪,山力拒不胜,仆于地。魏象枢进曰:"止,止,是即谢矣。"遂放归。山叹曰:"自秦政以来,未有辱士如是之甚者也。"①

拒绝方式有所不同,有以死抗拒者,有托病不就者,态度都非常决绝。各人之人生观不同,拒绝还是接受被荐举都不能以一个标准来衡量、品评。在方象瑛看来,朝廷能有此举乃旷世之典("旷典"),是天下所有读书人的幸事,而自己有幸成了被举荐者之一。此时的方象瑛除了欣喜、感激外,表现得很谦逊,但自谦的背后却是一种高度自信,其诗歌中出现频率最高的人物是邹阳、枚乘、董仲舒、贾谊、班固、司马相如、扬雄、阮籍、应玚、沈佺期、宋之问等人以及与这些人物相关的作品、史实等:

---

① 佚名:《啁啾漫记》,《中国野史集成》第50册,满清野史五编本。

盛世文章耆旧在，征书何必羡邹枚。（《法黄石前辈枉过赠诗》）①

品题元晏成千古，犹愧《三都》作赋才。（《柬陈椒峰舍人》）②

喜与诸君同待诏，邹枚词赋愧难工。（《酬徐胜力、江辰六见过》）③

沈宋诗篇承召入，马扬词赋倚云看。（《三月朔体仁阁御试应制》其一）④

文章燕许寻常事，不羡《长杨》《羽猎》篇。（《三月朔体仁阁御试应制》其二）⑤

天子思扬马，群贤集阮应。（《上大中丞金悚存先生十六韵》）⑥

《三都赋》为西晋左思构思十年而完成，此文一出，众人竞相传抄，洛阳为之纸贵（《晋书·左思传》）。《长杨赋》《羽猎赋》均为西汉辞赋家扬雄所作。徐嘉炎（字胜力）为浙江秀水（今嘉兴）人，江闿（字辰六）为贵州新贵（今贵州贵阳）人，方象瑛把徐嘉炎、江闿比作南朝时期的徐陵（字孝穆）、江淹（字文通），"征书遥下五云中，海内文章尽向风。江左十年传孝穆，黔南万里见文通"⑦诗句盛赞二人的才华。方象瑛以自己能与二人同被举荐博学鸿词科而欣喜，但又害怕自己的才华比不上汉代邹阳、枚乘。方象瑛以这些人物及其作品作为对比的对象，虽然部分诗句用了"愧"以及相似意义的词汇，但可以看出方象瑛在自谦的背后其实是充满自信的，他对自己的文采是颇为自负的。"鲲鹏"也成为方象瑛此时期诗歌中频

---

① 方象瑛：《法黄石前辈枉过赠诗》，《健松斋集》卷十八《展台诗钞上》，第285页。
② 方象瑛：《柬陈椒峰舍人》，《健松斋集》卷十八《展台诗钞上》，第284页。
③ 方象瑛：《酬徐胜力、江辰六见过》，《健松斋集》卷十八《展台诗钞上》，第285页。
④ 方象瑛：《三月朔体仁阁御试应制》其一，《健松斋集》卷十八《展台诗钞上》，第290页。
⑤ 方象瑛：《三月朔体仁阁御试应制》其二，《健松斋集》卷十八《展台诗钞上》，第290页。
⑥ 方象瑛：《上大中丞金悚存先生十六韵》，《健松斋集》卷十八《展台诗钞上》，第286页。
⑦ 方象瑛：《酬徐胜力、江辰六见过》，《健松斋集》卷十八《展台诗钞上》，第285页。

现的意象之一，如"愿言风雨藉，万里附鲲鹏"(《上大中丞金悚存先生十六韵》)①、"黄封一道驰丹阙，万里鲲鹏集上林"(《京闱分校即事和壁间韵》其二)②、"旷典初颁春正始，鲲鹏早已到天池"(《上谕荐举博学鸿辞恭纪和李学士韵》其二)③等诗句，都有着李白"大鹏一日同风起，扶摇直上九万里"(《上李邕》)的相似意蕴。

尽管得到了荐举，但结果仍然无法预测，此时方象瑛除了欣喜之外，也充满了忐忑。《与表弟姜腾上夜坐》其二云："只今还待阙，何日庆弹冠。此际同甘苦，登楼且莫看。"④"还""何日"等词语把焦虑等待的心情和盘托出，同时也表明方象瑛很在意此次博学鸿词之应举。康熙十八年(1679)三月二十九日榜发，钦取五十人，方象瑛列二等第十五名。五月十七日，五十人授职，方象瑛授官编修，充《明史》纂修官。他对朝廷充满了感恩，"小臣幸得邀殊遇，丹陛晨趋月五更"⑤。入史馆后，方象瑛有诗《初入翰林呈同馆诸君》，"执戟未能同曼倩，凌云何幸荐相如""从古三长知不易，无才真自愧簪裾"⑥等诗句，在自谦的背后，仍然可以读出方象瑛对自身才华的自信。不仅仅是方象瑛对于最终被录用充满欣喜与感恩，五十鸿儒的其他人也有类似的表现与心态。如一等第一名的彭孙遹在《寄内》诗中写道："小叠红笺寄语频，横云初破远山颦。玉宸昨夜亲传诏，夫婿承恩第一人。"⑦诗歌尾句字里行间表露出的自信与欣喜之情溢于言表。

有中第者的自豪、欣喜，自然就会有落第者的怅然、懊恼。以知名文人毛际可为例，他亦被举荐但未被选录。毛际可十多年后为张纯修(号见阳)诗集作序时仍对此事耿耿于怀，其《〈张见阳诗〉序》

---

① 方象瑛：《上大中丞金悚存先生十六韵》，《健松斋集》卷十八《展台诗钞上》，第286页。
② 方象瑛：《京闱分校即事和壁间韵》其二，《健松斋集》卷十八《展台诗钞上》，第286页。
③ 方象瑛：《上谕荐举博学鸿辞恭纪和李学士韵》其二，《健松斋集》卷十八《展台诗钞上》，第284页。
④ 方象瑛：《与表弟姜腾上夜坐》，《健松斋集》卷十八《展台诗钞上》，第285页。
⑤ 方象瑛：《早朝谢恩应制》，《健松斋集》卷十八《展台诗钞上》，第290页。
⑥ 方象瑛：《初入翰林呈同馆诸君》，《健松斋集》卷十八《展台诗钞上》，第290页。
⑦ 彭孙遹著，霍西胜校注：《彭孙遹集》，浙江古籍出版社2016年版，第261页。

云:"曩者岁在己未,余谬以文学见征,旅食京华。张子见阳联骑载酒,招邀作西山游。同游者为施愚山、秦留仙、朱锡鬯、严荪友、姜西溟诸公,分韵赋诗,极一时之盛事。其后诸公皆骤列清华,与修《明史》。余独被放南归,是世之潦倒无成者,莫余若也。"① 对比施闰章、秦松龄、朱彝尊、严绳孙、姜宸英等"骤列清华,与修《明史》"的际遇后,毛际可发出了痛心的感慨,表面抒发的虽是仕途的不顺,话语深处却是不服。毛际可与毛奇龄、毛先舒有"浙中三毛,文中三豪"之称,在清初文坛颇具文名,毛奇龄《封奉政大夫毛鹤舫传》曰:"会上开制科,君以文名在荐中。总宪魏公环极见君名,曰:'是人来,不愧制科矣。'"② 毛奇龄转述魏象枢(字环极)的这句话足见毛际可声名远甚,为时人所重。林云铭论其文"诸体毕备,格法尤严,即驰骋变化中,无不归之于洁""洵文品之至贵者",张希良认为其文"苍古峭拔,波澜壮阔"③ 等。毛际可对自己的文采也颇为自负,《〈四游草〉序》在叙述与方象瑛读书语石山的情景时说:"每当同人搦管拈题,苦吟面壁,予与渭仁,辄握手修篁怪石间,相与纵谈天下事。或诵近所为诗歌共质,间以谐谑。日向午,犹不肯成一字"④,直到他人催迫,二人才振笔直书,诗文瞬间而成。可想而知,毛际可博学鸿词科落第而归时是怎样的心情。毛际可只是众多落地者的一个缩影,其他落选者不再一一叙述。

二 "雅游方信此中佳"

古代文人喜欢以文会友,或徜徉于山川郊野,或吟诗作赋于轩榭亭台,陶冶情操,交流情感,切磋文艺。康熙博学鸿词科期间的京师可说是名士云集,大小雅集活动成为彼时文坛一道亮丽的风景线。方象瑛在京师期间参加了多次规模或大或小的雅集活动,不仅拓宽了他的交游范围,而且扩大了他的知名度。

---

① 毛际可撰,顾克勇校点:《毛际可集》,浙江大学出版社2015年版,第134页。
② 毛际可撰,顾克勇校点:《毛际可集》"附录二",浙江大学出版社2015年版,第768页。
③ 毛际可撰,顾克勇校点:《毛际可集》,浙江大学出版社2015年版,第27页。
④ 毛际可撰,顾克勇校点:《毛际可集》,浙江大学出版社2015年版,第161页。

方象瑛《毛行九诗序》云："吾师相国益都先生好贤下士，先后馆西轩者皆海内名流，最后为毘陵毛子行九。先生既以清静补治，门无杂宾，又好吟咏，退食之暇，正襟危坐，行九唔呀其旁，书卷外无一言及他事。花辰雪夜，置酒南窗，或招致及门文学之士，遍游名园，觞饮万柳堂，分题限韵。"① 这段话虽是方象瑛为毛端士（字行九）诗集所作之序，同时也可窥见以冯溥为核心的京师文坛的诸多信息。

冯溥礼贤下士，"先后馆西轩者皆海内名流"。随着各地应征人员陆续进京，冯溥担任起了接待的任务，他对应征者礼待有加。王嗣槐记载了冯溥对博学鸿词应征士子的种种礼待："士之高年有德不愿仕进者，公必就见而咨之；其为牧伯郡邑有声称者，必亲延见而访求之；至田野之布衣，白屋之贱士，亦必扫榻以待之，降阶以礼之，而且为燕饮以洽之，延誉以广之；其贫约无以自存者，馆舍以居之，改衣授食以周之。"② 冯溥还将一些文人名士留在自己府中居住，如康熙十六年（1677）即馆居冯溥家的胡渭③，来京应举博学鸿词科的李因笃、吴任臣，"关中李天生因笃、仁和吴志伊任臣，俱寓益都相国邸中"④。还有康熙十八年（1679）二月份来到京师的王嗣槐，受冯溥之邀住进冯府，并担任冯溥之子冯协一的家庭教师。毛端士来到京师，也居住在冯溥的家中。冯溥的府邸宾客不断，更有"佳山堂六子"于史留名，成为文坛佳话。陈康祺《郎潜纪闻》载："康熙十七年……其客益都相国冯公邸第者，尤极九等上上之选，都人称为佳山堂六子，盖钱塘吴君农祥、仁和王君嗣槐、海宁徐君林鸿、仁和吴君任臣、萧山毛君奇龄、宜兴陈君维崧也。"⑤

冯溥经常招集文士，"遍游名园，觞饮万柳堂，分题限韵"。万

---

① 方象瑛：《毛行九诗序》，《健松斋集》卷三，第61页。
② 王嗣槐：《嵩高大雅集序》，《桂山堂文选》卷一，《清代诗文集汇编》第73册，第24页。
③ 夏定域：《德清胡朏明先生年谱》，台湾商务印书馆1978年版，第5—8页。
④ 徐锡龄、钱泳：《熙朝新语》卷五，上海古籍书店1983年影印本。
⑤ 陈康祺著，晋石点校：《郎潜纪闻二笔》卷十五《佳山堂六子》，《郎潜纪闻初笔二笔三笔》（合订本），中华书局1984年版，第613页。

柳堂是冯溥的别业，也是京师文人聚集的主要场所之一，陈康祺《郎潜纪闻》载："京师广渠门内万柳堂，为国初益都相国别业。康熙时，大科初开，四方名士待诏金马门者，恒燕集于此。"① 尤其康熙十八年（1679）至康熙二十一年（1682）博学鸿词科前后，雅集活动更为密集而频繁。检视冯溥《佳山堂诗集》《佳山堂诗二集》、参阅张秉国《临朐冯氏年谱》②，此阶段万柳堂雅集主要有：康熙十八年（1679）四月四日，康熙十九年（1680）庚申闰八月，康熙二十年（1681）辛酉三月三日、三月八日、四月八日、九月九日、十月八日，康熙二十一年（1682）壬戌二月八日、三月三日、三月八日、四月八日、八月五日等，可见此时段万柳堂雅集的时间多在三月三日和每月八日，诚如汪懋麟《万柳堂记》所言："每月之八日，公必携宾客游于斯。"③ 万柳堂雅集参与者均为当世名流，方象瑛也是其中之一。康熙二十年（1681）三月三日上巳节，方象瑛与冯溥、施闰章、陈维崧、袁佑等修禊万柳堂，冯溥作《三月三日万柳堂修禊倡和诗》五律、七律各二首，七律其一曰："永和修禊几经年，上巳搴贤此地偏。晋代风流看未坠，燕台车骑尽堪传。春深料峭寒初减，雨后便萦花复妍。一曲饶歌烦客制，草堂沥酒靖烽烟。"④ 众人各有和冯溥诗韵之作，如陈维崧《上巳修禊万柳堂奉和益都夫子原韵》、袁佑《上巳冯溥招饮万柳堂》等。方象瑛作《万柳堂修禊和益都夫子韵》，诗云：

> 风流谁羡永和年，胜日追随地自偏。曲水杯觞应不减，兰亭词赋总堪传。柳多野意分窗见，花有红心过雨妍。却笑几番陪宴赏，平泉今始到云烟。（其一）

---

① 陈康祺著，晋石点校：《郎潜纪闻初笔》卷八，《郎潜纪闻初笔二笔三笔》（合订本），中华书局1984年版，第181页。
② 张秉国：《临朐冯氏年谱》，人民文学出版社2016年版，第187—214页。
③ 汪懋麟：《百尺梧桐阁集》卷三，《清代诗文集汇编》第151册，上海古籍出版社2010年版，第271页。
④ 冯溥：《三月三日万柳堂修禊倡和诗》（有序），《佳山堂诗二集》卷四，《清代诗文集汇编》第29册，上海古籍出版社2010年版，第698—699页。

东山丝竹喜同偕，驱马郊原散远霾。禊饮漫夸当日胜，雅游方信此中佳。正须载酒依芳树，莫更临风感旧钗。杂坐吟成谁最早，谢公诗健恐难侪。（其二）①

冯溥、方象瑛的诗歌都化用了王羲之兰亭雅集的典故。东晋永和九年（353）三月初三上巳节，王羲之召集谢安、谢万、孙绰、王凝之、王徽之、王献之等文人名士、家族子弟共42人，聚会于会稽山阴之兰亭，史称兰亭雅集。兰亭雅集共得诗37首，王羲之于微醉之中创作了著名的《兰亭集序》，曲水流觞、饮酒赋诗也成为文人的风雅韵事。方象瑛诗歌其一开篇以永和年兰亭集会引出此次万柳堂雅集，二者对比，用笔巧妙，"谁羡""应不减""总堪传"等词语，以及诗歌其二"禊饮漫夸当日胜，雅游方信此中佳"等诗句，表达了作者对此次万柳堂雅集的赞美。

康熙二十一年（1682）三月三日上巳节，众人再次禊集于万柳堂，据王嗣槐《万柳堂修禊诗序》载："康熙二十一年，岁在壬戌暮春三日，文华殿大学士兼刑部尚书益都冯公修禊事于万柳之堂，从游者三十有二人。……时从游者左春坊左赞善徐健庵乾学，翰林院侍讲施愚山闰章，编修徐果亭秉义、陆义山葇、沈映碧珩、黄忍庵与坚、方渭仁象瑛、曹峨嵋禾、袁杜少佑、汪东川霦、赵伸符执信，检讨尤悔庵侗、毛大可奇龄、陈其年维崧、高阮怀咏、吴志伊任臣、严藕渔绳孙、倪闇公灿、徐胜力嘉炎、汪悔斋楫、潘稼堂耒、李渭清澄中、周雅楫清原、徐电发釚、龙石楼燮，纂修主事汪蛟门懋麟，刑部主事王尔迪无忝，中书舍人林玉岩麟焻，督捕司务冯玉爽慈彻，候选郡丞冯躬暨协一与嗣槐，共三十有二人，各为七言律诗二首。"②冯溥作《三月三日万柳堂修禊倡和诗二首》，众人和冯溥诗韵而作，如徐嘉炎《壬戌上巳万柳堂重修禊事和益都夫子韵二首》、陈维崧《和益都夫子禊日游万柳堂原韵》、尤侗《上巳万柳堂

---

① 方象瑛：《万柳堂修禊和益都夫子韵》，《健松斋集》卷十八《展台诗钞上》，第304页。
② 王嗣槐：《万柳堂修禊诗序》，《桂山堂集》卷一，《清代诗文集汇编》第73册，第16—17页。

禊集和益都公原倡二首》、施闰章《三月三日集万柳堂奉和冯相国原韵二首》、徐釚《上巳万柳堂修禊和益都公韵二首》、潘耒《上巳修禊应制》、李澄中《上巳相国冯公招饮万柳堂次韵》、张远《上巳万柳堂冯太夫子限韵》等。

除了参与较大规模的万柳堂雅集活动外，方象瑛还参加了以冯溥为核心的小范围活动。小规模的聚会不限时间与地点，雅集内容多为赏花、踏雪、登高、拜寺、送别等。康熙十九年（1680）冬，方象瑛与冯溥、毛奇龄、徐釚、陈维崧等同游祝园，冯溥作《冬日游祝氏园亭四首》，同行人均有诗和冯溥韵，如陈维崧《雪后陪益都夫子游祝园，敬和原韵四首》、毛奇龄《陪游祝氏园即席和益都夫子原韵四首》、徐釚《雪后陪益都公饮祝氏园林奉和原韵四首》等。方象瑛作《冬日陪益都夫子游祝园即席奉和原韵》，"宾朋方络绎，诗酒自绸缪。此际追随好，都忘旧日愁"① 等诗句写出了宾朋欢聚的热闹场面，诗人的心情也随之发生了很大的变化，不再如往日般的忧愁。方象瑛另有《又和益都公祝园宴集韵》，"酒酣觅句绕回廊，合坐诗成谁伯仲"② 等诗句写出了诗人遣词造句、欲与众人一较高下的心态。同年，方象瑛又与冯溥、毛奇龄、徐釚、徐嘉炎、陈维崧、汪懋麟等同游王熙怡园，冯溥作《冬日同诸子游王大司马园亭四首》，与行之人各有和韵之诗，如徐釚《十月十九日益都公招游王司马怡园奉和原韵四首》、毛奇龄《益都相公携门下诸子游王大司马园林即席奉和原韵四首，时首冬雪后》、徐嘉炎《孟冬十月九日益都夫子招集王大司马怡园奉和原韵四首》、陈维崧《益都夫子招游大司马怡园敬和原韵四首》、汪懋麟《益都公招游怡园奉和原韵》等。方象瑛作《益都公招集王司马怡园和原韵》，"支筇皆胜地，呼酒任佳朋"（其三）、"旅愁应暂遣，且莫忆江南"（其四）③ 等诗句流露出

---

① 方象瑛：《冬日陪益都夫子游祝园即席奉和原韵》其四，《健松斋集》卷十八《展台诗钞上》，第297页。
② 方象瑛：《又和益都公祝园宴集韵》其二，《健松斋集》卷十八《展台诗钞上》，第298页。
③ 方象瑛：《益都公招集王司马怡园和原韵》其三、其四，《健松斋集》卷十八《展台诗钞上》，第298页。

只有这种与友朋的欢聚才能使诗人暂时忘掉旅愁,不再想念江南的家乡。康熙二十年(1681)九月十日,方象瑛同冯溥、陈维崧、毛奇龄、徐釚、潘耒等人游长椿寺,冯溥有诗《重阳节后一日毛大可、陈其年、方渭仁、徐胜力、徐电发、汪舟次、潘次耕邀予集长椿寺,兼送毛行九南还即席赋》,众人和其韵作诗,如毛奇龄《重阳后一日奉陪益都夫子游长椿寺,兼送家行九南归,同方象瑛、徐嘉炎、陈维崧、潘耒、汪楫诸同馆和夫子首倡原韵即席》、陈维崧《辛酉重阳后一日陪益都夫子游长椿寺,兼送毛行九闽游即和夫子原韵》、徐嘉炎《辛酉九日随益都夫子同年诸公宴集长椿寺,送毛行九之闽分韵赋二首》、徐釚《重阳后一日集长椿寺送毛行九南还,奉和益都公原韵二首》、潘耒《奉和益都公重九后一日集长椿寺,送毛行九南还二首》等。方象瑛作《重阳后一日长椿寺宴集和韵送毛行九南归》,"多病自怜看菊晚,论心且共引杯长。茱萸更酌休言醉,明日怀人天一方"① 等诗句,通过劝酒的方式抒发了诗人对友人依依不舍之情。

冯溥时常召集寓京文人于冯府宴饮,如方象瑛《益都夫子招集酒半王仲昭、胡朏明复出畅饮》一诗:"忧时筹国语方长,傍及幽奇快耳目。古今上下语纵横,新题险韵灯前读。是时寒月正荧荧,洗盏更酌浇残菊。王生胡生座上宾,半筵出拜话畴夙。金樽满引未许辞,庾公兴逸神偏肃。"② 从方象瑛的诗句可以看出,伴随政治权力话语的渗入,以冯溥为核心的雅集活动已经突破了一般文人雅集的娱情、游艺性质,而是带有强烈的政治功用,众人忧愁国事、时事,纵论古今上下,又旁及险怪幽僻之事、品评众人新创作的诗文作品。围绕冯溥的一系列文人雅集活动成为考察清初京师文坛生态的重要镜像,有论者认为:"原本主要以诗酒唱和为主、旨在愉悦性情的冯溥万柳堂雅集,伴随着康熙博学鸿儒科的诏举、御试,发挥出特殊的政治功用;而政治权力的介入,又促进了诗风的转向。如是,万

---

① 方象瑛:《健松斋集》卷十八《展台诗钞上》,第 307 页。
② 方象瑛:《益都夫子招集酒半王仲昭、胡朏明复出畅饮》,《健松斋集》卷十八《展台诗钞上》,第 292 页。

柳堂雅集迥异于其他一般意义上的游艺和娱情雅集，更多附带有特殊的政治功用与重要诗学意义，这为考量清初京师政治变迁、诗风嬗变等提供了一个重要维度和独特视角。"①

除参与冯溥这样领袖式人物招集的聚会外，方象瑛还与同客京师的其他文人名士举行了诸多小范围的活动。翻阅方象瑛以及清人别集，可知方象瑛在京师所交游的对象主要有施闰章、毛奇龄、陈维崧、万斯同、姜宸英、徐乾学、李因笃、潘耒、乔莱、王嗣槐、汪楫、倪灿、徐釚、宋荦、李澄中、汪懋麟、江闿、丘象随、陆䔚等海内知名文人、学者，既有新朋亦有旧友。方象瑛《锦官集·雪中有怀二十首》其二有注云："癸卯、丁未诸同年每月一会京邸，称极盛。"②康熙十六年（1677），方象瑛在京师候补，同诸文人在报国寺欣赏松树，"诸君惮登眺"③，方象瑛却"乘兴奋高阁"④，登高极目远望，"爽气豁心眸"⑤。同年，方象瑛与房廷桢、白梦鼐、许孙荃、陈玉璂、袁佑等受魏象枢之邀，方象瑛有诗《魏庸斋司农招饮同房慎庵、白仲调、许生洲、陈椒峰、袁杜少》。

康熙十七年（1678），方象瑛与众人在梁清标的宴席上同看烟火，作诗《梁司农夫子席上看烟火同及门诸子》，从"师生客里同明月，兄弟樽前话旧群"⑥等诗句可见当时的气氛是非常融洽、欢快的。康熙十八年（1679）夏一日，钦取的五十鸿儒集于众春园，各赋诗一首⑦，方象瑛作《夏日同人大集和韵》，"别久尚萦当日梦，

---

① 杜广学、魏磊：《万柳堂雅集与博学鸿儒科前后的政治和诗歌》，《明清文学与文献》（第七辑），社会科学文献出版社2019年版，第74页。
② 方象瑛：《雪中有怀二十首》其二，《健松斋集》卷二十一《锦官集下》，第347页。
③ 方象瑛：《同诸子报国寺看松遂登毗庐阁眺望》，《健松斋集》卷十八《展台诗钞上》，第281页。
④ 方象瑛：《同诸子报国寺看松遂登毗庐阁眺望》，《健松斋集》卷十八《展台诗钞上》，第281页。
⑤ 方象瑛：《同诸子报国寺看松遂登毗庐阁眺望》，《健松斋集》卷十八《展台诗钞上》，第281页。
⑥ 方象瑛：《梁司农夫子席上看烟火同及门诸子》，《健松斋集》卷十八《展台诗钞上》，第284页。
⑦ 毛奇龄《西河合集·文集·制科杂录》："后同籍五十人集于众春园，仿题名故事，各赋诗一首，施愚山为之序。"

重来喜集旧时人。……高会金台应不少，相携可似古人真"① 等诗句，表露出方象瑛对与新朋旧友相聚的欣悦以及渴望日后能经常聚会的期许。同年晚秋时节，方象瑛应卢琦邀请，与汪懋麟、陆棻、乔莱等同宴。此时大雪初晴，方象瑛作《同年卢西宁宫庶招同陆义山、汪蛟门、乔石林，时大雪初霁》，"纵谈便觉离愁尽，剧饮都忘道路难。太息十年成契阔，今朝且复共长安"② 等诗句，抒发了同几位友人欢聚阔谈而忘记客旅京师之愁的情景。康熙二十一年（1682），徐乾学招集曹禾（字峨嵋）、丘象随（字季贞）、潘耒（字次耕）、方象瑛宴集，方象瑛作诗《徐健庵学士招集同曹峨眉、丘季贞、潘次耕》。当时的环境十分清幽雅致，"名园曲曲画堂幽，古木千章俯碧流"③。在这样的环境下，与朋友"正喜飞觞花下集，不妨载酒雨中游"④，真乃人生一大乐事，难怪作者发出"四座宾朋同胜赏，畅心何必问沧洲"⑤ 的感慨。同年五月初四日，方象瑛与金德嘉、朱玉树等人小集，有诗《重午前一日金会公、朱玉树诸子小集喜赋》，"群贤良会喜初临。论交敢谓渊源近，怀古方知意气深"⑥ 等诗句描写出众人有着密切的渊源，意气相投。康熙二十二年（1683）正月十五夜，方象瑛同汪霦、吴任臣集于邵远平斋宅，方象瑛有诗《灯夜集邵戒庵学士斋同汪东川、吴志伊》，"频年踪迹竟如何，喜有闲身对薜萝。雅会应知春日好，佳朋偏爱客中过"⑦ 等诗句通过今昔不同状态的对比，写出了当时能与友人欢聚的喜悦。同

---

① 方象瑛：《夏日同人大集和韵》，《健松斋集》卷十八《展台诗钞上》，第290页。
② 方象瑛：《同年卢西宁宫庶招同陆义山、汪蛟门、乔石林，时大雪初霁》，《健松斋集》卷十八《展台诗钞上》，第292页。
③ 方象瑛：《徐健庵学士招集同曹峨眉、丘季贞、潘次耕》，《健松斋集》卷十九《展台诗钞下》，第309页。
④ 方象瑛：《徐健庵学士招集同曹峨眉、丘季贞、潘次耕》，《健松斋集》卷十九《展台诗钞下》，第309页。
⑤ 方象瑛：《徐健庵学士招集同曹峨眉、丘季贞、潘次耕》，《健松斋集》卷十九《展台诗钞下》，第309页。
⑥ 方象瑛：《重午前一日金会公、朱玉树诸子小集喜赋》，《健松斋集》卷十八《展台诗钞上》，第312页。
⑦ 方象瑛：《灯夜集邵戒庵学士斋同汪东川、吴志伊》，《健松斋集》卷十八《展台诗钞上》，第315页。

年立春后一日，方象瑛与姜宸英、倪灿（字闇公）、黄虞稷、万斯同、万言等在施闰章（号愚山）的邸舍欢饮，方象瑛作《立春后一日饮愚山先生邸舍同闇公、西溟、俞邰、季野、贞一》，诗曰："灵辰才过更鞭春，折柬还期共五辛。正喜杯觞娱客夜，懒从灯月问游人。闲心对酒谈方剧，老友忘年意最真。却笑京华徒碌碌，椒盘又值一番新。"① 由"闲心对酒谈方剧，老友忘年意最真"诗句可见当时的热闹场面，众人热烈交谈，情意深深。

方象瑛自名住所为"舟居"②，虽然只有两间小屋，"轩然一叶舟"③，他在此多次宴请同仁。康熙二十一年（1682）夏日，方象瑛与万斯同、黄虞稷、姜宸英、万言、沈季友、方中德等宴饮于此，《夏日万季野、黄俞邰、姜西溟、万贞一、沈客子、家田伯小集寓斋》诗云："一官闭户久成憨，自笑频年旅况甘。薄俸才支堪换酒，名流相对喜高谈。闲心已共浮云尽，世事都从旧史参。自是群贤能过我，敢云宾主尽东南。"④ 虽都是贫寒文士，俸禄微薄，"薄俸才支堪换酒"，但相谈甚欢，"名流相对喜高谈"。微薄的俸禄只够买酒，但是众人并未因此而受影响，依然高谈阔论，诗人对众友人可以来拜访自己感动欣慰。康熙二十二年（1683）春日，方象瑛与姜宸英、黄虞稷、万斯同、万言等在寓斋欢饮，有诗《春日西溟、俞邰、季野、贞一寓斋小饮》：

> 七载燕山道，巷僻罕车马。朝罢半卷书，负日南窗下。晨兴支俸钱，神气顿萧洒。冠盖满长安，寂寞交游寡。诸君枉高轩，草草治杯斝。高谈怀古今，言辞准大雅。前贤尚真率，此会谅无假。邻比顾惊怪，朝来菜盈把。张筵度未能，车马胡为

---

① 方象瑛：《立春后一日饮愚山先生邸舍同闇公、西溟、俞邰、季野、贞一》，《健松斋集》卷十九《展台诗钞下》，第315页。
② 方象瑛《自题舟居》："寓居宣武门西，中有高槐一株，树下小室二间，修然轩爽，名之曰舟居，率题六章寄意。"《健松斋集》卷十八《展台诗钞上》，第315页。
③ 方象瑛：《自题舟居》其一，《健松斋集》卷十八《展台诗钞上》，第315页。
④ 方象瑛：《夏日万季野、黄俞邰、姜西溟、万贞一、沈客子、家田伯小集寓斋》，《健松斋集》卷十八《展台诗钞上》，第312页。

者。太息谢邻翁，官贫愧游冶。故人幸见过，盘飧颇粗野。促坐忘主宾，素心良已写。杯阑夜向深，寒星照庭瓦。①

几位友人来到家中，由于贫困又居于陋巷，主人只能草草地准备好饮酒用具，大家高谈阔论，言辞文雅。邻居听闻诗人家来了客人，考虑到诗人生活拮据，于是送来了一些蔬菜。"高谈怀古今，言辞准大雅"② 等诗句把几人高谈阔论、率真无间的情态描摹得生动传神。尽管饮食粗疏，但大家已经"促坐忘主宾"，气氛融洽。

京师的各类文人雅集活动规模大小不一，相对频繁，不仅起到了互相交流的作用，同时在一定程度上也丰富、促进了文坛的发展。

京师文人们围绕各类事件，自觉或不自觉地进行着诗文的吟咏，这些诗文成为一个独特的文本空间，不仅是文人心态的真实反映，也是文坛发展的见证。从康熙十六年（1677）寓京开始，方象瑛见证了文人士子门的离京游历、外迁、辞官归家等，送别亲友成了他需要面对的重要事情之一，而送别诗文也成为文人之间交游的一种特殊方式。方象瑛寓京期间创作了大量送别诗，送别的对象均为清初知名文人学者，如洪昇南返（《送洪昉思游梁兼寄毛祥符会侯)》、姜希辙迁奉天府丞（《送姜定庵京兆之奉天》）、李因笃以母病辞归（《送李天生奉旨归养》）、王嗣槐之常州（《送王仲昭之毗陵》）、毛际可归里（《送毛会侯归里》）、冯溥致政东归（《奉送益都夫子致政东归八首》）、乔莱典桂林乡试（《送乔石林典试广西十二韵》)》、汪楫奉命册封琉球国（《和益都公韵送汪悔斋检讨奉使册封琉球国王》）等。

三 "贫偏与病俱"

方象瑛于康熙六年（1667）进士及第，但未授一官，直到康熙十

---

① 方象瑛：《春日西溟、俞邰、季野、贞一寓斋小饮》，《健松斋集》卷十九《展台诗钞下》，第316—317页。

② 方象瑛：《春日西溟、俞邰、季野、贞一寓斋小饮》，《健松斋集》卷十九《展台诗钞下》，第316页。

五年（1676）接到朝廷的诏令，让其赴京候选，"余需次后期，丙辰除日，连得家侄若韩书，趣余赴选"①。此时方象瑛生活窘迫，虽有赴京候选的机会，但因路费的问题而迟迟没有动身，他在《赴都日记》中写到："迁播以来，拮据逡巡，未能也。"② 考虑到日期迫近，于是决定二月十八日起行，沿途访友、览景，于康熙十六年（1677）四月二十日，"越良乡，度芦沟桥，揽辔入都，寓三元会馆东"③。

方象瑛初寓京师时，窘迫的生活状况、羁旅的愁思一直困扰着他，此时期创作的诗歌随处可见羁旅他乡之愁，如"临风增太息，匪为怀乡谋。志士念驹隙，怅望何时休"④ "飘泊真无计，苍茫何所之"⑤ 等诗句。只有两位兄长来到京师，方象瑛才感到片刻的欢喜，"旅况无聊甚，今朝意爽然"⑥。这种乡愁使他十分想念侨居钱塘的日子以及西陵诸子，《怀西陵诸子》诗歌其一开篇"怀思寄何所，乃在东南隅"⑦ 两句为全诗奠定了情感基调，诗句明显化用了汉代乐府诗《有所思》"有所思，乃在大海南"两句。诗人追忆与西陵诸子谈文论艺、分赋唱和的情景，盛赞众友人的诗文成就，"良友悦情素，结志存诗书。文章陋八代，诗篇追黄初。清樽卜昼夜，分赋人人殊"⑧。现在自己留寓京师，过着"薄宦惭无车""旅食愁锱铢"⑨的生活，贫困可以说是方象瑛京师生活的常态，《苦寒行》《啼饥行》两首诗细致、传神地刻画出全家的生活状态：

忆昔寇张时，山城弃仓猝。暑热衣裳单，筒箧委残卒。客

---

① 方象瑛：《赴都日记》，《健松斋集》卷七，第119页。
② 方象瑛：《赴都日记》，《健松斋集》卷七，第119页。
③ 方象瑛：《赴都日记》，《健松斋集》卷七，第121页。
④ 方象瑛：《同诸子报国寺看松遂登毗庐阁眺望》，《健松斋集》卷十八《展台诗钞上》，第282页。
⑤ 方象瑛：《送洪昉思游梁兼寄毛祥符会侯》其二，《健松斋集》卷十八《展台诗钞上》，第282页。
⑥ 方象瑛：《喜二兄至京》，《健松斋集》卷十八《展台诗钞上》，第282页。
⑦ 方象瑛：《怀西陵诸子》其一，《健松斋集》卷十八《展台诗钞上》，第281页。
⑧ 方象瑛：《怀西陵诸子》其一，《健松斋集》卷十八《展台诗钞上》，第281页。
⑨ 方象瑛：《怀西陵诸子》其二，《健松斋集》卷十八《展台诗钞上》，第281页。

久怅无家,朔风冷肌骨。敝裘已三年,取足备访谒。诸儿日加长,衣垢无全袜。非不勉相谋,逡巡久更歇。长安多豪游,轻貂艳城阙。我实累汝曹,忧来志恍惚。沽酒试高眠,惆怅晨风发。(《苦寒行》)①

觅米向长安,经年还潦倒。八口等飘萍,谋生良草草。未夜筹晨飧,垆寒日已杲。惆怅望炊烟,一饭便如扫。稚子牵衣啼,动索梨与枣。阿翁正无计,安能任汝好。家园颇余粮,鼠雀恣中饱。欲归苦未能,怅然逆怀抱。(《啼饥行》)②

方象瑛曾因避寇乱携家侨居钱塘,生活十分困顿,他在给陈廷会的书信中诉说了自己生活的困苦:"旅况无聊,数米而炊,实有不堪告语者"③,"敝裘"多年。后为了生计,他来到京师候补,八口之家谋生艰难。当晚就要筹划次日早晨的餐食,但往往是"质米晨炊尽"④,对比京师那些"豪游""轻貂"者,难怪诗人会发出"旅愁谁似我"⑤的感叹。孩子们渐渐长大,衣裤鞋袜都没有一件是完整的;年纪小的孩子尚不懂事,哭着喊着索要梨、枣,大人束手无策,无法满足他的要求,生活之艰难窘困可想而知。家乡却粮食丰足,连鼠雀都能够吃饱,与眼前的生活境况形成了强烈的反差,诗人不禁怅然若失。方象瑛在京师期间得到了友人的接济,《谢张膏之舍人馈米》其一云:"所志非温饱,经年索米难。夏长怜再食,客久愧加餐。薄禄何时及,多愁只自宽。感君冰雪俸,喜极胜弹冠。"⑥此诗"经年索米难"与《啼饥行》"经年还潦倒"两句诗中的"经年",表明诗人是常年生活在贫困潦倒之中。诗人最害怕的是夏天,因为天长夜短,要多费粮食。诗人拿到友人的馈送,犹如雪中送炭,解

---

① 方象瑛:《苦寒行》,《健松斋集》卷十八《展台诗钞上》,第287页。
② 方象瑛:《啼饥行》,《健松斋集》卷十八《展台诗钞上》,第287页。
③ 方象瑛:《答陈际叔书》,《健松斋集》卷十一,第172页。
④ 方象瑛:《与表弟姜腾上夜坐》其二,《健松斋集》卷十八《展台诗钞上》,第285页。
⑤ 方象瑛:《与表弟姜腾上夜坐》,《健松斋集》卷十八《展台诗钞上》,第285页。
⑥ 方象瑛:《谢张膏之舍人馈米》其一,《健松斋集》卷十八《展台诗钞上》,第285页。

决了燃眉之急,这比升官更让他感到高兴。

因为贫困,方象瑛遭受了诸多困扰,亲戚疏远他,仆人也舍他而去,其《逃仆叹》诗云:"丧乱三载余,穷愁久益熟。无端燕市居,需次还碌碌。万虑瘁经营,寂寥抱幽独。亲戚每弃捐,况乃尔僮仆。顾我虽嗟跎,黾勉给饘粥。"① 因家乡遂安发生寇乱,方象瑛携家侨居钱塘近三年,生活也日益窘迫,候官京师依然窘困如常。亲戚对他避之有恐不及,仆僮也逃离了,他们都"去我恐不速"②,这对诗人来说是沉重的打击,他对此充满不解但又深表同情,"回首三十年,提携同鞠育。胡乃羁旅中,□然同脱鹿"③。诗人心生凄苦,不禁发出"叹息大义乖,禄食甘反覆"④ 的感慨。

亲戚的冷漠与仆人的逃离给方象瑛以沉痛打击,更让他难以释怀、痛苦的是妻子、儿子的相继病亡。康熙十九年(1680)五月妻吴氏去世,八月年仅十九岁的次子方引禩因病而亡,这给生活穷困的诗人以精神上的打击。尤其到了七夕节、中秋节等传统节日,"每逢佳节倍思亲",方象瑛想到与自己相依为命、"食指劳经营"⑤ 的结发妻子,不觉悲从中来。《七夕悼亡》其一云:"常时当此夕,今夕最堪怜。岂为填河约,空思乞巧年。呼儿具瓜果,按节理钗钿。惆怅人何处,灯孤泪黯然。"⑥ 七夕成了方象瑛"最堪怜"的日子,他准备祭奠用的瓜果,独对孤灯,感到无比的寂寞与痛苦。他无处寻觅妻子的身影,"谁怜生死隔,无复别离思"⑦,在万分悲痛之中无法入睡,"愁多不成寐,安得梦来时"⑧。到了中秋节,诗人"无言已自悲"⑨,只能准备好祭品,"含凄奠汝旁"⑩,祭奠亡妻。妻子去世后,长子扶

---

① 方象瑛:《逃仆叹》,《健松斋集》卷十八《展台诗钞上》,第287页。
② 方象瑛:《逃仆叹》,《健松斋集》卷十八《展台诗钞上》,第287页。
③ 方象瑛:《逃仆叹》,《健松斋集》卷十八《展台诗钞上》,第287页。
④ 方象瑛:《逃仆叹》,《健松斋集》卷十八《展台诗钞上》,第287页。
⑤ 方象瑛:《内弟吴芬月、五尚两孝廉至》,《健松斋集》卷十八《展台诗钞上》,第289页。
⑥ 方象瑛:《七夕悼亡》其一,《健松斋集》卷十八《展台诗钞上》,第296页。
⑦ 方象瑛:《七夕悼亡》其二,《健松斋集》卷十八《展台诗钞上》,第296页。
⑧ 方象瑛:《七夕悼亡》其二,《健松斋集》卷十八《展台诗钞上》,第296页。
⑨ 方象瑛:《中秋感亡》其一,《健松斋集》卷十八《展台诗钞上》,第296页。
⑩ 方象瑛:《中秋感亡》其二,《健松斋集》卷十八《展台诗钞上》,第296页。

灵柩返回家乡，迟迟得不到儿子们的消息，方象瑛心中的焦虑、忐忑不言而喻。《妇亡四十日不得三子消息》其二云："生死真成别，孤灯掩寂寥。不眠愁远信，无梦慰清宵。驿路三千里，啼痕四十朝。何时重聚首，慰我鬓萧萧。"① 孤灯掩映着诗人的寂寥，不眠的愁绪始终萦绕，他渴盼与儿子们团聚，但想到孩子们已经失去了疼爱他们的母亲，从此没有了依靠，不由得"披帷凝望处，凄绝泪如丝"②。后终于得到儿子们的消息，《得儿辈守冻从陆路扶榇信口占寄之》组诗共六首，诗歌对儿子们护送、迎接灵柩途中的艰辛，以及诗人的怜惜、哀伤之情淋漓尽致地书写出来。长子扶送灵柩的船被阻隔在宿迁，"一帆犹自阻南归"③。三子北上迎母亲、二兄长的灵柩，由于家贫兼路途遥远，导致路费花尽，诗歌其五云："哭兄哭母泪纵横，黄口伶仃学远征。太息官贫归橐尽，挽车千里雪中行"④，诗人自注："三儿路费尽，假骡车奉二柩陆行，骡值舟金，皆随至扬州贷给"⑤，真可说是"南去北来无限苦"⑥，凄楚之状可以想见。这使诗人感到心疼而惭愧，"辛苦舟车都不易，伤心今日为谁来"⑦。

年终岁尾时最容易使人产生追忆、反思之情，方象瑛亦然，作于康熙十九年（1680）年末的《岁暮杂感》组诗将其境况、心态等全面地展示在读者面前：

数载长安客，今年岁又除。官贫仍旅况，梦扰为家书。月

---

① 方象瑛：《妇亡四十日不得三子消息》其二，《健松斋集》卷十八《展台诗钞上》，第296页。
② 方象瑛：《妇亡四十日不得三子消息》其一，《健松斋集》卷十八《展台诗钞上》，第296页。
③ 方象瑛：《得儿辈守冻从陆路扶榇信口占寄之》其一，《健松斋集》卷十八《展台诗钞上》，第300页。
④ 方象瑛：《得儿辈守冻从陆路扶榇信口占寄之》其五，《健松斋集》卷十八《展台诗钞上》，第300页。
⑤ 方象瑛：《得儿辈守冻从陆路扶榇信口占寄之》其五，《健松斋集》卷十八《展台诗钞上》，第300页。
⑥ 方象瑛：《得儿辈守冻从陆路扶榇信口占寄之》其四，《健松斋集》卷十八《展台诗钞上》，第300页。
⑦ 方象瑛：《得儿辈守冻从陆路扶榇信口占寄之》其六，《健松斋集》卷十八《展台诗钞上》，第300页。

落千山远,风高四壁虚。谁挝太平鼓,切切独愁予。(其一)

穷愁非不惯,凄绝是今年。镜舞怜孤影,兰摧泣远天。归魂千里隔,残梦五更县。欲遣真无计,深惭达者贤。(其二)

寥寂谁如我,含愁只自知。闭门常宴坐,掩卷复深思。真笑交游少,都忘岁月驰。豪华人所羡,犹忆少年时。(其三)

巷僻容吾懒,经年只掩扉。愁多人去远,病久客来稀。药案时时检,乡心处处违。无才惭报称,何日遂初衣。(其四)①

方象瑛于康熙十六年(1677)四月入都候补,数载居于京师,但贫困、羁旅之情一直伴随着他,"自来京师,踽踽拮据,极生平所未有"②。在此期间又经历了丧妻、丧子之痛,纂修《明史》又使他患上了怔忡病,《纪分撰〈明史〉》曰:"癸亥春,从丹徒张公借得穆、神两庙实录,日夕搜寻,手披目涉,躬自钞录,一月之内,悉皆改定。比脱稿,而怔忡病作矣。迄今五载,究未得愈。"③疾病、贫困一直折磨着他,《病中口占》组诗其一云:"漫道贫非病,贫偏与病俱。豪华盛意气,曾解一愁无。"④本就生活贫困,又得了疾病,"贫偏与病俱",真是雪上加霜,无疑增加了家庭的负担。诗人因病也减少了各种活动,交游变少,也没有人来往探望,"寂寥谁过问,日午不惊扉"⑤,孤独成了他的陪伴。童仆也招呼不动,懒于打扫房间,致使书上已经落上了厚厚的灰尘,"童懒呼不至,床书寸寸尘"⑥。诗人渐渐习惯了每日服药的日子,"比来惯药火"⑦。疾病也一直困扰着方象瑛,康熙二十二年(1683),他带病典四川乡试,七月初一日出京都之时,"病怔忡力疾,西行,日服参半两,药称

---

① 方象瑛:《岁暮杂感》,《健松斋集》卷十八《展台诗钞上》,第300页。
② 方象瑛:《亡室吴孺人行述》,《健松斋集》卷十四,第233页。
③ 方象瑛:《纪分撰〈明史〉》,《健松斋集》卷十六,第265页。
④ 方象瑛:《病中口占》其一,《健松斋集》卷十九《展台诗钞下》,第302页。
⑤ 方象瑛:《病中口占》其二,《健松斋集》卷十九《展台诗钞下》,第302页。
⑥ 方象瑛:《病中口占》其三,《健松斋集》卷十九《展台诗钞下》,第302页。
⑦ 方象瑛:《病中口占》其四,《健松斋集》卷十九《展台诗钞下》,第302页。

之"①。

"贫""病""药"成为方象瑛辞官家居所作诗歌中的高频词汇，作于七十一岁高龄时的《自题〈所之草〉》云："贫病之累人也。予冷署十年，沉疴三载。里居以来，乃复加甚，参药之费，贫既以病而增，而愁闷相乘，病且因贫而剧。"②年终岁尾或佳节时分更是让方象瑛每每想到自己的处境，"囊空只见营汤药，病久真教废简编"③"药期扶病贫偏减，债为偿人负转多"④"金粟已从愁里尽，简编那得病中亲……闻道晚年同蔗境，屠苏满酌莫忧贫"⑤等诗句将诗人的贫病交加、潦倒落拓之态和盘托出。诗人也因此时常自嘲，"病多常作客，老至那堪贫。迂拙难投俗，揶揄总听人"⑥。其《病中口号》组诗六首更是将老年贫病生活之态刻画得细腻、传神：

闻道宸游发早春，西湖望幸柳条新。迎銮谁不瞻云日，惆怅扶床一病人。

春雨淫淫正晓寒，清明祭扫望中看。呼儿剪纸浇先陇，老病应知拜起难。

药饵经营漫乞怜，扶衰何意尚依然。倾囊莫怪贫偏甚，一病消磨十五年。

良金美宅四时游，冷眼真同水上沤。独羡邻翁能健饭，白头无恙不知愁。

齿豁头童病转工，余生那得气如虹。只凭药力扶衰困，何用穷愁一老翁。

坐卧闲房感岁华，连旬急雨透窗纱。朝来鸟雀喧新霁，空拟扶筇看落花。⑦

---

① 方象瑛：《使蜀日记》，《健松斋集》卷七，第122页。
② 方象瑛：《自题〈所之草〉》，《健松斋续集》卷九，第471页。
③ 方象瑛：《壬申元日》其一，《健松斋续集》卷九《所之草上》，第478页。
④ 方象瑛：《乙亥除夕》，《健松斋续集》卷十《所之草下》，第491页。
⑤ 方象瑛：《丙子元日》，《健松斋续集》卷十《所之草下》，第491页。
⑥ 方象瑛：《自嘲》，《健松斋续集》卷十《所之草下》，第489页。
⑦ 方象瑛：《病中口号》，《健松斋续集》卷十《所之草下》，第492页。

春天万物复苏，是最适合郊游的季节，但诗人只能望着春景独自感喟岁华渐逝，自己已经是"惆怅扶床一病人"①。清明节祭扫时，只能呼唤儿孙辈们剪纸祭拜先祖，因为"老病应知拜起难"②。每日只能与药为伴，贫困渐甚，"只凭药力扶衰困"③，徒然羡慕着邻里老翁虽头发花白但饮食如常，自己只能"坐卧闲房感岁华"④。贫穷、疾病困扰了方象瑛的后半生。

第二节 《锦官集》与巴蜀文化

清代邓汉仪《诗观三集》、沈德潜《清诗别裁集》，近代徐世昌《晚晴簃诗汇》、邓之诚《清诗纪事初编》，今人钱仲联《清诗纪事》等几部重要的清代诗文选本都选录了方象瑛的诗歌，具体选录情况如下表。

诗集	邓汉仪《诗观三集》	沈德潜《清诗别裁集》	徐世昌《晚晴簃诗汇》	邓之诚《清诗纪事初编》	钱仲联《清诗纪事》
《秋琴阁诗》	12				
《展台诗钞》				1	
《锦官集》	43	3	2	3	2
《四游诗》	15				
《萍留草》	2				
《都门怀古诗》	3				
《倦还篇》					
《所之草》					
合计（首）	75	3	2	4	2

---

① 方象瑛：《病中口号》其一，《健松斋续集》卷十《所之草下》，第492页。
② 方象瑛：《病中口号》其二，《健松斋续集》卷十《所之草下》，第492页。
③ 方象瑛：《病中口号》其五，《健松斋续集》卷十《所之草下》，第492页。
④ 方象瑛：《病中口号》其六，《健松斋续集》卷十《所之草下》，第492页。

从列表可以看出，邓汉仪《诗观三集》、沈德潜《清诗别裁集》、徐世昌《晚晴簃诗汇》、邓之诚《清诗纪事初编》、钱仲联《清诗纪事》等几部清诗选本均收录了方象瑛《锦官集》中的诗歌，可见该集收录的诗歌作品得到了广泛认可，也代表了方象瑛诗歌的最高成就。张希良《〈锦官集〉序》指出："诗益苍凉沉郁，极意兴之淋漓，若燕公得助江山，而少陵之自夔州以后也。"① 张希良认为方象瑛《锦官集》的诗歌得江山之助，诗风苍凉沉郁，是方象瑛的巅峰之作，如同杜甫夔州诗一样，均代表了各自诗歌的最高成就。夔州诗是杜甫诗歌的巅峰，已成为古今文人学者的广泛共识，如陈善《扪虱新话》云："观子美到夔州以后诗，简易纯熟，无斧凿痕，信是如弹丸矣。"② 王十朋《夔州十贤·少陵先生》诗曰："夔州三百篇，高配风雅颂。"③

"文学史发展到明清时代，一个最大特征就是地域性特别显豁出来，对地域文学传统的意识也清晰地凸显出来。"④ 巴蜀巍峨挺拔、萦纡磅礴的山水，"蚕丛目纵""鱼凫仙道""杜宇化鸟""五丁开山"等神秘奇幻的神话传说，给方象瑛的诗文以极大的创作空间，正所谓"挥毫当得江山助"（陆游《偶读旧稿有感》）。方象瑛运用夸张、想象等创作手法描摹巴蜀山水景观，追思巴蜀名人、实录巴蜀社会境况与民风民情，将巴蜀文化精彩地展现出来。巴蜀文化也对方象瑛产生了重要影响，不仅丰富了其诗文创作题材，更促进了其诗风的转变，巴蜀诗文高超的艺术水准也确立了方象瑛在清初文坛的地位。

一 入蜀、离蜀的行迹路线略述

康熙二十二年（1683），方象瑛奉旨典四川乡试，由京师出发，途经河北、山西、陕西、重庆、四川等地，后由三峡水路，经湖北

---

① 张希良：《〈锦官集〉序》，《健松斋集》卷二十《锦官集上》卷首，第324页。
② 陈善：《扪虱新话》，两江总督采进本。
③ 王十朋：《王十朋全集》，上海古籍出版社1998年版，第424页。
④ 蒋寅：《清代文学与地域文化》，《清代文学论稿》，凤凰出版社2009年版，第60页。

返回京师。出都时，门人弟子马教思、高寿名、沈朝初等于郊外相送，当时的方象瑛患病于身，"时，余病怔忡，力疾西行，日服参半两，药称之"①。

方象瑛沿途饱览山川湖海的美景，他往往能抓住山川湖海的主要特征进行描摹，展示出或高峻或险拔或湍急或平缓的山水情态。为了突出山水的形貌，方象瑛综合运用比喻、拟人、夸张等修辞手法，从视觉、听觉等角度入手进行描摹。他笔下的滹沱河，波涛汹涌，气象万千，"洪波千里来，惊沙互吞吐。极目浩无垠，邈哉汉光武"②。其笔下的潼关山势雄伟、地势险要，"潼关之险天下无，下瞰黄河上雄都。一夫当关势莫敌，崇山断岸愁貔貅"③。华山素有"奇险天下第一山"之誉，方象瑛"二华峻嶒碧嶂封，遥天空拟削芙蓉。披图正忆仙人掌，卷幔真迷玉女踪"④ 等诗句大胆地运用了想象与夸张，突出了华山的奇险。

河北、山西、陕西等境内地势相对平坦但行程并不顺利，方象瑛一行多是在雨中前行。从七月初十日至二十三日，几乎每日都有雨，且时常是瓢泼大雨。《使蜀日记》记载到：

初十日，过芹泉驿，雨甚。

十一日，大雨，过太安驿，宿土桥。

十二日，大雨，过鸣谦驿，至徐沟县。

十三日，大雨甚，人马蹒跚泥淖中，尽一日始到祁县。

十四日，雨，次平遥县，尧城在县西。

十五日，至介休县。……是夕，复大雨。

十六日，冒雨过韩信岭，山谷险巇，车殆马滑，绝顶有韩侯庙。

十七日，至赵城县，……是日，细雨，沿汾河西行。

---

① 方象瑛：《使蜀日记》，《健松斋集》卷七，第 122 页。
② 方象瑛：《渡滹沱河》，《健松斋集》卷二十《锦官集上》，第 326 页。
③ 方象瑛：《潼关行》，《健松斋集》卷二十《锦官集上》，第 328 页。
④ 方象瑛：《雨过华山》，《健松斋集》卷二十《锦官集上》，第 328 页

十八日，霁，抵平阳府。自发平定，凡八日，皆山行，苦雨。

十九日，复大雨，至蒙城驿。

二十日，至候马驿。午后，雨，从者相失。

二十一日，至宏芝驿。午后，雨，宿猗氏县。

二十三日，渡黄河濒。河路仄甚，疾雨如注，人马几蹶者数四。①

尽管有雨，方象瑛等人并未耽误行程，而是冒雨前行，其中的艰苦可想而知。如雨中渡黄河，"马瘏仆病苦蹉跎，蜀道青天更若何。万里崎岖原不惜，那堪风雨渡黄河"②。方象瑛并未因路途遥远、跋涉而有任何怨言，但途中连日的大雨也让他倍感艰辛，王命使他一刻也不敢懈怠，"王程万里敢蹉跎，驶浪奔泉且奈何"③ "敢惜驰驱苦，都忘风雨多"④。

八月初三日，方象瑛一行由栈道进入四川境内。与此前的地貌相比，四川境内山川变得越来越险峻，曲折难行，"盘曲今朝始，方知鸟道真。峰回似有路，戍远更无人"⑤、"不尽高低路，陂陀上下行。蛇盘千百曲，鸟度两三程"⑥，诗句将险峻难行刻画得细腻、传神。方象瑛并未因此而沮丧，王命使他不能放慢脚步，不能抱怨，"驱驰吾应尔，未敢说艰辛"⑦。在抵达成都府之前，方象瑛经过了大散关、心红峡、凤岭、柴关岭、流坝、马鞍岭、画眉关、武关、观音碥、鸡头关、五丁峡、七盘关、龙洞背、嘉陵江等。如八月初六日，过心红峡，"峡当两山间，横亘如枕。鹦鹉群群，飞鸣林箐中。泉流清浅，鱼游可数。过废丘驿，逾凤岭，岭极高，曲折崎岖。

---

① 方象瑛：《使蜀日记》，《健松斋集》卷七，第122—123页。
② 方象瑛：《冒雨渡黄河》其一，《健松斋集》卷二十《锦官集上》，第328页。
③ 方象瑛：《阻水宿莲花庵》，《健松斋集》卷二十《锦官集上》，第328页。
④ 方象瑛：《大雨发灵石》，《健松斋集》卷二十《锦官集上》，第327页。
⑤ 方象瑛：《入栈》其二，《健松斋集》卷二十《锦官集上》，第331页。
⑥ 方象瑛：《入栈》其四，《健松斋集》卷二十《锦官集上》，第331页。
⑦ 方象瑛：《入栈》其二，《健松斋集》卷二十《锦官集上》，第331页。

从舆中仰睨，前驱度岭，如在天半，人马皆长尺许，蜿蜒鸟道中。岭有关，上接崇崖，俯临邃壑，中止通一骑。峰峦云雾，皆出其下。秦凤，天险也。夜宿南星茅舍，人马同群，截竹为箸，铺筱为茵，虫豸往来袭枕间。"①语段交代了心红峡的位置、形状，优美的环境等。作者通过视角的转换，以仰视的角度突出了岭的高峻、挺拔。其《心红峡》诗"山势断复起，人家宿翠微。峰峰攒虎豹，树树走蠨蛸"②，与《使蜀日记》所记形成互补。

方象瑛到达成都府后，在考试之前作了充分的准备工作，"初七日，率同考官誓于神。初八日，申条约凡三十四则。蜀中三科未举秋试，诸老吏无存者，新旧例悉从礼部，考据得无舛误"③。九月初九日，开始考试。在审读答卷时，方象瑛正处于病中，但他浑然不知，"余病甚，日夕搜阅，不知病之在身也"④。九月二十四日发榜，取中樊泽达等四十二人，所取皆为名隽，蜀中称得人。方象瑛《四川乡试序齿录序》云：

> 入闱之日，与铨部王君暨诸同事，殚心搜拔，爱惜矜护，不敢率意涂乙。得士四十二人，每拆一卷，当事辄额手称得人。余怦怦未敢信也。当未撤棘时，学使者冯君讷生籍三川名隽三十人，验其得失，榜发售者二十有五、副车三，所未见者二人耳。于是蜀人相传，以为极盛。⑤

十一月初五日，方象瑛完成使命，辞行回京赴命。归家的心情是愉快的，"归程轻万里，编竹一舟宽"⑥。归程途中，方象瑛经过了瞿塘峡、巫峡、三分水、兵书峡、新滩、空舲峡、百里洲、洞庭

---

① 方象瑛：《使蜀日记》，《健松斋集》卷七，第124页。
② 方象瑛：《心红峡》，《健松斋集》卷二十《锦官集上》，第332页。
③ 方象瑛：《使蜀日记》，《健松斋集》卷七，第126页。
④ 方象瑛：《使蜀日记》，《健松斋集》卷七，第126页。
⑤ 方象瑛：《四川乡试序齿录序》，《健松斋集》卷一，第19页。
⑥ 方象瑛：《发新津》，《健松斋集》卷二十一《锦官集下》，第339页。

湖、赤壁、鹦鹉洲等江流峡谷。水上观景与陆上观景相比自然别有风味，其《江行》诗："缚竹任中流，轩然一叶舟。浮槎天外落，蓬屋画中游。绿静一溪水，红余两岸秋。停桡依野渚，草草听更筹。"① 小舟在江水中漂荡，绿水青山红花，宛在画图中。《江雾》诗云："江雾蒙蒙合，晴天未肯明。苍茫沉日影，隐约露滩声。衣重真疑雨，舟移不辨程。巴渝无瘴疠，稍遣客愁轻。"② 江雾弥漫，即使晴天也看不到天明，衣服潮湿得好像被雨水淋过一样，因无法辨清方向，舟行也变得缓慢。《江雨》诗曰："蜀道常多雨，方宜十日晴。宵来占水气，半夜落潮声。岸草奔船湿，村烟袅树横。凫鸥偏适意，濯濯浪花平。"③ 与江上的雾相比，江雨别具风味。船好像都被打湿了，可见水气之浓郁，是江雾无法比拟的，自有一番神韵。

十二月初七日过石宝驿，"江岸石奇绝峥嵘，挺拔如峰如云，或如楼台，如屏如柱如笏，是不一状。顶有瀑水，穿石而下，惜无善画者图之，为卧游耳"④。石头形状各异，六个"如"字，概括出了石头的多姿之态。诗歌《石宝驿一带石奇甚得十二韵》更是将石头的奇异形状刻画得生动、形象："石立江流断，双崖通一门。纵横各有意，突兀本无根。幻若云霞变，幽疑洞壑存。屏开施枉渚，笏立壮江村。曼衍鱼龙集，狰狞虎豹蹲。竞奇非一状，互长更谁尊。悬溜岩中出，惊涛天上奔。雨随飞瀑落，雪卷浪花翻。天地造灵秀，鬼神恣吐吞。栈山原异派，夔峡预惊魂。仿佛画图见，都无斧凿痕。米颠如乍遇，狂拜不须论。"⑤ 方象瑛作此诗的目的是描摹石宝驿一带石头的胜景，在于状物，诗歌吸收了汉大赋《子虚》《山林》的手法入诗，极力铺张雕绘。作者抓住山峰奇异之处，尤其是山中瀑布飞泻，更加凸显山之险峻。唯其水急，更见山势的高危。无论是山之突峻、瀑布之、湍急，皆有逼人之势。

---

① 方象瑛：《江行》，《健松斋集》卷二十一《锦官集下》，第339页。
② 方象瑛：《江雾》，《健松斋集》卷二十一《锦官集下》，第341页。
③ 方象瑛：《江雨》，《健松斋集》卷二十一《锦官集下》，第341页。
④ 方象瑛：《使蜀日记》，《健松斋集》卷七，第129页。
⑤ 方象瑛：《石宝驿一带石奇甚得十二韵》，《健松斋集》卷二十一《锦官集下》，第342页。

由于急于赶路，诗人并未亲临每一处景观，很多景色都是通过远眺来完成的，"望"成为诗人观赏景色的一种途径。他望终南山气，"连冈千百里，处处有云封。冥汉时疑雨，回旋或似龙。俄看归鸟没，渐觉乱山重"①。山气缭绕，千百里都弥漫着，即使晴天也好像要下雨，飞鸟隐没于山气之中，更觉重山之重。

他远望武功、太白等关中诸名山，"奇峭各有故"②，所见"雨没华山巅，终南翳昏雾。今晨趋武功，太白势回互。两角生孤云，即之倪可遇。新雨添旧流，渺然失林树。去天或三百，安从得其处"③。雨中望山川又是一番景观，"恒霍十日雨，晓雾纷蒙蒙。中镇不可睹，冥漠疑虚空。反若太岳高，灭没巨浸中"④。雾，似有形却又无形可捉，雾与山的结合，可以说是上天赐予世人最美丽的景致。山被云雾缭绕，天地浑然一片，山雾是有生命的，雾中的山川、村镇模糊不可见真切。这景致，比画更有灵气。雾笼烟锁，整个环境缥缈、朦胧，真有"雾锁山头山锁雾，天连水尾水连天"之感。

二 巴蜀文化于方象瑛诗文的体现

巴蜀地区自然形胜、人文古迹众多，成为历代入蜀文人竞相吟咏的素材，李白、杜甫、苏轼、李调元等都有很多关于巴蜀的诗文传世。方象瑛也对巴蜀自然、人文景观等进行了多方面的描写。

首先，运用夸张、想象等创作手法，细致描摹巴蜀的自然景观。"巴蜀文化表现出极强的创造力和想象力，影响到社会文化生活的方方面面，表现在文学创作上便是善于夸张、虚构和想象。"⑤方象瑛的巴蜀诗文也充满了大胆的夸张、奇特的想象，描写崇高峻岭，着力渲染其险要其峻高，能够做到状其形、言其貌。瞿塘峡因为峻美

---

① 方象瑛：《望终南云气》，《健松斋集》卷二十《锦官集上》，第330页。
② 方象瑛：《望武功、太白诸山》，《健松斋集》卷二十《锦官集上》，第330页。
③ 方象瑛：《望武功、太白诸山》，《健松斋集》卷二十《锦官集上》，第330页。
④ 方象瑛：《望霍山不见》，《健松斋集》卷二十《锦官集上》，第327页。
⑤ 甘成英、毛晓红：《巴蜀文化对李白诗歌艺术风格的浸润》，《西南科技大学学报》（哲学社会科学版）2014年第2期。

的景色、深远的文化内涵，受到历代文人墨客的青睐，留下了数量众多的诗词作品。如宋代苏轼《巫山》"瞿塘迤逦尽，巫峡峥嵘起"①、张嵲《入瞿塘峡》"瞿塘深窈窕，翠气晓空蒙。乱石增惊浪，长滩激迅风"，等等，都描写出了瞿塘峡的险峻，但依然无法做到穷尽其险、其美，有诗人不禁发出"便将万管玲珑笔，难写瞿塘两岸山"（张问陶《瞿塘峡》）②的感慨。方象瑛《瞿唐峡》诗则将瞿塘峡的险恶以及易守难攻的特点细致刻画出来，"一门中断江水落，倒撑滟滪横中央。……王公设险守其国，此中不用资堤防。一夫拒守梯径绝，蚕丛终古无兴亡"③。龙洞背"山石险恶，或高如浮图，或连亘如列嶂，下有洞甚修广，神龙所居，道乃出其上"④，《龙洞背》诗："突兀浮图高，纵横屏嶂大。鳞鬣树千章，泉流吐飞沫。"⑤ 山石、树木、飞泉交相辉映，更加突出山的高拔险怪，洞穴因有神龙居住的传说而更显神秘。《七盘关》笔意纵横，用语精工，状物细致，摹形传神，堪称典范：

  鸡头关前七盘岭，蚓曲蛇蟠才见顶。氐中又复度七盘，诘屈纡回势相引。
  层崖邃谷路转通，拾级忽见云霞空。却怪顶触前人趾，不知举膝当心胸。
  宁心息魄诧奇绝，万里山川风气别。一关中断陇蜀分，羌笛渝歌乍相接。
  遥望川巴万点明，白云紫雾还纵横。鳞鳞仿佛峨眉雪，不知何处锦官城。
  北望京华南望越，怀人两地情偏切。今朝身入大荒西，凉

---

① 王文诰辑注，孔凡礼点校：《苏轼诗集》第1册，中华书局1982年版，第34页。
② 张问陶：《船山诗草》，中华书局1986年版，第201页。
③ 方象瑛：《瞿唐峡》，《健松斋集》卷二十一《锦官集下》，第343页。
④ 方象瑛：《使蜀日记》，《健松斋集》卷七，第125页。
⑤ 方象瑛：《龙洞背》，《健松斋集》卷二十《锦官集上》，第335页。

风古驿中秋月。①

　　七盘关位于川陕交界处，扼守咽喉，地势险要，为历代兵家必争之地。岑参、杜甫、吴融、师范等文人都作有描写七盘关的诗歌。方象瑛这首《七盘关》诗是一篇难得的佳作，充满了浪漫主义色彩，艺术地再现了七盘关崎岖、峥嵘、惊险，以及不可一世的磅礴气概。沈德潜《清诗别裁集》（卷九）选录此诗，编者注曰："昔游平靖关，关顶为荆州、豫州分界处，曾作诗记之。篇中'一关中断'二语，服其辞之能达，羌笛承陇，渝歌承蜀，尤见脉理之细。"② 相较"一关中断"的服帖、辞达，"却怪"两句也运笔如神，将人登山时的情态、感受与山路崎岖难行，巧妙地结合起来，收到了一唱三叹的艺术效果。

　　其次，"巴蜀人才薮，渊云绝代英"③，缅怀巴蜀名人，充满敬畏之情。巴蜀自古人杰地灵，很多名人出生或寓居于此，如诸葛亮、刘备、李白、杜甫、苏轼等人。武侯祠、昭烈庙、杜甫草堂、文与可故里等人文古迹更成为历代文人入蜀必然凭吊的地方，方象瑛也不例外。他曾瞻仰过武侯祠、杜甫草堂、三苏祠等，缅怀先贤，充满无限崇敬。

　　方象瑛对巴蜀名人古迹的描写往往能抓住最突出的问题，如《杜工部祠》《眉州谒三苏先生祠》《东坡洗墨池》等诗高度赞扬了杜甫、苏轼等人在诗文创作上取得的艺术成就，如"老去诗偏细，愁多兴不空"④、"心存唐社稷，诗续鲁春秋"⑤ 等诗句对杜甫诗歌成就、思想内涵的高度概括。杜甫《遣闷戏呈路十九曹长》有"晚节渐于诗律细"句，指杜甫老来对于诗律的要求更加严格，用心精细，力求其工，也是杜甫对自己诗律的肯定，自认诗律精细如毫发。"意

---

① 方象瑛：《七盘关》，《健松斋集》卷二十《锦官集上》，第334—335页。
② 沈德潜：《清诗别裁集》，上海古籍出版社2013年版，第372页。
③ 方象瑛：《出都二首》其二，《健松斋集》卷二十《锦官集上》，第326页。
④ 方象瑛：《杜工部祠》其二，《健松斋集》卷二十《锦官集上》，第338页。
⑤ 方象瑛：《杜工部祠》其三，《健松斋集》卷二十《锦官集上》，第338页。

气当年雄洛朔，文章千载见韩欧"①、"如何闲却佳山水，垂老空传海外文"② 等诗句主要赞美了苏轼诗文的艺术成就及海外影响力。对于刘备，则突出其大业未成的遗憾之情，"三分未尽中原憾，百战还依蜀道长"③。对于陈子昂，则突出其怀才不遇，"空怀文百轴，抚卷托悲吟。碎琴向都市，壮气横古今。嗟哉贫窭士，何计挥黄金"④。无论是书写哪一位历史人物，方象瑛都能结合前人本事抒发情感、发表议论。

方象瑛关于巴蜀名人事迹的描述，往往客观地呈现历史，并于平静地叙述中蕴涵褒贬议论。如关于明代杨廷和、杨慎父子，"嘉靖初年大礼起，盈庭聚讼何纷嚣。孝宗有子奉宗庙，兴邸嗣统非承祧。诸公引经颇胶固，区区宋濮与定陶。张桂上书排廷议，一言投契倾群僚。后人谄附失初意，称宗附庙乃愈淆。当时持论首杨相，逆耳批鳞总不摇。用修少年盛意气，午门聚哭连诸曹"⑤。诗歌叙述的是明代围绕朱厚熜（即明世宗）的"大礼议之争"事件。朱厚熜以藩王身份登上皇位，从正德十六年（1521）至嘉靖三年（1524），以杨廷和为首的旧阁权集团同张璁等新进士大夫之间围绕着"继统"与"继嗣"的礼仪形式进行"大礼议"之争，经过多番较量，最后以张璁等人的主张得到采纳而告终。《忠武侯祠下作》诗则对诸葛亮一生事迹作了高度概括："武侯起南阳，三分定筹策。岂不计中原，天心未可逆。拒曹实凤心，连吴藉群力。帝意决南征，孙刘好乃隔。重违先帝心，难谢老臣责。六出向祁山，区区劳擘画。尽瘁报主知，宁复避险厄。星陨五丈原，锦江寄魂魄。"⑥ 这首诗囊括了三分天下、连吴抗曹、六出祁山、病逝五丈原等发生在诸葛亮身上的重要事迹，可谓是历史的实录。

---

① 方象瑛：《眉州谒三苏先生祠》，《健松斋集》卷二十一《锦官集下》，第339页。
② 方象瑛：《东坡洗墨池》，《健松斋集》卷二十一《锦官集下》，第339页。
③ 方象瑛：《白帝城谒先主庙》，《健松斋集》卷二十一《锦官集下》，第342页。
④ 方象瑛：《潼川怀陈正字》，《健松斋集》卷二十《锦官集上》，第336页。
⑤ 方象瑛：《新都感杨升庵》，《健松斋集》卷二十《锦官集上》，第337页。
⑥ 方象瑛：《忠武侯祠下作》，《健松斋集》卷二十《锦官集上》，第338页。

再次，实录巴蜀的社会现状与民情，同情民生疾苦。方象瑛典试四川是在张献忠乱后，当时的四川还没有完全恢复，呈现一派破败的景象，"至于凋残之极，人稀土旷，豺虎环门，啼猿挂壁。轺车所历，城郭不完，廨舍颓废，仅得于荆榛败草中，想见异时第宅膏腴之盛。荒凉萧索，真从来所未经见者"①。方象瑛诗文对"从来所未经见者"都有或详或略的记载，如《使蜀日记》记录的几则材料。作者于八月二十四日由灵山铺至盐亭县，所见"城廨村镇尽毁，田野荒芜，人民死徙，处处皆然"②；八月二十五日，抵达秋林驿，"蜀寺观多名画铸像，皆毁于寇"③；八月二十六日，抵达潼川州，"沃野千里，尽荒弃"④；九月一日，次汉州、抵新都县，"乱后中衢茅屋数十家，余皆茂草，虎迹遍街巷"⑤；九月二十七日，"张献忠据蜀。已去之秦，尽烧公私庐舍，屠其人凡数十万。自浣溪至新津，尸山积，水为不流"⑥。杜工部草堂，"蔓草颓垣间，牛溲马矢，狼藉阶砌，像虽设，寥寥无复灯火"⑦。这些地方都荒凉萧索，毫无生机可言。

《哀川北》诗通过乡村野老的叙述展开了一幅战乱的悲惨画面。作者"七日发阆州，五日达潼川"⑧，眼中所见川北的情景是："中江近千里，四顾无人烟。蓬蒿没道路，老树长原田。豺虎白昼嗥，猿狖啼树间。行旅各悄悄，怵惕未敢前。"⑨战乱后千里之地寂无人烟，道路、田地长满蓬蒿，豺狼虎豹白天出没，满目疮痍，一片荒凉凄惨的景象，令人目不忍睹。作者停下车来询问乡村野老，村老对作者娓娓道来，"往昔全盛时，夹道多官廛。川北号陆海，民物纷

---

① 方象瑛：《上益都先生书》，《健松斋集》卷十一，第176页。
② 方象瑛：《使蜀日记》，《健松斋集》卷七，第125页。
③ 方象瑛：《使蜀日记》，《健松斋集》卷七，第125页。
④ 方象瑛：《使蜀日记》，《健松斋集》卷七，第125页。
⑤ 方象瑛：《使蜀日记》，《健松斋集》卷七，第126页。
⑥ 方象瑛：《使蜀日记》，《健松斋集》卷七，第126—127页。
⑦ 方象瑛：《游杜工部草堂记》，《健松斋集》卷七，第133页。
⑧ 方象瑛：《哀川北》，《健松斋集》卷二十《锦官集上》，第336页。
⑨ 方象瑛：《哀川北》，《健松斋集》卷二十《锦官集上》，第336页。

喧阗"①，往昔繁盛之时，道路两旁都是官方的房地，物产丰富，人们生活富足。张献忠乱后，境况完全发生了变化："胜国当未造，献忠恣屠煎。杀人供戏乐，焚烧遍郊原。两川百万众，先后膏戈铤。锋镝苦未歇，饥疫频颠连。青燐照梓益，白骨横巴绵。遗老哭吞声，至今五十年。"②穷凶极恶的张献忠等野蛮屠杀、疯狂掠夺，他们杀人如麻，以至积尸盈野、白骨相撑。清朝最终平定了张献忠寇乱，不久之后，四川复反，"比者再遭乱，孑遗重播迁。妇子各相失，患难谁周旋。潼川亦都会，萧条无数椽。州守僦茅舍，寥落同枯禅。城郭久圮废，廨舍狐鼠穿。小民二百户，黾勉输官钱。大道通云栈，力役复屯邅"③。妻离子散、城郭倾塌，一片萧条破败景象。作者听到村老的一番话，深深被打动了，"太息语野老，惨实如君言。我行半天下，祸乱此最偏"④。《哀川北》一诗堪称张献忠乱后的实录，有杜甫诗歌的神韵，无论是思想性还是艺术性，都取得了突出的成就。

三 巴蜀文化于方象瑛诗文创作的意义

中国文化史形成了几个各具特色的区域文化，如中原文化、吴越文化、齐鲁文化、巴蜀文化、燕赵文化、岭南文化等。地域文化与作家文学创作的关系十分密切，巴蜀文化就浸润了很多文人，如司马相如、扬雄、李白、苏轼、张问陶、李调元等。方象瑛的诗文创作也受到巴蜀文化的影响，概而言之，主要有如下几点。

第一，促进了方象瑛诗风的转变。"浙中三毛，文中三豪"的毛际可在《方渭仁文集序》中指出方象瑛的诗歌风格有着多次明显的变化：

  余读渭仁文，凡三变矣。弱龄定交语石，习为徐、庾之篇，

---

① 方象瑛：《哀川北》，《健松斋集》卷二十《锦官集上》，第336页。
② 方象瑛：《哀川北》，《健松斋集》卷二十《锦官集上》，第336页。
③ 方象瑛：《哀川北》，《健松斋集》卷二十《锦官集上》，第336页。
④ 方象瑛：《哀川北》，《健松斋集》卷二十《锦官集上》，第336页。

风华自喜。暨与余避寇,侨寓会城,得稚黄诸子相与切劘。敛华就实,骎骎体格日上,即海内向所传《健松斋集》是也。已而应文学之征,天子临轩亲试之,拔居侍从,与修《明史》,若所编于少保、汪总制列传,精忠大节,与日星争光。而瀛台赐宴之盛,长白应运之符,扬厉敷陈,号称极盛。以及在廷诸臣,入参大政,出宣王言,尽欲得渭仁一言以为重。且典试三蜀,在西南数千里外,巫峡、瞿塘、白盐、赤甲之名胜,皆以皇华使节临之。凡所撰著,博大雄奇,称其意气。①

毛际可道出了方象瑛诗文在不同阶段的诗风变化:语石雅集期间,诗风华丽,诗集《秋琴阁诗》为典型代表。避寇钱塘期间,风格趋于朴实,诗集《萍留草》为典型代表。举博学鸿词科,任翰林院编修期间创作《展台诗钞》(二卷),风格铺张扬厉。典试四川时创作《锦官集》(二卷),博大雄奇,佳作迭出。下面我们以方象瑛的具体诗作以及时人的评论略作阐说,以见其诗风的发展嬗变。

冯溥《〈秋琴阁诗〉序》云:"余每读方子之诗,辄叹其渊雅秀润,谓为王摩诘一流。盖其神理之似,非仿佛词句得所能工也。……绝去凡近晦蒙之习,而一归清远澹逸之旨"②,骆复旦《〈秋琴阁诗〉序》曰:"神情简远,灵心隽气,回映于楮墨之间,是方子渭仁之诗也"③,"渊雅秀润""清远澹逸"是《秋琴阁诗》整部诗集的主要艺术特征。试以邓汉仪《诗观三集》收录的《晓发桐江》《微雨植玫瑰数畦》两首诗为例,以见该诗集的风格特点。《晓发桐江》诗曰:"雨后青山青在水,水光漾入山光里。此时曙气含空蒙,鸡声喔喔啼晨风。邻舟乍动纷欲集,雾拥一帆喧正急。兰桡欸欸行江烟,层城渐远舟连天。遥闻旭日起空野,小艇荡漾孤云下。"④ 邓汉仪评

---

① 毛际可撰,顾克勇校点:《毛际可集》,浙江大学出版社2015年版,第415页。
② 冯溥:《〈秋琴阁诗〉序》,《健松斋集》卷十七《秋琴阁诗》,第267—268页。
③ 骆复旦:《〈秋琴阁诗〉序》,《健松斋集》卷十七《秋琴阁诗》,第269页。
④ 方象瑛:《晓发桐江》,《健松斋集》卷十七《秋琴阁诗》,第272页。

价此诗云："空蒙萧远。"① 此诗写山雨初霁，万物为之一新，青山清水，水波荡漾，山气空蒙，村鸡鸣叫，渔舟蹿动，有如世外桃源。空气之清新，景色之美妙，令人神往。再如《微雨植玫瑰数畦》："园林长新气，草木相为春。农家乘此候，灌麦诚苦辛。我亦感时序，种植悦昏晨。伐竹除其冗，去留审所因。顾见半畦土，岁久荒荆榛。呼童集群力，垦土使之均。为此非求乐，亦以劳汝身。对圃无旷土，当食无惰人。他时香满径，静业谁与伦。细雨蒙蒙来，悠然理可亲。"② 诗歌前半部分描写农家生活，诗人亲自伐竹、垦土、期望收获等的田园生活画面，充满了田园气息，有陶渊明诗歌的神韵。诗歌最后几句议论说理，禅意十足，确和王维、孟浩然诗风相类。邓汉仪评价这首诗曰："小题发出大议笔，意澹远，全乎陶公"③，可谓精当。

康熙十三年（1674），方象瑛与毛际可为避寇乱携家侨居杭州。期间，方象瑛与毛先舒、王晫、王嗣槐等西陵诸子交游唱和，创作诗集《萍留草》。羁旅异乡的愁苦成为《萍留草》诗歌的主要抒情基调，"无端烽火怅移家，半载西泠旅梦赊"④ "自怜客久萦愁绪，肯惜樽前数往回"⑤ "一天凉月正秋宵，旅病无端卧寂寥"⑥ "愁多无可语，惆怅藕花风"⑦ "无计销愁只掩扉，惊心节序冷缔衣"⑧ 等诗句比比皆是。《萍留草》所集的诗歌风格敛华务实，"清苍蕴藉，又时能出豪宕语，色理入古，机杼逾新"⑨。下文有详细论述，可参阅。

康熙十八年（1679），方象瑛举博学鸿词科，授翰林院编修，在

---

① 邓汉仪：《诗观三集》，清康熙刻本。
② 方象瑛：《微雨植玫瑰数畦》，《健松斋集》卷十七《秋琴阁诗》，第271页。
③ 邓汉仪：《诗观三集》，清康熙刻本。
④ 方象瑛：《五日旅怀》，《健松斋集》卷二十三《萍留草》，第364页。
⑤ 方象瑛：《闻五日同人大集陆荩思巢青阁分赋》，《健松斋集》卷二十三《萍留草》，第364页。
⑥ 方象瑛：《遥和初秋集稚黄思古堂作》，《健松斋集》卷二十三《萍留草》，第365页。
⑦ 方象瑛：《渡湖访龚仲震》，《健松斋集》卷二十三《萍留草》，第365页。
⑧ 方象瑛：《新秋旅怀和韵》，《健松斋集》卷二十三《萍留草》，第368页。
⑨ 毛先舒：《萍留草跋》，《健松斋集》卷二十三《萍留草》，第370页。

京师期间创作《展台诗钞》（二卷）。李必果《〈展台诗钞〉序》曰："应制诸篇，铺张扬厉，与《天保》《采薇》同风。"①《展台诗钞》收录诗歌 200 多首，其中近百首都是宴饮酬唱赠答之作，如《魏庸斋司农招饮同房慎庵、白仲调、许生洲、陈椒峰、袁杜少》《送汤西崖南归》《送姜定庵京兆之奉天》《赠吴璪符赴姜京兆幕》《酬徐胜力、江辰六见过》《送宋牧仲权赣州》《送李天生奉旨归养》《同年卢西宁宫庶招同陆义山、汪蛟门、乔石林，时大雪初霁》《太和殿朝贺恭纪》《元旦朝贺应制二十四韵》《瀛台赐宴纪恩二十四韵》等。此诗集整体艺术成就不高，但可以作为研究康熙京师诗坛的佐证材料。以《瀛台赐宴纪恩二十四韵》为例：

> 万国来同日，承恩正早秋。晴云开太液，佳气护瀛洲。待晓依仙仗，乘风引画舟。三公周旦奭，百职汉枚邹。望里天颜近，传来诏语优。吴绫颁凤彩，蜀锦艳鱼油。挟纩章新宠，县鹑改敝裘。大官方设馔，内府更陈馐。玉粒冰凝盎，琼酥雪满瓯。趋跄临水榭，徙倚对层楼。荷露红初散，槐堤翠欲浮。五龙连别浦，双凤翼崇丘。坐久微凉入，桥平薄暑收。载闻前席召，仍命侍臣留。绣幕光才透，芳兰气自幽。金尊盈缥蚁，玉斝泛黄流。既醉容逾肃，为欢礼莫酬。承筐通宴乐，鼓瑟叶歌讴。已识乾坤大，还欣雨露稠。莲房清味永，藕节素丝柔。在藻应同庆，如船讵足侔。未央颁币帛，大飨集觥筹。孰拟皇仁渥，宁忘圣泽周。小臣惭醉饱，千载祝宸游。②

这是一首典型的应制诗，词藻华丽，写出了皇家的煌煌气派和尊贵。金樽美画，满堂生辉，气氛庄严而祥和，如置身仙境。

《锦官集》中的诗歌大多写得"博大雄奇"，风格豪放，从邓汉仪《诗观三集》对其中诗歌的评语即可见一斑，如《观音碥》诗评

---

① 李必果：《〈展台诗钞〉序》，《健松斋集》卷十八《展台诗钞上》，第 277 页。
② 方象瑛：《瀛台赐宴纪恩二十四韵》，《健松斋集》卷十八《展台诗钞上》，第 306 页。

语:"篇中历历叙置,笔锋甚勇"①,《五丁峡》诗评语:"笔力坚奥,更得雄奇,子美入蜀诸诗方能敌此"②,《宁羌》诗评语:"此诗历历叙述,笔力开张,于此见渭仁史笔"③,《龙洞背》诗评语:"笔笔苍变,吾惊怖其言"④,《七盘关》诗评语:"置身其中,写来如许确切朗快,日月雷霆,参错互见"⑤,等等。以《五丁峡》为例,五丁峡或称金牛峡、宽川峡,明何景明《雍大记》云:"连云叠嶂,壁立数百仞,幽邃逼窄,仅容一人一骑;乱石嵯峨,涧水湍激,为蜀道之最险。"方象瑛《五丁峡》诗云:"五丁既关道,万里开蚕丛。绝壁两岸坼,伟矣造化功。如何有遗力,不令道路空。盘纡费蚓折,洞壑青蒙蒙。飞瀑穿峡出,喷薄奔霓虹。散作雪花落,倒泻虹龙宫。石拒水愈怒,崩迫久勿东。晴天雷雨斗,灌莽摇天风。碎石更磊块,零乱溪涧中。"⑥诗歌突出了绝壁、怪石、激湍等景象,笔力雄奇,可与杜甫入蜀诗歌相较一二。

第二,拓宽了方象瑛诗文的题材,丰富了其诗文的思想内容。

方象瑛曾四处游历,创作了大量诗歌、古文作品,但只有在四川,才有同题材之诗文作品。同一题材,在文章和诗歌的表现上侧重点会有所不同;同一作者,在不同的文学形式中宣泄的情感也不尽相同。方象瑛的同题诗文互为补充、互为引证,多方面展示游览之地及自身感受。描写白帝城的《登白帝城》诗、《登白帝城记》文,描写诸葛亮八阵图的《登夔州城楼望八阵图》诗、《八阵图记》文,书写杜甫草堂的《杜少陵宅》诗、《游杜工部草堂记》文等,文章均弥补了诗歌因篇幅所限,无法过多叙述的不足。

在白帝城下的瞿塘峡口,有一块巨石兀立江心,砥柱中流。郦道元《水经注》记载:"白帝城西有孤石,冬出水二十余丈,夏即

---

① 邓汉仪:《诗观三集》,清康熙刻本。
② 邓汉仪:《诗观三集》,清康熙刻本。
③ 邓汉仪:《诗观三集》,清康熙刻本。
④ 邓汉仪:《诗观三集》,清康熙刻本。
⑤ 邓汉仪:《诗观三集》,清康熙刻本。
⑥ 方象瑛:《五丁峡》,《健松斋集》卷二十《锦官集上》,第334页。

没，秋时方出。谚云：'滟滪大如象，瞿唐不可上。滟滪大如马，瞿唐不可下。'盖舟人以此为水候也。"① 历代文人临此都有诗文传世，如杜甫《滟滪堆》、苏轼《滟滪堆赋》、苏辙《滟滪堆》等。关于滟滪堆，方象瑛有《滟滪堆记》文、《滟滪堆》诗，《滟滪堆记》开篇叙述滟滪堆的名字，引经据典，引用了古籍文献与民间谚语："《益州记》云：滟滪堆，夏水涨没数十丈，其状如马，舟人不敢进，故曰滟滪，又曰犹豫，言舟子取途不决水脉，故犹豫也。《乐府》作淫豫，淫豫大如襆，瞿唐不可触。世说滟滪如象，瞿唐莫上；滟滪如马，瞿唐莫下。"② 接着写了诗人目之所见，以及对滟滪堆"如象如马"之说的疑惑。待诗人登上白帝城，拜谒刘备祠庙后，下瞰江流，才恍然大悟。秋冬水枯，滟滪堆显露江心，好似一头巨兽横截江流。"下瞰江流正对滟滪，其形乃锐而长，两角首昂起，如兽蹲然，乃知方冬涸，落石尽出于水。夏水暴涨，则堆皆没，微露其顶，故如象更如马耳。如象，石势犹巨，故不可上；如马，则水愈高，石愈小，并不可下矣。"③ 秋冬之时，下水船可顺势而过；上水船则因水位太低，极易触礁，故云"滟滪大如象，瞿唐不可上"。夏季洪水爆发，一江怒水直奔滟滪堆，狂澜腾空而起，涡流千转百回，形成"滟滪回澜"的奇观，这时的滟滪堆已大部分浸入水下，行船下水，极易船沉人亡，故云"滟滪大如马，瞿唐不可下"。再看方象瑛《滟滪堆》诗："谁将一拳石，倒塞瞿唐口。危崖两岸分，江声出左右。如象或如马，水落势逾陡。谁云神鬼工，或有蛟龙守。缔造始何年，位置谅非偶。虚无根自然，不在天地后。"④ 首联开门见山，突出滟滪堆之大，非常形象，滟滪堆如一块大石倒塞在瞿塘口，开篇奇警，令人叫绝。"危崖两岸分"两句，不但突出了四周环境之高之险，而且让人望而生畏，更加突出了滟滪堆。"如象或如马"两句化用了民

---

① 郦道元：《水经注》，时代文艺出版社2001年版，第214页。
② 方象瑛：《滟滪堆记》，《健松斋集》卷七，第135页。
③ 方象瑛：《滟滪堆记》，《健松斋集》卷七，第135页。
④ 方象瑛：《滟滪堆》，《健松斋集》卷二十一《锦官集下》，第343页。

谣《滟滪歌》之意①，形象地说明了滟滪堆在长江不同水位时的形态，也是古代船家航行的守则。这一联承上而来，突出了滟滪堆的险恶之势。"谁云神鬼工"四句，诗人自问自答，尤其"或有蛟龙守"一句，堪称妙笔，从侧面突出了滟滪堆的险恶。

第三，以巴蜀文化为素材创作的《锦官集》，奠定了方象瑛在清初文坛的地位。

有学者指出："清代不少入蜀诗人的集子中，唯蜀道诗诗境最佳。如阎尔梅关中蜀中之作雄奇峭丽，颇有汉唐气象；宋琬《入蜀集》沉郁顿挫，气格稳健；费密、费锡璜父子蜀道诗兴随境生，情深旨厚；李兆龄晚入关中栈道，诗益通峭；方觐入蜀所作杂题、怀古之作，沉着工炼……"② 王士禛与方象瑛亦然，《蜀道集》与《锦官集》代表了二人诗歌创作的最高成就。

康熙十一年（1672）六月，王士禛奉命典四川乡试，创作《蜀道集》。此集得到了文人的一致推崇，如尚镕《三家诗话》曰："渔洋诗以游蜀所作为最"③，杭世骏云："《蜀道集》，为渔洋诸集之冠"④，查慎行言："入蜀诸五古，极力学杜，故雄健雅洁，益臻老境"⑤，杨际昌《国朝诗话》云："渔洋入蜀后诗，多苍健沉郁"⑥，张维屏《国朝诗人征略》言："入蜀后诗骨愈苍，诗境愈熟，濡染大笔，积健为雄"⑦ 等。方象瑛《锦官集》也得到了时人的广泛称誉，往往与王士禛《蜀道集》并举，如朱彝尊《方编修〈锦官集〉序》指出："曩时济南王先生贻上主考入蜀，哀其诗为《蜀道集》，属予序之，而予不果也。今君之诗盖将与王先生并传。其或不同者，

---

① 《滟滪歌》："滟滪大如象，瞿唐不可上。滟滪大如牛，瞿唐不可留。滟滪大如马，瞿唐不可下。滟滪大如袱，瞿唐不可触。滟滪大如龟，瞿唐不可窥。滟滪大如鳖，瞿唐行船绝。"

② 王利民、查紫阳：《秦蜀驿道上的神韵与性灵——王士禛和张问陶的蜀道诗对读》，《中国韵文学刊》2003 年第 1 期。

③ 钱仲联主编：《清诗纪事》，江苏古籍出版社 1987 年版，第 2005 页。

④ 周兴陆主编：《渔洋精华录汇评》，齐鲁书社 2007 年版，第 289 页。

⑤ 周兴陆主编：《渔洋精华录汇评》，齐鲁书社 2007 年版，第 306 页。

⑥ 张维屏辑：《国朝诗人征略初编》，台湾明文书局 1986 年版，第 176 页。

⑦ 钱仲联主编：《清诗纪事》，江苏古籍出版社 1989 年版，第 2003 页。

非诗派之流别也。一在蜀未乱之先,一在乱定之后。"①邓汉仪说:"壬子王公阮亭使蜀,著有《蜀道集》。癸亥方公渭仁亦使蜀,而《锦官》之集成。两公同属典试,其入蜀也,同由秦陇,及其归也,同自荆巫,为诗之数亦略相当。顾王公在未乱之先,方公在乱定之后。一则多绸缪阴雨之防,一则多哀悯瘠痍之什。诗皆高秀古奥,罕有等论。"②方象瑛在给魏象枢的书信中转述了他人对《锦官集》的评价:"诸公间共推挹,谓燕公得江山之助,又云少陵夔州以后诗律转工。"③

方象瑛与王士禛典试四川的时间相隔十余年,那么,《锦官集》与《蜀道集》到底存在怎样的关系呢?需要细致考察。

方象瑛在《锦官集》《使蜀日记》中多次提到王士禛,如:七月初六日,过定州,休憩于新乐县,"读王阮亭司成(士禛)壁间诗,因感施愚山侍讲(闰章)。时愚山殁京邸,余以使命不得往哭,作诗纪哀"④。七月初九日,过柏井驿,至平定州,"热甚,和阮亭韵题壁"⑤。八月初三日,过观音堂,"壬子秋,阮亭以试事入蜀,宿此,有诗"⑥。他也有《新乐使院读王阮亭司成壁间韵因感施愚山侍讲,时愚山殁京邸余以使命不得往哭》《出固关宿平定院署和王司成韵题壁》等诗提及王士禛。这些说明方象瑛至少读过王士禛的《蜀道集》。但是读方象瑛《锦官集》与王士禛《蜀道集》,却看不到任何摹仿的痕迹,"方象瑛与其说是在追踵王渔洋,还不如说是在有意识地回避,力图避免给人蹈袭《蜀道集》的印象。在选题相同的九十余首诗中,只有36题体裁与渔洋相同,内容方面更是毫无相似之处"⑦。为了更为清晰、直观地说明问题,下面将方象瑛《锦官

---

① 朱彝尊:《方编修〈锦官集〉序》,《曝书亭集》卷三十七,《清代诗文集汇编》第116册,上海古籍出版社2010年版,第312—313页。
② 钱仲联主编:《清诗纪事》,江苏古籍出版社1989年版,第2561—2562页。
③ 方象瑛:《报魏庸斋先生书》,《健松斋集》卷十一,第178页。
④ 方象瑛:《使蜀日记》,《健松斋集》卷七,第122页。
⑤ 方象瑛:《使蜀日记》,《健松斋集》卷七,第122页。
⑥ 方象瑛:《使蜀日记》,《健松斋集》卷七,第124页。
⑦ 蒋寅:《拟与避:古典诗歌文本的互文性问题》,《文史哲》2012年第1期。

集》与王士禛《蜀道集》选题相同的诗歌对举如下：

王士禛《蜀道集》	方象瑛《锦官集》
七月一日出都寄西樵先生（五律）	出都二首（五律）
题新乐县驿壁寄荔裳（七律）	新乐使院读王阮亭司成壁间韵因感施愚山侍讲，时愚山殁京邸余以使命不得往哭（七律）
真定寄郑次公水部（七律）	重过真定（五律）
雨中度故关（七绝）	井陉道中（五律）
祁县饮酒（七律）	自平定州至祁县连日雨甚舆中口占（七绝）
介山怀古（五古）	绵上（五古）
郭有道墓下作（五律）	郭林宗墓（五律）
霍太山（五律）	望霍山不见（五古）
国士桥（五绝）	豫让桥（五古）
潼关（七律）	潼关行（七古）
望华山（五古）	雨过华山（七律）
骊山怀古八首（七绝）	骊山（七绝）
新丰（七绝）	新丰（七绝）
灞桥寄内二首（七绝）	灞桥（七绝）
寄家书（五律）	
咸阳（五律）	咸阳（七绝）
望终南云气（七律）	望终南云气（五律）
晚渡沣渭（五律）	渡渭水（七绝）
茂陵（七律）	茂陵（七绝）
马嵬怀古二首（七绝）	杨妃墓四首（七绝）
望太白山却寄刘户部介庵（五律）	望武功太白诸山（五古）
宝鸡县（五律）	宝鸡示四弟（五律）
益门镇（五律）	益门镇（五律）

大散关（五律）	大散关（五律）
自长桥至草凉楼（五律）	草凉楼驿（七绝）
凤县（五律）	凤县（五律）
凤岭（五古）	凤岭（七律）
柴关岭（五古）	柴关岭（五古）
马鞍岭（五古）	马鞍岭（五古）
画眉关南渡野羊水（五律）	画眉关（七绝）
武关寄家书（五律）	武关（七绝）
宿马道江上（五律）	马道驿夜宿（五绝）
观音碥（五古）	观音碥（五古）
闰七夕抵褒城县（五律）	抵褒城（五律）
定军山诸葛公墓下作（五古）	谒诸葛武侯墓（七律）
五丁峡（五古）	五丁峡（五古）
宁羌州（五律）	宁羌（五古）
宁羌夜雨（五律）	雨发宁羌州（五律）
龙背洞（五古）	龙洞背（五古）
广元县作（五绝）	夜泊广元县（五律）
虎跳驿（五律）	虎跳驿（五律）
苍溪县（五律）	苍溪县（五律）
盐亭县南渡梓橦江（五绝）	渡梓橦江（五律）
登成都西城楼望雪山（五律）	望雪山（五律）
九日谒昭烈惠陵（五律）	谒昭烈惠陵（七律）
新津县渡江（五律）	发新津（五古）
眉州谒三苏公祠（七古）	眉州谒三苏先生祠（七律）
登高望山绝顶望峨眉三江作歌（七古）	登高标山望峨眉歌（七古）
晓渡平羌江上凌云绝顶（七律）	雪中游凌云寺同门人罗廷抡、樊昆来、杨圣与、家弟式予（七律）

尔雅台（五绝）	尔雅台（七绝）
洗墨池（五绝）	东坡洗墨池（七绝）
犍为县（五律）	犍为县（五律）
江阳儿祠（七绝）	戏题江阳儿祠（七古）
涪州石鱼（七绝）	江心石鱼（七绝）
屏风山谒陆宣公墓（五律）	谒陆宣公祠墓（五古）
万县有感（五律）	夜泊万县（五律）
云阳县二首（五律）	云阳县（五律）
晚登夔府东城楼望八阵图（七律）	登夔州城楼望八阵图（七律）
登白帝城（七律）	登白帝城（五律）
谒白帝城昭烈武侯庙（七律）	白帝城谒先主庙（七律）
瀼西谒少陵先生祠五首（五律）	杜少陵宅（七古）
登高唐观（五律）	高唐观（七绝）
神女庙（五律）	神女庙二首（七绝）
巫峡中望十二峰（五律）	望十二峰（七绝）
三分水即事（七绝）	三分水（七绝）
巴东秋风亭谒寇莱公祠二首（五律）	寇莱公祠（五绝）
抵归州（五律）	过归州（五律）
宋玉宅（七绝）	宋玉宅（七绝）
五更山行之屈沱谒三闾大夫庙（五律）	阻风屈沱谒三闾大夫庙（五律）
峡中舟夜（七绝）	峡中夜泛（五律）
新滩二首（七绝）	新滩二首（七绝）
空舲峡（五律）	空舲峡（五律）

抵彝陵二首（五律）　　　　　夜抵彝陵州（七律）①

  同样是描写马鞍岭石壁的诡谲变化，王士禛《马鞍岭》诗连用六个比喻来进行形容："或厂如连轩，或植如负屏。或如岐阳鼓，或如宛朐鼎。如鸟或跂翼，如鱼或骨鲠。"② 方象瑛《马鞍岭》则是从视觉、听觉等角度入手："仰睇未到山，下视青万点。雷与瀑布争，喧逐无近远。耳目失所司，震撼讵及掩。倒泻积水深，窟宅蛟龙偃。触石不敢投，惧与风俱卷。"③ 王士禛与方象瑛同题之作《观音碥》，两诗首联"观音碥险绝，连山列天仗"（王士禛）④、"未知碥若何，闻名实险恶"⑤（方象瑛）中的"险绝""险恶"均统领全篇，诗歌也以此为基调极力描写观音碥的山、石、水之险怪雄奇，展现大自然的鬼斧神工。但诗歌的侧重点有所不同，王诗重点是写潭渊之险，他以水中有怪物作比来突出，"奔峭汹波涛，大石蹴龙象。造物郁磊砢，及兹乃一放。急瀑何砰訇，盘石成巨防。渟为千尺湫，潭潭不流宕。怪物中屈蟠，岂无锁纽壮。"⑥ 方诗展示得更为全面，"石势怒狰狞，熊虎竞争搏。灌木昼阴阴，疾溜相喷薄。车枳不得前，马蹄荡无著。举步委深渊，谁能即奋跃。牛鬼与蛇神，往往恣闪烁。森罗变慈悲，始觉天日廓"⑦，有石有木有湍，更有人的切身感受。井陉关在历史上有着极其重要的地位，是历来兵家的必争之地，战略地位不言而喻。公元前204年，韩信率军攻打赵国，在井陉关背水而战，大败赵军，井陉关的附近有"韩信山"等古迹。方象瑛《井陉道中》"雄关当扼塞，曲折乱峰中。峭壁双崖合，荒城一水通。地仍蟠冀北，山已划河东"⑧ 等诗句突出了井陉关的重要地理位

---

① 此处列表参阅了蒋寅《拟与避：古典诗歌文本的互文性问题》，《文史哲》2012年第1期。
② 王士禛：《王士禛全集》第2册，齐鲁书社2007年版，第750页。
③ 方象瑛：《马鞍岭》，《健松斋集》卷二十《锦官集上》，第333页。
④ 王士禛：《王士禛全集》第1册，齐鲁书社2007年版，第750—751页。
⑤ 方象瑛：《观音碥》，《健松斋集》卷二十《锦官集上》，第333页。
⑥ 王士禛：《观音碥》，《王士禛全集》第1册，齐鲁书社2007年版，第750页。
⑦ 方象瑛：《观音碥》，《健松斋集》卷二十《锦官集上》，第333页。
⑧ 方象瑛：《井陉道中》，《健松斋集》卷二十《锦官集上》，第326页。

置。王士禛的同题之作则突出井陉关景色的雄奇壮美,"冠山子城瞰穷漠,喷壑巨瀑闻雷硠。登楼顾盼割胸臆,四山云气争飞扬。关南石势更奇怪,亦如突奥连堂皇。悬车束马那可度,行人缘栈如秋秧。幽并泽路此天险,飞鸟欲过愁翱翔"① 等形象的比喻和夸张描写突出了井陉关的险峻、雄奇。

第三节 《萍留草》与钱塘文坛

"东南形胜,三吴都会,钱塘自古繁华。"(柳永《望海潮·东南形胜》)杭州历史悠久,都市繁华,风光旖旎,人文鼎盛,是历代文人骚客竞相吟咏之地。方象瑛曾因寇乱携家侨居杭州,这段时光无论是对其文学创作,还是社会交游,都产生了重要影响。

一 侨居钱塘缘由与钱塘印象

康熙十三年(1674),吴三桂、耿精忠等叛乱,波及浙江遂安。方象瑛为官翰林院时作诗《山城行》回忆家乡发生寇乱的情景,此诗92句644字,诗歌全面地叙写了寇乱发生后遂安周遭先后沦陷、百姓痛苦不堪以及清军的表现等,堪称实录,具有史的认知价值与文学审美价值。

> 忆昔山城烽火逼,萑苻草草弄兵革。西连姑篾东青溪,后先沦陷皆奔北。
> 维时戍守尚千夫,环城内外丛狐蜮。令尹仓皇甲士骄,一朝弃去空城壁。
> 士女奔号风鹤惊,千万生灵都不惜。颇怪城门四面开,黄巾惊诧嗟奇策。
> 三五游侦觇市门,鸡犬无声但空国。裂帛为旂竹作矛,十道狂氛始充斥。

---

① 王士禛:《井陉关歌》,《王士禛全集》第 1 册,齐鲁书社 2007 年版,第 725 页。

杂坐喧呼总不驯，狐鼠成群谁主客。嗟余卧疾寄空山，几旬露宿牛羊栅。

　　晓来闻变别妻儿，百里兼程冒荆棘。山静无人问姓名，独坐时看豺虎迹。

　　俄闻督府羽书飞，关西老将亲驰击。可怜乌合本无谋，扰扰闻风先辟易。

　　村落锄镰试一呼，军资弃尽哀号亟。将军不占护三城，张皇捷奏侈攻克。

　　人家稍稍见炊烟，将吏扬鞭来旧城。征兵三万营四郊，辕门大启西城侧。

　　坟庐乔木尽樵苏，居人拱手凭驱迫。我来谒见正中秋，城隅杀气连天黑。

　　还山相对各唏嘘，重逢何处招魂魄。异时草窃数十辈，父老何难稽尺籍。（《山城行》节选）①

　　诗歌提供了广阔、生动的历史画面，家乡附近先后沦陷，驻守县邑的清军将士原有千余人，但当贼寇逼近时，他们没有反抗，而是不顾百姓的安危，纷纷弃城而逃。县城被毁，树木被伐，鸡犬无声，手无寸铁的百姓被随意驱赶，"坟庐乔木尽樵苏，居人拱手凭驱迫"②。叛军占领遂安三年多，"三年驻牧室庐空，哀鸣鸿雁声悲恻"③，凄惨景象让人不忍目睹，"满目疮痍白骨横，百年难起沟中瘠"④。卧病的作者多次露宿于牛圈或者羊圈旁，冒着风险兼程赶路逃亡。同邑好友毛际可《岁除告祖先文》也详细地披露了在此次寇乱中的遭际："自甲寅五月山寇窃发后，际可岌岌无宁宇矣。迁于城西，迁于严宅，迁于康源，迁于梓桐徽界。他若深丛密筱，与夫兽鸣魅伏之境，颠踣匍匐，以宵为昼，又不知几何矣。五月中，寇来

---

① 方象瑛：《山城行》，《健松斋集》卷十九《展台诗钞下》，第303页。
② 方象瑛：《山城行》，《健松斋集》卷十九《展台诗钞下》，第303页。
③ 方象瑛：《山城行》，《健松斋集》卷十九《展台诗钞下》，第302页。
④ 方象瑛：《山城行》，《健松斋集》卷十九《展台诗钞下》，第303页。

薄邑，际可从城隅亟遁几死。七月初八，城破后，携两儿远窜，复遇贼淳安道上，幸贼刃置褓被中，及反复解装，际可已逸去数十步，追不能及。至九月十七，寇至里中，同族千余家，十毁其八，资庐器具化为煨烬。"① 毛际可多次迁徙他处，藏匿在野兽出没的深山密林中，昼夜不分，几次差点丧命于贼寇之手。尤其是在淳安道上遇到贼寇时的惊心动魄、胆战心惊，让人紧张得喘不过气来，画面感强烈。同族千余家被毁十之七八，家产物业变为焦土，其悲惨可想而知。毛际可以时间推移的方式进行记述，清晰地再现了寇乱带着人们的创伤性记忆。在这样的环境下，方象瑛与毛际可不得不"携家间道下钱塘"②，来到杭州暂居。

　　杭州又称西泠（亦作西陵），不仅是闻名天下的人文胜地，也是清初文坛的重镇之一。吴庆坻《蕉廊脞录》卷三"杭州诸诗社"条云："吾杭自明季张右民与龙门诸子创登楼社，而西湖八社、西泠十子继之。其后有孤山五老会，则汪然明、李太虚、冯云将、张卿子、顾林调也；北门四子，则陆荩思、王仲昭、陆升龠、王丹麓也；鹫山盟十六子，则徐元文、毛驰黄诸人也；南屏吟社，则杭、厉诸人也；湖南诗社，会者凡二十人，兹为最盛。"③"登楼社""西湖八社""西泠十子""孤山五老会""北门四子""鹫山十六子"均为明末清初的诗社。"西湖八社"分别为紫阳诗社、湖心诗社、玉岑诗社、飞来诗社、月岩诗社、南屏诗社、紫云诗社、洞霄诗社。"西泠十子"包括陆圻、柴绍炳、沈谦、陈廷会、毛先舒、孙治、张纲孙、丁澎、虞黄昊、吴百朋，"北门四子"指王嗣槐、王晫、陆进、陆隽。鹫山或称灵鹫山，在西湖灵隐寺附近。"鹫山十六子"包括徐旭龄、毛先舒、吴任臣、虞黄昊、潘沐、徐旭龄、王修玉、丁景鸿等，《国朝杭郡诗辑》云："松壑少与毛稚黄、吴志伊、虞景明、潘新弹、徐敬庵诸公订诗文交，称'鹫山（《两浙輶轩录》作鹫峰）十

---

① 毛际可撰，顾克勇校点：《毛际可集》，浙江大学出版社2015年版，第385页。
② 方象瑛：《山城行》，《健松斋集》卷十九《展台诗钞下》，第303页。
③ 吴庆坻撰，张文其、刘德麟点校：《蕉廊脞录》，中华书局1990年版，第96页。

六子'。"毛稚黄即毛先舒，吴志伊即吴任臣，虞景明即虞黄昊，潘新弹即潘沐，徐敬庵即徐旭龄（字元文，号敬庵），松壑是王修玉之号。此外丁景鸿（字弋云）亦为十六子之一（据《桂山堂文选》卷七）。其他诸人待考。除上述所列诗社成员之外，杭州及其周遭还围绕着毛奇龄、陆次云、李式玉、徐汾、诸匡鼎、吴仪一等众多知名文人，有学者统称之为"钱塘诗人群"①。

方象瑛寓居杭州期间创作诗集《萍留草》，诗集记录了诗人的心路历程、与西陵文人交游唱和等信息。方象瑛《吴宝崖集序》曰："犹忆寓西陵时，一时诗文之士樽酒往来，更相倡和，斐园、思古堂之会，皋亭、河渚之游，当时称为极盛。"② 侨居西陵的日子是方象瑛一生的精神财富，这段时光对方象瑛来说非常重要，给他留下了不可磨灭的印记，他在日后经常回忆起钱塘的人与事。

康熙十六年（1677），方象瑛赴京候选时作《和韵留别西陵诸子》，"春风三月拂征衣，惆怅良朋会晤稀""此际故人能见忆，直从北斗望神畿"③ 等诗句表露了思念西陵友人的心迹。到京师后，方象瑛对西陵诸子的思念并未消退，相反变得更加浓烈，《怀西陵诸子二首》其一曰："怀思寄何所，乃在东南隅。忆昨苦迁播，卜宅江门居。良友悦情素，结志存诗书。文章陋八代，诗篇追黄初。清樽卜昼夜，分赋人人殊。乱离成契好，岁月良不虚。别绪岐南北，执手怅踟蹰。长安夏复秋，渺渺空愁予。"④ 所思在东南西陵，西陵诸子们志气相投，"意气更相许，都无礼法拘"⑤，并且在诗文创作方面都取得了较高的艺术成就，"文章陋八代，诗篇追黄初"⑥。但是这样的聚会可能再也不会有了，"佳会信难再，追溯良已迂"⑦。作者

---

① 参阅蒋寅《清初钱塘诗人和毛奇龄的诗学倾向》，《湖南社会科学》2008年第5期。
② 方象瑛：《吴宝崖集序》，《健松斋续集》卷二，第403页。
③ 方象瑛：《和韵留别西陵诸子》，《健松斋集》卷十八《展台诗钞上》，第280页。
④ 方象瑛：《怀西陵诸子二首》其一，《健松斋集》卷十八《展台诗钞上》，第281页。
⑤ 方象瑛：《怀西陵诸子二首》其二，《健松斋集》卷十八《展台诗钞上》，第281页。
⑥ 方象瑛：《怀西陵诸子二首》其一，《健松斋集》卷十八《展台诗钞上》，第281页。
⑦ 方象瑛：《怀西陵诸子二首》其二，《健松斋集》卷十八《展台诗钞上》，第281页。

希望"濯足西泠桥,归卧吴山庐"①,退隐田园,过平淡的生活。方象瑛典四川乡试归途遇大雪,作诗《雪中有怀二十首》,每首诗都清楚地标注了所怀念的对象,其中有数首涉及西陵诸子,诗歌其七写给王嗣槐、洪昇,诗曰:"舍人踪迹老京华,顾曲狂生客是家。莫向白罗山下望,钱塘回首各天涯。"② 诗歌其八写给毛先舒、王晫诸子,诗曰:"吴山南望朔风斜,北墅琴尊感岁华。记得十年风雪夜,呼船载酒问梅花。"③ 诗歌其十三写给毛际可,诗曰:"垂竿戴笠子陵矶,闻道西泠尚未归。生计不堪常作客,可曾重理旧双扉。"④ 每首诗都抓住了所怀对象的主要身份特征,如诗歌其七,首句写的是王嗣槐,王嗣槐曾举博学鸿词科,以老不与试,授中书舍人。次句写的是洪昇,"顾曲"典出《三国志·周瑜传》:"瑜少精意于音乐,虽三爵之后,其有阙误,瑜必知之,知之必顾,故时人谣曰:'曲有误,周郎顾。'"⑤ 后世遂以"顾曲"或"顾曲周郎"喻指通晓或爱好音乐、戏曲的人。洪昇是清初著名戏曲家,创作戏曲《长生殿》《四婵娟》等,他性格傲岸狂放,"交游宴集,每白眼踞坐,指古摘今"(徐麟《〈长生殿〉序》),徐嘉炎《长歌行送洪昉思南归》说他"好古每称癖,逢人不讳狂"。方象瑛称洪昇为"顾曲狂生",也是洞察到了洪昇的艺术专长与性格特点。毛际可曾绘制自画像《戴笠垂竿图》,众多名士为之题咏,如王士禛《题毛会侯〈垂竿图〉》、毛奇龄《为家会侯题〈戴笠垂竿图〉》、陈维崧《水调歌头·题毛会侯〈戴笠垂竿小像〉》、洪昇《为毛会侯明府题〈戴笠持竿图〉》、孙枝蔚《题毛会侯明府小像〈戴笠垂竿图〉》、高层云《题毛会侯〈戴笠垂竿图〉》等。方象瑛《雪中有怀二十首》组诗其十三以此图来称谓,引出毛际可,十分巧妙;诗歌尾句"可曾重理旧双扉"则一语双关,不仅指友人归隐田园,过恬淡的生活,更有一同诗酒酬唱

---

① 方象瑛:《怀西陵诸子二首》其二,《健松斋集》卷十八《展台诗钞上》,第 281 页。
② 方象瑛:《雪中有怀二十首》其七,《健松斋集》卷二十一《锦官集下》,第 348 页。
③ 方象瑛:《雪中有怀二十首》其七,《健松斋集》卷二十一《锦官集下》,第 348 页。
④ 方象瑛:《雪中有怀二十首》其七,《健松斋集》卷二十一《锦官集下》,第 348 页。
⑤ 陈寿撰,裴松之注:《三国志》,中华书局 1999 年版,第 936 页。

的深层寓意。

二 思古堂雅集与斐园宴集

方象瑛侨居杭州这段时间，与钱塘诗人们交往密切，其诗文有多次描述："甲寅之乱，同携家侨居钱塘，与稚黄诸子相切劘"①"余侨居钱唐，诸君子诗文赠答，极一时之盛"②。毛际可也说："暨与余避寇，侨寓会城，得稚黄诸子相与切劘。"③ 尤其是几次思古堂雅集以及斐园宴集，为杭州文坛乃至整部清初文学史留下了宝贵的精神财富。

> 诗酒喜从千里合，烽烟犹剩一宵安。清尊潦倒华筵敞，雅曲凄迷玉笛寒。（《思古堂雅集分韵》）④
>
> 一天凉月正秋宵，旅病无端卧寂寥。闻说主人能醉客，十行新咏擘芭蕉。（《遥和初秋集稚黄思古堂作》）⑤
>
> 空庭叶下露新流，河汉微云一抹秋。遥羡题诗烧烛夜，茫茫乡思倚高楼。（《和丁素涵雅集韵》）⑥

思古堂为毛先舒的书斋，康熙十四年（1675）夏日，毛先舒召集诸人于此雅集，毛际可《〈静好集〉题辞》云："乙卯夏，集诸名士饮于思古草堂，酒酣分韵，其子靖武、婿华征皆与焉。"⑦ 方象瑛作《思古堂雅集分韵》，整首诗充满了冷色调，羁旅他乡的愁苦始终困扰着他，即便是友朋欢聚时仍然无法消散。同年秋日，诸人再次相

---

① 方象瑛：《安叙堂文钞序》，《健松斋集》卷二，第45页。
② 方象瑛：《桥西草堂唱和诗序》，《健松斋集》卷二，第50页。
③ 毛际可撰，顾克勇校点：《毛际可集·方渭仁文集序》，浙江大学出版社2015年版，第415页。
④ 方象瑛：《思古堂雅集分韵》，《健松斋集》卷二十三《萍留草》，第365页。
⑤ 方象瑛：《遥和初秋集稚黄思古堂作》，《健松斋集》卷二十三《萍留草》，第365页。
⑥ 方象瑛：《和丁素涵雅集韵》，《健松斋集》卷二十三《萍留草》，第365页。
⑦ 毛际可撰，顾克勇校点：《毛际可集·方渭仁文集序》，浙江大学出版社2015年版，第353页。

会于思古堂，方象瑛作诗《遥和初秋集稚黄思古堂作》《和丁素涵雅集韵》，从两首诗的诗意以及"遥和""闻说""遥羡"等词语可知，方象瑛因病未能参加此次雅集，心却非常向往。

除上面所述外，思古堂雅集最热闹、留有记录文字最多者当属康熙十四年（1675）四月七日一次，方象瑛《思古堂雅集记》、毛际可《啸林轩宴集序》均描述了此次雅集时的场景：

> 余自甲寅秋偕毛会侯避地西陵，播迁之余，惟诗文、朋友稍慰晨夕。明年四月七日，毛子稚黄、李子东琪、徐武令、华征兄弟、诸子虎男、稚黄从子次濂招集思古之堂。思古堂者，稚黄著书处也。余与会侯将赴之，出门，值陆子苃思，遂挟以俱。虎男见苃思即曰："向未折东乡，何得来？"苃思曰："吾非王濬冲，亦欲来败君辈意耳。"相与大笑。①

> 乙卯春，余与渭仁寓西陵，东琪、虎男暨武令昆季，招饮于家稚黄宅。适苃思亦以他事至，盖不异南皮之游也。觞酌既酣，吟咏间作，因分占诸体，以纪胜集。②

参加此次雅集活动的毛先舒、李式玉、徐汾、诸虎男、陆进等均是东南文坛的名士。诸虎男见到陆进的戏谑之言，以及陆进睿智的回答，都彰显出文士之风雅。聚会时热闹非常，"肴核既陈，觥筹交错，啜莼羹，啖含桃"③，众人"极论古今诗文之变，与夫山川名胜、人物臧否"④。深夜不期而至，众人想要离开，毛先舒极力挽留，于是"洗盏更酌，绛蜡荧荧，与纤月相映"⑤。又有两位歌者演奏了毛先舒自制曲《凤凰台》，引起了众人强烈反映："歌者两计生奏《凤凰台》之曲，鸾箫雁柱，慷慨动人。时武令纳一姬，稚黄从

---

① 方象瑛：《思古堂雅集记》，《健松斋集》卷六，第104页。
② 毛际可撰，顾克勇校点：《毛际可集》，浙江大学出版社2015年版，第81—82页。
③ 方象瑛：《思古堂雅集记》，《健松斋集》卷六，第104页。
④ 方象瑛：《思古堂雅集记》，《健松斋集》卷六，第104页。
⑤ 方象瑛：《思古堂雅集记》，《健松斋集》卷六，第104页。

孙山颂制《百和曲》美其事，武令闻歌声，心怦怦若不能已。余笑谓：'武令有《百和姬传》，若得计生歌此曲，将无更佳。疾归语新姬，当脱簪珥劳倡者。'武令大喜，索纸笔，掀髯疾书，同人睨之，互私语不暇闻也。录成，两生按节而歌，居然雅韵。"① 这一段小插曲无疑为此次雅集活动增添了热闹，徐汾操笔而就的行为，凸显出其才华的出众。毛际可《与稚黄兄书》亦描述了此次雅集的热闹场面："弟自移家西泠，未有大醉如前夕者。惊筵雄辨，主客忘形，兼以两生弦索清讴，一洗老伶排场旧习，耳为之明。至五兄所度新曲，感锦袜于马嵬，吊苏小之孤塚，柔声入破，泪若绠縻。复聆《拟汉卿凤凰台作》，激楚悲凉，更令人唾壶欲缺。昔人易水酣歌，角征倏移，神情顿改。方之良会，何以逾兹？"② 此次雅集，众人"觞酌既酣，吟咏间作，因分占诸体，以纪胜集"③。方象瑛作《思古堂雅集记》，毛际可"分体，得《绮罗香》长调"④。毛际可《绮罗香·思古堂雅集》词下阕曰："严城清漏渐永，相对年华晚，头颅如许。独有髯徐，还爱小姬眉妩。休怅叹、故里荆榛，且追欢、他乡宾主。一觞后、今昔都抛，怪兰亭太苦。"⑤ 词人虽背井离乡侨居钱塘，但他强调不要惆怅，要今朝有酒今朝醉，享受欢聚的时刻。李式玉《答遂安方渭仁、毛会侯》亦有记述："浊酒盈尊，高朋满座。新声叠奏，雅谑纵横。烛跋漏尽，宾主忘疲。平生宴集，于此为胜。乃读《啸竹轩序》，不觉惘然。恐时不我与，渐同秋草。"⑥ 陆进《偕睦州方渭仁、毛会侯，同里李东琪、徐武令、诸虎男饮毛稚黄思古堂》诗云："不许高台卧客星，翻从避乱到西泠。云霄隙望翩俱健，湖海相逢眼倍青。气合直疑双宝剑，狂来倒泻百银瓶。主人秉烛开

---

① 方象瑛：《思古堂雅集记》，《健松斋集》卷六，第104页。
② 毛际可撰，顾克勇校点：《毛际可集》，浙江大学出版社2015年版，第464页。
③ 毛际可撰，顾克勇校点：《毛际可集·啸林轩宴集序》，浙江大学出版社2015年版，第82页。
④ 毛际可撰，顾克勇校点：《毛际可集·题稚黄兄扇》，浙江大学出版社2015年版，第347页。
⑤ 毛际可撰，顾克勇校点：《毛际可集》，浙江大学出版社2015年版，第669页。
⑥ 李式玉：《巴馀集》卷九，《清代诗文集汇编》第78册，上海古籍出版社2010年版，第217页。

琼宴，莫问严城夕早扃。"① 诗歌交代了方象瑛、毛际可来到西泠的原因，也写出了思古堂主人毛先舒的盛情。毛际可、李式玉、陆进、方象瑛等人的记述形成了互文关系，可以让我们更好、更真切地感受到此次雅集的盛况。毛际可认为此次雅集"不异南皮之游"，"南皮之游"典出曹丕《与朝歌令吴质书》"每念昔日南皮之游，诚不可忘"，曹丕与友人吴质等在南皮县欢聚宴饮，诗酒风流，后遂用作称颂朋友欢聚宴游之典。

康熙十五年（1676）初春五日，王嗣槐招方象瑛宴饮，方象瑛作《雨中王仲昭招饮时初春五日》："不辞折角舣扁舟，远色空蒙尚未收。野水寒添高阁迥，桑畦春护草堂幽。辛盘五日迟梅信，华烛三更散旅愁。犹忆斐园酬唱处，闻樽又向雨中留。"②"犹忆斐园酬唱处，闻樽又向雨中留"两句诗为我们揭开了另一场文人雅集活动——斐园宴会的面纱，作者追忆当年的斐园宴会、表达了今朝欢饮的喜悦。

斐园宴会是在康熙十四年（1675）四月七日思古堂雅集不久后又一次杭州文人的聚会活动。方象瑛受王嗣槐、王晫等之邀，与众文人宴集于斐园，方象瑛《斐园宴集序》、招集者王嗣槐《斐园宴会序》记录了此次雅集的盛况，现场感强烈，使人身临其境。

  余既作《思古堂雅集记》，叹良会不可再。乃相隔旬日，又有斐园之游。赏心乐事，半月中两遇之。顾为乐有同有不同，思古之会，稚黄诸子招饮也；斐园之召，则仲昭、丹麓、荩思、璨符诸子也。诸君皆西陵之秀，余得遍识而定交焉。樽酒相邀，不问宾主，其人同也。论辨诗文，盱衡今古，虽促膝雄谈，言不伤虐，其情同也。赴思古时，值荩思偕往。顷发三桥，复遇武令，遂拉之舟行，相顾而笑，若互易然，其事同也。然又以不必尽同为快。倘务循一辙，是千古宴游时，必兰亭景、必金

---

① 陆进：《巢青阁集》卷六，清康熙刘愫等刻本。
② 方象瑛：《雨中王仲昭招饮》，《健松斋集》卷二十三《萍留草》，第367页。

谷趣、必西园而后可耶？思古门巷萧寂，以静胜；斐园泉石亭台，松桧竹木，以遥旷胜。远望西湖，两峰宛然，几席茭渚，麦畴黄绿相映，则境不必同。集思古者九人，略具杭睦之盛。兹游则十有六人，而邺中牛明府由富春停车，湖墅蒋子驭鹿来自晋陵。千里萍踪，旷然而合，则游侣不必同。向时品竹调丝，靡曼可听，遂至达旦。此则醉石酣花，轰饮尽三鼓。且璨符谢绝血味，酒盐不入唇，而酬应不倦，情致更复不同。①

孟夏之月，余与芡思、丹麓诸子，觞客于北门之外，就杨氏之斐园而布席焉。客为谁？山右潜庵牛侯，昆陵蒋子驭鹿、睦州方子渭仁、毛子会侯，四人客也。余困于诸生，为诗歌、古文辞，四方之人至武林者过而问之。余年浸衰，精力耗亡，而璨符、升秀诸人，年少有隽才，与予婿与百、儿崇翰游，喜宾客。是日，从余为主，徐子武令、陆子子容、潘子蔚湘闻斯集，皆欣然来会。先期戒客而雨，及期雨霁，客至，相揖脱冠解衣，临清池，倚林石，围棋局戏，嬉笑谈谑，怡怡如也。肴核既具，觥筹交错，日晡继烛，促坐酣饮，剧论古今文词，相乐也。②

方象瑛《思古堂雅集记》将思古堂雅集与斐园宴集作了对比描述，指出两次雅集的同与不同，同者，"人同""情同"与"事同"；不同者，"境不必同""游侣不必同"与"情致更复不同"。"必兰亭景、必金谷趣、必西园"句，涉及中国古代著名的三次文人雅集活动。东晋永和九年（353）三月初三上巳节，王羲之召集谢安、谢万、孙绰、王凝之、王徽之、王献之等四十余人于会稽兰亭活动，得诗三十余首，王羲之"微醉之中，振笔直遂"创作出著名的《兰亭集序》，世称兰亭雅集。西晋石崇建有别墅"金谷园"，他常在金

---

① 方象瑛：《斐园宴集序》，《健松斋集》卷一，第27页。
② 王嗣槐：《斐园宴会序》，《桂山堂文选》卷一，《清代诗文集汇编》第73册，上海古籍出版社2010年版，第44页。

谷园召集文人,与当时文人左思、潘岳等二十四人结成诗社,史称"二十四友"。元康六年,石崇与众宾客在金谷园为王翊设宴饯行,众人赋诗述怀,后结成《金谷集》,石崇作《金谷诗序》,金谷园雅集也被世人传为佳话。后人称此次聚会为历史上真正意义上的文人雅集,罗宗强《魏晋南北朝文学思想史》云:"金谷宴集,在两方面留下了深远的影响,一是士人留恋山水的心态,一是诗文创作作为留恋宴乐的雅事出现。"① 西园是北宋文人、画家王诜(1048—1104)的宅第。元丰年间,苏轼、苏辙、黄庭坚、秦观、李公麟、米芾、蔡肇、李之仪、郑嘉会、张耒、王钦臣、刘泾、晁补之、僧人圆通、道士陈碧虚等人雅集于西园,故称"西园雅集"。李公麟作《西园雅集图》,米芾作《西园雅集图记》以记其盛,"西园雅集"于是成为令后世文人墨客钦羡追慕不已的文坛佳话。无论是同与不同,方象瑛认为"同者固佳,其不必尽同者亦复更佳"。从方象瑛《思古堂雅集记》《斐园宴集序》、王嗣槐《斐园宴会序》等几篇文章可知,四月份两次雅集的参加者有所不同。集思古堂者,有方象瑛、毛际可、毛先舒、李式玉、徐汾、徐华征、诸匡鼎、陆进、毛次濂等九人;斐园之会,则有方象瑛、毛际可、王嗣槐、王晫、陆进、吴仪一、徐汾、李式玉、陆韬、杨与百、王崇翰、牛奂、蒋鑢、潘蔚湘等十六人。"文人雅集之所以不同于其他社会人群的集会,关键在于集会人群的文人身份,以及这个群体对'雅'文化的崇尚。"② 斐园宴会也鲜明地体现出"雅"的特色,与会人员都是文坛隽才,岂可无文章留记传世。于是,"分笺命笔,各奏所长"③,这说明与会人员彼此可能熟悉个人的写作特点与风格,也可能是作者自己的有意识选择。其中,"渭仁为序,会侯为记,与百为启,茞思为连珠,武令为赋,璨符为四言诗,驭鹿、亶贻为五、七言古风,子容为五言排律,崇翰为五言律,升秀为七言绝句。牛侯、蔚湘、

---

① 罗宗强:《魏晋南北朝文学思想史》,中华书局1996年版,第99页。
② 刘明波:《雅的崇尚与文人雅集》,《中国艺术研究》2013年第4期。
③ 王嗣槐:《斐园宴会序》,《桂山堂文选》卷一,第44页。

丹麓以事先去，分赋七言律、七言排律、六言绝句。祖望不至，分赋乐府。东琪及兄武功以他出不与，一为北曲，一为七言古"①。张纲孙因病未能参与此次活动，但依然令其作乐府。正如王晫《斐园宴集》"千里名贤欣侧席，一时风雅共登台"诗句所言。毛际可《与仲昭诸子书》也描述了此次宴会的环境："足下与亶贻诸子招饮与伯斐园，夏木阴翳，时禽娈声，相与蹑长堤，俯危榭。水中杂花蔓生，如界璎珞。石峰嵌空历落，旁穿侧出，不异河阳山樵笔意。薄暮酒行，座无拘忌。"②这段描写可与方象瑛关于斐园环境的描写互文对读。毛际可交代了此次宴会的后续发展："祖望竟卧病不至，牛潜子使君迫于公事，匆匆入城，荩思、丹麓又以道远先后辞去。宿斐园者，仅驭鹿、璨符而已。"③

三 "只赖文章、朋友稍慰目前"

方象瑛侨居西陵一年多时，"其地诸名宿皆得遍识而定交"④。除参与上文所述思古堂雅集、斐园宴集活动外，方象瑛与西陵文人们交游频繁，或分赋唱和，或登山泛湖，或怀古送友。陆进巢青阁、茂承堂，王晫霞举堂，顾有年（字响中）复堂、杨与百教忠堂等地是方象瑛与西陵文人们活动频繁之地，从《闰五日同人大集陆荩思巢青阁分赋》《八月十六日荩思、丹麓招集茂承堂分赋》《集顾响中复堂分得十四盐》《徐野君集二十四番花信分得山茶风限二冬韵》《大集教忠堂观灯分得十一真》等诗题中"分赋""分韵""分得"这些词语可以看出，分赋唱和是文学活动的主要形式，众人在雅集时都根据约定创作诗文。

夏闰五日，方象瑛、毛际可、李式玉、方文虎、张纲孙、王嗣槐、徐汾、王晫等人集于陆进的巢青阁，分韵赋诗。方象瑛《闰五日同人大集陆荩思巢青阁分赋》"地接湖山供雅宴，人聊吴越集群

---

① 王嗣槐：《斐园宴会序》，《桂山堂文选》卷一，第44页。
② 毛际可撰，顾克勇校点：《毛际可集》，浙江大学出版社2015年版，第48页。
③ 毛际可撰，顾克勇校点：《毛际可集》，浙江大学出版社2015年版，第48页。
④ 方象瑛：《淡庐记》，《健松斋集》卷六，第113页。

才。自怜客久萦愁绪，肯惜樽前数往回"①等诗句不仅写出了贤士欢集的场面，更将诗人羁旅的愁绪和盘托出。参加此次活动者李式玉亦有诗《闰五日睦陵方渭仁、毛会侯，越中方文虎同郡张祖望、王仲昭、徐武令、王丹麓集陆荩思巢青阁》，诗曰："主人文藻陆平原，上客相携出北门。为恋故乡徒极目，那知今日更招魂。黄梅雨歇天初霁，萱草花开气转温。自是灵均思系汰，还令桂棹下湘沅。"②李式玉将主人陆进比作西晋著名文学家陆机（别号陆平原），对其他众人的文采也是赞许有加。

康熙十四年（1675）八月十六日，方象瑛受陆进、王晫之邀于茂承堂聚会，其《八月十六日荩思、丹麓招集茂承堂分赋》诗曰："几番出郭不知遥，喜有良游慰寂寥。千里宾朋同胜集，频年诗酒醉清宵。入筵霁色秋过半，隔院香风桂未凋。犹忆去年霞举宴，联床疏雨正今朝。"③诗人虽然多次出郭但并不感觉疲劳，相反，"千里宾朋同胜集"的欢聚慰藉了羁旅他乡之情。方象瑛侨居杭州期间的茂承堂宴会不只八月十六日一次，据俞士彪（字季琅）《少年游·上元前二夕同徐野君、方渭仁、毛会侯，先生邵于王、洪昉思集陆荩思茂承堂分韵得春字》可知，元宵节（又称上元节）的前二日即正月十三日，方象瑛、俞士彪、徐士俊、毛际可、邵于王、洪昇、陆进等集于陆进茂承堂，俞士彪"分韵得春字"，其词上阙"华灯焰煖，红云影绕，蟾魄荡梅痕。相对忘年，未知谁主，不道夜将分"④等句交代了宴会的时间背景、活动氛围等。方象瑛《徐野君集二十四番花信分得山茶风限二冬韵》"卷舒艳质春前见，摇漾仙葩雪里供。自是海红方应候，轻寒载酒一相从"⑤等诗句也透露出此

---

① 方象瑛：《闰五日同人大集陆荩思巢青阁分赋》，《健松斋集》卷二十三《萍留草》，第364页。
② 李式玉：《巴馀集》，《清代诗文集汇编》第78册，第156页。
③ 方象瑛：《八月十六日荩思、丹麓招集茂承堂分赋》，《健松斋集》卷二十三《萍留草》，第368页。
④ 俞士彪：《玉蕤词钞》，载王昶《国朝词综》卷十三，清嘉庆七年王氏三泖渔庄刻增修本。
⑤ 方象瑛：《徐野君集二十四番花信分得山茶风限二冬韵》，《健松斋集》卷二十三《萍留草》，第368页。

次集会的时间信息等。据张丹《元夜毛会侯、方渭仁、张我持、孙宇台诸子饮杨与百教忠堂分得南字》可知，正月十五日元宵节晚，毛际可、方象瑛、张适（字我持）、孙治（字宇台）、张丹等集会于杨与百教忠堂，观灯宴饮，"华堂列炬照停骖，此夕良朋喜盍簪"①。方象瑛《大集教忠堂观灯分得十一真》诗曰："关西门第喜犹新，好友东南集主宾。灯敞华筵偏待雪，梅开高阁已分春。纵谈真胜书千卷，雅韵还宜酒数巡。"② 众多文人观看华灯绽放，高谈阔论，把酒言欢，气氛融洽而热烈。

方象瑛《八月十六日苊思、丹麓招集茂承堂分赋》"犹忆去年霞举宴，联床疏雨正今朝"诗句有作者自注："去秋是日，丹麓招集霞举堂，同人皆阻雨不至，余与家文虎畅饮留宿。"③ 表明康熙十三年（1674）八月十六日，王晫曾召集人聚会于霞举堂。霞举堂又称墙东草堂，是王晫读书之所，当时名流来往杭州都争相到访于此。因为下雨，其他人未如约而至，只有方象瑛、方文虎留宿于霞举堂。其实，方象瑛不只一次留宿于霞举堂，诗歌《将赴吴兴宿王丹麓霞举堂次日舟中读〈杂著十种〉却寄》曰：

> 霞举堂前落早潮，呼船送客拱辰桥。隔江招手重来约，别思盈盈入梦遥。（其一）
> 丹枫翠竹影高堤，画舫轻摇日未低。十卷奇书方罢读，不知舟过伍林西。（其二）④

王晫对二人此次相见也有记载，《薄暮方渭仁进士见过止宿草堂次日即适吴兴》诗云："高楼树色映斜阳，有客停车到草堂。寒夜烛

---

① 张丹：《张秦亭诗集》卷九，清康熙石甀山房刻本。
② 方象瑛：《大集教忠堂观灯分得十一真》，《健松斋集》卷二十三《萍留草》，第367页。
③ 方象瑛：《八月十六日苊思、丹麓招集茂承堂分赋》，《健松斋集》卷二十三《萍留草》，第368页。
④ 方象瑛：《将赴吴兴宿王丹麓霞举堂次日舟中读〈杂著十种〉却寄》，《健松斋集》卷二十三《萍留草》，第365页。

残知漏永，故人情重引杯长。乌啼断积空林月，雁影纵横极铺霜。闻道孤城行业处，新诗应自满奚囊。"① 诗歌交代了方象瑛拜访自己的时间、二人秉烛夜谈欢饮的情景以及对方象瑛吴兴之游充满了期待。方象瑛当晚留宿于王晫霞举堂，次日于舟中阅读了《杂著十种》。《杂著十种》包括《龙经》《孤子吟》《松溪子》《连珠》《寓言》《看花述异记》《行役日记》《快说续记》《禽言》《北墅竹枝词》，是王晫颇具代表性的作品。诗歌其二称誉《杂著十种》此书为"奇书"，而读罢此书"不知舟过伍林西"，更是侧面表达出作者对此书的高度评价。方象瑛不仅阅读了《杂著十种》，还为其中《松溪子》作序，序文论述了"经"与"子"的关系，"学至乃可以拟经，识超乃可以续子。子者，经之余也。顾经义蕴浑涵，不使人一望而竟挹之，而愈深味之而愈永。子则刻画惟恐不尽，峭厉孤隽，或别为幽深幻渺之言以自异。要其旨归，初无余蕴，乃世之学者每快意于子之爽然心口，而于经则对之欲卧，无怪乎离经畔道者多也"②。王晫曾字号松溪子，方象瑛盛赞了王晫的为人与为学："盖尝观松溪子之为人矣，著述名海内，而非圣之言不陈；交游尽天下名流，而未尝向俗客一通姓字。才高复不诡于学，宜其言约而旨该，理精而义显也。拟子者，尽如松溪，岂有离经畔道之虑哉。"③ 方象瑛还对王晫《松溪子》中的文章作了点评，《松溪子》有"文章者，人之枝叶也；道德者，人之根本也，必根本立而枝叶繁焉。中鲜道德，外饰文章，虽有枝叶，其本立亡"④ 语句，王晫自注："方渭仁曰：立德、立功、立言谓之三不朽，然以言较之德功，抑末也。故曰：言者，心之表也，又曰：德之华也。张茂先华而不实，此其所以先亡也。摘春华而采秋实，其在松溪乎？"⑤ 王晫认为文章与道德的关

---

① 王晫：《薄暮方渭仁进士见过止宿草堂次日即适吴兴》，《霞举堂集·松溪漫兴》，《清代诗文集汇编》第 144 册，上海古籍出版社 2010 年版，第 106 页。
② 方象瑛：《松溪子序》，《健松斋集》卷一，第 28 页。
③ 方象瑛：《松溪子序》，《健松斋集》卷一，第 28 页。
④ 王晫：《霞举堂集·杂著十种·松溪子》，第 212 页。
⑤ 王晫：《霞举堂集·杂著十种·松溪子》，第 212 页。

系比作枝叶与根本，是本与末的关系。只有枝叶而无根本就会消亡。方象瑛的分析紧紧围绕王晫的观点，并作了适当的延伸、发挥。

除此之外，方象瑛也对王晫《孤子吟》《行役日记》中的文章进行点评，《孤子吟》有文《右除夕》："伊岁元之正日兮，会履端之更新。家庆而户宴兮，气和畅以同春。……恐予年命之弗将兮，焉知明岁之犹存。以兹益悱恻兮，何能酬顾我之深恩。"王晫自注："方渭仁曰：苦乐相形，天壤迥别，欲报罔极，字字低徊。"①《行役日记》有文："廿四日，舟遇逆风，见扬帆者，未免生妒。徐先生解之曰：'我自处逆于彼何，与彼自处顺于我何焉。然则我辈潦倒泥涂，正不当徒滋怨尤也。'过莺脰湖，水色澄鲜，日光照耀，如匹练。扁舟远漾，又如落叶之乘顺流。行未数十里，云叶四垂，天气昏黑，不得已宿王江泾。夜梦先子，为雨声所惊，悲怆欲绝。"②王晫自注："方渭仁曰：数行中叙事议论、言情写景，无不各臻其妙，而融化无迹，洵是作手。"③

登山、观景、拜访或接待友人也是方象瑛寓居西陵时的主要活动方式之一。康熙十四年（1675），方象瑛、张右民、应撝谦、陈廷会、沈昀、陆堦、毛际可等登吴山，方象瑛作《登吴山眺望同张用霖、应嗣寅、陈际叔、沈甸华、陆梯霞、毛会侯》，所见之景是"云移越峤千峰见，树簇江城万井开"④，虽有新朋旧友陪伴，但羁旅之愁却始终萦绕诗人左右，"对酒喜看耆旧在，怀人便觉旅愁来"⑤。诗人归家无望，顿生哀愁，"故园西望归无计，落日层楼画角哀"⑥。方象瑛、牛奂、毛际可、诸匡鼎、陆进等也曾一起观看桃

---

① 王晫：《霞举堂集·杂著十种·孤子吟》，第208页。
② 王晫：《霞举堂集·杂著十种·行役日记》，第236—237页。
③ 王晫：《霞举堂集·杂著十种·行役日记》，第237页。
④ 方象瑛：《登吴山眺望同张用霖、应嗣寅、陈际叔、沈甸华、陆梯霞、毛会侯》，《健松斋集》卷二十三《萍留草》，第364页。
⑤ 方象瑛：《登吴山眺望同张用霖、应嗣寅、陈际叔、沈甸华、陆梯霞、毛会侯》，《健松斋集》卷二十三《萍留草》，第364页。
⑥ 方象瑛：《登吴山眺望同张用霖、应嗣寅、陈际叔、沈甸华、陆梯霞、毛会侯》，《健松斋集》卷二十三《萍留草》，第364页。

花,陆进作《偕牛潜子司马、方渭仁、毛会侯、诸虎男半山看桃花》,所见之景秀美怡人,"凝烟含露多红霓,望中彷佛赤城接。衣上顷刻丹霞生,径转逶迤忘远近"①。此情此景使诗人产生"此时疑是桃源里"的幻觉,而"隔溪鸡犬犹先秦"又让诗人有了"我欲回环志萝薜"的归隐之心。方象瑛也曾拜访顾有孝,《访顾茂伦》诗曰:"窈折虹桥路,高斋一径幽。图书分四壁,删定寄千秋。征士陶元亮,诗人沈隐侯。相携未忍别,梦亦为君留。"②顾有孝(1619—1689),字茂伦,号雪滩钓叟。江苏吴江人。著名选书家,与计东、潘耒、吴汉槎并称"吴中四才子"。方象瑛对顾有孝的评价与描述是较为准确的,"图书分四壁"两句写的是顾有孝编纂诗文选本及其意义。顾有孝终生以选诗文为事,编选《唐诗英华》(22卷)、《明文英华》(10卷)、《乐府英华》(10卷)、《江左三大家诗抄》(9卷)、《五朝名家七律英华》(28卷)、《骊珠集》(12卷)等20多部诗文选本,影响最大者当属《唐诗英华》。《唐诗英华》辑选唐代七言律诗二千余首,对当时诗坛尤其是吴中地区诗歌风气的振兴起到了积极的推动作用,《同治苏州府志》云:"明末吴中诗习多渐染钟、谭,有孝与徐白、潘陛、俞南史、周安、顾樵辈,扬榷风雅,一以唐音为宗,所选《唐诗英华》盛行于世,诗体为之一变。"③袁景辂《国朝松陵诗征》曰:"明季钟、谭并起,流毒东南,钓叟选《唐诗英华》以矫之,风气为之一变。"④"征士陶元亮"两句以东晋陶渊明、南朝梁沈约喻指顾有孝的隐逸情怀与文学成就。顾有孝在报国无望后隐居于吴江垂虹桥畔、钓雪滩头,他仰慕陶渊明的人品,"恒饥非士耻,道丧乃为贫。……集苑实可贱,进德我所欣"⑤。明朝灭亡后,顾有孝焚弃儒衣冠,"弃诸生,冥心天竺之学"⑥;康熙

---

① 陆进:《巢青阁集》卷四,清康熙刘愫等刻本。
② 方象瑛:《访顾茂伦》,《健松斋集》卷二十三《萍留草》,第369页。
③ 冯桂芬纂:《同治苏州府志》第一百五十卷首三卷,光绪八年江苏书局刻本。
④ 袁景辂:《国朝松陵诗征》卷二,乾隆三十二年吴江袁氏爱吟斋刻本。
⑤ 卓尔堪:《和陶寄毛子晋》,《明遗民诗》卷十三,中华书局1961年版,第548页。
⑥ 杨钟羲撰,刘承干参校:《雪桥诗话》卷一,北京古籍出版社1989年版,第42页。

十七年（1678）举博学鸿词，不就。尽管不求仕进，顾有孝却喜交游，所交皆高尚之士，因此四方宾客来访无虚日，"扬光之士有过松陵者，必停桡问茂伦起居"①。顾有孝所著《雪滩钓叟集》已亡佚不存，难以窥其诗文创作全貌，但从时人评论可略见一二。徐釚《雪滩头陀传》言其诗"每矜慎不苟作，遇有分题击钵者，恒终日不成一字，而间出片语，必隽永倾其座，人人是以益推服之"②，表明顾有孝才思敏捷，文采斐然。

康熙十五年（1676）春，方象瑛与方象璜、毛际可、丁溁赴俍亭禅师（徐继恩）之约去西溪探梅。池堤尽种梅树，千姿百态，"有屈曲如木假山者，婆娑若偃盖者，交柯者敧者偃者，俯入水者，柔条绕干若藤萝者"③，让人惊叹不已。众人夜宿禅院，"快绝高谈酬夜永"④，俍亭禅师"纵谈五灯宗旨与儒佛异同，旁及古今人物山川名胜"⑤。康熙十五年（1676）秋，方象瑛与陈廷会在吴山相遇，其诗《吴山遇陈际叔、马鸣九小饮》云："秋霁寻山颇未遥，故人贳酒便相邀。管弦嘈杂知何意，目放千峰听早潮。"⑥友人贳酒相邀，在丝竹管弦之中，诗人"目放千峰"，心胸大开，欢欣无比。

侨居杭州期间，方象瑛、毛际可时常拜会毛先舒，毛先舒有言："渭仁时与家会侯相过，浊酒鲑菜以佐谈笑。"⑦如方象瑛、毛际可、方象璜三人同行拜访毛先舒，方象瑛《同会侯、家雪岷兄过稚黄》"每怀烧烛宴，为访读书林。卧病耽奇字，幽居惬素心"⑧等诗句，刻画出毛先舒虽卧病但纵谈不倦的学者形象。毛先舒学养深厚，所谈内容涉猎广泛，"凡古今升降之由、人事物类之变，与夫经史之源

---

① 《乾隆吴江县志·隐逸》卷三十三，第39页。
② 徐釚：《南州草堂集》卷二十五，《清代诗文集汇编》第141册，上海古籍出版社2010年版，第421页。
③ 方象瑛：《河渚探梅记》，《健松斋集》卷六，第107页。
④ 方象瑛：《河渚探梅酬俍公》，《健松斋集》卷二十三《萍留草》，第367页。
⑤ 方象瑛：《河渚探梅记》，《健松斋集》卷六，第367页。
⑥ 方象瑛：《吴山遇陈际叔、马鸣九小饮》，《健松斋集》卷二十三《萍留草》，第368页。
⑦ 毛先舒：《〈萍留草〉跋》，《健松斋集》卷二十三《萍留草》卷尾，第370页。
⑧ 方象瑛：《同会侯家雪岷兄过稚黄》，《健松斋集》卷二十三《萍留草》，第367页。

流、学术之同异、诗文之得失、四声六韵之通变，莫不元元本本，穷极指归"①。每次拜会都让方象瑛大开眼界，"未尝不退而心折"②。方象瑛感叹："今避乱西湖，翻因患难而获周旋于足下，斯不幸中大幸也。"③ 毛先舒好交游，喜推举后学，常招诸文友欢饮，方象瑛《毛稚黄招饮》有诗句"樽传永夜宁辞醉，话向残冬欲讯梅。快绝清歌还二妙，管弦吹彻《凤凰台》"④，《凤凰台》是毛先舒自度之曲，此曲得到了同宴人的肯定，毛际可云："至五兄所度新曲，感锦袜于马嵬，吊苏小之孤塚，柔声入破，泪若缏縻。复聆《拟汉卿凤凰台作》，激楚悲凉，更令人唾壶欲缺。"⑤ "唾壶"典出《世说新语·豪爽第十三》"王仲处每酒后，辄咏'老骥伏枥，志在千里，烈士暮年，壮心不已'。以如意打唾壶，壶边尽缺"⑥，形容心情忧愤或感情激昂，指对文学作品的高度赞赏。毛际可用此典故，是对毛先舒所度新曲《凤凰台》的充分肯定。

诗人、戏曲家尤侗（号悔庵）曾过访方象瑛，并出示其所创《清平调》杂剧。此剧作于康熙七年（1668）尤侗51岁之时，方象瑛因此成为较早的一批读者。方象瑛《尤悔庵过访并读新制〈清平调〉杂剧》诗曰：

> 偶泛兰桡问虎丘，奇文读罢正深秋。但留诗卷成千古，莫笑今生不状头。（其一）
>
> 春风人自艳胪传，谁信龙头是谪仙。若使三年真太白，也应不负杏花天。（其二）⑦

---

① 方象瑛：《毛稚黄十二种书序》，《健松斋集》卷二，第42页。
② 方象瑛：《毛稚黄十二种书序》，《健松斋集》卷二，第42页。
③ 方象瑛：《与毛稚黄书》，《健松斋集》卷十一，第170页。
④ 方象瑛：《毛稚黄招饮》，《健松斋集》卷二十三《萍留草》，第364页。
⑤ 毛际可撰，顾克勇校点：《毛际可集·与稚黄兄书》，浙江大学出版社2015年版，第464页。
⑥ 刘义庆著，张万起、刘尚慈译注：《世说新语译注》，中华书局2006年版，第575页。
⑦ 方象瑛：《尤悔庵过访并读新制〈清平调〉杂剧》，《健松斋集》卷二十三《萍留草》，第369—370页。

尤侗《清平调》（又名《李白登科记》）杂剧敷衍了唐代诗人李白、杜甫、孟浩然三人参加科举考试的故事。故事梗概如下：天宝十载，唐玄宗仿效前朝上官昭容的故事，以"沉香亭宴赏牡丹制曲名《清平调》"作为试题选拔贤才，并让"知音懂律"的杨贵妃任主考官，批阅试卷，"定其等第，拔取状元"。杨贵妃最终选择李白所作《清平调》为压卷，取为状元，杜甫、孟浩然为榜眼、探花。李白入宫见驾，杨贵妃赐宫花、纱帽、袍带、朝靴等，并吩咐御林侍卫护送李白赴曲江之宴。途中遇到秦国夫人、韩国夫人和虢国夫人，三位夫人艳羡不已。曲江之宴时，杨国忠陪席，梨园名流李龟年、贺怀智、许永新等歌舞助兴。后杜甫、孟浩然前来祝贺，李、杜、孟三人大醉而归。经过御街时碰到安禄山，安禄山不肯回避，且出口不逊，李白执鞭抽打安禄山。安禄山负痛而逃。高力士传旨授李白为翰林学士，杨贵妃赐鲜荔枝为李白解醒，李白乘着酒兴让高力士为其脱靴。

《清平调》有着深层次内涵，是尤侗不得志后的寄托之作。自问世即得到了读者多方面的评论，如清代诗人杜濬（1611—1687）《〈李白登科记〉题词》曰："彼梨园者与其徒扮状元，何如径扮李白中状元，犹可以解嘲而释憾耶！"[1] 尤侗《答王阮亭》一文为理解杂剧《清平调》提供了绝佳材料：

> 来书谓仆《清平调》一剧，为吾辈伸眉吐气。第不图肥婢，竟远胜冬烘试官。摩诘出公主之门，太白以贵妃上第。乃知世间冬烘试官，愧巾帼多矣。读竟太息，又复起舞。仆谓天下试官皆妇人耳，妇人中又皆登徒之妻，河间之女，无不爱秋胡之金，从使君之骑。《易》所谓"见金夫，不有躬"也。若闺阁怜才，反过试官十倍。……太白赋《清平调》，上亲调玉笛以倚曲，每迟其声以媚之，太真以颇梨七宝杯，酌西凉葡萄酒，笑饮，敛巾绣巾再拜。据《本传》，如此不止天子门生，真为贵妃

---

[1] 吴毓华：《中国古代戏曲序跋集》，中国戏剧出版社1990年版，第357页。

弟子矣！假使太白当年果中状元，不过盲宰相作试官耳。设不幸出林甫、国忠之门，耻孰甚焉！何如玉环一顾，荣于朱衣万点乎？太白闻之，当浮大白，绝倒吾言。然仆甫脱稿，即有罪我为骂状元者。昔王渼陂作《杜甫游春》剧，人谓其骂宰相。今仆亦遭此谤，何李白、杜甫之不幸，而林甫、力士接踵于世也！此又仆之助公太息者也。①

方象瑛《尤悔庵过访并读新制〈清平调〉杂剧》诗歌其一盛赞该杂剧构思新奇，坚信此剧定能传颂千古；诗歌其二对该杂剧的内容作了高度的概括，并作出假设与猜想。后世文人学者对尤侗《清平调》亦有较高评价，如戏曲理论家焦循（1763—1820）《剧说》云："《李白登科记》，白状元，杜甫榜样，孟浩然探花，立格最奇"，任二北《曲海扬波》记《渔阳诗说》："尤悔庵之《黑白卫》《李白登科》，匠慷慨，自是天地间一种至文"，日本学者青木正儿《中国近代戏曲史》说："盖作者才名甚著，而未登第，乃作此剧聊以自慰耳"②，等等，从不同视角对该剧作出了较高的评价。

康熙十五年（1676）孟夏，毛际可赴补北上，方象瑛作诗赠别，其《送毛会侯赴补》诗曰："孟夏草木繁，送君西陵道。马首指燕云，金台花正好。同学少年俦，著鞭君最早。吏绩著雍梁，遄归亲已老。相携话旧游，乱离逆怀抱。迁播历险艰，窜伏依丛筱。共宿听鸣鸡，劳人诚草草。百口虎穴来，萍栖同潦倒。销愁托楮豪，古今恣搜讨。诗文每并题，出入共昏晓。严陵二子名，颇溢湖山表。"③诗歌前四句交代了送别的时间、地点等，接下来的四句写出了二人相交时间之久，赞扬毛际可为官的政绩。毛际可于顺治十五年（1658）成进士，"初授彰德府推官，后改知城固县，又知祥符县"（吕履恒《封奉政大夫甘州同知毛公墓志铭》）④，无论是做彰德

---

① 尤侗著，杨旭辉点校：《尤侗集》，上海古籍出版社 2015 年版，第 224 页。
② 青木正儿著，王古鲁译著：《中国近代戏曲史》，中华书局 2010 年版，第 253 页。
③ 方象瑛：《送毛会侯赴补》，《健松斋集》卷二十三《萍留草》，第 367—368 页。
④ 毛际可撰，顾克勇校点：《毛际可集》"附录二"，浙江大学出版社 2015 年版，第 772 页。

府推官、贵州黎平司理,还是城固县知县,毛际可均政绩卓著,"所至皆有异政":"其为理官也,有盗犯房有才等十三人,狱既成矣。先生察其冤,力请平反。巡抚难之。先生曰:'以一官易十三人命,干吏议,固所愿耳。'巡抚心折,因具疏释之。又连奇才者,殴毙曲尚信,谳者曲庇之。先生庭讯时,风雷大作,因祝曰:'脱有冤,当折吾庭树。'语未竟,庭槐应声而倒。奇才遂伏辜。其诚感如此。癸卯,充同考官,所得皆知名士。其在城固,清欺隐,绝箕敛,禁虎患,祷雨立应。邑有湑水河,立五门堰,溉田五万余亩。自明万历后,湮塞六十九年矣。先生设方计,均力役,四阅月而功成。至今赖之。祥符尤称剧邑,先生至则理,甚无事。其大政在禁兵之暴力,言于将军,置之法,兵乃戢。又力止朱仙镇总行垄断不行。其他善政悉此类。"① 毛际可的廉明不阿、积极为百姓谋福祉的行为,受到百姓一致称道。"相携"句以下,叙述了二人交情莫逆,谈诗论艺,一同避乱居钱塘,与西泠诸子笔墨竞妍,以致方、毛在东南文坛齐名并驾。同时期文人多将方、毛并举,陈廷会《〈健松斋集〉序》云:"邑中方君渭仁与其友毛君会侯,年少壮,并以制策时艺举甲科,显名当世。当世多宗师之。"② 吴陈琰《〈展台诗钞〉序》曰:"乙卯春,余识遂安方渭仁先生于会城,同舍者其同乡毛会侯先生也。时两先生避寇来游,方以诗古文辞相切劘,问字者不绝户外。会侯先生成《松皋集》,而渭仁先生亦有《健松斋集》并行于世。余尝举王右丞诗'闭户著书多岁月,种松皆作老龙鳞',惟两先生《健松》《松皋》之集足以当之。"③ 有论者指出:"文人并称在中国文学史上并不罕见,且已逐渐成为烙印在我们脑海中的文化符号。"④《送毛会侯赴补》诗歌最后抒发了对毛际可的祝愿,"喜君匡济才,骧腾云路矫"。诸多钱塘文人为毛际可赋诗践行,如陆进《送毛会侯之都门》(《巢青阁集》卷四)、王嗣槐《送毛会侯北上补官

---

① 毛际可撰,顾克勇校点:《毛际可集》"附录二",浙江大学出版社2015年版,第772页。
② 陈廷会:《〈健松斋集〉序》,《健松斋集》卷首,第10页。
③ 吴陈琰:《展台诗钞序》,《健松斋集》卷十八《展台诗钞上》卷首,第279页。
④ 刘文娟:《"彭王"并称及其文学活动考论》,《励耘学刊》2021年第2辑。

序》(《桂山堂文选》卷二)、王晫《送毛会侯明府入都谒选》(《霞举堂集·松溪漫兴》卷六)等。

杭州的美景让方象瑛产生了审美快感,他笔下的飞来峰,"危崖栖古树,怪石俯流泉"①;福城寺,"晴波数曲通禅院,古树千年护讲堂"②。泛舟湖上,"轻桡出浦才分浪",所闻所见是"夹岸园林闻唳鹤,凌空塔院落归霞"③。众多名胜古迹又让他发思古之幽情。五代十国时期吴越国的创立者钱镠(852—932)为构建"上有天堂,下有苏杭"的格局奠定了基础,是吴越文化的主要开创者。方象瑛《钱武肃王祠》"谁令闾左弭兵革,不向中原策战勋。四代冕旒丹篆字,千年碑碣锦衣军。霸图销尽雄风在,万弩潮声日夜闻"④等诗句赞誉了钱镠的历史功勋、英雄气概。尽管与西陵诸子交游唱和,也有美景可赏,但侨居他乡的苦闷却时时困扰着方象瑛,其文集命名"萍留草"亦可见方象瑛当时之困境、心绪。"频年烽火叹无家,隔院香风感岁华"⑤,"无端烽火怅移家,半载西泠旅梦赊。乍对新蒲惊节序,漫凭杯酒话天涯"⑥等抒发羁旅之愁的诗句,频繁出现在其诗集《萍留草》中。"自怜客久萦愁绪"⑦"愁多无可语"⑧的羁旅之愁成为诗集《萍留草》的主要情感基调。

小结

方象瑛诗歌内涵丰富,体裁多样,各体兼善,取得了较高的艺术成就。他的诗歌在不同的时期呈现不同的风格,诗集《秋琴阁诗》

---

① 方象瑛:《飞来峰》,《健松斋集》卷二十三《萍留草》,第367页。
② 方象瑛:《福城寺》,《健松斋集》卷二十三《萍留草》,第366页。
③ 方象瑛:《泛南湖》,《健松斋集》卷二十三《萍留草》,第366页。
④ 方象瑛:《钱武肃王祠》,《健松斋集》卷二十三《萍留草》,第368页。
⑤ 方象瑛:《灯集酬庐西宁》其二,《健松斋集》卷二十三《萍留草》,第363页。
⑥ 方象瑛:《五日旅怀》,《健松斋集》卷二十三《萍留草》,第363页。
⑦ 方象瑛:《闰五日同人大集陆荩思巢青阁分赋》,《健松斋集》卷二十三《萍留草》,第364页。
⑧ 方象瑛:《闰五日同人大集陆荩思巢青阁分赋》《渡湖访龚仲震》,《健松斋集》卷二十三《萍留草》,第364、365页。

学习徐陵、庾信之风，诗集《萍留草》"敛华就实，骎骎体格日上"（毛际可语）①。诗集《展台诗钞》体现出方象瑛自谦实则以才华自负的心理以及疾病、贫困兼身但又泰然处之的生活状态；诗集又一定程度上反映出清初京师文坛的交游、雅集活动，具有重要的认知价值。《锦官集》堪称方象瑛诗歌成就最高者，代表了他诗歌创作的最高水平，也是清代蜀道诗歌创作的重要组成部分，对研究巴蜀文学及文化有着重要的学术价值。并且秦蜀诗路激发了方象瑛等入蜀诗人的雄直之气，"对形成清代诗歌风格雄奇沉厚的一面具有重要意义"②。

---

① 毛际可撰，顾克勇校点：《毛际可集·方渭仁文集序》，浙江大学出版社 2015 年版，第 415 页。
② 王利民、查紫阳：《秦蜀驿道上的神韵与性灵——王士禛和张问陶的蜀道诗对读》，《中国韵文学刊》2003 年第 1 期。

第四章　方象瑛的古文研究

清初古文家以各自特色印证了不同风格和渊源所自,"国初三大家"的侯方域、魏禧、汪琬以及一批各有特点的古文家如王猷定、傅山、姜宸英、归庄、万斯同等活跃于文坛。方象瑛亦是古文创作的行家里手,其《健松斋集》《健松斋续集》合计有古文370余篇,文涉各体,包括序、记、论、议、赋、表、颂、铭、书、策问、题跋、传、行述、碑记、墓志铭、祭文、诔、辩、说、赞等,可见其驾驭古文的能力。方象瑛于古文创作"生平所嗜颇尚雅健,绝不喜拖沓之习"①,力求做到"与古人相遇于神理气骨之间"②,虽屡变而不失其真。本章着重探讨方象瑛的古文,分析其古文的思想内涵及其特点,以期考察其在清初文坛的地位。

第一节　赋论与赋创作

清代是中国古代赋体文学发展的重要时期,赋文数量远超前代,马积高《历代辞赋总汇》辑有清一代赋文二万多篇,其中清初赋作占有相当大的比重。康熙文坛作为清代赋体文学发展的关键时期,有着特殊的意义。翻阅清初别集,几乎集集有赋,而赋学理论也相当发达,内容涉及赋的本质与流派、风格与流变、鉴赏与批评、格法与声律等层面。

---

① 方象瑛:《〈孙宇台文集〉序》,《健松斋集》卷二,第41页。
② 方象瑛:《〈孙宇台文集〉序》,《健松斋集》卷二,第41页。

一 赋论与清初赋学

康熙朝时期，朝廷官方与私人编纂了大量赋集选本，如赵维烈《历代赋钞》、王修玉《历朝赋楷》、陆葇《历朝赋格》、钱陆灿《文苑英华律赋选》、陈元龙《历代赋汇》等，这些选本的序跋、凡例等表达出鲜明的赋论主张，此处不一一赘述。除此之外，清初文人别集的单篇文章也蕴涵着丰富的赋论观点，如朱鹤龄（1606—1683）《读〈文选〉诸赋》、纳兰性德（1655—1685）《赋论》、毛奇龄《丁茜园赋集序》、程廷祚《骚赋论》等。这些文章各有侧重，共同构建起了清初赋学的理论体系。从《读〈文选〉诸赋》的文章标题可知，这是作者朱鹤龄阅读《文选》所录赋作之后的读后感，表达了作者对赋的认识，是清初赋论的重要组成部分。这篇文章探讨的主要内容，一是辨析赋体，朱鹤龄认为"赋为六义之一"[①]。二是评论《文选》所录赋作的审美价值，指出赋都是有目的而作的，"盖古人文章未有无为而作者"[②]。他作了详尽地阐释："孟坚《两都》，为西京父老怨明帝不都长安，故盛称都都以风喻之也。平子《两京》，为明帝时王侯以下多逾侈，故作此以讽谏也。明帝欲废南都，故特称此都之盛，亦以讽也。长卿《子虚》《上林》，意欲明天子之义，故假称子虚、乌有、亡是三人以讽也。飞燕无子，成帝往祠甘泉宫，制度壮丽，子云故赋《甘泉》；又成帝猎南山，农民不得收敛，故赋《羽猎》《长杨》，皆以讽谏也。"[③]朱鹤龄指出班固（字孟坚）《两都赋》、张衡（字平子）《两京赋》、司马相如《子虚赋》《上林赋》、扬雄《甘泉赋》《羽猎赋》《长杨赋》等都是有所指涉之作，寓意深刻。纳兰性德《赋论》辨析了赋体源流并大略描述了赋的演变过程，"诗有六义，赋居其一。《记》曰：'登高能赋，可为大夫。'《诗》一变而为骚，骚一变而为赋"[④]。文章重点讨论了赋

[①] 王镇远、邬国平编选：《清代文论选》，人民文学出版社1999年版，第60页。
[②] 王镇远、邬国平编选：《清代文论选》，人民文学出版社1999年版，第61页。
[③] 王镇远、邬国平编选：《清代文论选》，人民文学出版社1999年版，第61页。
[④] 王镇远、邬国平编选：《清代文论选》，人民文学出版社1999年版，第431页。

与经术的关系问题:"屈原作赋二十五篇,其原皆出于《诗》。故《离骚》名经,以其所出之本同也。于是景差、唐勒、宋玉之徒,相继而作,而原之同时,大儒荀卿亦始著赋五篇。原激乎忠爱,故其辞缠绵而悱恻;卿纯乎道德,故其辞简洁而朴茂。要之旨皆以羽翼乎经,而与《三百篇》相为表里者也。"①

方象瑛虽没有赋学理论专著,但《王仲昭赋序》《与徐武令论赋书》两篇文章关于赋体的认知颇具识见,对构建清初赋学理论体系具有重要意义。

《王仲昭赋序》是为挚友王嗣槐所作。王嗣槐《桂山堂文选》卷十收赋二十二篇,请方象瑛为序,"仲昭顾属余序,且曰:'非子宁不载片字。'"②方象瑛作《王仲昭赋序》赞美王嗣槐的赋体成就,同时道出了赋学观。《与徐武令论赋书》是写给徐汾(字武令)的一封书信。徐汾作《赋辨》,方象瑛读后回信徐汾,认为其文"博雅精核",表达对赋体的认知。现录《王仲昭赋序》《与徐武令论赋书》二文精要处以便分析。

> 赋者,敷陈之义,其原盖出于《诗》。前世作者孙卿、屈平犹有古诗之意,宋玉以下,马、班、扬、左以及潘、陆、徐、庾非不璀璨一时,流声金石,然淫浮靡丽极矣。唐人以赋取士,由今观之,肤近都无余蕴,而名卿巨公率由此出,盖上以是求,下以是应,有固然者。今天下尚制举,义士之负才好文者,诗词而外,间为六朝小赋自娱。至于汉魏体制,作者绝少,岂真撰造远逊古人。盖唐宋以后,山川地理人物事类,名称不古,即连篇累牍,终归凡近。然则包括宇宙,综览万物,长卿所谓赋心,诚不可得而传,即经纬宫商纂组成文,亦岂易言哉。(《王仲昭赋序》)③

---

① 王镇远、邬国平编选:《清代文论选》,人民文学出版社1999年版,第431页。
② 方象瑛:《王仲昭赋序》,《健松斋集》卷三,第56页。
③ 方象瑛:《王仲昭赋序》,《健松斋集》卷三,第56页。

仆少时雅嗜赋学,手录赋苑盈帙,间以己意评论。如《子虚》《上林》起结仍近《国》《策》、梁园诸制,情致无余。李唐应试之作,肤词习句,正如今日闱体,规模既熟,千篇一手矣。《阿房》《赤壁》以记为赋,王骆诸公以歌行为赋。虽才极横溢,揆之正体,必有未合。近世若卢次楩辈,非不刻意拟古,然唐宋以后,山川、都邑、人事、物类尽非秦汉之旧,落笔不古,易入俚近,连篇累牍,徒搜奇字耳。故愚尝论长卿所谓赋心,实有得于笔墨之外,非可以言传。若研京炼都之作,古人已让之,单行千古,自不当更为效颦。登高而赋,如二谢之风流蕴藉,庾鲍之神骨森挺,便使人心怡神爽,不必取古人而规规求合也。(《与徐武令论赋书》)[1]

赋自产生以来,就有学者不断探讨其渊源、文体特征、审美属性、社会功用等问题。方象瑛的赋学批评,主要是从历史批评与鉴赏批评相结合的维度展开,概而言之,主要有以下几点值得注意。

第一,关于赋的起源,方象瑛持赋源于《诗》说。关于赋的起源形态,是历代论赋者展开赋学批评的首要问题。自班固《汉书·艺文志·诗赋略》、刘勰《文心雕龙·诠赋》以来,出现了多种不同的赋体渊源说,主要包括源于《诗经》、源于《楚辞》、源于战国散文、源于隐语等。其中以源于《诗》说法最为广泛、最具影响力。赋源于《诗》是大多数辞赋家与赋论家的共识。班固《两都赋序》云:"或曰:'赋者,古诗之流也。'……或以抒下情而通讽谕,或以宣上德而尽忠孝,雍容揄扬,著于后嗣,抑亦雅颂之亚也。"[2] 班固开宗明义地指出赋是由《诗》衍生的一种文体,内容上或抒写臣民的情志,或宣扬君王的功德,风格上雍容华贵,价值上仅次于《诗》雅、颂之作。赋为"古诗之流"观念一直占据赋体源流论的主导地位,如挚虞、刘勰、李白、白居易、章学诚等均持此说。挚

---

[1] 方象瑛:《与徐武令论赋书》,《健松斋集》卷十一,第173页。
[2] 郭绍虞主编:《中国历代文论选》第1册,上海古籍出版社2001年版,第144页。

挚虞《文章流别志论》云："赋者，敷陈之称，古诗之流也。古之作诗者，发乎情，止乎礼义。情之发，因辞以形之；礼义之旨，须事以明之。故有赋焉，所以假象尽辞，敷陈其志。"① 刘勰《文心雕龙·诠赋》言："《诗》有六义，其二曰'赋'。'赋'者，铺也；铺采摛文，体物写志也。……赞曰：赋并自《诗》出，分歧异派。写物图貌，蔚似雕画。"② 李白《大猎赋并序》："赋者，古诗之流，辞欲壮丽，义归博远。"③ 白居易《赋赋》："赋者，古诗之流也。始草创于荀、宋，渐恢张于贾、马。……况赋者，《雅》之列，《颂》之俦；可以润色鸿业，可以发挥皇猷。"④ 章学诚："古之赋家者流，原本《诗》《骚》，出入战国诸子。"挚虞、刘勰、白居易、李白、章学诚等均指出赋体的产生与《诗》关系密切，认为铺叙文辞、描述事物富有文采等是赋的主要特征。

《诗经》研究史上有"六诗"与"六义"之说，《周礼·春官》："（大师）教六诗：曰风，曰赋，曰比，曰兴，曰雅，曰颂。"⑤ 汉代儒学家将"六诗"敷衍为"六义"，《毛诗序》云："故诗有六义焉：一曰风，二曰赋，三曰比，四曰兴，五曰雅，六曰颂。"⑥ 经学家郑玄作了进一步阐发："风言贤圣治道之遗化也；赋之言铺，直铺陈今之政教善恶；比，见今之失，不敢直言，取比类以言之；兴，见今之美，嫌于媚谀，取善事以喻劝之；雅，正也，言今之正者以为后世法；颂之言诵也，容也，诵今之德，广以美之。"唐代孔颖达创造性地提出了"三体三用"说："风、雅、颂者，诗篇之异体。赋、比兴者，诗文之异辞耳。大小不同，而得并为六义者，赋、比、兴是诗之所用，风、雅、颂是诗之成形。用比三事，成此三事，是故同称为义，非别有篇卷也。"赋起源于《诗》赋、比、兴中的赋，

---

① 穆克宏主编：《魏晋南北朝文论全编》，上海远东出版社2012年版，第78—79页。
② 周振甫：《文心雕龙今译》，中华书局2013年版，第76—82页。
③ 王琦注：《李太白全集》，中华书局1977年版，第57页。
④ 顾学颉校点：《白居易全集》，中华书局1979年版，第877页。
⑤ 徐正英、常佩雨译注：《周礼》上册，中华书局2014年版，第495页。
⑥ 郭绍虞主编：《中国历代文论选》第1册，上海古籍出版社2001年版，第63页。

并逐步发展、演变成为一种成熟的文体样式，是符合文学自身发展的内在规律的。赋体文学的基本特征即以铺陈、叙述为主要特征、修辞方法。方象瑛《王仲昭赋序》开篇指出赋的缘起，他认为源于《诗》，观点鲜明。同时，他也指出个别赋作的源流，"如《子虚》《上林》起结仍近《国》《策》"。我们认为，赋的起源和"诗"有着密切关系，是在风、雅、颂三体中"赋"体影响，在各种文学相互作用、相互渗透下产生、发展的。程章灿说："赋者古诗之流说，若以某一特定方面来看，自有其似而是之处。李熙载在《艺概·赋概》中指出：'赋起源于情事杂沓，诗不能驭，故为赋以铺陈之，斯于千态万状，层见叠出者，吐无不畅，畅无或竭。'是很精辟的。"①

第二，大略叙述了赋的发展历程及各阶段赋的审美特征。在方象瑛看来，赋经历了不同的发展阶段且呈现各自鲜明的艺术特点。荀子、屈原的赋作"犹有古诗之意"，这一观点和挚虞《文章流别志论》"前世为赋者，有孙卿、屈原，颇尚有古诗之义"②是一脉相承的。宋玉之后，司马迁、班固、扬雄、左思、潘岳、陆机、徐陵、庾信等的赋作，尤其是"梁园诸制"，"璀璨一时，流声金石"，均取得了较高的声誉与成就，但是过于修饰辞藻，"淫浮靡丽极矣"。"丽则"与"丽淫"是关于赋审美特征的两个重要说法，扬雄《法言·吾子》篇曰："或问：'吾子少而好赋？'曰：'然。童子雕虫篆刻。'俄而曰：'壮夫不为也。'或曰：'赋可以讽乎？'曰：'讽乎？讽则已；不已，吾恐不免于劝也。'或问：'景差、唐勒、宋玉、枚乘之赋也，益乎？'曰：'必也淫。''淫则奈何？'曰：'诗人之赋丽以则，辞人之赋丽以淫。'"③扬雄认为诗人所作之赋华丽而符合标准，辞人所作之赋华丽而过度铺陈，其"丽则"与"丽淫"说对后世产生了深远影响，方象瑛"淫浮靡丽"的论断显然受到了此说的影响。西汉梁孝王刘武营建园囿，供宾客游赏，称梁园（一作"梁

---

① 程章灿：《魏晋南北朝赋史》，江苏古籍出版社2001年版，第6页。
② 穆克宏主编：《魏晋南北朝文论全编》，上海远东出版社2012年版，第79页。
③ 扬雄著，韩敬译注：《法言》，中华书局2012年版，第30—33页。

苑")。汉代名士枚乘、司马相如、邹阳都曾在梁园为客。后世诗文以此典故指代辞赋家枚乘、司马相如、邹阳等,如李商隐《寄令狐郎中》"休问梁园旧宾客,茂陵秋雨病相如"、李白《赠王判官》"荆门倒屈宋,梁苑倾邹枚"等诗句,均借用此典故,赞美诗中的抒情对象。

方象瑛接着指出,唐代科举以赋取士,律赋开始兴起,这一论断也是符合赋体发展演变的。我们知道,从初唐中宗开始,历经盛唐玄宗,试赋逐渐成为唐代科举的固定制度。中唐之后律赋创作进入鼎盛时期,律赋也成为唐代赋体中最多的一体。宋代李昉编《文苑英华》收唐代赋作一千多篇,其中律赋占三分之二。据叶幼明《辞赋通论》统计,《全唐文》以"赋"名篇的唐赋计1622篇,其中950篇是律赋。① 唐代赋的应试之作,由于"上以是求,下以是应"的现实情况带来了严重问题,唐赋呈现"肤近都无余蕴"② 的特点,"肤词习句,正如今日闱体,规模既熟,千篇一手矣"③。由于时代变迁,"唐宋以后,山川、都邑、人事、物类尽非秦汉之旧"④,明代卢楠(字次楩)等人虽刻意拟古,但其赋作"落笔不古,易入俚近,连篇累牍,徒搜奇字"⑤。清代岁试、科试以及翰林院的馆试(庶吉士朝考、散馆考试)、馆课以及"大考"等都考察律赋写作,因此清赋以律赋为多。方象瑛指出本朝崇尚制举,士子们在创作诗词之余,也创作六朝小赋,但学习汉魏之赋者相对较少,以致逊色于古人甚远。由此可见,方象瑛推重的是汉魏之赋。

方象瑛在两段话中均提到了司马相如(字长卿)的"赋心"论,有人向司马相如询问作赋的方法,司马相如提出"赋迹"与"赋心"之说:"合纂组以成文,列锦绣而为质,一经一纬,一宫一商,此赋之迹也。赋家之心,苞括宇宙,总览人物,斯乃得之于内,

---

① 叶幼明:《辞赋通论》,湖南教育出版社1991年版,第107页。
② 方象瑛:《王仲昭赋序》,《健松斋集》卷三,第56页。
③ 方象瑛:《与徐武令论赋书》,《健松斋集》卷十一,第173页。
④ 方象瑛:《与徐武令论赋书》,《健松斋集》卷十一,第173页。
⑤ 方象瑛:《与徐武令论赋书》,《健松斋集》卷十一,第173页。

不可得而传。"① 司马相如认为，要想写好一篇赋，就要一字一句、一辙一韵的认真推敲，这是赋的形迹；赋作者要有广阔的胸怀，总览世间众生相的能力。只有这样，所创作的赋才能内涵深广，有丰富的思想内容。司马相如的这一理论对后世赋学理论批评产生了深远的影响。方象瑛赞同司马相如的"赋心"说，他认为"赋心""得于笔墨之外"，是不可言传的；即便是一字一句、一辙一韵地作文，也不是一件容易的事情。在方象瑛看来，后人不必拘泥于效古，"不必取古人而规规求合"②，只要是创作抒发真性情的赋，就能够传颂千古。

方象瑛还论述了赋中存在的"破体为赋"现象。中国古代文体批评一直存在"破体为文"（亦有"破体为诗""破体为词"等）之说。如欧阳修《醉翁亭记》，古代很多文人都认为是以赋为记，如张表臣《珊瑚钩诗话》卷一："近代欧公《醉翁亭记》步骤类《阿房宫赋》。"③ 方苞云："欧公此篇以赋体为文。"方象瑛指出杜牧《阿房宫赋》、苏轼《赤壁赋》是"以记为赋"，王粲、骆宾王等是"以歌行为赋"，独抒己见。方象瑛虽没有作进一步的阐释，却给我们留下了巨大的思考空间。细思，苏轼的前后《赤壁赋》，主要写了苏轼两次游览黄州附近的赤壁所见情景与思想感受等，确可以说是一篇以"赋"体写记游的散文。

二 赋作的思想内涵及其特点

方象瑛作有《御试璿玑玉衡赋有序》《经史赋有序》《拟大猎赋》《西域贡狮子赋》《黄金台赋》《壁影赋》《远山净赋》《蜡梅花赋》八篇赋，其中四篇赋是应制之作。方象瑛的赋作主要内容是应制颂政、状物摹景、咏史怀古等，在艺术手法上有较为鲜明的特点。

康熙十七年（1678），康熙帝"大猎于南苑，讲武事"④，方象

---

① 葛洪撰，周天游校注：《西京杂记》，三秦出版社2006年版，第93页。
② 方象瑛：《与徐武令论赋书》，《健松斋集》卷十一，第173页。
③ 何文焕辑：《历代诗话》，中华书局1981年版，第450页。
④ 方象瑛：《拟大猎赋》，《健松斋集》卷九，第153页。

瑛仿李白《大猎赋》作《拟大猎赋》。这篇赋作具有汉大赋的典型特点，铺采摛文，体物颂美。作品描写了康熙帝率众臣在南苑狩猎的场面，气势昂扬，恢宏巨丽，表现了盛世王朝气象。如对射猎场面的描写："欻飞决拾之士，拔山超距之英。翼展象犀之卒，箕张罴豹之兵。据河魁而列阵，乘太白以扬旌。叱咤而山河震悚，跳荡而林壑骁腾。胻须鹤膝，机臂鱼文，草枯鹰疾，沙软蹄轻。马则追风逐电，人则跃景腾云。控弦则弓弯明月，飞镝则羽簇流星。于是云怒涛舒，雷行风往，瞋目星奔。发声谷响，拉虎摧熊，分犀裂蟒。殪邅兕于阴林，抉文豹于榛莽。"①语段辞藻华丽，使用对偶、排比手法，全篇气势磅礴，铺张扬厉，颇有汉大赋的神韵。

康熙十七年（1678）八月六日，西洋古里国向清朝贡献狮子，应征的鸿儒们被邀请观看，陈维崧、高士奇、施闰章、彭孙遹、王士禛、方象瑛、张英、尤侗、秦松龄等百余人皆有诗文纪其事，相当于举行了一场颇具规模的文人雅集。方象瑛《西域贡狮子赋》体物精妙，摹写传神，如对狮子的描写非常精彩："其为状也，拳毛似斗，怒目疑星，髯髯狼集，阔臆鸟呻。钩爪鹰骞之利，锯牙犬错之陈，柔毳拔豪之颖，劲毫倒薤之针。弭耳宛足，青鬣赤睛，群同牛马，族谢龙麟。既非百兽之长，犹同虢猫之形。而其为物也，力擅齸豻，威传搏象，蛰熊惊呼，哮虎匿响，裂兽则血溢巨川，攫鸟则毛吹指掌。吐声而邃谷雷奔，瞩目而幽岩电朗。四十里之鸡犬息鸣，五百程之风云骤往。出林踞魏武之车，夹座侍金仙之讲。虽杰骜其难驯，同豢龙而畜养。"②语段从形体、声音、力量、威慑力等方面刻画了狮子的威猛形象，让人为之叹服。文章可贵之处在于，没有仅仅对狮子作静态的描摹，而最终归结到人、到朝政，"盖上之所宝在士，国之所重惟民，信柔远而能迩，亦何忍贵物而贱人"③。国家所重在民，不能玩物丧志、不思进取，深具讽谏意味。

---

① 方象瑛：《拟大猎赋》，《健松斋集》卷九，第153页。
② 方象瑛：《西域贡狮子赋》，《健松斋集》卷九，第154页。
③ 方象瑛：《西域贡狮子赋》，《健松斋集》卷九，第155页。

康熙十八年（1679）三月初一日，康熙帝于太和殿体仁阁亲自诏试来京师应试的鸿儒们，试题为《璿玑玉衡赋》一篇、《省耕诗》五言排律二十韵。璿玑玉衡又作璇玑玉衡，语出《尚书·舜典》"在璇玑玉衡，以齐七政"，这句话大致有两种不同的解释：一主星象说，一主仪器说。如司马迁主张璇玑玉衡就是北斗七星，《史记·天官书》："北斗七星，所谓'旋、玑玉衡以齐七政'。"① 孔安国主璇玑玉衡是仪器说，他认为璇玑玉衡为"正天之器，可运转"，肯定璇玑玉衡为仪器。郑玄"运动为玑，持正为衡，以玉为之，视其行度"也指的是仪器。对于博闻强识、自幼即创作辞赋的方象瑛来说，这样的题目并非难事，他挥毫泼墨作《御试璿玑玉衡赋有序》。赋作开篇对朝廷大加赞美："国家化洽八弦，威行九有，荣光塞河，松云生牖。骏业讫于要荒，鸿施遍于林薮。三能齐乎泰阶，六府粲乎奎斗。兵销日月，位秩星辰，瑶图孔固，宝历当积，宝历恒新。登灵台而布宪，吹豳钥以宜民。"② 文章并不是一味的鼓吹赞美，也提出了很多具有实际功用的理念，如"酌古准今，因时定制"③ "勤民为钦昊之本，而鉴古实懋德之全"④ 等。

康熙二十四年（1685），康熙帝"问道之心，特试儒臣，俾陈经史"⑤，方象瑛作《经史赋有序》。这篇赋作充分展示了作者的博学多才，文章纵横捭阖，追源溯流，如"诗以言志，正变虽分，性情攸寄。比赋兴之较殊，风雅颂其各异。大化始于二南，删定通乎六义"⑥，短短几句就包含了诗言志、赋比兴、风雅颂、"六义"等众多诗学问题。再如关于史官职责的论述："晋魏以降，史职弥专。或奉诏而奏草，或独撰以纪年，或合众长以成帙，或历岁月而始传，或以稗官贻诮，或以秽史丛愆。嗤齐谐之冒史，复何有夫长编。然

---

① 司马迁著，韩兆琦评注：《史记》第1册，岳麓书社2012年版，第350页。
② 方象瑛：《御试璿玑玉衡赋有序》，《健松斋集》卷九，第149—150页。
③ 方象瑛：《御试璿玑玉衡赋有序》，《健松斋集》卷九，第150页。
④ 方象瑛：《御试璿玑玉衡赋有序》，《健松斋集》卷九，第150页。
⑤ 方象瑛：《经史赋有序》，《健松斋集》卷九，第151页。
⑥ 方象瑛：《经史赋有序》，《健松斋集》卷九，第152页。

观南史北史之并行,旧唐新唐之各著,庐陵接班马之遗,潜溪表金元之绪,通鉴出而法戒昭,纲目成而褒讥寓。"① 秉承事实著史是史官的重要职责,褒贬要旗帜鲜明,从而实现教化的作用。

方象瑛还有几篇体物写景赋也颇具特点。《壁影赋》文章开篇自问自答:"壁影何?月影也,而花木亭池悉具焉。月之影乃在壁,壁之影无非月。夜久静观,恐非俗笔能画也。"② 文章对各种"影"作了细致描写,读之令人叹绝。《蜡梅花赋》也是咏物的佳赋,作者对腊梅花的高洁、美丽在对比之下作了精彩描写:"或拟樱桃之佐,或聘海棠之妻,或覆新亭之井,或连故苑之畦。……敛淡黄兮色古,剪静碧兮容端,傲隆冬兮骨瘦,凌结冻兮神安。"③ 方象瑛在十余岁课业时曾作《远山净赋》,时人为之惊诧。如"其风舒也,秋声到席,疏影澄波,叶将黄掩,山乍白多。散幽芬于天末,寄萧澹于崇阿。恍清音其可接,托雅意于啸歌。其月至也,高映峰明,光含石醉,夜冷仍空,宵深如媚"④ 一段,把风、月下的景致刻画得细腻微妙,笔法老道。《黄金台赋》则是典型的咏史怀古之作。黄金台亦称招贤台,战国时期燕昭王所筑,是燕昭王尊师郭隗之所。方象瑛这篇赋作主要通过主客问答的形式赞美了燕昭王的礼贤下士,"咸叹王之知人能得士"⑤,以及郭隗的卓越才学。

方象瑛的赋作继承了前代赋作的优良传统,呈现出较为鲜明的艺术特点。首先,结构布局工巧,或有序或有歌,与正文互为补充。《御试璿玑玉衡赋有序》赋前小序交代了作者对星象、仪器的看法:"臣闻圣人御历德莫大于敬天。元后乘时制,独隆于法帝。盖欲授人若昊,必先立象陈仪。五纪以还,非无容成大挠之命。三古而后,遂有土圭臬影之司。然而察变观文,首重华以立极。"⑥《经史赋有

---

① 方象瑛:《经史赋有序》,《健松斋集》卷九,第152页。
② 方象瑛:《壁影赋》,《健松斋集》卷九,第157页。
③ 方象瑛:《蜡梅花赋》,《健松斋集》卷九,第159页。
④ 方象瑛:《远山净赋》,《健松斋集》卷九,第158页。
⑤ 方象瑛:《黄金台赋》,《健松斋集》卷九,第156页。
⑥ 方象瑛:《御试璿玑玉衡赋有序》,《健松斋集》卷九,第149页。

序》赋前小序交代了经史的重要意义："臣闻重学崇儒，圣世大同，文之治因人征事，哲王切稽古之思，惟诸经为载道之书。"① 两篇赋作前的序文，为后文的论述作了很好的铺垫。《黄金台赋》文末有"歌曰"："高台峨峨兮易水汤汤，筑馆致士兮勉勉我王。黄金灿兮栋宇光，士趋来兮霸业昌。除凶雪耻兮酬先皇，登台饮至兮乐且无央。"② 《壁影赋》文末也有"歌曰"："犀簟兮药房，荷衣兮荔裳。……摹子影兮镂吾壁，放我怀兮其子清。追卧游兮三五夕，莫相忘兮新月明。"③ 两篇文章的"歌曰"不仅使赋作在结构上有所变化，也对赋文的内容作了有益的补充、延伸。

其次，善于运用典故，旁征博引。《拟大猎赋》在铺叙狩猎队伍、场面之后，作者不禁发出"盖《上林》《长杨》未足侈其盛，而《甘泉》骊阜亦何能壮其模"④ 的感慨。《上林赋》是汉赋大家司马相如的作品，《长杨赋》《甘泉赋》是西汉扬雄所作，这三篇赋作都以描写盛大场面见长。方象瑛以其作比，借以突出南苑狩猎场面之盛大。《经史赋有序》有句："张苍杜预之钩深，何休范宁之栉比。譬繁星之争明，若蹄涔之测水，苟返本以穷源。"⑤ 这里引用了几位古代名人：张苍（前256—前152），西汉丞相，在历法、算学方面取得了很大的成就，为西汉王朝制定了立法与度量衡，他校正的《九章算术》对中国及世界数学发展作出重大贡献。杜预（222—285），西晋著名政治家、军事家和学者，博学多通，著有《春秋左氏经传集解》及《春秋释例》等。何休（129—182），东汉今文经学家。精研六经，作《春秋公羊传解诂》，又注《孝经》《论语》等。范宁（约339—约401），东晋经学家，所撰《春秋穀梁传集解》，是今存最早的《谷梁传》注解。方象瑛引用几位名人作为自己阐释道理的依据，无疑具有权威性。

---

① 方象瑛：《经史赋有序》，《健松斋集》卷九，第151页。
② 方象瑛：《黄金台赋》，《健松斋集》卷九，第156页。
③ 方象瑛：《壁影赋》，《健松斋集》卷九，第157页。
④ 方象瑛：《拟大猎赋》，《健松斋集》卷九，第153页。
⑤ 方象瑛：《经史赋有序》，《健松斋集》卷九，第152页。

再次，语言自然流畅，优美质朴，铺排而不见繁缛。方象瑛的赋文没有汉大赋那种逞才使气，更多的是随情随兴而发。他的赋文不拘泥于古赋，语句有长有短，散骈结合，文辞生动，情韵昂然。如《壁影赋》第一段是散体，长短句错落；第二段全是四字句，严谨整饬；第三段以六字句为主，兼以八字句。最后的"歌曰"部分，运用"兮"字骚体句式。骈散结合，使他的赋文有诗情、有画意、有哲理。

第二节　传记文创作

古代传记文作为一种文体，就性质而言大致可分为三类：一是史书上的人物传记，称为"史传"；一是史书之外，一般人所撰写的传记，称"文人传记"（或"杂传"）；一是用传记体虚构的人物故事，称之为"传记小说"。关于传记的各种体例，曾国藩《经史百家杂钞》"序例"言："传志类　所以记人者。经如《尧典》《舜典》，史则本纪、世家、列传，皆记载之公者也；后世记人之私者，曰墓表、曰墓志铭、曰行状、曰家传、曰神道碑、曰事略、曰年谱皆是。"① 依曾国藩所言，"本纪""世家""列传"是官方史家使用的传记体例，"墓表""神道碑""行状"等为一般百姓使用的传记体例。《四库全书总目提要》（传记类）云："案传记者，总名也，类而别之，则叙一人之始末者为传之属，叙一事之始末者为记之属。"② 清代传记，"体裁多样，数量繁多，质量上乘，记录了众多的、各种社会类型人物的历史，从而能够反映社会生活的方方面面"③。

翻阅方象瑛《健松斋集》《健松斋续集》，以"传"为名的人物传记有27篇，而具有传记性质的墓志铭、行状（行述）、碑记等有33篇；另有《〈明史〉分稿残编二卷》存《明史》帝、臣传87篇

---

① 曾国藩编纂，余础基整理：《经史百家杂钞》，中华书局2013年版，第2页。
② 纪昀等：《钦定四库全书总目提要》，中华书局1997年版，第821页。
③ 冯尔康：《清代人物传记史料研究》，天津教育出版社2005年版，第8页。

计63人（多篇亡佚）。方象瑛的古文得到了时人的肯定，金鋐言："其文直追史迁，视庐陵似为过之"①，叶方蔼云："经史诸书皆极搜猎贯穿"② 等，都说明方象瑛的古文具有较高的文学与认知价值。本书拟从主题取向和艺术特色两方面入手，探讨方象瑛的传记文创作。

一 传记文的主题建构

有学者指出："清人围绕如何表现传主，从写作原则、材料、叙述的真实性，材料的取舍、剪裁，以及语言的表达力度等方面做详尽而细致的探究，必须承认，无论往古还是现今，再没有哪个朝代、哪个学者像清代那样热情、认真、执着地思考传记写作的问题。"③ 综观方象瑛的传记文，或赞扬忠义守节之人，或肯定勤学不倦的文章儒学，或称誉刑身守节的贞女烈妇等。

第一，赞扬忠君节义之人。方象瑛"忠君节义"传记人物的特征侧重在忠于国家，为国殉节的忠臣。"义"是儒家提倡的五伦之一，《论语·阳货》曰："君子义以为上。"④《孟子·离娄上》曰："义，人之正路也"⑤，《告子上》："生亦我所欲也，义亦我所欲也；二者不可得兼，舍生而取义者也。"⑥ 当生命与"义"发生冲突而不能兼得的时候，很多忠君义士宁愿牺牲生命也要捍卫"义"的尊严。

方象瑛自幼受儒家思想的熏陶，忠孝仁义、三纲五常的观念在他的思想中根深蒂固。他忠君爱国，事父母至孝，尊师长至亲。这种意识反映在他的文学创作中，常见对忠君、贞节等人的叙述和赞扬。汪乔年（？—1642），字岁星，浙江遂安（今浙江淳安）人。明天启二年（1622）进士，授刑部主事，后擢山东布政司参议。朝廷召举边才，方象瑛祖父方逢年举荐汪乔年，升参政。崇祯十四年

---

① 金鋐：《〈健松斋集〉序》，《健松斋集》卷首，第2页。
② 叶方蔼：《〈健松斋集〉序》，《健松斋集》卷首，第3页。
③ 俞樟华、邱江宁等：《清代传记研究》，上海三联书店2013年版，第18页。
④ 杨伯峻译注：《论语译注》，中华书局1980年版，第201页。
⑤ 杨伯峻译注：《孟子译注》，中华书局1960年版，第172页。
⑥ 杨伯峻译注：《孟子译注》，中华书局1960年版，第265页。

(1641) 任陕西按察使、右佥都御史, 巡抚陕西。汪乔年为官时, 政事勤敏, 案牍无巨细, 皆亲手裁断。夜秉烛继之, "廊庑置土锉十余具, 薪米两造自炊。候鞫是非立决, 青人有'汪不解担'之谣"①。《汪总督传》众多事件中尤以汪乔年奋勇杀敌、后战死一段最令人印象深刻, 叙述也最为详尽:

> 壬午正月, 誓师赴河南, 至潼关, 诸生迎谒, 公慷慨曰: "吾本书生, 蒙恩至此, 自知此行如以肉喂虎。然不可不出, 以持中原心, 脱不幸, 惟有死耳。"听者皆泣下。时贼围总兵左良玉于郾城县, 辎重屯襄城。公计捣其巢, 留步兵火器营于洛阳, 精骑倍道兼进。二月, 抵襄城。贼撼公之发其祖墓也。舍良玉以数十万众逆战, 人龙等三帅未阵先奔, 诸军大溃, 公仰天曰: "此吾死所也。"率标兵千余入襄城拒守, 城无守具, 贼凿城为穴, 置火药其中, 火发城裂, 名曰放瓮。公令城中穿井, 随贼所凿, 以利刃刺之, 贼死甚众。凡七昼夜, 火药矢石皆尽, 援兵不至。贼觇公纛所在, 举炮击之, 雉堞尽碎。左右泣请避, 公怒, 以足蹴其首, 曰: "汝畏死, 我不畏死也。"复挥拳折其一齿, 守益固。俄大雨雪, 城崩, 公腋中流矢, 帅副将党威等巷战, 手毙数贼, 被创, 引刀自刭, 未死。贼执诣韩家庄, 大骂不屈。贼怒, 割其耳鼻舌, 乃死。邑人刘汉臣收其骸, 瘗庄后。贼退改殓, 面如生。②

崇祯帝命陕西总督傅宗龙向河南进军, 傅宗龙被围, 突围时在项城被杀。所选语段, 即为傅宗龙死后, 汪乔年被提升为陕西总督后的事迹。这段描写生动、鲜活地刻画出一位儒将的风采。尤其文段引用汪乔年的三句话, 都带有"死"字, 无论是"惟有死耳", 还是"此吾死所也""我不畏死也", 都体现出汪乔年视死如归、决绝之

---

① 方象瑛:《汪总督传》,《健松斋集》卷十三, 第 195 页。
② 方象瑛:《汪总督传》,《健松斋集》卷十三, 第 195—196 页。

心志。在外无援兵、内无弹药之时，汪乔年依然英勇杀敌。被俘后更是"大骂不屈"，直到被割掉耳朵、鼻子、舌头，才英勇就义，但仍然"面如生"，给人强烈的情感震撼。毛际可《汪总制公逸事状》亦有相似记载："公任总制未数月，赴援河南，师次襄城。刃既接，大帅贺人龙等久蓄异志，皆溃去。公孤军城守，贼围环匝，号数十万，百道攻城。公登埤坐矢石间，随机以应，杀贼数千人。贼愤甚。左右泣谏曰：'众寡不敌，公盍自为计？'公怒奋拳，折其一齿。无何，城陷，犹手刃三贼。被执，公骂不绝口。贼割其耳鼻，磔尸而去。"① 毛际可的这段文字虽未有方象瑛的记载详尽、精彩，但两段文字对读，可以更为完整地透视汪乔年的人物形象。

第二，刻画勤学不倦的文章儒学。方象瑛的人物传记也描写了一些诗人雅士，如《补唐玄英先生传》《柴虎臣先生传》《少司农余杭严先生传》等。玄英先生即方干，字雄飞，为方氏原祖，"先世系出唐玄英先生干"②。方象瑛有感于乐安孙郃所作传之不详，据《唐诗纪事》诸书补为全传。《补唐玄英先生传》抓住几个细节，突出了方干的文学才华与性格特点："初应进士举，与同举数辈谒杭州刺史姚合。姚见其貌陋兔缺，颇易之。后览众卷及先生诗，乃大骇，改容礼接。宾散，独留之馆数日，尝以先生苦吟，恐未能应，卒因夜宴，以飞字韵命赋。先生诗立成，姚大叹赏，登临宴饮无不与焉。"③ 方干因貌丑、兔唇而受到当时杭州刺史姚合的慢待，但姚合阅读方干的诗歌后改容礼待之。姚合夜宴时曾以"飞"字韵命众宾客作诗，方干挥毫立就，姚合大为叹赏，每次登临宴饮都会招方干一起。"立成"仅二字，就刻画出一位饱学之士挥毫泼墨、才华出众的形象。方干病危时对自己的儿子的一段话，更是突出了其高雅之致："将殁，谓其子曰：'志吾墓者，谁欤？吾之诗，人自知之，志日月姓名足矣。'"④ 话语不多，却字字珠玑，对自己所作诗歌充满

---

① 毛际可撰，顾克勇校点：《毛际可集》，浙江大学出版社2015年版，第288页。
② 方象瑛：《节孝行述》，《健松斋集》卷十四，第218页。
③ 方象瑛：《补唐玄英先生传》，《健松斋续集》卷六，第439页。
④ 方象瑛：《补唐玄英先生传》，《健松斋续集》卷六，第440页。

信心。传文最后以范仲淹拜谒方干故居、赋诗事作结:"宋景祐中,范仲淹守郡,谒先生故居,赋诗云:'风雅先生旧隐存,子陵台下白云村。唐朝三百年冠盖,谁聚诗书到子孙。'"① 文章始终围绕方干的才华立意行文。

《柴虎臣先生传》传主柴绍炳,字虎臣,仁和人,"西陵十子"之一。性格亢直,好议论,"人有过,正色斥之"②,从一个细节可透视之:"同学陈子际叔谨厚人也,有论学者创为异说,陈面折其非,其人诧曰:'君岂柴先生耶?'盖为人所畏服如此。"③ 柴绍炳生平砥砺文行,"以文章品行倾动海内,一时名人巨公如吴公麟征、刘公宗周、倪公元璐、黄公道周、陈公子龙辈,皆折节引重"④。柴绍炳有超世之志、济世之才:"先生年甫三十,弃诸生,隐居西湖南屏山,授徒自给,足迹不入城市,葛巾野服,自称翼望山人。念数十年来,士鲜实学,殚力搜讨,自经史外,凡濂洛关闽之书,天文舆地历法礼制乐律,与夫农田水利兵陈赋役之事,无不穷极源委。故其为文,衷理道,酌人情,稽核典礼,参之律令,举古今异同之论画,然一准于正学。"⑤ 柴绍炳为人纯孝善良,"每念父母,辄走墓门,伏地号恸,见者泣下。里人有以父笞出走者,先生流涕语之曰:'吾今欲求一杖不可得,汝乃避耶?'赋《游子遇孤儿行》感悟之。"⑥ 毛际可《西陵五君子传》亦有类似记载:"(柴绍炳)性纯孝。闻父卒于官,号擗欲绝,见者陨涕。里中儿以父笞出亡,绍炳向之流涕曰:'仆虽欲如卿受父小杖,讵可得哉?'乃作《游子遇孤儿行》示之,其人感悔自责。"⑦

《汪蛟门墓志铭》是方象瑛受汪耀麟(字叔定)之请,为其兄汪懋麟所作。汪懋麟(1639—1688),字季角,号蛟门。江苏江都

---

① 方象瑛:《补唐玄英先生传》,《健松斋续集》卷六,第440页。
② 方象瑛:《柴虎臣先生传》,《健松斋续集》卷六,第441页。
③ 方象瑛:《柴虎臣先生传》,《健松斋续集》卷六,第441页。
④ 方象瑛:《柴虎臣先生传》,《健松斋续集》卷六,第441页。
⑤ 方象瑛:《柴虎臣先生传》,《健松斋续集》卷六,第441页。
⑥ 方象瑛:《柴虎臣先生传》,《健松斋续集》卷六,第441页。
⑦ 毛际可撰,顾克勇校点:《毛际可集》,浙江大学出版社2015年版,第237页。

（今扬州）人。康熙六年（1667）进士，授内阁中书。康熙十八年（1679）入史馆，充《明史》纂修官。方象瑛与汪懋麟交往深厚，二人不仅是同年进士，更一同在史馆修《明史》，"余与君同举春秋试，又同直史馆，交最深"①。汪懋麟才华出众，冯溥、梁清标等"每宴会必召君及余辈数人，分韵赋诗。君击钵先成，两公咨嗟称赏，于是诗名冠一时"②。汪懋麟勤奋好学，嗜书不倦，由病中的一个细节可见一斑："读书饮酒，达旦不倦。戊辰夏，感微疾，遂不起。弥留之际，令洗研磨墨，置枕侧嗅之，复令烹佳茗以进，自谓香沁心骨。"③ 弥留之际仍不忘"洗研磨墨"，尤其是"置枕侧嗅之"的细微举动，足见汪懋麟之勤奋好读。

学者梁启超认为作为文学家的传记，应该兼顾两个重点："第一，要转录他本人的代表作品"，"第二，若是不登本人著作，则可转载旁人对于他的批评"④，在方象瑛的传记文中，载录传主的作品，如：汪懋麟在病危时曾口占二诗，诗云："恶梦虚名久未闲，孤云倦鸟乍还山。半生心事无多字，只在儒臣法吏间。又云：小住游仙五十年，大冠长剑亦偭然。文章勋业都无是，敢与何刘一例传。"⑤《补唐玄英先生传》录方干诗并登录他人的评价："论者谓先生为诗炼句，字字无失。如'野渡波摇月，山城雨罨钟''鹤盘远势投孤屿，蝉曳残声过别枝'，咏系风雅，体绝物理。齐梁以来，未有此句。又谓张祐升杜甫之堂，方干入钱起之室"⑥。"野渡波摇月"两句出自方干《送从兄郜》，"鹤盘远势投孤屿"两句出自方干《旅次洋州寓居郝氏林亭》。方象瑛本人对传主亦有评论，如评汪懋麟文章，"其为文上自左史下逮元明作者，莫不兼收博采""于唐宋大家中，独爱王荆公文"⑦；评其诗歌，"于诗好杜韩苏陆及香山诸家"

---

① 方象瑛：《汪蛟门墓志铭》，《健松斋续集》卷八，第456页。
② 方象瑛：《汪蛟门墓志铭》，《健松斋集》卷八，第456—457页。
③ 方象瑛：《汪蛟门墓志铭》，《健松斋续集》卷八，第458页。
④ 梁启超：《中国历史研究法》，岳麓书社2010年版，第174页。
⑤ 方象瑛：《汪蛟门墓志铭》，《健松斋续集》卷八，第456页。
⑥ 方象瑛：《补唐玄英先生传》，《健松斋续集》卷六，第440页。
⑦ 方象瑛：《汪蛟门墓志铭》，《健松斋续集》卷八，第458页。

且"尤善押强韵"①。

第三，称誉刑身守节的贞女节妇。方象瑛还颂扬了一些名不见经传的贞女节妇，在他的 27 篇传记文中写妇女者计有 11 篇。人们通常把坚守贞节的女子称为烈女、贞女、节妇。"烈"者指性情刚毅，"贞"者即坚定不移、正直忠诚，"节"者谓气节、操守。方象瑛传记文题目明显带有"节妇""烈妇"及相似字眼的有 7 篇，即《李烈母传》《项烈妇传》《童烈妇传》《蒋烈妇传》《吴太君孝节传》《侄妇王氏殉烈传》《余母倪节妇传》。其所述贞女节妇，就行为表现可概述为"贤母"型、"贞节"型、"情义"型等类型。

"贤母"型的传记，传主多是寡母，并因循着严母督促、孝子勤勉，遵循"家和万事兴"的模式。如《吴太君孝节传》传主钱氏，年二十三时夫亡，誓随之而去，众人苦劝，始勉进食。儿子才五岁，钱氏"矢节抚孤，足不出户外。履介既就，传课之最严。稍长，戒勿与外事赴宴会，专心肄习，以成父志"②。在钱氏的教育下，其子吴履介应童子试第一，第二年饩于庠，钱氏"叹曰：'庶稍慰未亡人苦心耳'"③。家贫，吴履介授徒为计，钱氏敦诫曰："汝年少，为人师，宜尽心课教，勿负人父兄相托之意。倘一钱不可告人，即日进旨甘，我不受，亦不可言孝也。"④ 在她的教诲下，子孙皆有成就。方象瑛赞钱氏："妇以节著难，节而孝更难，太君盖兼之矣。训子数语，又何凛然严父师也。"⑤

"贞节"型的传主，往往用自尽或者刑身的激烈手段，表明自己的坚定志向。李寿、项氏、蒋氏等皆在乱世中自尽保节。《李烈母传》传主李寿为方象瑛祖父方逢年的侧室。崇祯十七年（1644）三月，李自成军队攻破北京。当时邑中大乱，破城池、焚第宅，李氏"仓皇缘河东走，值游间，数辈执刀杖后至，母惧为贼辱，大呼，投

---

① 方象瑛：《汪蛟门墓志铭》，《健松斋续集》卷八，第 458 页。
② 方象瑛：《吴太君孝节传》，《健松斋续集》卷六，第 443 页。
③ 方象瑛：《吴太君孝节传》，《健松斋续集》卷六，第 443 页。
④ 方象瑛：《吴太君孝节传》，《健松斋续集》卷六，第 443 页。
⑤ 方象瑛：《吴太君孝节传》，《健松斋续集》卷六，第 444 页。

珠水死"①。《项烈妇传》传主项氏亦是"贞节"型妇女的代表。顺治三年（1646）春，清兵驻扎于淳安，沿江数百里。五月四日晚，大兵突至，因风纵火，婢女欲挽项氏出逃，项氏的表现让人震撼："烈妇正色曰：'出则死于兵，不出死于火，等死耳。死火者不辱，若能死从，我不能亟去。'时，妪已先逸，见火炽甚，复奔入呼曰：'火封舍矣。'又曰：'某某已出匿他所矣。'皆不应。积书左右，坐其中，火焚书烬，烈妇死焉。"②方象瑛《项烈妇传》"论赞"认为，在兵燹之际，辱身苟活者很多，慷慨捐躯者很难。项氏本可在火未到之时逃脱免死，但她不肯辱于兵，"视死如归，以书为殉，其烈可及，其志不可及也"③。《蒋烈妇传》则带有一些迷信色彩："顺治乙未，盗起开化常山，延及遂安，焚劫村镇，所至掳其人，系砦中，夜则令两人互卧，系其左手右足、右手左足，参错缚之，缭以铁纽。又或束其肢体，血凝急而后倒之，勒索动百千计，谓之做饷，户无得免者。十月，营铜山。铜山民余和上妻蒋氏颇少艾，闻贼搜山，抱幼子匿深谷间。贼见欲污之，妇骂曰：'我曹本穷民，若属戕无辜，天必戮汝，肯为汝辱耶？'贼大怒，一贼遽前斫之，断其首，犹抱子立不仆。其姑隔山见之，恸哭，来取其子，妇举子授姑，乃殒。贼皆骇异。"④文章写得十分精彩，烈妇斥贼的话语慷慨有力，激愤昂扬；"抱子立不仆"，直到姑取其子而倒的情节，充满了神异色彩，表达出人们对忠贞妇女的美好祝愿与赞美。

"情义"型的传记，内容主要是叙述夫妻的情深义重。《侄妇王氏殉烈传》传主王氏是方象瑛族弟方象震子方绍祖之妻，方绍祖多病，王氏祈祷于神，出簪珥作药饵之用资，方绍祖病才痊愈。癸酉正月二日，方绍祖又大病，方、王二人的一段对话可见夫妻之情深："（方绍祖）语烈妇曰：'误汝终身，奈何？'烈妇应曰：'毋以我为念，惟有生死从君耳。'绍祖点首曰：'汝能是，吾无憾矣。'自是

---

① 方象瑛：《李烈母传》，《健松斋集》卷十三，第209页。
② 方象瑛：《项烈妇传》，《健松斋集》卷十三，第210页。
③ 方象瑛：《项烈妇传》，《健松斋集》卷十三，第210页。
④ 方象瑛：《蒋烈妇传》，《健松斋集》卷十三，第212页。

侍药糜，兼旬勿懈。二十三日奉药进，绍祖执烈妇手，啮其臂肉几断，烈妇泣曰：'君疑我不能践言耶？誓死相从，不敢负也。'乃微笑而释之。"① 病榻前的一问一答足显二人感情之深挚，自丈夫病重，王氏"侍药糜，兼旬勿懈"。方绍祖的动作（"啮其臂肉几断"）、王氏的语言（"誓死相从，不敢负"）生动传神地再现了当时的情景。二十四日，方绍祖病逝，王氏"抚棺悲恸，绝食者五日"，经族人亲戚劝慰才开始进食。但王氏一直藏有死志："夜请于姑曰：'妇有言，愿姑识之。来年葬吾夫并葬我。所有资妆留为嗣子计。妇不能长奉甘旨矣。'姑大惊，问故。泣对曰：'自夫殁后，屡梦夫促我，且曰：尔忘啮臂时耶？今衾枕履襦俱已备，特归辞舅姑，践前盟耳。'姑涕泣阻之。烈妇曰：'臂痕犹在，岂敢偷生。吾志决矣。'翌日，父至，劝之食，不应。"② 王氏的几句话掷地有声，殉夫之志铮铮可见。后王氏绝食十六日而亡，年仅二十三。方象瑛在文末"论赞"中说："烈妇殉夫鲜有以绝粒见者，有之，自余仲妇始。盖仰药投缳，人不及觉，可以奋然于一决。若绝粒则奄奄旬日，父母戚党环泣，而和糜进膳有难以坚决者矣。"③ 方象瑛将王氏与儿媳毛孟作了对比。

毛孟为毛际可之女，十七岁时嫁给方象瑛次子方引禩，毛氏幼服庭训，柔婉端庄。方引禩患疾病，毛氏"奉汤药，亲濯瀚，数月不解带"④。方引禩以误毛氏终身为憾事，毛氏"泣对曰：'子先行，我后至，誓不相负也。'"⑤ 后方引禩病逝，毛氏伤心欲绝，从楼上跳下，"楼高二丈，下砌以石"⑥，幸运的是没有摔死，"卧床一月，呕黑血数升"⑦。父母亲人严加防护，"谕以举家萍寄，婿柩尚未得

---

① 方象瑛：《侄妇王氏殉烈传》，《健松斋续集》卷六，第 445 页。
② 方象瑛：《侄妇王氏殉烈传》，《健松斋续集》卷六，第 445 页。
③ 方象瑛：《侄妇王氏殉烈传》，《健松斋续集》卷六，第 445 页。
④ 方象瑛：《仲妇毛氏殉烈述》，《健松斋续集》卷七，第 454 页。
⑤ 方象瑛：《仲妇毛氏殉烈述》，《健松斋续集》卷七，第 454 页。
⑥ 方象瑛：《仲妇毛氏殉烈述》，《健松斋续集》卷七，第 454 页。
⑦ 方象瑛：《仲妇毛氏殉烈述》，《健松斋续集》卷七，第 454 页。

归"①,毛氏始稍进食,自此"布衣长斋,奉观音大士,持《金刚经》,屏去诸书,惟日玩《列女传》。敬尊长,睦姊娌,抚子侄,恩逮族党邻里,刻意减餐,清苦自励"②,但十年来一直以葬夫为念。待方引禩安葬后,毛氏开始绝食,勺水不入口,绝食十九日而亡。绝食十七日时,"曾下白物数块,众怪之。然疑其肠腐,倾入厕中"③。半年后,"里中农家胡明仁发厕晒道旁,与其邻胡起明及胡兴祥女先后检得之,刮洗示人,则金指环二枚、金耳环一只"④,方知毛氏绝食时曾吞金欲求速死。毛氏的忠贞感动了时人,得到了广泛同情与赞誉,"一时名士赋堕楼诗传之"⑤,如陈维崧《毛贞女坠楼诗序》、毛奇龄《家烈妇诔文》、徐釚《方烈妇传》、江闿《方烈妇传》《方烈妇》、袁佑《方妇毛氏节烈歌》等。方象瑛对忠贞烈妇是持赞赏态度的,他认为侄妇王氏和儿媳毛氏是"一门双烈,为家乘光"⑥。

二 传记文的艺术特色

方象瑛的传记文有着较为鲜明的艺术特点,其笔下很少有历史人物,重视为近当代人立传,常常直接引用人物的对话来表现人物的个性,结尾处多借鉴司马迁"太史氏曰"的形式结束文章。

(一) 多为近当代人立传,具有"私人叙事"特征

古代史传大致可分为"宏大叙事"与"私人叙事"两种叙事形态,"'宏大叙事'(grand narrative)与'私人叙事'(private narrative)是一对对立统一的叙事范畴,题材重大、风格宏伟的史诗以及许多类似的官方记事应该属于'宏大叙事',而建立在个体经验基础上的记事无疑属于'私人叙事'"⑦。明清易代之际,社会巨变,文

---

① 方象瑛:《仲妇毛氏殉烈述》,《健松斋续集》卷七,第454页。
② 方象瑛:《仲妇毛氏殉烈述》,《健松斋续集》卷七,第454页。
③ 方象瑛:《续记吞金事》,《健松斋续集》卷七,第456页。
④ 方象瑛:《续记吞金事》,《健松斋续集》卷七,第456页。
⑤ 方象瑛:《仲妇毛氏殉烈述》,《健松斋续集》卷七,第454页。
⑥ 方象瑛:《侄妇王氏殉烈传》,《健松斋续集》卷六,第445页。
⑦ 傅修延:《先秦叙事学研究》,东方出版社1999年版,第107页。

人士子的精神受到极大冲击，纷纷纭纭的忠奸善恶，沉浮显隐，这促使具有"扬善惩恶"作用的传记文逐渐繁荣起来。一方面，私修史书的数量繁多，"几乎清初的士大夫都有明史著作，谢国桢《增订晚明史籍考》，长达20卷篇幅，涵容文献千余种，充分说明这个时期明史的著述之繁"①；另一方面，文人别集的传记作品俯拾即是，如钱谦益《钱牧斋全集》有传记作品300多篇、黄宗羲《明儒学案》《思旧录》有传记作品1000余篇、汪琬别集有传记作品100多篇、全祖望别集存传记作品210多篇等。清初传记文整体上呈现"宏大叙事"的创作倾向，传主多选择忠臣孝子、遗民隐士，创作主题多以表彰忠孝节义为主，叙述上遵守史体，不呈才使气。清初"古文三大家"魏禧说："文章之体，万变而不可穷莫如传。……仕宦政事足取法，得失关国家故者，必详书，不敢脱略驰骋、求工于吾文已也，盖以为信史之藉手云尔。于表志也亦然"②，这段话颇能代表时人对传记文创作的一般认识。清初"古文三大家"汪琬、知名古文家王猷定等的传记文都呈现"宏大叙事"的创作倾向。

  方象瑛的传记文在传主选择、主题抒发上都表现出鲜明的"私人叙事"特征。方象瑛笔下的忠臣义士、孝子节妇或是同时代之人，或是距其时代不远之人，且多为受托之作，这就增加了传记的真实性。《汪母程太君传》是为汪钟如之母程氏所作传，文章开篇交代了自己与汪钟如的关系："余与汪子钟如同举癸卯贤书，又同官于朝。钟如假归，余为文送之，深羡其庭闱、聚庆之乐。"③后汪母殁，汪钟如过海阳，请求方象瑛为母作传，"钟如以状属余为传，曰：'知吾母者，莫君若也。'"④《张吏部传》是为张新标（字鞠存）所作传记，张新标之子张鸿烈、张新标表弟李铠与方象瑛同举博学鸿词科，入史馆修《明史》，关系亲密。张新标去世后，张鸿烈求方象瑛为父作传，李铠亦表达了其意，"山阳张鞠存先生卒，长君鸿烈官京师，

---

① 俞樟华、邱江宁：《清代传记研究》，上海三联书店2013年版，第3页。
② 魏禧著，胡守仁点校：《传引》，《魏叔子文集》，中华书局2003年版，第775页。
③ 方象瑛：《汪母程太君传》，《健松斋集》卷十三，第216页。
④ 方象瑛：《汪母程太君传》，《健松斋集》卷十三，第216页。

徒跣数千里趋治丧。濒行，属余为先生传。自揆鄙陋，何敢任。顾与先生父子同试阙廷，已获与长君共史馆。同官李君铠，先生中表弟也，复申长君意，乃不获辞"①。《家学博子凡公传》是为方杰所作，方杰之子方天缙（珽伯）与方象瑛曾同补博士弟子，二人交情甚好。《族侄太学君传》主人公方攉（字书升）是方象瑛的同族子侄，方象瑛侨居武林时，往来契好。儒家的理想人格，是以忠、孝、节、义为基础的做人、做事。方象瑛在传记文里就热情地讴歌了这样理想人格之人物。

（二）直接引用人物语言表现人物个性

人物通过"说话"，可以展示他的职业、身份、地位等，不同的社会角色，便有不同的说话口气。通过对话和富有个性的语言揭示人物性格，是《史记》人物形象塑造的重要方法。如刘邦、项羽见秦始皇巡游的威仪，各说了一句话。刘邦说："嗟乎！大丈夫当如此也！"项羽说："彼可取而代也！"刘邦的话多有羡慕，项羽的话则更多的是自负与野心，从中可以看出他们当时不同的处境与性格。日本学者泷川资言："陈胜曰：'壮士不死即已，死即举大名耳！王侯将相宁有种乎？'汉高曰：'嗟乎！大丈夫当如此也！'项羽曰：'彼可取而代也！'三样词气，三样笔法，史公极力描写。"（《史记会注考证》）司马迁这一手法在方象瑛的人物传记里被运用得十分娴熟。《许参政传》写许文岐英勇事迹时多引用人物语言：

> 荆襄失守，谍报日益急，人无固志，会升督粮道，客曰："公可行矣。"文岐叹曰："吾为天子守孤城三载矣，分当死封疆，虽危急奈何弃之？"命其妻吴率幼子奉母归，长跪泣别。乃檄杨富、毛显文屯关厢，为固守计。会藩宗逐守兵，不给饷。两军渐解散，而藩下霍都司复潜通张献忠。十六年正月，遂大队围蕲州。文岐率甲士往来堵御，发神铳毙贼甚众。时夜将半，天寒雪盈尺，贼破西门，文岐督军巷战。雪愈甚，炮火皆沾湿。

---

① 方象瑛：《张吏部传》，《健松斋集》卷十三，第203页。

至关壮缪庙，诸将请渡江。文岐曰："封疆已陷，吾何敢独生？"自经树下，家人解救之，佩刀出，复杀数贼，力尽，遂被执。贼见之曰："好！许参政不爱钱，爱百姓。"环拥见献忠。献忠亦闻其名，颇礼之。文岐厉声曰："既被执，惟速死耳。"献忠命系于后营。时举人奚鼎铉等数十人同系。文岐密谓曰："观贼老营多乌合，凡此数万，皆被掠良民，若告以大义，同心协力，贼可歼也。"于是阴相结期四月中，以柳圈为信。诸生王国统者，尝奸宦家妇，为文岐所裭责，心憾之。至是，亦与约，遂以其谋告献忠。献忠索之，得柳圈，召文岐曰："吾破武昌，当发榜安民，君为我署之。"文岐知事露，瞠目视贼，取案上大砚掷献忠，曰："吾头可断，榜决不可押。"献忠怒，命引出至麻城三里畈。文岐北向拜辞朝廷，又南向拜父母。方再拜，贼前连砍之，遂死。①

张献忠兵临城下，许文岐孤军奋战，后终于力衰而被俘。被俘之后，仍积极联络其他被俘之人，被叛徒出卖，最终殉国成仁。语段中许文岐的话语，每一句都充满了绝决之气，尤其是"北向拜辞朝廷，又南向拜父母"的细节描写，一位忠君爱国孝亲的人物形象跃然纸上，可谓传神之笔。

（三）善于通过一两件小事来突出传主的性格、品质

方象瑛写余国祯嗜学严教子孙，"既老，犹执卷向日影中，日拈制义课诸子，掀髯笑曰：'使吾复应童子试，宁不当芥拾青紫耶。'"②寥寥数语即刻画出一位老犹嗜学、乐观向上的儒者形象。写余国祯积极参与政务，支持晚辈，仅仅用了一句人物的语言，鲜明地体现出了人物的性格特点，"辛亥之秋，余以邑秕政厉民，集同志条列利病，得请岁省脂膏二万金。公时年七十六矣，与议无倦容，

---

① 方象瑛：《许参政传》，《健松斋集》卷十三，第197—198页。
② 方象瑛：《富顺知县坳庵余公墓志铭》，《健松斋集》卷十五，第240页。

或劝之稍休，公执余手曰：'吾老矣，得君辈嘉惠闾里，心乐之不疲也。'"①再看对周光启的描写，"君始病，人恐失君，群祷城隍之神，或各祷于其社。殁后，持服哀恸，罢市者数日"②，从周光启生病及死后人们对其的态度可知，周光启在人们心中的地位；也从侧面说明周光启在宰遂安县知县时，政绩深得人心，确实是有益于人民，"数十年来，令之得民心，前此未有也"③。这些细节描写对于刻画人物形象、完善人物性格起到了很大的推动作用。

（四）承袭史书论赞体式

作为叙述模式，人物传尤其是史传，开篇与结尾都有一定的固定模式。开篇一般都写传主的姓字籍贯；然后叙其生平事迹，多是选择几件典型事例，表现传主的性格特点；最后，交代传主之死及配偶、子孙情况。篇末另有一段作者的话，多为抒发作者的感慨、评论。篇末这段文字，《史记》称"太史公曰"、《汉书》用"赞曰"、《三国志》用"评曰"、《后汉书》用"论曰""赞曰"，称谓不一，但所起的作用则大致相同。

方象瑛的传记带有史书论赞特色，与他饱学经书、参与编纂《明史》等经历密切相关，也体现出了实录精神。方象瑛传记中的论赞主要以司马迁"太史公曰"的格式为主，多用"史氏曰""论曰""太史氏曰""方子曰""艮堂老人曰""艮堂耆叟曰"等称谓，方象瑛的论赞与司马迁一样善于咏叹，在论人论事时流露出浓厚的己身情感。如《汪总督传》末云："方子曰：总督与先大父同庚同学，又同举进士。余儿时犹及见之，丰髯伟貌，有膂力。时天下多事，公丁外艰归，葛巾布袍，引强弓习射，慷慨自命。呜呼！岂意其果死哉。夫士有幸有不幸，使公生承平时，清操介节，何让海瑞轩轾。乃时事已坏，非人力所能支。出师未捷，身死疆场。悲夫！"④《姜鸿胪传》末曰："方子曰：余犹及见京卿公貌清挺，盖古君子也。丙

---

① 方象瑛：《富顺知县劭庵余公墓志铭》，《健松斋集》卷十五，第241页。
② 方象瑛：《文林郎遂安县知县悔庵周君墓志铭》，《健松斋集》卷十五，第243页。
③ 方象瑛：《文林郎遂安县知县悔庵周君墓志铭》，《健松斋集》卷十五，第243页。
④ 方象瑛：《汪总督传》，《健松斋集》卷十三，第196页。

寅、丁卯间缇骑四出，公与先大父皆惧不免，设重门置鸩以待。夫人臣致身至使以死自期，岂独臣之不幸也哉。一鸣而斥犹获全其身。呜呼！亦危矣。"① 在这两则短短的论赞中，方象瑛将叙述、议论与抒情相结合，交代了传主与自己祖父的关系以及自己幼时见到传主的印象，不仅使整篇传记可信度变高，咏叹也具有了强烈的感染力。

方象瑛的传记文还具有一定的史料价值，为我们保留了一大批历史人物的生平事迹，是研究这些历史人物的宝贵资料。同时，这些作品还比较广泛地反映了当时的社会生活，间接地为后人提供了了解和研究明清社会政治、经济、文化等方面的佐证。碑志作为一种应用文体，要求记述死者的生平、功业。碑多立在墓前，以表彰死者的功德，志是刻在石上入墓，让后人稽考死者的生平，因此必然带有"史"的性质。刘勰说写碑志需具史家的才能，宋代吴子良："曾子固云：铭志义近乎史"，黄宗羲曰："夫铭者，史之类也"，都肯定了碑志的史料功能。方象瑛的碑志所涉墓主与今《明史》《清史稿》对照，有的在史书中有传，有的则史书不载，其事迹无从查考。因此，方象瑛的碑志文成为研究他们的珍贵资料。史书中所载之人的传记大都比较简略，有的还是附于他传之后，仅仅几句话数十字。方象瑛的碑志比较详细地记载了他们的事迹，为相关研究提供了方便。如《富顺知县劭庵余公墓志铭》是应余国祯之子所请，为余国祯死后作的墓志文，文章开篇交代了撰写的缘由，接着详尽地叙述了余国祯一生的重要事迹。这篇文章被《民国遂安县志》全文收录，题目变为《文林郎富顺知县余公墓志铭》，可见其史料价值。

第三节 记体文创作

唐前，记体尚未形成独立体式。唐代韩愈、柳宗元创作记体散文，遂成一式。到了宋代，记体文繁盛多姿，蔚成大国。清初，记

---

① 方象瑛：《姜鸿胪传》，《健松斋集》卷十三，第 199 页。

体散文得到更大发展,从现存的清初文人记文来看,有的记人,有的记事,有的记物,还有的记山水风景。叙述方式灵活多样,有的重叙述,有的重议论,有的重描写,有的重抒情,不一而足。方象瑛以"记"名篇的散文计有36篇,据其内容、特点可大致分为台阁名胜记、山水游记、书画杂物记和人事杂记等类型。

一 台阁名胜记

"古人在修筑亭台、楼观,以及观览某处名胜古迹时,常常撰写记文,以记叙建造修葺的过程,历史的沿革,以及作者伤今悼古的感慨,等等。"① 这类文章虽然所写的对象是建筑物或者历史名胜古迹,但内容大多是抒发议论,表达作者的胸襟怀抱。杨庆存认为亭台堂阁记,"唐人此类作品一般以'物'为主,多作客观、静态的记述,着眼点和着力点重在'物'之本身,如建构过程、地理位置、自然景色等,或稍予议论,以写实胜,韩愈《燕喜亭记》即是典型。宋人一变而为以'人'为主,将强烈的主观意识纳入其中,或释放自我意识,或表露心态情绪,故虚实参错,且以动态叙述避开正面描绘,做到了'物为我用'而'不为物役'"②。不仅是宋代台阁名胜记如此,清代更甚,而方象瑛即是典型代表之一。方象瑛此类文章有《重修六星亭潮音阁记》《重建方氏宗祠记》《重葺健松斋记》《神游阁记》《重修树声楼记》《世仪堂记》《卓氏传经堂记》等。

"物为我用"而"不为物役",以"人"为目的,意在表现修造者或与修造者相关人的才德功绩,是方象瑛台阁名胜记文的突出特点。

从方象瑛的亭台阁记文看,大多是受人所托之作。古人在亭台楼阁建成之时,总有请名家作记的习惯,描绘楼台亭阁景观,记叙楼台亭阁修建始末,不仅仅为纪念;也是为亭台扬名气,造声势,扩大影响。藤子京邀请范仲淹为新修的岳阳楼作记时曾言:"天下郡

---

① 褚斌杰:《中国古代文体概论》(增订本),北京大学出版社1997年版,第364页。
② 杨庆存:《宋代散文研究》,人民文学出版社2002年版,第194—195页。

国非有山水瑰异者不为胜，山水非有楼观登临者不为显，楼观非有文字称记者不为久，文字非出于雄才巨卿者不成著。"（《求记书》）

《重修六星亭潮音阁记》作于康熙十一年（1672），开篇先交代亭、阁的地理位置，"松山之巅上为六星亭，旁为潮音阁，登临之胜地，人文之灵薮"①，六星亭、潮音阁修建于万历年间，经年累月而坍塌。康熙十年（1671）夏，天大旱，蝗虫滋生，邑人向郡侯梁公陈述，梁公"多方慰谕，择所议便民者举行，其不便者勒石永禁，蠢恶辈则惩饬之，使修六星亭潮音阁以自赎"②。修成之后，邑人请方象瑛记其实。方象瑛认为重修此亭阁有四善："旺气所钟，萃之使灵，一也；执法必刑，山川勿改，二也；民就佣作，以全其生，三也；凭高远眺，泽然神爽，四也。"③作者于文末盛赞了重修者梁公的功绩："登斯台也，观山川之秀蔚，睹田野之丰融，人文辐辏于方来，妇子恬熙于永日，一草一木，皆以为公之德泽存焉。"④记亭、阁只是表象，称赞修建者才是文章重点所在。

《神游阁记》是应姚淳焘之请而作。姚淳焘家居时梦见自己跟从父亲登上一座楼阁，四面环山，桃梅馥郁，其父对姚淳焘说："汝为吾创此，手画'神游阁'三字授之。"⑤康熙十三年（1674），姚淳焘奉假南归，"始买地舍，旁构楼三楹，前对道场山，环植花木，悉如公指。阁之后为轩，奉公像，其东为别室，南为永思堂，堂后为塾阁，西为广庭，直北为门，总曰方伯姚公书院"⑥。一时名人贤士题咏甚众，皆叹其父"精诚不泯"、姚淳焘"能冥通先志"⑦。《神游阁记》名为写阁，实为记事记人，如对姚淳焘父生平事迹的记述："公文章政事所至有声。当司臬宪时，海氛陷京口，且犯江宁。公佐督府城，守有功。大帅方骄横，无敢抗者。公独不为屈，卒有犯，

---

① 方象瑛：《重修六星亭潮音阁记》，《健松斋集》卷六，第103页。
② 方象瑛：《重修六星亭潮音阁记》，《健松斋集》卷六，第103页。
③ 方象瑛：《重修六星亭潮音阁记》，《健松斋集》卷六，第103页。
④ 方象瑛：《重修六星亭潮音阁记》，《健松斋集》卷六，第103页。
⑤ 方象瑛：《神游阁记》，《健松斋集》卷六，第106页。
⑥ 方象瑛：《神游阁记》，《健松斋集》卷六，第106页。
⑦ 方象瑛：《神游阁记》，《健松斋集》卷六，第106页。

辄捕治如法。镇江妇女被掠千七百余口,亲诣江干释遣之。帅怒,然无以中也。江南狱讼素繁,至是有仇衅者,率诬入叛案,公平反最多。"① 简短几句话,从守城、尊法、平反等不同侧面精炼地概括出姚淳焘父"政事所至有声"。

梁思成说:"中国建筑既是延续了两千余年的一种工程技术,本身已造成一个艺术系统,许多建筑便是我们文化的体现,艺术的大宗遗产。"② 亭台楼阁本身就是一种文化的象征,尤其是亭台楼阁的名字,就是文化的体现。《怡亭记》《舫影记》等文不仅为象瑛所作,"怡亭""舫影"之名亦为方象瑛所取,充满哲思,发人深省。《怡亭记》所涉人物是方象瑛族兄方惟学的儿子们。方惟学有子兆俟、兆杰、兆仪、兆位、兆任、兆佐、兆仁、兆信。康熙十三年(1674),方惟学资助儿子们千余金,让他们各食其力。长子方兆俟招集众兄弟说:"千金细利也,不同心黾勉,旦夕尽矣。吾闻力分则易散,志合则易成。使各自为谋,异时分驰南北,度不能兼顾,且何以慰吾父母?"③ 方兆俟自己没有接受一分钱,而是为诸兄弟谋划:"命兆杰、兆仪经营吴楚,兆位总家政,兆任幼,令就塾,而身自指示。凡货贿敛散之宜,因时趋舍之道,与夫舟车险易,处人接物之方,人情之淳漓,风俗之良薄,若者宜谨凛,若者宜节啬,一一耳提而面命之。"④ 几年过后,收入翻倍。方兆俟又招集诸兄弟筹划在村东南往来憩息处建亭,使来往过路人有所依靠。后方兆俟去世,诸弟痛惜兄亡,念兄往日教诲,于是建亭于孔道,以其意告方象瑛。方象瑛"取兄弟怡怡之义"而名亭曰"怡亭",后又发表了一番议论:"义利之于人,大矣。周于利者,不必明于义。笃于义者,又未必工于谋利。故事亲为仁,从兄为义,学士大夫犹难言之,况贸迁有无之末乎?"⑤ 作者感叹众兄弟能克承兄志,施恩及里人,

---

① 方象瑛:《神游阁记》,《健松斋集》卷六,第106页。
② 梁思成:《中国建筑史》,百花文艺出版社2005年版,第2页。
③ 方象瑛:《怡亭记》,《健松斋集》卷六,第116页。
④ 方象瑛:《怡亭记》,《健松斋集》卷六,第116页。
⑤ 方象瑛:《怡亭记》,《健松斋集》卷六,第116页。

因此记其实而推广之，期望自今"兄弟怡怡益相勉，为敦睦修诗书，兴礼教，以训其子孙，知必有光大而显扬焉者"①。

《舫影记》尤其说是一篇亭阁记，不如说是一篇哲思小品文。新安胡氏在居所的北侧买了一个园子，古木修竹，流泉怪石，疏朗可观。园中间为堂三楹，堂右构小阁，窗虚四面，泠然空中。方象瑛名之曰"舫影"。胡氏子问命名缘故，方象瑛由亭名引发一番议论：

> 姑无论天地虚舟，古今幻影，试思创此园者，谁乎？人创之而君兄弟有之。泛泛乎舫也，则皆影也，其何从辨之？今夫棱然峙者，塔影也；翼然犬牙相错者，城堞影也；高下曲直，各随其宜，田畴影也。园之中竹影、桐影、荷影、亭榭影、瓜棚藤架影，梅影扶疏，松影盘曲，鹤影如人，鸟影如螟蠓。星河倒映，殆池影乎？远山突兀，其石影乎？篆如烟、散如萤者，茶铛酒垆影乎？园之外，则云影、远村影、帆影、桥影、渔灯影。雨之影，宜雾；月之影，宜秋。变幻明灭于远近间者，奚穷乎？故一阁耳，而远近之影赴之，远近之影至无尽矣。而阁受之赴之，受之者，舫也，皆影也，则皆舫之影也。舫无影而以名吾阁，阁有影而以为似乎舫，然欤？否欤？其又安从辨之。②

语段运用大量问句，有设问，有反问，紧紧围绕"影"字做文章，有各种"影"就有各种情思、哲思，体现出作者雅致的审美情趣。

二 山水游记

山水游记是古代文人墨客喜欢创作的文体之一，"是一种模山范水、专门记游的文章"③。这类文章既可以描摹祖国大好河山的千姿

---

① 方象瑛：《怡亭记》，《健松斋集》卷六，第116页。
② 方象瑛：《舫影记》，《健松斋集》卷六，第117页。
③ 褚斌杰：《中国古代文体概论》（增订本），北京大学出版社1997年版，第370页。

百态和奇异景观，也可以抒发作者游历时对所见山川风物的切身感受；亦可以在文中发表议论，阐释人生哲理、哲学思辨等。"山水藉文章以显，文章亦凭山水以传。"① 方象瑛的山水游记主要有《河渚探梅记》《游鸳鸯湖记》《游杜工部草堂记》《登白帝城记》等。刘勰曾言："岁有其物，物有其容，情以物迁，辞以情发。"② 方象瑛的游记虽篇幅不多，却有着较为鲜明的特点。

其一，细致勾画游踪方位，描摹景致雅趣横生，是方象瑛游记散文的特色之一。《游杜工部草堂记》对景物方位的交代十分清楚。成都南门外二里为青羊宫，离青羊宫不远为草堂寺（即古浣花溪寺），寺右为杜工部草堂。草堂三楹，前有杜甫石刻像，另有一断碑像倒卧在草丛中。滨浣溪，背郭面山，东可以望武侯祠庙，西可以远眺雪山，地理位置优越。远峰秀叠，清流萦回，极山水之胜。《登白帝城记》对景物方位的勾勒亦井然分明。白帝城在夔州东十三里，为公孙述所筑，昭烈托孤受遗处。城的西面即瞿唐北崖，滟滪在其下。拾级而上，为先主庙，配以丞相诸葛亮、前将军关羽、车骑将军张飞。庙前立一坊，坊外四周用石栏围挡。东接白盐山，白盐山西南为瞿唐南崖，东连赤甲山。山上有废城址，相传亦公孙述所筑。城北其下皆平畴渚田，清流一线，萦绕如带。

《游鸳鸯湖记》以游踪的位置变化，描写作者与新安胡生、平湖马生同游鸳鸯湖的情景、感受等，雅趣横生。文章开篇扼要地交代了鸳鸯湖的环境、自己屡订未果的遗憾，以及同游者的籍贯、姓氏等。作者对湖面及两岸美丽景色的描写，令人神往："时冬初木落，菱叶浮沉，余荷贴水，丹枫红柏，掩映陂岸，间与松桧相错，舟移岸转，红绿无定。"③ 接着作者描绘了一幅鹤斗图："园蓄三鹤，一鹤出竹间，亭亭独立。二鹤斗于池，颈翼纠结，强者负力，弱者血流被毛羽。生提竿逐之，始解。"④ 作者推鹤及人，发表了一番议

---

① 吴秋士选编：《〈天下名山游记〉序》，上海书店1982年版，第1页。
② 刘勰著，周振甫注：《文心雕龙注释·物色》，人民文学出版社1981年版，第493页。
③ 方象瑛：《游鸳鸯湖记》，《健松斋集》卷六，第108页。
④ 方象瑛：《游鸳鸯湖记》，《健松斋集》卷六，第108页。

论:"凡人倚盛强凌小弱,力屈气靡,非得豪侠有意之士,达其枉而助其气,将摧挫不能自振,抚心扼腕,宁独鹤然哉。"① 随后作者与马生、胡生到达西园,别是一番景象:"古木千章,修竹数百个,引湖水为池,芙蓉夹岸,悬藤倒影。"② 东园与西园相较,各有风采,"大抵东园以整胜,微嫌太密;西园疏旷,自过之"③,东西两园合为一境,则"天工人力固未可缺"④。几人又觅小舟渡过小涧抵达真如寺。登山途中,作者"拾级登其半,头岑体颤",而"马生方坐地仰睇,而胡生年少,已跻巅而下"⑤。作者想起年少时登山峰,必登绝顶,今天才及一半,不仅感慨"壮者日以老,少者亦日以壮"⑥。

其二,贯穿浓郁的历史文化意蕴,也是方象瑛游记的一大特点。方象瑛的多数游记具有强烈的历史文化意识。《浣花溪记》文章开篇交代浣花溪在成都西南五里,亦名"百花潭",然后引用传说、史书、文人游记等梳理、考辨了浣花溪的得名。旧传唐冀国夫人任氏曾居住潭上,有僧人堕入污渠,任氏为其浣衣,莲花应手而出,人们惊异,因呼为"百花潭"。

> 崔宁节度西川,纳为妾。妻死,遂为继室,累封国夫人。夫人既贵,每岁生日来,置酒其家,泛舟高会,后人因之,遂以为常。按《唐书》,大历中,崔宁入朝,留弟宽居守。杨子琳自沪州袭之,宽战力屈,宁妻任出家财,募兵得千人,自将以进。子琳引去,蜀赖以安。初不载其封冀国,亦不知为何许人。宋任正一《游浣花记》谓夫人有功于蜀,人德之,于其生日即其祠祀焉。因相与娱乐,理或有之。百花之说,实出于附会。

---

① 方象瑛:《游鸳鸯湖记》,《健松斋集》卷六,第108页。
② 方象瑛:《游鸳鸯湖记》,《健松斋集》卷六,第108页。
③ 方象瑛:《游鸳鸯湖记》,《健松斋集》卷六,第108页。
④ 方象瑛:《游鸳鸯湖记》,《健松斋集》卷六,第108页。
⑤ 方象瑛:《游鸳鸯湖记》,《健松斋集》卷六,第108页。
⑥ 方象瑛:《游鸳鸯湖记》,《健松斋集》卷六,第108页。

杜甫诗云："百花潭北庄。"又云："百花潭水即沧浪。"其来旧矣，非由冀国得名也。①

方象瑛认为宋代任正一的观点是比较正确的，并说出了自己理由："顾谓成都风俗，以游乐相尚。岁孟夏十有九日，通国士女，靓妆丽服，南出锦官门，拜夫人祠下，退游杜子美宅，遂泛舟浣花，连樯衔尾，饰以彩缯，箫鼓歌吹声不绝。其不能具舟者，依岸结棚，以阅舟之往来，刍荛负贩至，称贷为乐。府尹亦为之置酒设水嬉，尽一日而返。"②方象瑛引用成都民俗作为论证的依据，很有说服力。《浣花溪记》插入了一段关于历史的叙述："明末叠经寇乱，民不聊生，张献忠之去蜀将入秦也，虑蜀人为变，夜驱成都民出南门，尽歼之。分遣四将军屠杀各州郡，上功论赏，计男妇数百万人。已又召诸郡生儒技术僧道，赴成都试职，及汰除新兵卫军悉杀之，又数十万人。于是焚城市，公私庐舍及米粟积聚无一存者。"③作者自葭萌入川北，起阆中东进夔巫，目之所见，"城郭倾废，官僦屋以居。异时通都大邑，茅茨十数家，其民多不过百十人，皆秦楚流寓，甚有七八十里无人烟者"④，完全是当时社会环境的实录，具有沉重的历史感。

其三，有记有诗，诗文形成互文，多方面展示游览之地及自身感受，是方象瑛游记散文的又一重要特色。同一题材，文章和诗歌的侧重点会有所不同；同一作者，在不同的文学形式中宣泄的情感也不尽相同。方象瑛的同题诗文互为补充、互为影响，有助于我们更全面、深刻地了解方象瑛流露的情感。

在白帝城下瞿塘峡口，有一庞然巨石兀立江心，砥柱中流。郦道元《水经注》记载："白帝城西有孤石，冬出水二十余丈，夏即没，秋时方出。谚云：'滟滪大如象，瞿唐不可上。滟滪大如马，瞿

---

① 方象瑛：《浣花溪记》，《健松斋集》卷七，第134页。
② 方象瑛：《浣花溪记》，《健松斋集》卷七，第134页。
③ 方象瑛：《浣花溪记》，《健松斋集》卷七，第134页。
④ 方象瑛：《浣花溪记》，《健松斋集》卷七，第134页。

唐不可下。'盖舟人以此为水候也。"① 历代文人临此,留下大量诗文传世,如杜甫《滟滪堆》、苏辙《滟滪堆》、苏轼《滟滪堆赋》等。对于滟滪堆,方象瑛有记文亦有诗歌,《滟滪堆记》云:

> 《益州记》云:滟滪堆,夏水涨没数十丈,其状如马,舟人不敢进,故曰滟滪,又曰犹豫,言舟子取途不决水脉,故犹豫也。《乐府》作淫豫:淫豫大如襆,瞿唐不可触。世说:滟滪如象,瞿唐莫上。滟滪如马,瞿唐莫下。峡中人以此为水候。余自发夔州十里许,至瞿唐,时仲冬,水杀,两岸壁立千仞,滟滪当其口,江水分流左右。下堆高二十余丈,广亦十数丈,碎石凝积而成。不产树,水其礧硊离奇,与彭蠡之鞵山、江中之小孤略相类。顾如象如马,不得其似,心窃怪之。已缘小径登白帝城,谒先主祠庙。庙前石栏周绕,下瞰江流,正对滟滪,其形乃锐而长,两角首昂起,如兽蹲然,乃知方冬涸,落石尽出于水。夏水暴涨,则堆皆没,微露其顶,故如象更如马耳。如象,石势犹巨,故不可上;如马,则水愈高,石愈小,并不可下矣。呜呼!其险如此。②

记文开篇关于滟滪堆名字的叙述,引经据典,不仅引用了古籍文献《益州记》《乐府》,亦引用了民间谚语。然后叙写诗人目之所见,以及对滟滪堆"如象如马"之说的疑惑。诗人登上白帝城,拜谒刘备祠庙,下瞰江流时才恍然大悟。秋冬水枯,石头显露江心,好似一头巨兽横截江流。秋冬之时,下水船可顺势而过;上水船则因水位太低,极易触礁。故云"滟滪大如象,瞿唐不可上"。夏季洪水爆发,一江怒水直奔滟滪堆,狂澜腾空而起,涡流千转百回,形成"滟滪回澜"的奇观。此时的滟滪堆已大部分浸入水下,行船下水,极易船沉人亡,故云"滟滪大如马,瞿唐不可下"。诗歌与记文

---

① 郦道元:《水经注》,时代文艺出版社2001年版,第214页。
② 方象瑛:《滟滪堆记》,《健松斋集》卷七,第135页。

描写的对象是相同的，形成互文。《滟滪堆》诗曰："谁将一拳石，倒塞瞿唐口。危崖两岸分，江声出左右。如象或如马，水落势逾陡。谁云神鬼工，或有蛟龙守。缔造始何年，位置谅非偶。虚无根自然，不在天地后。"① 诗歌首联开门见山，突出滟滪堆之大。滟滪堆如一个大石头倒塞在瞿塘口，开篇奇警，令人叫绝。"危崖两岸分"两句，不但突出了四周环境之高之险，而且给人以望而生畏之感，更突出了滟滪堆。"如象或如马"两句，化用了流传民间的谚语之意。民谣《滟滪歌》云："滟滪大如象，瞿唐不可上。滟滪大如牛，瞿唐不可留。滟滪大如马，瞿唐不可下。滟滪大如袱，瞿唐不可触。滟滪大如龟，瞿唐不可窥。滟滪大如鳖，瞿唐行船绝。"形象地说明了滟滪堆在长江不同水位时的形态，也是古代船家航行的守则。这一联承上而来，突出了滟滪堆的险恶之势。"谁云神鬼工"四句，诗人自问自答，尤其"或有蛟龙守"一句堪称妙笔，从侧面突出了滟滪堆的险恶。

三 书画杂物记

这类记文以书画、器物、物品等为书写对象，是"专为记述书画和其他一些器物、物品而题写的小文"，② 一般是"记述该书画的内容，物件的形状，以及其形制或艺术特点，得之或失之的情况等"③。方象瑛书画杂物记文主要有《姜姨母画主记》《〈绕屋梅花图〉记》《姜伯子画像记》《丰乐图记》《伯兄拔贡公画像记》《重茸健松斋记》等。方象瑛此类文章打破了传统书画杂物记文的写作模式，而多以叙事见长，对书画的介绍着墨不多。

明清之际，私人画像成一代之风气，于画像上题咏更是蔚为大观。《伯兄拔贡公画像记》是为其兄方成琮画像作的记文，为说明问题，兹录全文如下：

---

① 方象瑛：《滟滪堆》，《健松斋集》卷二十一《锦官集下》，第343页。
② 褚斌杰：《中国古代文体概论》（增订本），北京大学出版社1997年版，第378页。
③ 褚斌杰：《中国古代文体概论》（增订本），北京大学出版社1997年版，第378页。

伯兄讳象琮，字玉宗，号蓉邮，晚更号缄斋。大父阁学公冢孙，伯父岁贡公长子也。少喜属文，与仲兄合肥公齐名，藉藉庠序间。明末大乱，举家避地衢婺。公以事独留遂，首被难。久之，始得免。时文尚诡异，公独力崇雅正，同人或笑之。已文体一变，乃服公定见焉。自是读书语石山，下帷勺圃日课，皆有定程，不事泛览。间从诸少年游，而课终不废。辛卯，科试首录。甲午，拔贡，入成均。明年，廷试第二人。时从叔侍讲公官翰林，公随游独久。侍讲之变，周旋祸难，不辞劳瘁，荣进之意澹然矣。庚子以后，遂不复应举。或劝之仕，乃试于吏部，得邑丞，弃之而归家居。葺旧宅，召伶人度曲为乐。性和易近人，人亦群相亲眤，无贤愚贵贱，皆得其欢心。又慷慨好义，有不当，正色叱之。为人排难解纷，终身不厌。或倾资以济，不计也。暇则仿钟玉楷书，所刻《沚园偶吟》，整练有法。或羡其闲适，公掀髯笑曰："此岂人所难，顾人不肯耳。"其高识如此。晚年慨葬师杀人，三世尚厝浅土。与季父太学公精心地学，手钞地书盈尺，皆蝇头细楷。跋涉冈峦，日数十里不倦。见一佳壤，不惜捐金购买。未几复弃去。虽所志未遂，用心盖已勤矣。最后始营斗阁，奉大父母归藏焉。丙寅秋感微疾，寻卒。公伟貌丰髯，少时病脾，晚乃益强健。予奉假南归，遇公于广陵，舟人惊异，不信为余兄也。今公捐馆已六年。每念语石之役，余兄弟同事笔研，当时有"三方"之目。仲兄隽贤书，余与公长衾大被，相依最久。别来且十余载，方期筑室山中，与二三老友论心话旧，以适余年。乃公既先亡，仲兄顷又沦逝。抚今追昔，慨焉伤之。两侄出画像索题，因述其生平如此。余老矣，衰病绵延，精力不逮两兄远甚。披视遗容，不禁泫泫然泣下也。公生天启癸亥十二月初十日，卒康熙丙寅九月廿三日，寿六十四。配余氏，继建德孙氏。子二，引禔、引祐，详载家乘，不具述。①

---

① 方象瑛：《伯兄拔贡公画像记》，《健松斋续集》卷三，第416—417页。

《伯兄拔贡公画像记》对画像画面几乎没有任何文字的介绍，而是将方象琮的字号、生卒年、科考经历、情趣爱好、为人处事、文学成就，与自己的亲密关系等信息，交代得清晰、明了，俨然就是一篇关于方象琮的人物传记，对于后世了解其人其事有重要的文献价值。

《程只婴画像记》也是一篇程只婴的人物传记，更是一幅方象瑛、程只婴二人的交游图：

> 予与只婴定交在癸巳冬，距今四十年。丙午，先仲兄李荆州，延之西席，予留署中匝月，相聚极欢。明年，先兄改令合肥，只婴遂家居。予亦马首南北，中更丧乱，音问辽隔者二十余年矣。丁卯十月，予游豫章，便道由溪访之，只婴惊喜，携壶榼，临江席草而坐，叙乱离聚散之情，知交荣落存亡之感，欷歔太息。闻及乡曲旧事，则又鼓掌大笑，江边人聚观以为怪。倘好事者写为《由溪访友图》，亦一时佳话也。只婴潜修砥行，足不入城市，年逾六十，尚乏嗣，七旬内外，乃连举二子。嘻！奇矣。古人有言："壮盛智慧，殊不再来。"语石之役，同学二十人，皆年少负才，屈指三十年来，凋谢大半。先兄又于客秋奄逝，幸存者六人耳。只婴肖然强健，且能举雄，可不谓厚幸钦。今只婴年七十四，予犬马齿亦六十有一，早衰善病，精力不逮远甚。天假余年，当扁舟幞被，一登黄山尔。时再过由溪，班荆道故，如向年江边坐谈时，其为惊喜，不知更何如也。只婴寄画像属题，因书此报之，为他日券。①

翻阅现今比较权威的关于清代文人的文献资料如《清诗纪事初编》《清诗纪事》《清史稿》《清史列传》《清人诗文集总目提要》等，均没有关于程只婴生平事迹等的记载，《程只婴画像记》是目前我们了解程只婴最为翔实、不可多得的资料。记文交代了诸多重要信息：第一，方象瑛61岁时（方象瑛出生于1632年），程只婴74岁，由

---

① 方象瑛：《程只婴画像记》，《健松斋续集》卷三，第416页。

此推知程只婴当生于明泰昌元年（1620）。第二，二人定交时间为顺治十年冬（1653），时方象瑛22岁，程只婴34岁，为忘年交；且二人均为顺治年间语石雅集的主要参与者。第三，二人交情莫逆，相聚时极为欢乐；程只婴归乡时，方象瑛曾作诗相赠，"几年同作客，一旦送君归"①，依依不舍之情溢于言表。康熙二十六年（1687）十月，阔别二十多年后，方象瑛与程只婴于南昌相遇，倾述离乱聚散之情、互吐乡曲旧事，悲喜交加。第四，程只婴七十岁左右时，连得二子，可谓奇事。这些信息综合起来，让我们大致了解了程只婴其人及与方象瑛的关系，资料价值突出。

陆进（字荩思）家居武林，工诗文，五十岁时仍困顿于诸生，仕途颇为不顺。五十岁生日时，陆进请明末清初画家恽寿平（1633—1690，字正叔）画《绕屋梅花图》。古代强调"梅花绕屋""登楼观梅"，不仅是为了获得最佳的观赏效果，更是高雅情趣的体现。如宋代方岳"梅花绕屋柳遮门，不是闾阎不是村"（《除夕》）、元代释善住"眼见人家住深坞，梅花绕屋不开门"（《阳山道中》）等诗句，都体现出了高雅、闲适的情趣。

陆进《绕屋梅花图》引起众多清初名人为其题咏，"一时名人题咏至盈数册"②，如徐釚《东风齐著力·题〈绕屋梅花图〉寄陆荩思》、陈维崧《四园竹·题西陵陆荩思〈绕屋梅花图〉像》、洪昇《题陆荩思〈绕屋梅花图〉》、王嗣槐《陆荩思索梅花绕屋歌赋以赠之》《〈梅花绕屋图〉序》、梁允植《为陆荩思题〈绕屋梅花图〉》、严绳孙《题陆荩思〈绕屋梅花图〉》等。陆进将题咏展示给方象瑛，"或曰：君非能老此中者也，才富力强，讵甘长寂寞乎？或曰：中庭杂树，多偏为梅，咨嗟盖自伤也。或曰：孤山之麓，遗迹存焉，意者别有所托，而姑于梅寓之乎？或曰：若和羹用，汝作盐梅，陆子将用世矣。或曰：君既欲老此中矣，即弹冠相庆，恐不可舍此而去也。不闻猿惊鹤怨乎？或又曰：吾读诸题咏矣，有招隐者，有劝驾

---

① 方象瑛：《送程只婴归新安》，《健松斋集》卷十七《秋琴阁诗》，第272页。
② 方象瑛：《〈绕屋梅花图〉记》，《健松斋集》卷六，第111页。

者，要无以定之也"①，说法各异。方象瑛披图而观，所见"嗒然静者，陆子也。冷然艳者，梅也。萧然适者，书屋也"②，不仅喟然叹陆进"君真宜老此中矣"③。但画像中的陆进"其神畅，其色愉，其气整以暇"，又"似非终老此中者"④。方象瑛认为此图可作四类图观赏："下士玩物，达人乘时，疏影横斜，读书学道，是即君栖逸图也。若广平作赋，元微之文章映日，亦何妨于廊庙乎？则谓经济图可也。迨乎名成志就，投闲于绕屋，三百树之下，是终老其中矣，谓君归休图亦可也。然此犹作画图观也，去湖墅十里许，曰西溪，居人种梅为业，多至数百本，少亦十本，绿萼绛柎，红白相映，余尝游而乐之。君诚能结庐其间，谢尘纷而安澹泊，终老此中无难矣。贤者自有真乐，奚用画图为！"⑤方象瑛总结为栖逸图、经济图、归休图等，其对于画图意蕴的解读，得到了众人的一致肯定："群言纷纷，维子衷之。今而知画图之中非苾思，而苾思之所历，乃真画图也。"⑥方象瑛的分析能得到众人的肯定，主要是因为他没有拘泥于图画本身，没有把陆进局限在某个特定的语境中，而是由图引发出想象，作了合理而大胆的艺术解读。

清初文人的自我诉求意识非常强烈，在表达思想、抒发怀抱时，他们往往借助媒介以传达。袁骏（字重其）为表彰母节，征集《霜哺篇》题词持续五十多年，汇集了六千多人的创作。⑦江南休宁人孙默（字无言）于顺治年间即欲归黄山，康熙元年（1662）开始征集"归黄山"主题诗文，得到文人相赠诗文达六千多首（篇）。⑧徐釚（字电发）以"渔父"标榜自我，携画像《江枫渔父图》四下索题，题咏者九十多人、诗文一百三十多首（篇）。明清社会以画像求题咏

---

① 方象瑛：《〈绕屋梅花图〉记》，《健松斋集》卷六，第111页。
② 方象瑛：《〈绕屋梅花图〉记》，《健松斋集》卷六，第111页。
③ 方象瑛：《〈绕屋梅花图〉记》，《健松斋集》卷六，第111页。
④ 方象瑛：《〈绕屋梅花图〉记》，《健松斋集》卷六，第111页。
⑤ 方象瑛：《〈绕屋梅花图〉记》，《健松斋集》卷六，第111页。
⑥ 方象瑛：《〈绕屋梅花图〉记》，《健松斋集》卷六，第111页。
⑦ 参阅杜桂萍《袁骏〈霜哺篇〉与清初文学生态》，《文学评论》2010年第5期。
⑧ 参阅杜桂萍《"名士牙行"与孙默归黄山诗文之征集》，《社会科学战线》2015年第1期。

或通过索诗文以抒志这样的酬酢现象极为普遍，题咏者不乏王士禛、朱彝尊、屈大均等当世名流。无论是索诗索文，还是索赠言索图画，都是为了表达某种情志，是一种自我诉求，尽管或显或隐。

方象瑛作有《重葺健松斋记》，健松斋是方象瑛父亲方成郯读书之处，"健松斋在遂安城内西偏，先君子所营读书处也"①。文章交代了书斋的来历，"顺治甲午，（方成郯）游新安，得栝子松于许氏旧圃，载以归，植池之东。始才及檐，近且婆娑若车盖矣。松五粒，劲如悬针，皮剥落如龙鳞。余取唐诗'松凉夏健人'之句以名斋"②。康熙十三年（1674）家乡遂安附近发生寇乱，持续近三年，等方象瑛回到家乡，"环城内外，数百年乔柯尽于樵采，蔬藿韭薤之属，皆求之三四十里外，园之桃柳梧竹悉薪之矣"③，只有"园与松独存"。文章就此抒发了对父亲的赞誉、思念、追忆之情，"嗟乎！园之与松，先君子所经营而手植之者也。园之存，犹躬视修葺。今松虽存，而先君奄弃数年矣。抚时感事，顾何以为情哉"④。读至此处，文章主旨非记园与松，而是借记斋、记松作自我诉求，抒发思父、孝父之情。

方象瑛为人持重、孝顺，为时人所敬。陈玉璂言："方编修渭仁，今之学古者也，而性孝，撰尊公稚官先生行实携之京师，乞铭当代闻人。"⑤ 于京师为官翰林院期间，方象瑛不仅为父亲乞铭文于当世文人学者，更以"健松斋"事、"健松斋记"文，向友朋索求诗文题咏。王嗣槐说："丁巳，渭仁补官，需次都门。每念兹松亭亭在目中，感叹于先人存殁之间、兹园废兴之际，为文以记之。又乞言于当世之文人，以志不朽。"⑥ 有多人对此有所记述，如徐釚《健

---

① 方象瑛：《重葺健松斋记》，《健松斋集》卷六，第 115 页。
② 方象瑛：《重葺健松斋记》，《健松斋集》卷六，第 115 页。
③ 方象瑛：《重葺健松斋记》，《健松斋集》卷六，第 115 页。
④ 方象瑛：《重葺健松斋记》，《健松斋集》卷六，第 115 页。
⑤ 陈玉璂：《敕赠文林郎翰林院编修稚官方公墓志铭》，《学文堂文集》"墓志铭一"，《清代诗文集汇编》第 142 册，上海古籍出版社 2010 年版，第 492 页。
⑥ 王嗣槐：《重葺健松斋序》，《佳山堂文选》卷一，第 29 页。

松斋为方渭仁赋》云:"朝来寄我十样笺,索我为作健松篇"[1],王晫《健松斋记》曰:"今岁巳未冬,先生官京师,为侍从臣,命其令子持札走千里属予一言"[2],等等。

翻阅清初文人别集,为方象瑛"健松斋"或"健松斋记"文章题咏者,主要有王士禛《健松斋诗为方渭仁编修赋》、陈维崧《遂安方氏健松斋记》、施闰章《健松斋歌赠同年方渭仁编修》、毛奇龄《健松斋赋有序》、洪昇《题健松斋为方渭仁进士作》、冯溥《方渭仁园松歌》、曹贞吉《摸鱼儿·方渭仁葺健松斋,幸园松之存也,词以赠之》、潘耒《健松斋》、魏象枢《读〈健松斋记〉与方渭仁编修》、王嗣槐《重葺健松斋序》、徐釚《健松斋为方渭仁赋》、江闿《题方渭仁〈健松斋记〉后》、王晫《健松斋记》、乔莱《健松斋赋》、彭孙遹《健松斋为方渭仁赋》、李因笃《方渭仁重葺健松斋属赋》、高士奇《健松歌方渭仁编修索赋》、邵远平《重葺健松斋为方渭仁编修作》、高咏《健松斋歌为方渭仁年兄赋》、陆葇《疏影·方渭仁索题健松斋》、徐嘉炎《健松斋歌为方渭仁同年赋用韩昌黎酬卢云夫望秋作韵》、严我斯《题健松斋》、王岱《题方渭仁健松斋图》《健松斋说》、徐旭旦《健松斋赋》、陈僖《健松斋记》、龚翔麟《百字令·寄题健松斋》、李稻塍《健松斋诗赠方太史渭仁》、高层云《前调·题方渭仁健松斋》、吴雯《健松别业为方渭仁赋三首录二首》、顾汧《题方渭仁编修偃松阁记》等。这些题咏、赠题"健松斋"或"健松斋记"的诗文,宛如共同开辟了一个集体的文本空间。

以尽孝道、扬父母德行等为题展开乞诗求文活动,于当时"是繁复的征引唱和中比较时髦的一种,很容易获得广泛的社会认可。而'孝'作为一个具有开阔空间的宽泛性题目,被征求者可以从任何角度切入主题、尽情言说"[3]。方象瑛将自己的诗集取名《健松斋

---

[1] 徐釚:《健松斋为方渭仁赋》,《南州草堂集》卷六,第296页。
[2] 王晫:《健松斋记》,《霞举堂集·南窗文略》卷三,第30页。
[3] 杜桂萍:《袁骏〈霜哺篇〉与清初文学生态》,《文学评论》2010年第5期。

集》，就是敬父孝父思父之情的真切表露。李澄中对方象瑛的这种心理有着精准的把握："渭仁家遂安，其先景问先生构健松斋，读书其中。渭仁取以名其集，盖毋事不忘孝思如此。"① 题咏、题赠者也窥视出方象瑛真实的内心诉求，通过对"健松斋"故事或"健松斋记"文章的再阐发，表达对方象瑛孝义的赞颂。王晫《健松斋记》曰："先生念先人之手植，眷恋倍至，等为杯棬，从仁孝之思，出自性成，亦先人之遗风，传于后者远也"②，王嗣槐《重葺健松斋序》云："读吾友渭仁《健松斋记》，不能不为三叹也。……渭仁之孝思，又悱恻缠绵于其后也。天下惟志节仁孝之感，流贯于天壤而不敝"③，潘耒《健松斋》云："思家每坐慈仁树"④，魏象枢《读〈健松斋记〉与方渭仁编修》言："此日临风思手泽"⑤，毛奇龄《健松亭赋有序》曰："予同年生方君渭仁，以制科试授馆职，遂于诵芬之次，慨然念先烈未沫而手泽尚在，因构亭而楔之，名曰'健松'，盖取唐诗'松凉夏健人'之句也"⑥，等等，都从孝的角度指出了方象瑛以文乞文的真正用意所在。

方象瑛以"健松斋"事作为媒介，以一文一事向当时名流索求诗文以歌咏孝父之主题。这些题咏、赠题"健松斋"或"健松斋记"的诗文，形成了求赠者与题咏者集体的文本创作空间。

四 人事杂记

人事杂记指除了上述三类记文之外，"专以记人叙事为内容的文章"⑦。方象瑛此类文章主要有《瀛台燕赍记》《封长白山记》《大龙

---

① 李澄中：《〈健松斋集〉序》，《健松斋集》卷首，第4页。
② 王晫：《健松斋记》，《霞举堂集·南窗文略》卷三，第30页。
③ 王嗣槐：《重葺健松斋序》，《桂山堂文选》卷一，第29—30页。
④ 潘耒：《健松斋》，《遂初堂集》卷五《梦游草》，第67页。
⑤ 魏象枢：《读〈健松斋记〉与方渭仁编修》，《寒松堂前集》卷七，《清代诗文集汇编》第60册，上海古籍出版社2010年版，第447页。
⑥ 毛奇龄：《健松亭赋有序》，《西河文集》卷四，《清代诗文集汇编》第89册，上海古籍出版社2010年版，第30页。
⑦ 褚斌杰：《中国古代文体概论》（增订本），北京大学出版社1997年版，第384页。

山祷雨记》《思古堂雅集记》等。

康熙帝于辛酉（1681）七月二十一日在瀛台赐宴，招待内阁、九卿、翰林、詹事、科道及部曹五品以上官员，方象瑛也被招在列，作《瀛台燕赉记》，"既而张翠幕列芳兰，群臣奉卮跪饮，酒行无算，皆引满务尽，毋论杯勺不胜，即异时斗石之饮，亦不觉沾醉。昔谢几卿停车对饮，宋濂蹒跚下殿。以今视昔，其乐何如也。群臣拜手稽首谢，复有旨赐鞭藕莲宝，臣右奉绮币，左撷芳鲜，都人聚观，余酡未散，殊恩异数，殆非可言罄矣"①，语段描写了宴会的庄严、群臣小心谨慎、饮食繁盛精美，以及作者的感恩之情，极尽夸张铺陈之能事。

康熙二十六年（1687），江右大旱，乐安处于万山之中，旱情尤其严重，自五月至七月一直没有下雨，人心惶惶。当时方象瑛的族侄方紫崖为官乐安，非常忧愁，引罪自责，筹谋赈贷之法。有人说乐安邑南大龙山普化禅师院中的关壮缪庙神最灵，建议可以去那乞求神灵。方紫崖大喜，亲自前去祈祷，"晓起趣驾，行驰三十里，始曙。屏舆从，蹑短屩入山"②。沿途艰辛而凶险，"荆榛夹路，非俯首侧身不得上。时有腥风扑鼻，盖蛇虎出入径也。行十五里势益陡峭"③。方紫崖身体肥胖，加上天气酷热，挥汗喘息。经过一路跋涉，终于到达目的地。方紫崖率官民祭祷，陈说民意，后面发生的事情可谓神异："少顷，神降于巫，数燃炬纳口中，众悚息骇异。俄呼令君曰：'兹山人迹罕到，君不惮劳暑，为民请命，意甚诚，当得雨。吾为君取水致之。'语毕，疾走登山，众从之。复六七里，及巅，引剑击石，泉流迸出。"④ 天明，方紫崖众人下山，"黑云黯黪，自石罅起，行十数里，随马首不散，众益怪之。所过村落，空蒙霡霂，城内外则烈日如故也。抵坛，巫取水扬之，甫再拜，疾风起，

---

① 方象瑛：《瀛台燕赉记》，《健松斋集》卷六，第100页。
② 方象瑛：《大龙山祷雨记》，《健松斋集》卷六，第118页。
③ 方象瑛：《大龙山祷雨记》，《健松斋集》卷六，第118页。
④ 方象瑛：《大龙山祷雨记》，《健松斋集》卷六，第118页。

坛中沙石俱飞，相顾各不见。云随风集，大雨如注，街巷水深数尺"①，士民在泥淖中欢呼，声震林谷。枯苗复生，人们莫不感叹神之灵。这段文字描述非常精彩，充满了神异色彩。

《封长白山记》是一篇纪实性很强的文章。康熙十六年（1677），朝廷以长白山为满清的发祥要地，于是命内大臣觉罗武穆讷、一等侍卫兼亲随侍卫费雅什、一等侍卫塞护礼等前往封山。《封长白山记》把众人行程的时间交代得十分清楚，五月四日启行，十四日至盛京，二十三日至乌拉，分水路、陆路分别前行。"经文德痕河、阿虎山、库纳讷林、祁尔萨河、浑沱河、法布尔堪河、纳丹佛勒地方、辉发江、法河、水敦林巴克坦河、纳尔浑河、敦敦山、卓龙窝河，凡数十处"②，抵达距长白山很近的额音，路程艰辛。又经过一段艰苦跋涉，终于达到了长白山，所见景色别有洞天：

> 闻鹤鸣六七声，云雾迷漫，不复见山。乃从鹤鸣处觅径，得鹿蹊，循之以进，则山麓矣。始至一处，树木环密，中颇坦而圆，有草无木，前临水。林尽处有白桦木，宛如栽植，香木丛生，黄花烂漫，随移驻林中。然云雾漫漫，无所见也。众惶惑。前诵纶音，礼甫毕，云披雾卷，历历可睹，莫不欢呼称异。遂攀跻而上，有胜地，平敞如台。遥望山形长阔，近视颇圆，所见白光皆冰雪也。山高约百里，五峰环绕。凭水而立，顶有池，约三四十里，无草木，碧水澄清，波文荡漾。绕池诸峰，望之摇摇若坠，观者骇焉。南一峰稍低，宛然如门，池水不流，山间则处处有水。左流为松阿里兀喇河，右流为大小讷阴河。③

---

① 方象瑛：《大龙山祷雨记》，《健松斋集》卷六，第118页。
② 方象瑛：《封长白山记》，《健松斋集》卷六，第101页。
③ 方象瑛：《封长白山记》，《健松斋集》卷六，第101页。

这段描写非常精彩,白桦木宛如栽植,香木丛生,黄花烂漫。山上,白雪皑皑;天池,碧水澄清,波纹荡漾。而围绕着天池的诸峰,"望之摇摇若坠"仅仅六个字,囊括了极大的信息量,把天池及其周围的山峰描摹殆尽,可见作者的文字功力。

小结

在时人看来,方象瑛的古文源于先秦两汉而出入唐宋八大家,尤其是对韩愈、欧阳修的吸收、学习。张烈言:"其文宗尚韩欧,性情有过人者"①,梁允植云:"大抵原本于先秦两汉,而出入唐宋大家间,至其赋心骚骨,则时有晋魏之蒽蒨、卢骆之艳丽,洵可移才子之文也。"② 方象瑛的古文有着较高的认知价值,要而言之,大致有以下几个方面:其一,文学思想之阐释。方象瑛没有专门的文论著作,但其序跋、书信等文章的文学思想随处可见。方象瑛为有关诗文集所作的序跋,多在点评或描述中表达其某一方面的文学见解,如《松溪子序》《陈际叔集序》《王仲昭合集序》《毛行九诗序》等。写给友人的书信,其中也有很多是与友人探讨文体特点、学术学问、诗文创作等,如《与徐武令论赋书》《报朱竹垞书》等,颇具新见。其二,清初社会生活之写实。方象瑛一生交游广泛,文章中亦多记载其朋友的生活情况及处世态度等,为我们留下了当时士人的一幅幅生活剪影。这类内容主要见于序、记、墓志铭等类文章中。《安叙堂文钞序》没有直接对毛际可的诗文作任何的评判,而是重点叙述二人相交、相知、相惜的情景,完全就是一篇感情深挚的老友回忆录;《斐园宴集序》生动地再现了钱塘文人雅集的盛况等;《思古堂雅集记》《河渚探梅记》等记文记载了当时文人诗酒唱和的情景;《文学王公墓志铭》《祭先师长子令余公文》等墓志铭为我们提供了大量的清初文人的生活资料。其三,家世生平之记录。方象

---

① 张烈:《〈健松斋集〉序》,《健松斋集》卷首,第4页。
② 梁允植:《〈健松斋集〉序》,《健松斋集》卷首,第10页。

瑛的很多文章，记述了与自己有着血缘关系的人物及其事件，如卷十四、《续集》卷七《行述》组章，从中可以梳理出方象瑛的家世家风及对其的影响等。其四，风物胜景之描写。方象瑛一生的活动范围颇广，足迹遍及浙江、江苏、安徽、福建、四川、广东等地，所至大都有文章记当地山水景致、风土人情、文化传统等，如《登白帝城记》《谒岳忠武家庙记》等游记。

结　语

方象瑛是一位有着经世情怀的传统文人，在文学创作、学术思想等方面有着相当高的造诣，他以广博深湛的学养、端正持重的人品以及繁富的著述在清初文坛占有一席之地。本书主要从家世生平行迹著述、文学思想、史学思想、诗歌创作、古文创作等方面对方象瑛作了较为系统地梳理与研究。

关于家世生平行迹著述心态研究。方象瑛出生于浙江遂安，祖父为明东阁大学士方逢年，自幼受祖父影响，在父亲、母亲的严厉敦促下，方象瑛砥砺向学，十二岁创作《远山净赋》，时人为之惊叹。遂安方氏家族洁己自持、忠义睦民、宗亲孝友等家风深深地影响了方象瑛，在他日后为人、为官等方面得到彰显。综观方象瑛的一生，从进士及第却需次家居十年，到避乱侨居钱塘、与西陵诸子交游唱和，再到举博学鸿词科、纂修《明史》、典四川乡试、尽心取士，后辞官归家、疾病缠身，经历是曲折而丰富的。他积极进行文学创作，《健松斋集》《健松斋续集》《松窗笔乘》《明史》人物列传等取得了较高的艺术成就，得到了时人的广泛赞誉。其以"健松斋"事作为载体，乞求当世名流撰文题诗，不仅是一种自我述求，更是清初的一种文化现象。《管子·权修》曰："观其交游，则其贤不肖可察也。"[1] 方象瑛善好交友，他在文章中多次提及自己的这一性格："文章、朋友外无他好""生平以文章、朋友为乐"[2]，其文集

---

[1] 黎翔凤撰：《管子校注》，《新编诸子集成》本，中华书局2004年版，第52页。
[2] 方象瑛：《送汤西崖南归序》，《健松斋集》卷四，第79页。

《健松斋集》《健松斋续集》存有大量唱和酬答的诗文作品，对象多为清初名流。研究交游有着重要意义，方象瑛的交游拓宽了他的交际圈，扩大了他的知名度，也在一定程度上影响了他的文学创作，比如与毛先舒等西陵诸子的交往、与冯溥及万柳堂雅集等。梳理、分析方象瑛的交游，有助于准确定位其社会角色、文学史地位等。

关于文学思想、史学思想研究。方象瑛《健松斋集》《健松斋续集》的部分文章体现出了他的学术主张，如对诗文基本问题的认知，包括性情论、批驳穷而后工、主张"诗如其人"等，方象瑛很少探讨诗文的创作技巧，其文学思想基本上都是较为宏观的理论阐释。方象瑛常以质疑、思辨的审美眼光来审视历史人物与事件，大胆抒发己见，勇于翻案。他在翰林院时纂修《明史》人物列传八十七篇，始终遵循实录直叙的撰史原则。有感于清人在修撰家谱时发生的各种问题，他指出修撰家谱的意义、原则等，非常具有理论价值与现实指导意义。

关于诗歌创作研究。"诗歌能使我们把握一个时代文学的精神脉搏和特殊风貌，在这个意义层面上，清代诗歌为我们展示出清代文学的整体生态和发展趋势。清代诗歌发展流变的史程能够折射出清代不同时期的文人心态和文学观。"[①] 方象瑛《健松斋集》《健松斋续集》存诗1200多首，内容主要包括咏史怀古、抒怀咏志、友朋酬答、形胜景物、应制颂歌等，较为全面地描绘了方象瑛的日常生活与仕宦经历、反映出方象瑛在不同时期的心路历程，一定程度地展示出清代文学的发展趋势。

关于古文创作研究。方象瑛创作古文近400篇，包括序、记、论、议、赋、表、颂、书、策问、题跋、传、行述、碑记、墓志铭、祭文、辩、说等文体。他推崇秦汉古文、韩欧古文，其为文"尚雅健，绝不喜拖沓之习"[②]。方象瑛的古文有着较高的认知价值，如诗序、题跋、书信等类文章表达出他的文学见解、史学思想等，其赠

---

① 张兵等著：《文化视域中的清代文学研究》，人民出版社2013年版，第6页。
② 方象瑛：《〈孙宇台文集〉序》，《健松斋集》卷二，第41页。

序、墓志铭等类文章反映出他的交游情况、保存了诸多清初文人的文献资料，其行述类文章是研究其家世家风直接、可靠的文献材料，其游记类文章描述了祖国的大好河山、风土人情等。对这些类型的文章作深入探究，不仅可以更为清晰地透视出方象瑛其人其文其事，更可以丰富清初文学史的建构。

附录一：方象瑛诗文辑佚

方象瑛的诗文集名为《健松斋集》，康熙十六年（1677）首刻，梁允植、陈廷会、王嗣槐、陈玉璂、姜宸英为之序。十年后益以新作，凡文十六卷、诗八卷，为康熙二十六年（1687）世美堂刻本。后又有《健松斋续集》十卷，凡文八卷、诗二卷，为康熙四十二年（1703）刻本。民国十七年（1928）方朝佐重印康熙木活字本，将正、续集重印刊行，这是目前所见收录方象瑛诗文最为完备的集子。由于种种原因，阙收于方氏文集外的诗文尚有不少，笔者于别集、总集、方志等文献检其散佚诗文若干篇录于下。

龙耳山

夭矫云中龙，双耳峻如削。
倾听紫霄空，峰峰散天乐。

（罗柏麓修，姚桓等纂：《民国遂安县志》卷十《艺文·诗》，《中国地方志集成·浙江府县志辑》第10册，民国十九年排印本，上海书店1993年版，第995页。）

玉屏山

谁琢玉为屏，偏宜受古雪。
雪霁倚屏看，漠漠寒烟接。

（罗柏麓修，姚桓等纂：《民国遂安县志》卷十《艺文·诗》，《中国地方志集成·浙江府县志辑》第 10 册，民国十九年排印本，上海书店 1993 年版，第 995 页。）

登瀛山有怀

群山留古翠，水色静无时。叶落徵吾道，云横引客思。
自令千载下，犹见昔贤祠。欲遣苍茫意，问松知不知。

［清方宏绥编：《瀛山书院志》卷九"五言律"，乾隆三十九年（1774）刻本。］

重修东山庙记

出兴文门数十武，有东山庙，其创建旧矣。明隆庆间，邑令周恪更新之，迄今历百有余年，无不过而起敬者。庙之右曰光霁岩，古木苍藤，垂荫峭壁，其后则超然亭在焉。登高远眺，千峰万壑皆在望中，龙溪一水又潆绕于前，风帆烟艇，隐现上下，以故灵气环聚，神贶式凭，最为显应。夫东，生方也。万物出震，合生亭育，实肇于此。且扶桑若木，曦光所升，文明兆焉。孟春之日，有司迎青帝于东郊，以重岁事。东方之位所系若此。惟神栖灵于东，故能秉仁心以生物，而阳和所被，有与曦光并灼者，宜乎人文辉映，雨旸时若而岁事常稔也。庙故宏整。康熙壬子，坛信更欲鼎新而恢扩之，鸠工庀材，逾时告竣，苍楣黗宇，紫缀丹疏，视昔改观焉。于以安神灵而虔禋祀，其介祉宁有艾欤？今试登超然之巅，陟光霁之上见，夫山川环拱而庙貌屹然，不益令人祗肃起敬，而凭眺神爽也哉。则鼎新之功，诚不可泯矣。倡修者为余子国定，择良工者为余子鹏征，董其事者则余国宁、任万年、余学恺、王公相等。余子鹏征属予为记。予嘉其盛举也，不敢以不文辞，乃为之记。

（罗柏麓修，姚桓等纂：《民国遂安县志》卷十《艺文·记》，《中国地方志集成·浙江府县志辑》第 10 册，民国十九年排印本，上海书店 1993 年版，第 959 页。）

重修文庙督理碑记

学校为教化之宫,而大成殿又所以崇奉先师,为生儒瞻拜之地也。吾邑大成殿建自明初,历三百余年,将就倾圮,而以工用浩繁,因循者久之。岁乙丑,邑侯何公五峰、少尹王公台湖暨学博支君武侯、张君玉壶,集多士于明伦堂,议重建,捐资倡始,而文学诸子皆乐于从事。以庠士汪君可珍、予从叔成蕙及国学洪君肖,相与董其事。于是庀材鸠工,朝夕综核。经始于乙丑,落成于己巳,殚心竭力者五载。今轮奂改观,巍然耸峙,不惟圣人之灵爽有所式凭,而其有功于教泽,以副国家崇文之意者,岂浅鲜哉!况汪君辈夙敦古道,乐善好施,久为乡里所共推,则其平日之为人可知。而两学博,嘉其勤劳,书匾以旌之。每春秋丁祭,各颁胙肉,永著为例,以昭圣惠。辛巳夏,通庠具呈当事,复请纪其事于石。邑侯吴公西铭,两牒行学,维时秉铎者徐君仲瑢、张君白也,令诸生助资公建。偕文学汪子芳、洪子槐龄,乞予为文以记之。予谓汪君身列官墙,年近期颐,当日与洪君辈以崇隆学校为任,直分内事耳,岂为名计哉?而多士不忍没其功,而勒诸贞珉,是亦彝好之公也夫。

(罗柏麓修,姚桓等纂:《民国遂安县志》卷十《艺文·记》,《中国地方志集成·浙江府县志辑》第10册,民国十九年排印本,上海书店1993年版,第959页。)

文学胡维祺传

余家比邻胡氏文学君维祺,称古道君子,余次子受业师体仁君冢孙也。家学渊源,能以文章著名。尝述君遗行,辄泫然泣下。今函其事邮京邸,属余为传。余近君居,知君悉,因为道其梗概。君,讳光,字维祺。始祖学公,官唐散骑常侍,为婺之清和里人。宋宣和间,一元公迁遂城西墩上。四传正公以征辟授县丞。又十一传应亨公,生子二,次即君,秉姿明敏,淹贯经史百家书。与兄三公、从兄三汲,自相师友,后先补邑弟子员。君性端介,足不履公廷,然喜为人排解,有争讼,得君一语皆平。居父丧,哀毁骨立,奉母至孝，家故贫，甘肯勿缺也。善饮酒，偶醉伤齿，乃负杖跪母前请责，遂终不复饮。兄早亡，抚三侄如己出，训以大节。起麟称孝子，郡邑旌之。子四，迁、黄、疆，皆崇本业良，长瑞图即体仁。父有古长者风焉，族伯仲三瑞宗宪辈，恂恂愿恪，咸奉君教也。君年六十有四以寿终。

（罗柏麓修，姚桓等纂：《民国遂安县志》卷十《艺文·传》，《中国地方志集成·浙江府县志辑》第10册，民国十九年排印本，上海书店1993年版，第974页。）

俗砭

婚娶择吉，情理之常，亦人道当正其始也。杭州人独不然。拜堂后，宗族亲戚，男女长幼，互相拜贺，已极劳惫。拜毕，张宴演剧，遂至达旦。席甫散，复诣妻家拜谢。其家又留饮，抵暮始归。比及成婚，吉期已过一日矣。相习成风，不知其非。即有见及此者，亦终未能改正也。然此俗他处未闻。

闹新人最是恶俗，天下皆然。尊长卑幼，杂然无伦。奋老拳，涂墨脸，甚至脱新人鞋索赎，实属不堪。先大父禁止之。是夕治具饮客，酒半，择老成多子者数人，送新郎君入房，复出畅饮而散。斯为得体。

《抱朴子·疾谬》篇云："世俗有戏妇之法，稠众之中，亲属之前，问以丑言，责以慢对，其为鄙渎，不可忍论。或蹙以楚挞，或系足倒悬。酒客酗酱，不知限剂。至使有伤于流血，踒折支体者。可叹也。"今此俗世尚多有之。娶妇之家，新婿避匿，群男子竞作戏调，以弄新妇，谓之谑亲。或褰裳而针其肤，或脱履而规其足，以庙见之，妇同于倚市门之倡，诚所谓敝俗也。然以《抱朴子》考之，则晋世已然矣。历千余年而不变，可怪哉。（洪氏俗考）

京师举殡，以送葬人多为美观。亲族朋友广为延致，多至五六百人。赁庄设席张乐，亦数十处。客至，白衣赴席，至暮而散，不必临丧次，亦不必见主人也。一日之费，富者千金，余亦不下数百金。

都人出殡，舁槔属件作行，多者百二十人，最少亦二十四人。其旗旛诸项，则小儿行，亦必数十人。二行皆有头目，画地承应，彼此不得擅越，故任其勒索，多者三五百金，少亦二百余。即此一事，富家犹不以为费，中人之家，则立尽矣。予庚申亡室之丧，度力不能，然无可如何，亦费至百二十金。如此恶俗，倘能条陈严禁，亦阜财省费之大者也。

杭人于初丧之日，辄延亲戚朋友，设宴茹荤，撤席然后入殓。举殡之时，筵宴演戏数日，始举事。当此哀戚之时，反用吉礼，殊为可怪。闻严司农、顾侍御诸公欲矫其弊，以身先之，然不能返也。

世俗遇亲丧，男女年长及时者，皆吉服。《婚配》云："七内乘凶不忌，谓之攫亲。"夫服除成礼，迟不过三年，乃亡亲在殡，俨然合卺，不独于礼不可，于心亦何以自安。昨在扬州，见人家亦有此，不独江浙为然也。仁和邵弘斋前辈《弘艺录》极言其非，则嘉隆时即有此俗矣。相沿至今，究不能改，何耶？

家礼：凡祖祢逮事者，忌日有终身之丧，是日素服，不饮酒食肉，居宿于外。曾祖以上不逮事者，服浅淡衣服。礼杀之。此义今人多不讲久矣。

丧服之制，祖父母，齐衰不杖期；曾祖父母，齐衰九月；高祖父母，齐衰三月，一本之义也。此外，大功九月，小功五月，缌麻三月，皆□亲，递而杀之。今世俗不察，于曾祖，称功服曾孙，高祖称缌服元孙，大谬。不可不亟正也。

葬者藏也。藏者，完归于土之义。人子于其亲之完归，乃假之为身家谋，为后嗣计。一求于风水，再求于年月，各执其房分，而阻于卦例星辰之吉凶，各持其年命，而挠于支干龟筮之生克，遂至数年数十年而不克葬，岂思生者祸福之来，尚未可必而死者暴露之久，已大可伤也哉。故必照常期，卜其宅兆而安厝之。惟风不露，水不满，蚁不侵，足矣。先儒之言曰：有水以界之，无风以敞之。此风水之说也。

家礼旧本，于高曾祖考妣俱加皇字。今本改作故字。故字近俗，不如用显字。盖皇与显，皆明也，其义相通。又无官者，妣曰某氏夫人。盖妇人称夫人，犹男子称公也。今制二品方得封夫人，宜如俗称孺人。（通礼余注）

予按孺人，亦七品命妇之称。然唐储光义诗"孺人善逢迎，稚子解趋走"，则孺人为妇人通称。唐时已然。

丧礼称哀子，不称孤子。今父丧称孤，母丧称哀，相习已久，不可改。

点主，古礼也。今人务请官长缙绅，以荣其亲。重币华筵，所费不赀。中人之家，每揭借为之，殊似无谓。不若各随所便，即间党中年高有德或文行并优之人，敦请主其事，礼不失而费省，亦善俗之一端也。

往见有投讣者，称承重孙又有承服孙，询之则支子之子也。夫嫡子殁，嫡孙承重，礼也。乃支子殁，其子亦为之承服。夫服可承乎？此大谬。然知礼者必不尔。

东坡在黄州，自奉不过一爵一肉。有尊客盛馔，则三之，未免太简。惟五簋为得中。前辈皆常行之。近日俗尚奢侈，寻常宴会珍错罗列。即有行五簋者，为数虽减，而器具之精奇、肴品之丰腆，所费更数倍，名俭而实奢，不知何所底止。顷吾友毛会侯定为八簋，蔬菜随便听设，省费惜福，未知能遵行否也。

凡拜礼，惟曾祖父母、祖父母、外祖父母，皆四拜。此外伯叔、舅甥、翁婿、师生，皆二拜。今人全不分别，俱用四拜。拜者受者，皆为失礼。今乡会试，谒座师、房师，先答二礼，后受二礼，则固二拜也。主司如此，业师、庠师何独不然？往见一刻本，辨此等礼甚晰，惜亡失，并不记是何书，附记于此。

京师礼文繁数，相见必叩首，女人尤甚。凡小宴会，女必拜其母，妇必拜其姑，皆叩头四拜，然后就坐。卑幼拜长辈亦然。夫宾筵告坐，不过一恭，何必尔。所谓过于礼者也。

四方俗尚不同，要惟轨于礼而已，越礼违礼，总谓之失中。养疴无事，取所见昏丧宴会诸事，略加辨正，非敢谓移易风俗，然从此各知循礼，于人心世道，未必无小补也。艮堂识。

[清王晫、张潮合编：《檀几丛书》二集卷十，康熙三十四年（1695）新安张氏霞举堂刊本。]

扶摇陈先生暨元配戴孺人合葬墓志铭

扶摇先生世居钱塘，以儒行起家。讳淏，字爻，一号扶摇。习举子业，入杭郡庠生，名噪乡校中。于书无所不读，博综渊邃而独得其精醇。为人端毅质直，敦古道，重然诺，言笑不苟，喜愠不形，人莫能测其涯际。至与谈性理、说古今经常大义及引奖后辈，辄娓娓终晨夕不倦。规方能变，各尽厥旨，所以师表流俗，训育宗娃者皆是道也，虽未尝辟子云之亭，设扶风之帐，而执经问字，时时屦趾交错无虚席，故咸号为乡祭酒扶摇先生焉。居恒南面百城，抉二酉之异同，究五车之纯驳，讨论著述悉成完书，其已梓传世者才十之二三，而藏诸口架者尚珍积未经人管窥也。性爱秣陵名胜，欲束装往游，适笠翁李先生卜居白门，相延作杖履老友，遂得邀游其地。与笠翁登临凭吊之暇，商酌鲁鱼，品题帝虎，而所裁定书益广，研京锛都，洛阳纸为之价十倍。由是先生之名益彰，闻风影慕者望之不啻若太山北斗云。晚年以齿日加进，倦而归里，出其余绪，颇留意于花木禽鱼之兴。推物理，本生趣，凡栽艺玩畜之法，无不雅合，而备极称赏于丁祠部飞涛先生，而特为弁首以梓行。复有《神仙通考》一编，考订成帙，虽未付剞劂而愿得借观者早乔跂俟矣。先生于时优游湖山，颐养性天，寿逾大耊，始悠悠辞人间世以逝。古所谓未终誉而德音朽者，非与？

先生祖象先公、父芝仙公俱擅杏林橘井之学，以歧黄术活人，不可秭亿计，宜其得令子颖孙以食报于无穷，而所有枕中秘不幸俱为祝融君所烬，故先生不及世其美，为名家宗匠者，岂数使然耶？搜集残笈，仅存片羽，尚足以起沉疴而应响，迄今称御院领袖，诸君子莫不啧啧加太息之。

先生元配戴孺人，新安戴公女，文学汝谓先生姐也，贤声懿行，彤史褒嘉，妇德母仪，诚可以与桓少君孟德耀相伯仲；内助之得宜，慈辉之永被，为何如哉！虽不获逮先生天年，共享齐眉之庆，其源远流长，固奕叶未艾也。

先生诞三子二女，长讳枚字简侯，号东皋，杭府庠生，淹贯六经，纵横诸史，以文章树帜鸡坛，能令万夫梓易，而厄于遇，徒拥皋比，为生徒讲解奥理，世竞尊礼如黄叔度，不难吟风弄月而归所操选政，风动士林，四方名宿投刺请教、邀一字之光者，不惮走数千里相折衷也。仲讳俍，字天培，倜傥多才，卓卓具丈夫略。虽以居奇自雄，而志气盖已豪迈矣。季讳□，字质芳，早卒，不嗣。孙六人，长讳德裕，字子厚。钱邑监生，名冠成均，绰有丰表。两试棘闱，一旦时至，当破壁飞去，知非屈蠖老也。余皆琳琅玉树，颖秀不群，其为亢宗，其为继武，世世不替，又皆可拭目期耳。

兹于康熙癸未年十月□□卯时，简侯与弟天培将奉两尊人枢合葬陆家□祖茔，南山之阳，问志于余，余辱世谊，且知先生之生平最悉，不敢以不敏辞，因历叙其大概焉。其世次俱载行述，故不再赘。

铭曰：天马之行空兮，遽萃于此瑞氤氲兮，秀郁起微，高贤之凝承兮，孰受其祉；蕴千秋之灵脉兮，祥发伊始，卜吉壤之绵延兮，曷其有已；天之所以报施善人兮，永期藏而宁止。

（清陈枚编：《凭山阁增辑留青新集》卷三，四库禁毁书丛刊影印本。）

词跋一则

毛子会侯凤著名山之业，早悬国门之书。偶尔摘词，便同《兰畹》；暇时选韵，无异《金荃》。允称乐府元音，洵是《花间》绝调。

（清聂先、曾王孙编：《百名家词钞》，续修四库全书影印本。）

挽诗一首

鹿门偕隐已非初，玦碎环分事终虚。有子早能酬孟母，为郎谁复伴相如？退朝寂莫空齐案，载笔萧凉独检书。此日安仁秋箑梦，西风愁绝凤城居。

（尤侗著，杨旭辉点校：《尤侗文集·哀絃集·挽诗》，上海古籍出版社2015年版，第785页。）

像赞

漫道寒斋四壁虚，汉庭争荐马相如。雄才不羡凌云赋，门掩残灯自著书。

（王岱：《了庵诗集》附录，《清代诗文集汇编》第23册，第309页。）

附录二：方象瑛生平事迹编年

方象瑛一生游历大江南北，交游广泛，与同时代的一些大家名家都有交往。本附录以编年的形式展示和反映其人及相关人事。梁启超曾言："欲为一名人作一佳谱，必对于其人著作之全部，贯穴钩稽，尽得其精神和脉络。不宁惟是，其时之朝政及社会状况，无一可忽视。"（《中国近三百年学术史》）梁启超强调为历史名人作年谱时要留意三个方面的资料：谱主本人的著作中的资料、与谱主有关系者的著作中涉及谱主的资料、谱主所处时代的社会历史资料。有鉴于此，笔者把重点放在后两项资料的采集上，尽量广泛阅读清初顺康时期的诸家文集，并查阅这一时期的史志、笔记。

明崇祯五年壬申（1632），一岁

方象瑛，字渭仁，号霞庄，晚更号艮山、金门大隐。浙江遂安（今淳安）人。九月九日（重九）出生。明崇祯礼部尚书、东阁大学士方逢年之孙，方成郯冢子。

《健松斋续集》卷二《七十自序》："往辛未秋，余虚度六十。"《健松斋续集》卷九《自题〈所之草〉》："康熙壬午春日，艮堂耇叟象瑛偶书，时年七十有一。"《健松斋集》卷十八《展台诗钞上》有诗《重九生日偶成》、卷二十《锦官集上》有诗《重九闽中生日即事》。"辛未"为康熙三十年（1691）、"壬午"为康熙四十一年（1702），据以上信息可推知其生于1632年九月九日。关于字、号，《健松斋集》卷十六《艮山说》："方子乞假南归，舟中更号艮山。"秦瀛《己未词科录》卷三："方象瑛，字渭仁，号霞庄，浙江遂安人。……晚自号金门大隐。"

时，父亲方成郯（1612—1670），21岁；母亲吴氏（1611—1653），22岁。陈玉璂《学文堂文集》"墓志铭一"《敕赠文林郎翰林院编修稚官方公墓志铭》："故明万历壬子年三月十五日某时，卒于康熙庚戌年六月二十一日某时，享年五十九。原配吴氏，继配余氏，子三，长象瑛。"《健松斋集》卷十四《先母孺人行述》："癸巳冬，盗起常山开化，邑大震，不孝奉母避村庄。十二月，疾甚亟归。……十有六日，卒，享年四十三。"万历壬子、康熙庚戌分别为1612年、1670年。癸巳为顺治十年（1653），方母四十三岁，逆推，则生于明万历三十九年（1611）。

伯父方成都（1605—1670），二十八岁。伯母余氏（1605—1652），二十八岁。《健松斋集》卷十四《伯父岁贡公行述》："庚戌春，偕先府君遍游诸山寺，旬日而返。八月卒，年六十六。覃恩题封文林郎江南合肥县知县。原配余孺人，江西参政讳岵孙女、竹溪知县讳金垣女。柔婉慈恕，公之严多所调剂。壬辰正月卒，年四十八。"庚戌为康熙九年（1670），方成都六十六岁，逆推，则生于明万历三十三年乙巳（1605）。壬辰为顺治九年（1652），余氏四十八，逆推，则生于明万历三十三年乙巳（1605）。

叔父方成郊（1615—1681），十八岁；婶胡氏，未知。《健松斋集》卷十四《叔父太学公行述》："公大喜，命余为序。余久未得就，及具稿上，而公已捐馆矣。时辛酉腊月三日也，春秋六十有七。原配胡孺人……年四十卒。"辛酉为康熙二十年（1681），可推知方成郊生于万历四十三年（1615）。

五叔父方成部（1621—1687），十二岁。《健松斋续集》卷七《五叔父助教公行述》："公生天启辛酉十一月二十六日，卒康熙丁卯七月十二日，享年六十有七。"天启辛酉、康熙丁卯分别为天启一年（1621）、康熙二十六年（1687）。

仲兄方象璜（1625—1691），八岁。《健松斋续集》卷七《仲兄合肥公行状》："公生天启乙丑七月十二日，卒于康熙辛未九月初三日，享年六十有七。"天启乙丑、康熙辛未分别为天启五年

(1625)、康熙三十年（1691）。

妻子吴氏，一岁。《健松斋集》卷十四《亡室吴孺人行述》："孺人生壬申五月二十四日午时，卒庚申年五月二十八日戌时。享年四十九。"壬申、庚申分别为明崇祯五年（1632）、康熙十九年（1680）。

明崇祯十一年丁丑（1638），七岁

六月，祖父方逢年入直内阁，十二月罢归。《健松斋集》卷十二《先大父票拟簿跋》："右先大父阁学公崇祯戊寅入直票拟簿，公自六月到阁办事，十二月以揭救大司寇刘之凤罢归，计在直仅七阅月耳。"

明崇祯十三年庚辰（1640），九岁

此年已能作诗文。《健松斋续集》卷二《七十自序》："余幼服先大父庭训，九岁能文。"秦瀛《己未词科录》卷三："方象瑛，少傅逢年孙，九岁能诗。"

明崇祯十五年壬午（1642），十一岁

受知于济宁人进士杨士聪。《健松斋集》卷十五《经孺人墓志铭代》："壬午岁，余受知于宫谕济宁杨先生。……先生杨姓，讳士聪，字非闻，号凫岫，济宁人。辛未进士，官至左谕德。"

明崇祯十六年癸未（1643），十二岁

学作诗歌小赋。《健松斋续集》卷二《七十自序》："十二学为诗歌小赋。"

随母亲回其娘家看望外祖父、外祖母。外祖父吴觐光出题考察方象瑛，得到赞许。《健松斋续集》卷八《前刑部福建司主事外王父耿斋吴公墓志铭》："象瑛年十二，从先孺人归宁，得侍外王父刑部公，命题课义，谬加奖许。"

明崇祯十七年甲申,清世祖顺治元年(1644),十三岁

作《远山净赋》,时人为之惊诧。《健松斋集》卷九《远山净赋》:"此余年十余时社课也。"秦瀛《己未词科录》卷三:"十三,作《远山净赋》。"

方成郯携全家避乱于杭州。《健松斋集》卷六《重葺健松斋记》:"甲申之变,土寇焚室庐殆尽,镜亦烬于火,而园独存。先君携家避杭婺。"

顺治二年乙酉(1645),十四岁

成为县学诸生。《健松斋续集》卷二《七十自序》:"十四为诸生。"

顺治三年丙戌(1646),十五岁

方成郯携家避乱衢、婺两州。《健松斋集》卷十四《先母吴孺人行述》:"丙戌,先府君携家避乱衢、婺间。"

九月初五日,祖父方逢年卒。《遂安方氏族谱》卷二《世系考》:"逢年……顺治丙戌年九月初五日未时卒,享年六十二。"

顺治四年丁亥(1647),十六岁

与父亲方成郯侨居东亭村。《健松斋续集》卷一《松溪周氏族谱序》:"丁亥、戊子间,余从先君子侨居东亭村庄。"

顺治五年戊子(1648),十七岁

全家从杭州回到遂安。《健松斋集》卷六《重葺健松斋记》:"君携家避杭婺,戊子始归。"

顺治六年己丑(1649),十八岁

娶吴氏,此时吴氏十八岁。《健松斋集》卷十四《亡室吴孺人行述》:"年十八归余。"

顺治八年辛卯（1651），二十岁

从叔方犹中举。《光绪严州府志》卷十七："（顺治八年辛卯科）方犹，遂安人，壬辰进士。"

仲兄方象璜乡试中举。《健松斋集》卷十四《伯父岁贡公行述》："辛卯，仲兄象璜中顺天乡试。"

顺治九年壬辰（1652），二十一岁

与伯兄方成琮、仲兄方成璜，友人毛际可等读书于语石山。《健松斋集》卷一《梅峰课业序》："犹忆辛卯、壬辰间，与同学、兄弟读书语石山，极一时人文之盛"。毛际可《安序堂文钞》卷十二《〈四游草〉序》："余之定交方子渭仁也，自壬辰春仲始。犹忆同学十有二人，以制举艺集于语石。"毛际可《安序堂文钞》卷五《〈方若韩稿〉序》："忆岁在壬辰，余与同学诸子集于语石精舍者十有二人，赏奇析义，颇称一时人文之盛。"

此时期，喜好作词。《健松斋集》卷三《诸虎男茗柯词序》："忆余壬辰、癸巳间，雅尚诗余，每当鸟语花明时，辄题小令数阕，家仲氏倚而和之。"

从叔方犹中进士。《雍正浙江通志》卷一百四十二："（顺治九年壬辰科）方犹，遂安人，国史院侍讲。"

顺治十年癸巳（1653），二十二岁

冬，与程只婴定交。《健松斋续集》卷三《程只婴画像记》："予与只婴定交在癸巳冬，距今四十年。"

十二月十六日，母亲吴氏卒。《健松斋集》卷十四《先母吴孺人行述》："（癸巳冬）十二月，疾甚，亟归。……十有六日，卒，享年四十三。"

顺治十一年甲午（1654），二十三岁

方成郯游新安，从许氏旧圃得栝子松，植于园内。方象瑛取唐诗"松凉夏健人"句，名书斋曰"健松斋"。《健松斋集》卷六《重葺健松斋记》："顺治甲午，游新安，得栝子松于许氏旧圃，载以归，植池之东。……余取唐诗'松凉夏健人'之句以名斋。"

方象琮拔贡，入国子监生员，且《沚园偶吟》刻成。《健松斋集》卷十四《伯父岁贡公行述》："甲午，长兄象琮举明经。"《健松斋续集》卷三《伯兄拔贡公画像记》："甲午，拔贡，入成均。"

方象瑛诗集《秋琴阁诗》刻成。《健松斋集》卷三《仲兄雪岷莲漪吟草序》："甲午，长兄刻《沚园偶吟》，余亦谬为《秋琴》之举。"

顺治十二年乙未（1655），二十四岁

方成琮在廷试（又称殿试、御试）取第二名。《健松斋续集》卷三《伯兄拔贡公画像记》："甲午，拔贡，入成均。明年，廷试第二人。"

十一月初五日，长子方引禩出生。《遂安方氏族谱》卷三："引禩，象瑛长子……顺治乙未年十一月初五日巳时生。"

因旱灾、蝗灾、寇乱波及家乡，作《悯寇》诗。《健松斋集》卷十七《秋琴阁诗》中《悯寇》诗题下有自注："甲午、乙未间，旱蝗相继，盗始开、常，延及淳、遂，逾年始平。"

顺治十三年丙申（1656），二十五岁

十一月初二日，姨母吴氏卒，年三十八。《健松斋续集》卷八《文学瑞若姜公偕配吴孺人合葬墓志铭》："配淳安吴孺人，先外王父刑部主政讳觐光次女，余从母也。……卒顺治丙申十一月初二日，年三十八。"

顺治十四年丁酉（1657），二十六岁

参加乡试，未中。《健松斋集》卷十四《亡室吴孺人行述》："余丁酉、庚子两罢秋闱。"

秋，从叔方犹典江南乡试。法式善《清秘述闻》卷一："（顺治十四年丁酉科乡试）江南考官侍讲方犹，字壮其，浙江遂安人，壬辰进士。"

十一月，江南乡试科场弊案发，方犹涉案。《清世祖实录》卷一一三"顺治十四年十一月"："癸亥，工科给事中阴应节参奏：江南主考方猷（方犹）等弊窦多端，榜发后，士子忿其不公，哭文庙，殴帘官，物议沸腾。其彰著者，如取中之方章钺，系少詹事方拱干第五子，悬成、亨咸、膏茂之弟，与犹联宗有素，乃乘机滋弊，冒滥贤书，请皇上立赐提究严讯，以正国宪，重大典。得旨：据奏，南闱情弊多端，物议沸腾。方犹等经朕面谕，尚敢如此，殊属可恶。方猷、钱开宗并同考试官，俱着革职，并中式举人方章钺，刑部差员役速拿来京，严行详审。"

顺治十五年戊戌（1658），二十七岁

春，仲兄方象瑸落第，留京师侍奉从叔方犹。《健松斋续集》卷七《仲兄合肥公行状》："再赴南宫，不利，时从叔侍讲公以南闱事逮系。公下第，遂留京师，晨夕省视。"

十二月初三日，方犹卒于狱中。《遂安方氏族谱》卷八《艺文考·月江公偕章宜人墓志》："公生崇祯癸酉年正月十四日戌时，卒顺治戊戌年十二月初三日。"

顺治十六年己亥（1659），二十八岁

正月十五日，从叔方犹妻章氏卒，为其作传。《健松斋集》卷十三《章宜人传》："宜人姓章氏，先九叔侍讲公犹元配也。……宜人死焉，时己亥正月望日也。"

仲兄方象瑸中进士。《雍正浙江通志》卷一百四十二："（顺治十六年己亥科徐元文榜，是年再行会试）方象瑸，遂安人，荆州推官。"

顺治十七年庚子（1660），二十九岁

夏，外祖父吴觐光病，与表弟姜腾上一同看望、问候。《健松斋续集》卷八《前刑部福建司主事外王父耿斋吴公墓志铭》:"庚子夏,公病且革,象瑛偕外弟姜生奋渭同问疾。"

六月十一日,外祖父吴觐光卒。《健松斋续集》卷八《前刑部福建司主事外王父耿斋吴公墓志铭》:"公生万历丁亥年九月二十三日,卒顺治庚子年六月十一日,享年七十四。"

秋七月,业师余养质卒。《健松斋集》卷十五《祭先师长子令余公文》:"顺治十有七年秋七月癸酉,先师山西潞安府长子县知县屺洪余先生卒于寝。"

再次参加乡试,未中。《健松斋集》卷十四《亡室吴孺人行述》:"余丁酉、庚子两罢秋闱。"《健松斋集》卷十五《亡友姜仲君诔并序》:"忆庚子科试,凡稍能文者皆前列,余与君独不录,怏怏西归。"

康熙一年壬寅(1662),三十一岁

九月七日,仲子方引禩出生。《健松斋集》卷十四《亡仲子行述》:"儿生壬寅九月初七日,卒庚申八月十九日,年仅十九。"

康熙二年癸卯(1663),三十二岁

秋,参加浙江乡试,中举。《健松斋集》卷十四《亡室吴孺人行述》:"宏与余同登癸卯贤书","癸卯秋试,出衣饰佐道理费。捷至,孺人不色喜。"

秋,仲兄方象璜授荆州推官,作诗相送。《健松斋续集》卷七《仲兄合肥公行状》:"公讳象璜,字玉双,号雪岷。……癸卯,授荆州推官。"《健松斋集》卷十七《秋琴阁诗》有赠诗《送家二兄司李荆州》。

初冬,赴京游玩。《健松斋集》卷十一《上曹秋岳先生书》:"癸卯,游京师。"

过吴,拜访族兄方惟学。《健松斋集》卷五《寿族兄惟学序》:"癸卯夏,先君暨家助教叔复过吴,与翁叙谱谊至悉。予固心仪久矣。是冬,计偕北上,乃访翁闾门。"

赴邺拜访毛际可，成诗集《邺游》。毛际可《安序堂文钞》卷十二《〈四游草〉序》："后十余年癸卯，余滥竽邺李，而渭仁以计偕过邺，寒夜拥炉，出途次所为诗，与其季父稚稷挑灯并读，为之掩卷叹绝，是即篇首《邺游草》也。"《健松斋集》卷二十二《四游诗》有诗《维扬旅店坐雨时将赴邺访毛会侯司李》，写于将赴邺访毛际可之时。

康熙三年甲辰（1664），三十三岁

赴京参加会试，落第。骆复旦作诗相慰。《健松斋集》卷二十二《四游诗》有诗《被放南归骆叔夜投诗见赠》。

仲兄方象璜署枝江县事。《健松斋续集》卷七《仲兄合肥公行状》："甲辰春，署枝江县事。"

王勖携樽过饮。《健松斋集》卷二十二《四游诗》有诗《王灌亭太史携樽过饮》。

泛舟南返，作成《燕游》诗。毛际可《安序堂文钞》卷十二《〈四游草〉序》："及渭仁射策金门不遇，泛舟南归，道经汶泗、江淮之境，吟咏间作，游不止于燕。而燕者，公车之所从事也。故自次其诗为《燕游草》。"

五月初五，抵富阳。《健松斋集》卷二十二《四游诗》有诗《五日富阳舟中小醉》。

闰六月二十六日，三子方引祎生。《遂安方氏族谱》卷三："引祎，象瑛第三子……康熙甲辰年闰六月廿六日子时生。"

九月，于途中为从叔方犹《杜诗选》作跋。《健松斋集》卷十二《书侍讲叔〈杜诗选〉》："此先九叔侍讲公选本也……若余间读有得，亦附数言，学识疏浅，不敢谓善读杜也。录成于甲辰九月，时在山阴道上云。"

归次钱唐，毛际可以诗见柬，和韵赠答。《健松斋集》卷二十二《四游诗》有诗《归次钱唐会侯以诗见柬却和原韵》。

十二月十八日，仲媳毛孟生。《健松斋续集》卷七《仲妇毛氏殉烈述》："仲妇生于康熙甲辰十二月十八日。"

康熙四年乙巳（1665），三十四岁

患痘疹，岳父吴达观来往探视。《健松斋集》卷一《吴仲朗先生医验遗书序》："乙巳，过予，视痘疹。"

秋，赴荆州探望仲兄方象璜。《健松斋集》卷七《使蜀日记》："江陵名胜，皆余旧游。留理署三月，时乙巳秋冬也。"

康熙五年丙午（1666），三十五岁

方象璜招方象瑛、程只婴欢聚。《健松斋续集》卷三《程只婴画像记》："丙午，先仲兄李荆州，延之西席。予留署中匝月，相聚极欢。"

遍游楚中诸胜，成《郢游》诗。毛际可《安序堂文钞》卷十二《〈四游草〉序》："渭仁又尝谒其仲兄雪岷于荆署，凡彭蠡之雄，匡庐之秀，与夫赤壁、黄鹤之幽奇巨丽，一皆以诗发之。而以《郢游草》终焉。"

王氏以神痘之术游遂安。《健松斋集》卷十六《神痘说》："康熙丙午，丰城王翁以其术游吾遂，人始闻而疑之，继而信之，久乃大服。"

冬，于京师遇张坛。《健松斋集》卷三《琴楼合稿序》："丙午冬，见步青于燕邸，握手欢甚。"

外祖父吴觐光葬梓桐原西湖岭。《健松斋续集》卷八《前刑部福建司主事外王父耿斋吴公墓志铭》："丙午，公葬梓桐原之西湖岭。"

康熙六年丁未（1667），三十六岁

春，中进士，二甲第三十六名。梁允植《〈健松斋集〉序》："丁未之役，家司徒公之典礼关也，所得百五十人，皆瑰奇雄博之士。……方子渭仁其一也。"《健松斋集》卷十三《梁母桂夫人传》："岁丁未，象瑛受知今大司农真定梁先生。"江庆柏《清朝进士题名录》："（方象瑛）二甲第三十六名。"正考官户部尚书王弘祚、兵部

尚书梁清标，副考官吏部侍郎冯溥、秘书院学士刘芳躅。法式善《清秘述闻》卷二《乡会考官类》二："（康熙六年丁未科会试）考官户部尚书王弘祚，字玉铭，云南永昌人，庚午举人。兵部尚书梁清标，字玉立，直隶正定人，癸未进士。吏部侍郎冯溥，字孔博，山东益都人，丁亥进士。秘书院学士刘芳躅，字增美，顺天宛平人，乙未进士。"

于午门谢恩、对策太和殿、太和殿赐第、赐宴等，俱有应制诗。《健松斋集》卷二十二《四游诗》有诗《随主司午门谢恩应制》《太和殿对策应制》《太和殿赐第应制》《恩荣宴应制》。

与同榜进士陈玉璂于礼部相见。《健松斋集》卷二《学文堂文集序》："丁未之役，与椒峰同举进士，始一见于礼部。"

七月二十六日，岳父吴达观卒，享年六十一。《健松斋续集》卷八《敕赠奉政大夫河南汝州知州前府学增广生仲朗吴公偕配方宜人合葬墓志铭》："丁未夏，赠奉政大夫仲朗吴公卒于寝。……公姓吴氏，讳达观，字仲朗，外王父刑部主事讳觐光仲子也，与先姒同出汉川方孺人。"

仲兄方象璜候补推官。《健松斋续集》卷七《仲兄合肥公行状》："丁未，裁缺候补。"

需次南归，访蔡方炳于吴门。《健松斋续集》卷二《蔡九霞息关六述序》："丁未南归，访蔡君九霞于吴门。"

为母吴孺人作祭文以告亡灵。《健松斋集》卷十五《丁未告母吴孺人文》。

程只婴回新安，有诗相赠。《健松斋续集》卷三《程只婴画像记》："明年，先兄改令合肥，只婴遂家居。"《健松斋集》卷十七《秋琴阁诗》有诗《送程只婴归新安》。

康熙七年戊申（1668），三十七岁

三月二十八日，叔祖父方迓年去世。《健松斋续集》卷八《叔祖年九府君偕配徐太安人合葬墓志铭》："公讳迓年，字书衡。……卒康熙戊申年三月廿八日戌时，享年五十有七。"《遂安方氏族谱》

卷二《世系考》:"迓年……万历壬子年五月初一日寅时生,康熙戊申年三月廿八日戌时卒,年五十七。"

仲兄方象璜补任合肥县知县。《健松斋续集》卷七《仲兄合肥公行状》:"戊申,补合肥知县。"

康熙九年庚戌（1670），三十九岁

四月,入闽,游历,有诗六首。《健松斋集》卷十四《先府君行述》:"庚戌四月,不孝入闽。"《健松斋续集》卷五《道山僧异木武夸诗题辞》:"往庚戌夏,余有事建州。"《健松斋集》卷二十二《四游诗》有诗《江郎山》《仙霞岭》《抵建州》《留别建宁诸子》《舟雨望武夷山》《鹅湖书院》。

六月十六日,父方成郯病,时在建宁。《健松斋集》卷十四《亡室吴孺人行述》:"庚戌夏,先府君寝疾,余适阻建宁。"

六月二十一日,父方成郯去世。《健松斋集》卷十四《先府君行述》:"庚戌四月,不孝入闽。六月,伯父病,府君延医审视,忧形词色。十六日,从邻翁小饮,偶中寒。越五日,卒于中庭。年五十有九。"

在闽与林云铭相识。林云铭《挹奎楼选稿》卷三《健松斋全集序》（丙寅）:"记余曩岁客富沙,方子渭仁游闽,过访,时已识其为人。"

康熙十年辛亥（1671），四十岁

正月,祖母毛氏去世。《遂安方氏族谱》卷二《世系考》:"逢年……配义门毛氏……康熙辛亥年正月十四日卯时卒,享年九十。"

七月十九日,叔祖父方蘧年去世。《健松斋集》卷十四《两叔祖行述》:"文学公讳蘧年,字书玉,直完公仲子,阁学公异母弟也,母章太夫人。……辛亥夏,大旱,公体丰不耐暑蒸,遂病暍,数日卒,年七十二。"《遂安方氏族谱》卷二《世系考》:"蘧年……万历庚子年六月十六日申时生,康熙辛亥年七月十九日巳时卒,享年七十二。"

秋，因邑秕政厉民，条列利弊，使邑得每年省二万金。《健松斋集》卷十五《富顺知县劬庵余公墓志铭》："辛亥之秋，予以邑秕政厉民，集同志条列利病，得请岁省脂膏二万金。"

九月九日四十岁生日时，兄长绘图祝寿。《健松斋集》卷十八《展台诗钞上》《是夕亲友携尊过饮志感》诗中自注："辛亥初度，家兄绘图见贻。"

康熙十一年壬子（1672），四十一岁

遂安重修六星亭潮音阁，受托作记。《健松斋集》卷六《重修六星亭潮音阁记》："康熙辛亥夏，邑大旱蝗……使修六星亭潮音阁以自赎，闻者快焉。……阅岁而告成，父老子弟属予记其实。"

应郡邑之聘，与仲兄方象璜等纂修《遂安县志》。《健松斋集》卷一《重修〈遂安县志〉序》："皇上御极之十有一年，召大学士曲沃卫公于田间，诏陈六事，其一请命天下郡国各修志乘，宣付史馆，汇成通志。……遂安僻处山陬，属当修志。郡侯梁公、邑大夫刘公思任事之难其人也，以命家仲兄象璜暨不肖象瑛。"

康熙十二年癸丑（1673），四十二岁

三月，《遂安县志》成稿。在纂修县志时，众人有着明确的分工。《健松斋续集》卷七《仲兄合肥公行状》："癸丑，应郡邑聘，修《遂安县志》成。"《健松斋集》卷一《重修〈遂安县志〉序》："是役也，明经余君主文武杂志，姜氏叔侄主营建，艺文则诸文学任之，方舆食货则兄象璜任之，而职官仕进考据最难，惟家太学叔搜辑廿载，故得事半而功倍焉。象瑛幸承盛举，宁敢轻议古今，惟是诸君子命人物一志，与夫诸志润色之任，概不获辞。稿具于癸丑三月，刻成于甲寅四月。"

遂安教谕邵琳擢山西洪洞县知县，作文相送。《健松斋集》卷四《送邵学博擢洪洞令序》："姚江邵先生署遂逾五载，擢山西洪洞令。闻命之日，诸生相庆于泽宫，谓进师而令，且值先生寿也。……先生行矣，书此赠之，并以为寿。"《民国洪洞县志》卷六："邵琳，浙江余姚县举人，康熙十二年任。"

有书寄同年储方庆。储方庆《储遯庵文集》卷十一"癸丑"《喜得同年方霞庄书》。

康熙十三年甲寅（1674），四十三岁

二月初九日，长孙锡纶出生。《遂安方氏族谱》卷二《世系考》："锡纶，引褆长子。……康熙甲寅年二月初九日亥时生。"

四月，《遂安县志》刻成，为之作序。《健松斋集》卷一《重修〈遂安县志〉序》："稿具于癸丑三月，刻成于甲寅四月。"

七月，仲兄方象璜五十岁生日，作文祝寿。《健松斋集》卷五《寿仲兄五十序》："吾兄以甲寅七月登五秩，适八闽告变。……旬有二日，则兄诞辰，踯躅穷冈，荆榛露宿，腹不得果，盖患难于兹极矣。"

为避乱，携家杭州。《健松斋集》卷十四《亡室吴孺人行述》："甲寅寇变，余携家西泠。"

与毛先舒定交。《健松斋集》卷二《毛稚黄十二种书序》："余自避乱居武林，始得与毛子定交。"

与王晫定交。《健松斋续集》卷首王晫题辞："太史自甲寅避兵居会城，始与予定交。"

冬，与毛际可拜访毛先舒。后有书往来。毛先舒《思古堂集》卷二《与遂安方渭仁书》："昨蒙与会侯联镳而过，草率供具，殊愧主人。今足下以乱驱北徙，遂得款曲，大慰瘝瘝，仆之幸哉。"《健松斋集》卷十一《再与毛稚黄书》："前于《鸾情集》读足下拟汉卿骋怀之作，甚佳。……避乱移家，流离至此，既获良朋，兼与雅集，人生乐事，何以过之。"

冬，吴农祥招饮，与徐林鸿等相遇。《健松斋集》卷二十三《萍留草》有诗《携家武林吴庆伯留饮喜值徐大文诸子》。

康熙十四年乙卯（1675），四十四岁

正月十五夜，与毛际可、张丹、张适、孙治等饮杨与百教忠堂。

《健松斋集》卷二十三《萍留草》《大集教忠堂观灯分得十一真》、张丹《张秦亭诗集》卷九《元夜毛会侯、方渭仁、张我持、孙宇台诸子饮杨与百教忠堂分得南字》。

灯集，有诗酬答同年卢琦。《健松斋集》卷二十三《萍留草》有诗《灯集酬卢西宁》。

徐汾纳姬，作诗相贺。《健松斋集》卷二十三《萍留草》有诗《徐武令纳姬诗和韵》。

毛先舒招饮，作诗道谢。《健松斋集》卷二十三《萍留草》有诗《毛稚黄招饮》。

春，访蒋鑨于祖山寺，结识吴陈琰。《健松斋续集》卷二《吴宝崖集序》："乙卯春，予访蒋子驭鹿于祖山寺，因识吴君宝崖。"《健松斋集》卷十八《展台诗钞上》卷首吴陈琰序："乙卯春，余识遂安方渭仁先生于会城。"

与陆进、牛奂、毛际可、诸匡鼎等半山欣赏桃花。陆进《巢青阁集》卷四《偕牛潜子司马、方渭仁、毛会侯、诸虎男半山看桃花》。

四月七日，与毛际可、毛先舒、李式玉、徐汾、徐邺、诸匡鼎、陆进、毛次瀛等宴集于毛先舒书斋思古堂，分韵赋诗，作《思古堂雅集记》。《健松斋集》卷六《思古堂雅集记》："余自甲寅秋偕毛会侯避地西陵，播迁之余，惟诗文、朋友稍慰晨夕。明年四月七日，毛子稚黄，李子东琪，徐武令、华征兄弟，诸子虎男，稚黄从子次瀛招集思古之堂。思古堂者，稚黄著书处也。余与会侯将赴之，出门，值陆子苋思，遂挟以俱。……稚黄属余纪其事。"毛际可《安序堂文钞》卷二十六《题稚黄兄扇》："今四月七日，同人复大集于思古之堂，分体得《绮罗香》长调。"

四月下旬，与王嗣槐、王晖、陆进、吴仪一、牛奂、蒋鑨等宴集于斐园。《健松斋集》卷一《斐园宴集序》："余既作《思古堂雅集记》，叹良会不可再。乃相隔旬日，又有斐园之游。赏心乐事，半月中两遇之。顾为乐有同有不同。思古之会，稚黄诸子招饮也；斐园之召，则仲昭、丹麓、苋思、璪符诸子也。诸君皆西陵之秀，余得通识而定交焉。……兹游则十有六人，而邺中牛明府由富春停车，湖墅蒋子驭鹿来自晋陵，千里萍踪，旷然而合。……诸君各分体，赋成，属余序。"王嗣槐《桂山堂诗选》卷十二《初夏与潜庵、驭鹿、渭仁、会侯诸子斐园赋饮》、王晫《霞举堂集·松溪漫兴》卷七《斐园宴集》。

闰五月初五，与众人集陆进巢青阁，分韵赋诗。《健松斋集》卷二十三《萍留草》有诗《闰五日同人大集陆荩思巢青阁分赋》。

与张右民、应撝谦、陈廷会、沈昀、陆堦、毛际可等登吴山眺望。《健松斋集》卷二十三《萍留草》有诗《登吴山眺望同张用霖、应嗣寅、陈际叔、沈甸华、陆梯霞、毛会侯》。

有书寄俍亭禅师（徐继恩）、曹溶、梁允植，《健松斋集》卷十一《与俍亭大师书》《上曹秋岳先生书》《与梁钱塘书》，时曹溶拟为祖父方逢年立传，请求梁允植为《健松斋集》作序。

仲夏，梁允植为十六卷本《健松斋集》作序。《健松斋集》卷首梁允植序："一日，手一编示余曰……康熙乙卯仲夏，恒山梁允植。"

陈廷会招饮，别后有书信往来。《健松斋集》卷十一《答陈际叔书》："昨承招饮，得读《爻闲》诸集。……夜来承垂问，故缕及之，所谓可为知己道也。"

将赴吴兴，宿王晫霞举堂。次日舟中读王晫《杂著十种》。《健松斋集》卷二十三《萍留草》有诗《将赴吴兴宿王丹麓霞举堂，次日舟中读〈杂著十种〉却寄》、王晫《霞举堂集·松溪漫兴》卷六有诗《薄暮方渭仁进士见过止宿草堂次日即适吴兴》。

夏某日，毛先舒再次召集诸人雅集于思古堂。毛际可《安序堂文钞》卷二十七《〈静好集〉题辞》："五兄稚黄以诗名西陵三十年矣。乙卯夏，集诸名士饮于思古草堂。酒酣分韵。"方象瑛《健松斋集》卷二十三《萍留草》有诗《思古堂雅集分韵》。

秋某日，众人再次相会于思古堂，方象瑛因病未参加，有诗遥和。《健松斋集》卷二十三《萍留草》有诗《遥和初秋集稚黄思古堂作》《和丁素涵雅集韵》。

八月十六日，与方炳饮王晫霞举堂。《健松斋集》卷二十三

《萍留草》有诗《八月十六日苊思、丹麓招集茂承堂分赋》诗有注："去秋是日,丹麓招集霞举堂,同人皆阻雨不至,余与家文虎畅饮留宿。"

秋,族侄方韩中举,为其制义作序。《健松斋集》卷三《若韩侄制义序》:"今秋,举贤书,主司重其才,奖借特至。……今试取其文观之,灵奇超忽,如天马驰骤,不可羁捉。"《雍正浙江通志》卷一百四十三:"(康熙十四年乙卯科)方韩,遂安人,丙辰进士。"

十月三日,至嘉兴,访新安胡生,游福城寺,吊朱太守墓,过白莲禅刹,游鸳鸯湖,均有诗文。《健松斋集》卷六有文《游鸳鸯湖记》、卷二十三《萍留草》有诗《题止饬上人像》《福城寺》《苕苧庵访梵林上人》《泛南湖》。

康熙十五年丙辰(1676),四十五岁

初春五日,王嗣槐招饮。《健松斋集》卷二十三《萍留草》有诗《雨中王仲昭招饮_{时初春五日}》。

仲春十七日,与陆进、牛奂、毛际可、诸匡鼎、陆曾禹等赴皋亭山看桃花。诸匡鼎《说诗堂集·橘苑文钞》卷五《皋亭看桃花记》:"丙辰仲春十七日,陆苊思招同牛公潜子、方渭仁、毛会侯、令子汝谐及余皋亭观桃,由得胜桥登舟。"诸匡鼎《说诗堂集·橘苑诗钞》卷六《陆苊思招同牛潜子、方渭仁、毛会侯暨令子汝谐皋亭山看桃花,分得云字》。

春日,与毛际可、方象璜、丁潆赴云溪俍公之约,作文《河渚探梅记》、诗《河渚探梅酬俍公》。《健松斋集》卷六《河渚探梅记》:"丙辰春日,予与毛子会侯、家兄雪岷赴云溪俍公之约。……时丁子素涵方倚楼作《望江南词》,日暮,不能读,棹船而返。是夕宿,方丈俍公纵谈五灯宗旨与儒佛异同,旁及古今人物、山川名胜。"《健松斋集》卷二十三《萍留草》有诗《河渚探梅酬俍公》。

重游灵隐寺、飞来峰、皋亭、钱镠祠。《健松斋集》卷二十三《萍留草》有诗《重过灵隐寺》《飞来峰》《皋亭泛桃花》《钱武肃王祠》。

七月十六日，为梁清标诗集作序。梁清标《蕉林诗集》卷首方象瑛序文末："康熙丙辰七月既望，遂安受业方象瑛拜撰。"《健松斋集》卷二《大司农梁先生诗集序》："今年，侨居钱塘，先生从子允植适宰是邑，刻先生诗词若干卷。象瑛受而读之，辄叹先生之志无所不周，而特于诗寄之也。"

八月十六日，陆进、王晫招集茂承堂，分韵赋诗。《健松斋集》卷二十三《萍留草》有诗《八月十六日荩思、丹麓招集茂承堂分赋》。

孙治纳姬，与毛际可、诸匡鼎赋诗相贺。诸匡鼎《说诗堂集·橘苑诗钞》卷十一《孙宇台先生纳姬，方渭仁、毛会侯赋诗称贺敬和原韵》。

将归里，王嗣槐作诗相送。王嗣槐《桂山堂诗选》卷十二《送方渭仁归里》。

除夕日，接连收到方韩的书信，劝其赴都候选。因贫困拮据，拟次年二月十八日起行。《健松斋集》卷七《赴都日记》："余需次后期，丙辰除日，连得家侄若韩书，趣余赴选。迁播以来，拮据逡巡，未能也。顾期迫，拟二月十八日起行。"

康熙十六年丁巳（1677），四十六岁

二月，入都补官，访余国祯言别。《健松斋集》卷十五《富顺知县劬庵余公墓志铭》："康熙丁巳，余来京师，过公为别。"

二月二十九日，告别钱塘诸友，时疾病复发。《健松斋集》卷七《赴都日记》："二十九日，别钱塘诸友，疾复大作。"

王嗣槐、陆进、王晫等作诗文送行。陆进《巢青阁集》卷五《送方渭仁舍人入都》、王嗣槐《桂山堂文选》卷二《送方渭仁入补中翰序》、王晫《霞举堂集·松溪漫兴》卷十《送方渭仁入中书省》。后西陵诸友送别诗汇为一册，并绘成图画，王嗣槐为之题辞。王嗣槐《桂山堂文选》卷三《送方渭仁诗册题辞》："今春，予与潜子牛公寓春江三月，荩思贻书云：'渭仁将赴阙谒选，行有日矣。'……各为诗歌文词，集荩思茂承堂，以志河梁之别，汇为一册，而绘图以赠之。"

三月初三，移寓吴山道院，与毛先舒纵谈不倦。徐汾赋诗赠别，依韵和之。《健松斋集》卷十八《展台诗钞上》有诗《和韵留别西陵诸子》。

三月十八日，造访王晫，与徐汾同饮。《健松斋集》卷七《赴都日记》："十八日，诣王丹麓（晫），武令适来别，遂同小饮，赠诗，皆西陵名士。"

三月二十一日，过吴江，于船上为牛奂、顾有年二人诗集作序；为嘉兴胡翁的亭阁命名并作记。到苏州后，访尤侗、钱中谐、顾菁芳、袁骏等，未遇。《健松斋集》卷七《赴都日记》："二十一日，过吴江……舟中走笔，成牛潜子（奂）、顾向中（有年）诗序，胡翁《舫影记》手录寄之。未时，抵苏州，访尤悔庵（侗）、钱宫声（中谐）、顾茀在（菁芳）、袁重其（骏），皆不值，闻祭九霞（方炳）客游，宋既庭（实颖）扫墓胥门，期旦日来访，行迫不能待也。"

三月二十二日，在无锡，与严绳孙于舟中夜谈。《健松斋集》卷七《赴都日记》："二十二日，无锡。严荪友（绳孙）过舟中夜话。"

三月二十四日，在常州，听闻陈玉璂已北上京师。《健松斋集》卷七《赴都日记》："二十四日，常州。讯陈椒峰（玉璂）已北上矣。"

三月二十七日，拜访汪懋麟，不遇。《健松斋集》卷七《赴都日记》："二十七日，访汪蛟门（懋麟）不遇。"

三月三十日，遇到锡山徐君，与其谈论祖父方逢年旧事。《健松斋集》卷七《赴都日记》："三十日，……遇锡山徐君，偶及先大父与马文肃（世奇）旧事。"

四月十一日，午憩于泰安州，想起当年途径此地的情景，今昔对比，不胜感慨。《健松斋集》卷七《赴都日记》："余自丙午、丁未至是，三度泰山，向时连值旱蝗，人民稀少。……今四方士女、车牛络绎，甚至鸣金树帜，百十为群，盛矣。"

四月十五日，渡河过景州。《健松斋集》卷七《赴都日记》：

"忆丙午冬，计偕宿此，拾枯草爇寒，转眄十载余矣。"

四月二十日，到达京师，成《赴都日记》一卷。《健松斋集》卷七《赴都日记》："（四月）二十日越良乡，度芦沟桥，揽辔入都。寓三元会馆东（馆以吾乡商文毅名）……康熙丁巳，渭仁记。"

于京师游长椿寺、报国寺、天宁寺、善果寺，作诗纪游。《健松斋集》卷十八《展台诗钞上》有诗《登长椿寺妙光阁》《同诸子报国寺看松遂登毘庐阁眺望》《天宁寺》《善果寺》。

向叶方蔼、张玉书借书。《健松斋集》卷十八《展台诗钞上》有诗《从叶訒庵学士、张素存宫庶借书》。

赋诗酬谢田喜霄来寓所看望自己。《健松斋集》卷十八《展台诗钞上》有诗《田望西夫子枉驾寓斋呈谢》。

在京师，与陈玉璂经常往来，并为陈玉璂《学文堂文集》作序。《健松斋集》卷二《学文堂文集序》："今年，谒选京师，椒峰访余，欢甚。自是时时过从，为余点评近稿，颇相称许。……椒峰乃函致全集，且属余序。"

有书答内弟吴宏的诸多疑问。《健松斋集》卷十一《答吴芬月孝廉书》："适奉新例，遂勉就京职。"

为毛际可《浣雪词钞》作序。《健松斋集》卷三《毛会侯诗余序》："今别又一年矣，会侯补令浚仪，词益工，贻书京师，索余序。"

秋，访顾永年于长椿寺。《健松斋集》卷四《送顾九恒南归兼寿其尊堂翁太君序》："丁巳，余谒选入都，九恒亦奉其母翁太君命，就试京师，余访之长椿寺，一时欢甚。"

十月，洪昇取道大梁南返，作诗相赠。《健松斋集》卷十八《展台诗钞上》有诗《送洪昉思游梁兼寄毛祥符会侯》。

十月六日，严沆六十一岁生日，作文祝寿。《健松斋集》卷五《寿少司农严颢亭先生序》："会先生寿，索余言为祝。"卷十五《祭余杭严先生文》："十月六日，先生燕集诸名士。……象瑛入，先生降阶执手，且曰：'频年闻君名，今乃得相识，然读君诗文盖已久矣。'当时座客无不惊叹。"

秋，魏象枢招集方象瑛、房廷祯、白梦鼐、许孙荃、陈玉璂、袁佑等同饮。《健松斋集》卷十八《展台诗钞上》有诗《魏庸斋司农招饮同房慎庵、白仲调、许生洲、陈椒峰、袁杜少》。

秋，送汤右曾南归，有诗文相赠。《健松斋集》卷四文《送汤西崖南归序》、卷十八《展台诗钞上》诗《送汤西崖南归》。

秋，寄书毛际可，求寄汪乔年传。《健松斋集》卷十一《与毛会侯书》："春间，见所状汪总督逸事甚佳，记语意微有可商，今亦忘之矣，不审肯寄示否？"

孟冬，姜希辙去奉天，作诗相赠。《健松斋集》卷十八《展台诗钞上》有诗《送姜定庵京兆之奉天》。黄百家《学箕初集》卷二《送定庵姜先生赴任盛京奉天府尹》："康熙丁巳孟冬，定庵姜先生赴任盛京奉天府尹，将有数千里之行。"

冬，吴仪一、邓汉仪、程遂、宗观、姜梗、姜宸英访魏禧于扬州寓所，纵论当世名家，吴仪一独推方象瑛。《健松斋续集》卷首吴仪一序曰："忆丁巳冬，客扬州，与邓孝威、程穆倩、宗鹤问、姜铁夫、西溟访魏凝叔寓斋，纵论当世古文家长短。予独推遂安方子渭仁之文为至醇。"

冬，梦亡友姜如兰，作诔文并题其像赞。《健松斋集》卷十五《亡友姜仲君诔》："仲君死七年矣。丁巳冬，余在京师，梦君来索余文，觉而异之。盖君遗命属余为像赞，寇乱未遑也。君讳如兰，字芬若，一字中林。"

有冬，仲兄方象璜抵达京师。《健松斋集》卷十八《展台诗钞上》有诗《喜二兄至京》。

康熙十七戊午（1678），四十七岁

正月二十三日，康熙帝谕内阁召博学鸿词科试，内阁奉谕诏告内外，命在京三品以上及科道官员、在外督抚布按各举所知，征聘学行兼优、文词卓越，无论已仕未仕之人，并定于次年三月考试。《圣祖仁皇帝圣训》："自古一代之兴，必有博学鸿儒，振起文运，阐发经史，润色词章，以备顾问著作之选。朕万几余暇，游心文翰，思得博学之士，用资典学。我朝定鼎以来，崇儒重道，培养人材。四海之广，岂无奇才硕彦、学问渊通、文藻瑰丽可以追踪前哲者？凡有学行兼优、文词卓越之人，不论已仕未仕，令在京三品以上及科道官员，在外督抚布按，各举所知，朕将亲试录用。其余内外各官，果有真知灼见，在内开送吏部，在外开报督抚代为题荐，务令虚公延访，期得真才，以副朕求贤右文之意。"（《文渊阁四库全书》影印本卷十二）

春，金鋐、严沆荐举方象瑛应博学鸿词科。《健松斋集》卷一《东南舆诵序》："戊午春，诏举博学鸿辞之士，今抚军宛平金先生暨少司农严先生，皆首以象瑛应。"秦瀛《己未词科录》卷二："方象瑛……由总督仓场侍郎严沆荐举。"

在长安邸舍，与张英初识。《健松斋集》卷二《张仲张诗序》："余初未识仲张。戊午同以荐召，遇之长安邸舍，中通外朗，绝无城府。"

在梁清标席上，同诸人看烟花。《健松斋集》卷十八《展台诗钞上》有诗《梁司农夫子席上看烟火同及门诸子》。

李天馥招饮，是晚，听闻博学鸿词荐举之令。和韵李天馥，作诗四首，喜悦之情溢于言表。《健松斋集》卷十八《展台诗钞上》有诗《李容斋学士招饮是夕闻荐举之令》《上谕荐举博学鸿辞恭纪和李学士韵》。

春，以诗柬陈玉璂。《健松斋集》卷十八《展台诗钞上》有诗《柬陈椒峰舍人》。

春，于吏部结识江闿。《健松斋集》卷五《寿江青园先生序》："今年春，谒选来京师。会诏举博学鸿辞之士以备顾问，命中外臣僚各举所知，少司农余杭严先生谬以余应，辰六为沈绎堂学士所举，而诸侍御复交章论荐。于是始相见于吏部，握手如平生欢。"

春，徐嘉炎、江闿过访，作诗酬答。《健松斋集》卷十八《展台诗钞上》有诗《酬徐胜力、江辰六见过》。

春，与表弟姜腾上夜座闲聊。《健松斋集》卷十八《展台诗钞上》有诗《与表弟姜腾上夜座》。

四月，姜腾上南归，作诗相送，并为其父姜如芝六十寿作贺。《健松斋集》卷四《送表弟姜腾上南归并寿其尊人瑞若先生序》："夏四月，将归，应省试，并寿其尊人瑞若先生。……若姜伯子者，今年六十矣。……兹之南旋也，奉觞为尊人寿，然后放舟西陵，一举贺战。"

拟汤泉应制十二韵。《健松斋集》卷十八《展台诗钞上》有诗《拟汤泉应制十二韵》。

法若真来访、张润民馈米，以诗酬谢。《健松斋集》卷十八《展台诗钞上》有诗《法黄石前辈枉过赠诗》《谢张膏之舍人馈米》。

吴珂鸣督学顺天，作诗相送。《健松斋集》卷十八《展台诗钞上》有诗《送吴耕方宫允督学顺天》。

翁介眉将官黄州郡丞，作诗相送。《健松斋集》卷十八《展台诗钞上》有诗《送翁梦白之黄州司马》。

叶舒崇等宴集祖园，以诗遥和。《健松斋集》卷十八《展台诗钞上》有诗《遥和叶元礼诸子祖园宴集》。

许书权南新关，作诗相送，兼为其母八十岁生日祝寿。《健松斋集》卷十八《展台诗钞上》有诗《送许浣月礼部权南新关时太宜人八十诞辰适逢初闻》。

叶舒崇移寓懒园，作诗相赠。《健松斋集》卷十八《展台诗钞上》有诗《元礼移寓懒园》。

八月十八日，江闿父七十寿辰，应江闿之邀，为其生平作序。《健松斋集》卷五《寿江青园先生序》："秋八月，尊人青园先生寿七十，辰六述其生平，属余为序。"《江辰六文集》卷四："吾亲戊午仲秋八月十有八日，属家君七十。"王嗣槐《桂山堂文选》卷二《寿江青园先生七秩序》："今年八月，先生揽揆之辰，辰六征言于余以介觞。"

秋，分校顺天乡试，得士马教思。《健松斋集》卷二《张仲张诗序》："是岁秋，复同事京闱，余分校壁经。"《健松斋集》卷十八《展台诗钞上》有诗《京闱分校即事和壁间韵》。《健松斋集》卷三《马严冲制义序》："余分校京闱，自念生平困顿，由不能随世俯仰，幸膺简命，其敢轻视。……中秋日，获一卷……亟以第一人荐两主司。……榜发，则桐城马生也。"

拟顺天乡试第四问。《健松斋集》卷十二《拟戊午顺天乡试第四问》。

严沆卒，作文祭之，并为其作传。《健松斋集》卷十五《祭余杭严先生文》："今年春，天子雅意右文，思得博学鸿辞之士备顾问，命公卿各举所知。……会舒崇谬为政府诸公论荐，例不得更列，于是首以象瑛入告，而宁都魏禧、秀水朱彝尊次焉。象瑛谒谢，执弟子礼。……谁谓拜疏四阅月，遂一病而遽殒哉。"《健松斋集》卷十三《少司农余杭严先生传》。

虞文彪、叶舒崇卒，作诗悼念。《健松斋集》卷十八《展台诗钞上》有诗《哭同年虞省庵》《哭叶元礼》。

作诗寄高士奇。《健松斋集》卷十八《展台诗钞上》有诗《寄高澹人中瀚》。

访王士禛，值王士禛游西山，未果。《健松斋集》卷十八《展台诗钞上》有诗《访王阮亭侍读以再游西山不值》。

九月，康熙于南苑大猎，作《拟大猎赋》。《健松斋集》卷九《拟大猎赋》："皇帝十有七年秋九月，大猎于南苑，讲武事也。"

秋，西域国进献黄狮，作《西域贡狮子赋》。《健松斋集》卷九《西域贡狮子赋》。《清圣祖实录》卷七六"康熙十七年八月"："庚午，西洋国主阿丰素遣陪臣本多白垒拉进表贡狮子。"

冬十月，陈奕禧任山西安邑丞，作文相送。《健松斋集》卷四《送陈六谦之安邑丞序》："冬十月，谒选山西安邑丞。"

十二月，宋荦视榷赣州，作诗送之。《健松斋集》卷十八《展台诗钞上》有诗《送宋牧仲榷赣州》。

十二月，作诗呈梁清标。《健松斋集》卷十八《展台诗钞上》有诗《上座师梁苍岩先生》。

冬，与陈僖论诗文。《健松斋集》卷二《庞雪崖诗序》："戊午冬，余以辟举候召试，与清苑陈蔼公论诗。"

得姜希辙奉天所寄书。《健松斋集》卷十八《展台诗钞上》有诗《得姜定庵先生书》、姜希辙《两水亭余稿·酬方渭仁送远原韵兼志怀思》。

应门人鹿宾之请，作《鹿忠节公三世崇祀录序》。《健松斋集》卷一《鹿忠节公三世崇祀录序》："戊午，分校北闱，得鹿子鸣嘉，因得读其先世传志及诸诗文撰著甚悉，鸣嘉故解元之孙，而太常父子，其高曾也。"《光绪定兴县志》卷八《选举志》："（举人）康熙十七年戊午，鹿宾。"

寄书万临晋，以门人马教思相托。《健松斋集》卷十一《与万临晋书》："桐城马生教思，仆所首拔士。……拟访旧滦城，为旅食计，便道，特令上谒，祈进而教之。"

康熙十八年己未（1679），四十八岁

初春，梅庚至京师，作诗相赠。《健松斋集》卷十八《展台诗钞上》有诗《赠梅耦长和施愚山韵》。

内弟吴宏、吴宾抵京师。《健松斋集》卷十八《展台诗钞上》有诗《内弟吴芬月、五尚两孝廉至》。

方瑞合入京，索家谱序，因公事而未答应。《健松斋集》卷一《茶坡方氏族谱序》："茶坡族兄锡公氏自为诸生，即搜辑家乘。己未，计偕京师，索余序。适余应御试，旋奉命纂修《明史》，未有以应也。"

春，将文集示李澄中。《健松斋集》卷首李澄中序："己未春，方子渭仁示予健松斋文集。"

三月一日，博学鸿词科于体仁殿举行考试。《健松斋集》卷十八《展台诗钞上》有诗《三月朔体仁阁御试应制》。作《璇玑玉衡赋》《省耕诗》。《健松斋集》卷九《璇玑玉衡赋有序》、卷十八《展台诗钞上》有诗《御试省耕诗二十韵》。

三月二十九日，取一等二十名，二等三十名，方象瑛名列二等第十五名。《清圣祖实录》卷八十"康熙十八年己未三月"："甲子（二十九日），谕吏部：'荐举到文学人员，已经亲试，其取中：一等彭孙遹、倪灿、张烈、汪霦、乔莱、王顼龄、李因笃、秦松龄、周清原、陈维崧、徐嘉炎、陆葇、冯勖、钱中谐、汪楫、袁佑、朱彝尊、汤斌、汪琬、邱象随；二等李来泰、潘耒、沈珩、施闰章、米汉雯、黄与坚、李铠、徐釚、沈筠、周庆曾、尤侗、范必英、崔如岳、张鸿烈、方象瑛、李澄中、吴元龙、庞垲、毛奇龄、（钱）金甫、吴任臣、陈鸿绩、曹宜溥、毛升芳、曹禾、黎骞、高咏、龙燮、邵吴远、严绳孙，俱著纂修《明史》。'"

夏，五十鸿儒集于众春园，各赋诗一首，施闰章为序。《健松斋集》卷十八《展台诗钞上》有诗《夏日同人大集和韵》。毛奇龄《西河合集·文集·制科杂录》："后同籍五十人集于众春园，仿题名故事，各赋诗一首，施愚山为之序。"

五月十七日，五十鸿儒俱授馆职，方象瑛授编修，充《明史》纂修官。《清圣祖实录》卷八十一。《健松斋集》卷十六《纪分撰〈明史〉》："余以己未五月奉命修《明史》。"

入史馆，作诗呈诸同馆。《健松斋集》卷十八《展台诗钞上》有诗《初入翰林呈同馆诸君》。

顾永年春闱不利欲归里，作文践行，兼为其母祝寿。《健松斋集》卷四《送顾九恒南归兼寿其尊堂翁太君序》："明年戊午，京闱当论秀，余奉命分校壁经，得马生教思辈，九恒果以《毛诗》冠其本房。……今年试春官，马生举第一人，九恒复报罢。……九恒归，属余一言为寿，因书此寄之。"

七月，臧眉锡补曹县令，作诗相送。《健松斋集》卷十八《展台诗钞上》有诗《送臧介子补令曹县》。《光绪曹县志》卷九："（县令）臧眉锡，字介子，号嗬亭，浙江长兴县人。丁未进士，康熙十八年七月任。"

七月，李因笃出京西还，作诗送别。《健松斋集》卷十八《展台诗钞上》有诗《送李天生奉旨归养》。京师同僚友朋如张英、陈维崧、汤斌、魏象枢、潘耒、尤侗、庞垲、钱中谐、袁佑等亦有诗送别。

九月，叶封将归黄州，作诗相送。《健松斋集》卷十八《展台诗钞上》有诗《送叶慕庐归黄州》。

九月，长子方引禩、三子方引祎归里。《健松斋集》卷十五《告亡室吴孺人文》："去年九月，大儿、三儿归，汝未病。"

骆云补盖平令，作诗相送，兼寄姜希辙。《健松斋集》卷十八《展台诗钞上》有诗《骆襄雷令盖平兼寄姜京兆定庵》。《民国盖平县志·职官志》卷三："（知县）骆云，浙江海盐人，进士，清康熙十八年任。"

晚秋，应卢琦所招，与汪懋麟、陆莱、乔莱赴宴。《健松斋集》卷十八《展台诗钞上》有诗《同年卢西宁宫庶招同陆义山、汪蛟门、乔石林，时大雪初霁》

冯溥招集，后王嗣槐、胡渭复出。《健松斋集》卷十八《展台诗钞上》有诗《益都夫子招集酒半王仲昭、胡朏明复出畅饮》

冬，命子持札拜会王晫，索文。王晫作《健松斋记》。王晫《霞举堂集》卷二《健松斋记》："今岁己未冬，先生官京师，为侍从臣，令其子持札走千里，属予一言。"

仲冬，叶方蔼为其文集作序。《健松斋集》卷首叶方蔼序："予友方子渭仁所撰古文词若干首，总名曰《健松斋集》。……时康熙已未之仲冬吴门世弟叶方蔼书。"

十二月十七日，明史馆开馆。《健松斋集》卷十六《纪分撰〈明史〉》："余以己未五月奉命修《明史》，十二月十七日开馆。"

冬至，冯溥为《秋琴阁诗》作序。《健松斋集》卷十七《秋琴阁诗》卷首冯溥序："会梓成帙，方子欲得余一言为弁，余因为之序。……康熙己未长至日，骈邑冯溥题。"

康熙十九年庚申（1680），四十九岁

正月，开始纂修《明史》列传。《健松斋集》卷十六《纪分撰〈明史〉》："明年正月分撰《景帝本纪》，景泰、天顺、成化朝臣传王翱、于谦等。"

清军克汉中，定成都，取重庆，收复四川。作诗恭纪。《健松斋集》卷十八《展台诗钞上》有诗《官军收复四川午门宣捷恭纪六十韵有序》。

王嗣槐去常州，作诗相赠。《健松斋集》卷十八《展台诗钞上》有诗《送王仲昭之毘陵》。

春，罗世珍抵京，相谈甚欢。《健松斋集》卷二《罗鲁峰诗序》："庚申，举明经，北上，余遇之长安邸舍，握手如平生欢。"

三月二十八日，仲孙方锡缙出生。《遂安方氏族谱》卷二《世系考》："锡缙，引禩继子，引禖次子。……康熙庚申年三月廿八日辰时生。"

四月，仲子方引禩赴汴与毛孟完婚。《健松斋续集》卷七《仲妇毛氏殉烈述》："四月，遣仲子就婚于汴。"

四月二十六日，次子完婚、长举次孙、三子补博士弟子。洪昇作《三庆词》。《健松斋集》卷十四《亡室吴孺人行述》："忆四月二十六日，孺人方病起，得次儿汴中书，知已成婚。午余，家报至，大儿举次孙，三儿补博士弟子。钱唐洪昉思作《三庆词》为寿。"

五月，钱金甫归省，作诗相赠。《健松斋集》卷十八《展台诗钞上》有诗《送钱越江归省》。潘耒《遂初堂诗集》卷三《送同年钱越江归省》。

赵吉士去扬州，作诗相赠。《健松斋集》卷十八《展台诗钞上》有诗《送赵天羽户部榷扬州》。

五月，妻子吴氏在京师病逝。尤侗《西堂杂俎》三集卷六《吴孺人传》："乃吾年友方子渭仁，今年五月吴孺人卒京邸。"

田雯因地震移居，作《移居诗》题壁，有诗相和。《健松斋集》卷十八《展台诗钞上》有诗《和田子纶移居》。

罗世珍归汉阳，作诗相赠。《健松斋集》卷十八《展台诗钞上》有诗《送罗鲁峰归汉阳》。

陆进因妻子亡故南归，作诗相赠。《健松斋集》卷十八《展台诗钞上》有诗《送陆荩思南归兼慰悼亡》。

陆次云宰郊县，作诗相送。《健松斋集》卷十八《展台诗钞上》有诗《题万年冰送陆云士宰郊县》。

妻子去世后四十日（五月二十八日去世），没有三个儿子的消息。《健松斋集》卷十八《展台诗钞上》有诗《妇亡四十日不得三子消息》。

七夕，作诗悼念亡妻。《健松斋集》卷十八《展台诗钞上》有诗《七夕悼亡》。

八月三十日，康熙赐群臣鲜藕，作诗以纪。《健松斋集》卷十八《展台诗钞上》有诗《赐藕纪恩》。

八月十九日，仲子方引禩病亡。《健松斋集》卷十四《亡仲子行述》："儿生壬寅九月初七日，卒庚申八月十九日，年仅十九。"

秋，江闿官益阳知县，作诗赠别。《健松斋续集》卷七《皇清敕封文林郎湖广长沙府益阳县知县青园江公行状》："明年，辰六之官益阳，余赋诗送之。"《健松斋集》卷十八《展台诗钞上》有诗《送江辰六之官益阳》。

九月九日，陆莱邀游慈仁寺，因病未能前去。《健松斋集》卷十八《展台诗钞上》有诗《九日陆义山邀游慈仁寺以病未赴》。

九月九日晚，亲友携樽过饮，深有感触。《健松斋集》卷十八《展台诗钞上》有诗《日夕亲友携尊过饮志感》。

移居，作诗表达对妻子的怀念与多病缠身的苦楚。《健松斋集》卷十八《展台诗钞上》有诗《移居》。

十月上旬，冬日雪后，与毛奇龄、徐釚、陈维崧等陪冯溥游祝园。《健松斋集》卷十八《展台诗钞上》有诗《冬日陪益都夫子游祝园即席奉和原韵》《又和益都公祝园宴集韵》。徐釚《南州草堂集》有诗《雪后陪益都饮祝氏园林奉和原韵四首》、陈维崧《湖海楼诗集》卷七《雪后陪益都夫子游祝园敬和原韵四首》、毛奇龄《西河合集》"五言律诗六"《陪游祝氏园即席和益都夫子原韵四首》。

十月十九日，同毛奇龄、徐釚、徐嘉炎、陈维崧、汪懋麟等陪冯溥游王熙怡园。《健松斋集》卷十八《展台诗钞上》有诗《益都公招集王司马怡园和原韵》。冯溥《佳山堂诗集》卷四《冬日同诸子游王大司马园亭四首》、徐釚《南州草堂集》卷八《十月十九日益都公招游王司马怡园奉和原韵四首》、毛奇龄《西河合集》"五言律诗六"《益都相公携门下诸子游王大司马园林即席奉和原韵四首，时首冬雪后》、徐嘉炎《抱经斋诗集》卷八《孟冬十月九日益都夫子招集王大司马怡园奉和原韵四首》、陈维崧《湖海楼诗集》卷七《益都夫子招游大司马怡园敬和原韵四首》、汪懋麟《百尺梧桐阁遗稿》卷二《益都公招游怡园奉和原韵》。

施闰章生日，方象瑛作诗，表达了二人相见、相知、相惜等情景及深厚友谊。《健松斋集》卷十八《展台诗钞上》有《施愚山侍讲初度》诗。

冬，高珩归淄川，有诗相赠。《健松斋集》卷十八《展台诗钞上》有《送少司寇高念东先生予告归淄川》诗。友人亦有诗歌，如汪懋麟《百尺梧桐阁诗集·送高念东予告归里和司农公韵》、王士禛《带经堂全集·送高念东先生予告还山》。

康熙二十年辛酉（1681），五十岁

元旦朝贺，作应制诗。《健松斋集》卷十九《展台诗钞下》有诗《元旦朝贺应制二十四韵》。

门人马教思修葺书舍，作诗题赠。《健松斋集》卷十九《展台诗钞下》有诗《门人马严冲葺书舍取"先枢部天酬，循吏以文章"句名颜曰"报循堂"，寄题二首》。

用唐代韦庄"相看又见岁华新"诗句为首句，和孙在丰诗。《健松斋集》卷十九《展台诗钞下》有《孙屺瞻学士元旦诗用唐韦庄"相看又见岁华新"为起句，和韵四首》。

冯溥作《新水》《新草》《新柳》《新蝶》诗，和其诗而作。《健松斋集》卷十九《展台诗钞下》有《新水》《新草》《新柳》《新蝶》。

二月，有多位好友或归里或赴任，均有诗相赠。如：汪琬归里，《健松斋集》卷十九《展台诗钞下》有《送汪钝翁假归》；何金蔺赴桐乡县知县任，《健松斋集》卷十九《展台诗钞下》有《送何相如宰桐乡》；赵廷珪将赴林县知县任，《健松斋集》卷十九《展台诗钞下》有《送赵禹玉任林县》。

毛端士、冯冒闻、冯协一过饮寓斋。《健松斋集》卷十九《展台诗钞下》有《毛行九、冯宵闻、躬暨寓斋小饮》。

在沙河，与施闰章、高咏、倪灿相遇、烹茶。《健松斋集》卷十九《展台诗钞下》有《沙河过施愚山、高阮怀、倪闇公》《三君即同过村寓汲河水烹茶》。施闰章《学余堂集》卷三十三《豆庄信宿喜方渭仁编修见过》。

三月三日，施闰章、陈维崧、袁佑等修禊万柳堂，各有诗和冯溥韵。《健松斋集》卷十九《展台诗钞下》有《万柳堂修禊和益都夫子韵》。陈维崧《湖海楼诗集》卷八《上巳修禊万柳堂奉和益都夫子原韵》、袁佑《霁轩诗钞下》卷二《上巳冯溥招饮万柳堂》。

夏日，与冯溥、陈维崧同游善果寺。《健松斋集》卷十九《展台诗钞下》有《夏日益都夫子招同其年游善果寺》。

五月二十八日，三子方引祜进京，相见后悲喜交加。是日，值妻子去世一周年，作诗四首。《健松斋集》卷十九《展台诗钞下》有《喜三儿到京》诗，其二有注："是日亡室小祥。"《健松斋集》卷十四《亡室吴孺人行述》："孺人生壬申年五月二十四日午时，卒庚申年五月二十八日戌时。"

六月，分天启、崇祯朝臣顾大章、朱燮元传。《健松斋集》卷十六《纪分撰〈明史〉》："辛酉六月，暂分天启、崇祯朝臣传顾大章、朱燮元等。"

秋，施闰章典试河南，赠序。《健松斋集》卷四《送施愚山先生典试河南序》："今年秋，奉命典河南试。"

七月初五日，王岱为《都门怀古诗》作序。《健松斋集》卷二十四《都门怀古诗》前王岱序："方子渭仁作《都门怀古诗》十六章，实指其人与事，悲歌凭吊，寓意尚论，不矫不随。……康熙辛酉七夕前二日，楚潭州弟王岱敬题。"

七月初七日，刘钟宛宴集，和韵作诗。《健松斋集》卷十九《展台诗钞下》有《刘钟宛夫子七夕宴集和元韵》。

七月二十一日，康熙帝于瀛台以太液池中鱼、藕等物赐诸臣，作诗文纪恩。《健松斋集》卷六《瀛台燕赉记》："七月二十一日，驾幸瀛台，召内阁九卿翰林詹事科道及部曹五品以上官入赐宴，莲露初晞。"《健松斋集》卷十九《展台诗钞下》有《瀛台赐宴纪恩二十四韵》。《清圣祖实录》卷九六："康熙二十年七月壬申，召大学士以下各部、院衙门员外郎以上官员至瀛台，命内大臣佟国维等传谕曰：'内阁及部、院各衙门诸臣，比年以来，办事勤劳，今特召集尔等赐宴。因朕方驻瀛台，即以太液池中鱼、藕等物赐诸臣共食之，又赐彩缎表里。'大学士率诸臣叩谢，各依次坐。上命内大臣等以金尊赐饮一巡，宴毕，诸臣各谢恩出。"

弟方象珵归里，作诗相赠。《健松斋集》卷十九《展台诗钞下》有《送舍弟象珵归里》诗。

八月，范必英假归还里。韩菼《有怀堂文稿》卷十八《翰林院检讨范先生行状》："（范必英）辛酉秋，即谢病归。"

九月初十日，与毛奇龄、徐釚、陈维崧、徐嘉炎、潘耒、汪楫等陪冯溥游长椿寺，以诗送毛端士游闽。《健松斋集》卷十九《展台诗钞下》有《重阳后一日长椿寺宴集和韵送毛行九南归》诗。冯溥《佳山堂二集》卷四《重阳后一日毛大可、陈其年、方渭仁、徐胜力、徐电发、汪舟次、潘次耕邀余集长椿寺，兼送毛行九南还即席赋》、徐釚《南州草堂集》卷八《重阳后一日集长椿寺送毛行九南还，奉和益都公原韵二首》、陈维崧《辛酉重阳后一日陪益都夫子游长椿寺，兼送毛行九闽游即和夫子原韵》、毛奇龄《西河文集》卷一八一《重阳后一日奉陪夫子游长椿寺兼送家行九南归，同方象瑛、徐嘉炎、陈维崧、潘耒、汪楫诸同馆，和夫子首倡原韵即席二首》、潘耒《遂初堂诗集》卷四《梦游草·奉和益都公重九后一日集长椿寺送毛行九南还二首》、徐嘉炎《抱经斋集》卷十《辛酉九日随益都夫子同年诸公宴集长椿寺，送毛行九之闽分韵赋二首》。

徐元文由内阁学士擢升都察院左都御史，作诗恭贺。《健松斋集》卷十九《展台诗钞下》有《徐立斋学士擢总宪十二韵》诗。

赵随榷扬州，有诗相赠。《健松斋集》卷十九《展台诗钞下》有《送赵雷文仪部榷扬州》诗。《乾隆江南通志》卷一百五《职官志》："（扬州钞关）赵随，浙江人，进士，康熙二十年任。"

初冬，乔莱典试广西，有诗相赠。《健松斋集》卷十九《展台诗钞下》有《送乔石林典试广西十二韵》诗。京师文人题赠诗文者甚众，如：冯溥《佳山堂诗二集》卷四《送乔石林典试粤西》、徐乾学《憺园文集》卷八《送乔石林使粤西二首》、袁佑《霁轩诗钞》卷二《送石林典试粤西》、潘耒《遂初堂诗集》卷四《送石林典试粤西四首》、施闰章《学余堂诗集》卷四十二《闻乔石林编修补粤西主考》、陈维崧《湖海楼诗集》卷八《长歌送乔石林同年典试粤西》、汪懋麟《百尺梧桐阁遗稿》卷三《送子静主桂林省试五首》、汪楫《京华诗》"七言律诗"《赠别乔石林典试粤西五首》、徐嘉炎《抱经斋诗集》卷十《送乔石林同年典试西粤》、徐釚《南州草堂集》卷八《送乔石林校士粤西二首》、王顼龄《世恩堂诗集》卷七《送乔石林同年典试粤西》、高士奇《苑西集》卷三《送乔石林编修典试粤西》、沈珩《耿岩文选·送乔石林编修奉使典试粤西序》、张英《文端集》卷二十《送石林校士粤西二首》等。乔莱有诗留别诸同馆，《使粤集·奉使粤西留别同馆诸年丈五十韵》《口占留别又一绝句》。法式善《清秘述闻》卷二："（康熙二十年辛酉科乡试）广西考官编修乔莱，字子静，江南宝应人，己未鸿博。"

十一月十八日，清军征西南大捷，作文称颂。《健松斋集》卷十文《云南荡平颂》、卷十九《展台诗钞下》诗《云南平午门宣捷恭纪四十韵》。馆阁文人亦有诗文，如毛奇龄《西河合集·平滇颂》、尤侗《西堂杂俎三集》卷二《平滇颂》、徐乾学《憺园文集》卷一《平滇颂》、王鸿绪《横云山人集》卷二《平滇颂》、徐釚《南州草堂集》卷十七《平滇雅》、陈廷敬《午亭集》卷一《献平滇雅表》《平滇雅》、潘耒《遂初堂文集》卷一《平滇赋》、徐嘉炎《抱经斋诗集》卷一《荡平滇黔恭进铙歌鼓吹曲十四首》、陈维崧《陈迦陵俪体文集》卷二《平滇颂》等。

十二月三日，叔父方成郊卒。《健松斋集》卷十四《叔父太学公行述》："叔父太学公讳成郊，字稚莒。……时辛酉腊月三日也，春秋六十有七。"

十二月二十四日，清廷敕赠其父母、覃恩赠亡妻吴氏孺人。《遂安方氏族谱》卷四《恩纶考·翰林院编修方象瑛父母敕命一道》《恩纶考·翰林院编修方象瑛并妻敕命一道》，《健松斋集》卷十四

《亡室吴孺人行述》:"明年,覃恩赠孺人。"

冬,方氏重建宗祠,作文以记。《遂安方氏族谱》卷八《重建方氏宗祠记》:"今秋,仲父太学公成郊大修家谱,复贻书京师,命为记。……康熙二十年岁次辛酉冬月吉旦,二十一世孙象瑛拜手谨撰。"

孙在丰招罗映台、包映奎聚,时包映奎应试京师。《健松斋集》卷十九《展台诗钞下》有《孙屺瞻学士招同罗大行闉园、包孝廉子聚,时子聚应南宫试》诗。

康熙二十一年壬戌(1682),五十一岁

二月,康熙帝巡盛京,告祭太祖、太宗二陵。张玉书、孙在丰随驾谒陵,作诗相赠。《健松斋集》卷十九《展台诗钞下》有诗《送张素存阁学扈驾谒陵》《送孙屺瞻学士扈驾谒陵》。

侍直瀛州亭,作诗呈同官沈珩、彭孙遹、李铠。《健松斋集》卷十九《展台诗钞下》有诗《瀛州亭即事呈同官沈昭子、彭羡门、李公凯诸君》。

此时期有多位友人或归里或外任,均作诗相赠,载于《健松斋集》卷十九《展台诗钞下》。如:张英奉假南归,有《送张敦复学士奉假南归》;丁蕙督学闽中,作《送同年丁次兰督学闽中》;陆莱婿沈季友归嘉兴,《送沈客子归鸳湖用见赠原韵》诗中注曰:"客子为吾友陆义山婿。"林尧英督学中州,有《送林澹亭督学中州》;送董讷督学顺天,有诗《送同年董默庵侍讲督学顺天十二韵》;毛际可归里,作《送毛会侯归里》诗抒发依依惜别之情;骆复旦归绍兴,作诗《送骆叔夜归山阴》;郑载飏补宣州司马,有诗《送郑瑚山之宣州司马》。另外,钱中谐、沈珩、徐釚等也先后假归还里,袁佑《霁轩诗钞》卷二《钱宫声、沈昭子、徐电发三同年谢病假归感赋》。

三月三日,众人禊集于冯溥万柳堂。王嗣槐《桂山堂诗文选》卷一《万柳堂修禊诗序》:"康熙二十一年,岁在壬戌暮春三日,文华殿大学士兼刑部尚书益都冯公修禊事于万柳之堂,从游者三十有二人。……时从游者左春坊左赞善徐健庵乾学,翰林院侍讲施愚山

闱章、编修徐果亭秉义、陆义山棻、沈映碧珩、黄忍庵与坚、方渭仁象瑛、曹峨嵋禾、袁杜少佑、汪东川霦、赵伸符执信，检讨尤悔庵侗、毛大可奇龄、陈其年维崧、高阮怀咏、吴志伊任臣、严藕渔绳孙、倪闇公灿、徐胜力嘉炎、汪悔斋楫、潘稼堂耒、李渭清澄中、周雅楫清原、徐电发釚、龙石楼燮，纂修主事汪蛟门懋麟，刑部主事王尔迪无忝，中书舍人林玉岩麟焻，督捕司务冯玉爽慈彻，候选郡丞冯躬暨协一与嗣槐，共三十有二人，各为七言律诗二首。"雅集诗文主要有：冯溥《佳山堂诗二集》卷四《三月三日万柳堂修禊倡和诗二首》、徐嘉炎《抱经斋诗集》卷十《壬戌上巳万柳堂重修禊事和益都夫子韵二首》、陈维崧《湖海楼诗集》卷八《和益都夫子禊日游万柳堂原韵》、尤侗《于京集》卷四《上巳万柳堂禊集和益都公原倡二首》、施闰章《学馀堂诗集》卷四十二《三月三日集万柳堂奉和冯相国原韵二首》、徐釚《南州草堂集》卷八《上巳万柳堂修禊和益都公韵二首》、潘耒《遂初堂诗集》卷四《上巳修禊应制》、李澄中《卧象山房诗集》卷二十二《上巳相国冯公招饮万柳堂次韵》、张远《梅庄集》"五律"《上巳万柳堂冯太夫子限韵》等。

四月十四日，礼部遣使往封琉球国中山王世子为嗣王，检讨汪楫任正使，中书舍人林麟焻为副使，作诗文相送。《健松斋集》卷四《送汪悔斋检讨册封琉球序》："康熙二十年，琉球国中山王尚质薨。其明年，世子贞遣陪臣奉表封。……于是以君为正使，而中书舍人林君麟焻副之。……将行，公卿大夫皆诗文祖饯。余既已为诗四章。"《健松斋集》卷十九《展台诗钞下》有《和益都公韵送汪悔斋检讨奉使册封琉球国王》《又和益都公韵送林玉岩舍人使琉球》诗。《清圣祖实录》一〇二"康熙二十一年四月"："辛卯，命翰林院检讨汪楫为正使，内阁中书舍人林麟焻为副使，往封琉球国世子尚贞为琉球国中山王。"诸文人纷纷赋诗相赠，不亚于一次雅集活动。如：王士禛《渔洋精华录》卷九《送汪舟次检讨、林石来舍人奉使琉球四首》、毛奇龄《西河合集》"五言律诗六"《送汪检讨、林舍人奉使琉球册封中山王四首》、冯溥《佳山堂诗集》"七言律诗"《送汪舟次奉使册封琉球国王》《送林玉岩副使册封琉球国王》、尤侗《于京集》卷五《送汪舟次检讨使琉球四十韵》、施闰章《学余堂诗集》卷二十三《送汪舟次检讨册封琉球》、彭孙遹《松桂堂全集》卷二十一《送汪舟次出使琉球》《送林石来使琉球》、徐釚《南州草堂集》卷九《送汪舟次同年奉使琉球二首》、汪琬《钝翁续稿》卷八《送宗人舟次出使琉球》、孙枝蔚《溉堂后集》卷四《送汪舟次册封琉球二首》、徐元文《含经堂集》卷八《送汪舟次使琉球》、汪懋麟《百尺梧桐阁遗稿》卷四《送舟次二兄册封琉球》、高士奇《苑西集》卷四《送汪舟次检讨使琉球》、陈廷敬《午亭集》卷二十三《送汪舟次使琉球》、韩菼《有怀堂诗稿》卷一《送林舍人使琉球》、潘耒《遂初堂诗集》卷四《送同年汪舟次奉使琉球》、李澄中《卧象山房诗集》卷二十二《送汪舟次检讨出使琉球》、秦松龄《苍岘山人集》卷四《送汪舟次检讨册封琉球》、张远《梅庄集》"五言律诗"《汪太史册封琉球》、李来泰《莲龛集》卷四《送林玉岩使琉球》、徐嘉炎《抱经斋诗集》卷六《送别汪悔斋同年出使琉球》、庞垲《丛碧山房诗初集》卷七《送汪舟次太史奉命册封琉球世子》、袁佑《霁轩诗钞》卷二《送林石来中翰充册封琉球副使》、王顼龄《世恩堂诗集》卷七《送汪舟次册封琉球》、宗元鼎《宗定九新柳堂集》卷二《送汪舟次翰林册封琉球国歌》、王又旦《黄湄诗选》卷八《送汪舟次检讨奉使琉球》、顾汧《凤池园诗集》卷二《送汪检讨舟次林中翰石来册封琉球》、胡会恩《清芬堂存稿》卷一《送汪悔斋检讨奉使琉球二十韵》等。

四月，分得隆庆、万历朝臣梁梦龙、许孚远传。《健松斋集》卷十六《纪分撰〈明史〉》："壬戌四月分隆庆、万历朝臣传梁梦龙、许孚远等。"

五月七日，陈维崧于京去世，有诗哭之。《健松斋集》卷十九《展台诗钞下》有《哭陈其年检讨和益都公韵》诗。

夏日，万斯同、黄虞稷、姜宸英、万贞一、沈季友、方中德在寓斋宴饮。《健松斋集》卷十九《展台诗钞下》有诗《夏日万季野、黄俞邰、姜西溟、万贞一、沈客子、家田伯小集寓斋》。

五月初四日，与金德嘉、朱玉树等宴集。《健松斋集》卷十九

《展台诗钞下》有诗《重午前一日金会公、朱玉树诸子小集喜赋》。

因陈维崧去世续构《明史》王崇古等八传，又补邓廷瓒、胡拱辰二传。至此，共撰写《明史》人物列传合计八十七传。《健松斋集》卷十六《纪分撰〈明史〉》："又陈检讨维崧殁，昆山徐公属续构王崇古等八传。睢州汤公属补邓廷瓒、胡拱辰二传，通八十七传。"

秋日，冯溥致仕归里，众人在万柳堂饯别冯溥。《健松斋集》卷四《送座师益都先生致政东归序》："康熙二十一年夏六月，吾师相国益都先生请告归青州。"《健松斋集》卷十九《展台诗钞下》有《秋日万柳堂公饯益都夫子和原韵》《奉送益都夫子致政东归八首》诗。冯溥《佳山堂诗集》"七言律诗"有《致仕将归诸同人置酒万柳堂话别漫题二律》诗，京师文人多有诗文相赠，如：毛奇龄《西河合集》"七言律诗十"《同朝士饯益都夫子于万柳堂即席和夫子留别原韵》、尤侗《于京集》卷五《万柳堂宴集益都公席上留别奉和二首》、朱彝尊《曝书亭集》卷十二《送益都冯先生集万柳堂次韵二首》、潘耒《遂初堂诗集》卷四《万柳堂公饯益都公次韵奉和二首》、彭孙遹《松桂堂全集》卷二十一《奉和冯益都夫子秋日禊集万柳堂即席留别之作》、徐元文《含经堂集》卷八《送大学士益都冯公诗四首》、徐釚《南州草堂集》卷八《奉送益都公致政归里四首》、徐嘉炎《抱经斋诗集》卷六《万柳堂饯别益都夫子次留别原韵二首》、王顼龄《世恩堂诗集》卷七《万柳堂公饯益都相国冯公和席间留别原韵》、庞垲《丛碧山房诗初集》卷七《奉和益都冯相国万柳堂留别原韵》、李澄中《卧象山房诗集》卷二十二《送相国冯公致政临朐》、秦松龄《苍岘山人集》卷四《万柳堂饯益都相国和席间留别原韵》、张远《梅庄集》"七言律诗"《冯太夫子归里》等。

魏象枢六十六岁寿辰，作诗祝贺。《健松斋集》卷十九《展台诗钞下》有《寿魏庸斋总宪》诗。

康熙二十二年癸亥（1683），五十二岁

元日，侍宴，作诗纪事。《健松斋集》卷十九《展台诗钞下》

有《元日侍宴恭纪》诗。

立春后一日，同倪灿、姜宸英、黄虞稷、万斯同、万言等在施闰章宅邸宴饮。《健松斋集》卷十九《展台诗钞下》有诗《立春后一日饮愚山先生邸舍同闇公、西溟、俞邰、季野、贞一》。

正月十五日，与汪霦、吴任臣于邵远平宅邸夜饮。《健松斋集》卷十九《展台诗钞下》有诗《灯夜集邵戒庵学士宅同汪东川、吴志伊》。

正月二十六日，孙卓、周灿出使安南，作诗相送。《健松斋集》卷十九《展台诗钞下》有诗《送同官孙予立册封安南国王》《送周澹园仪部奉使安南》。

于沈荃宅中小集。《健松斋集》卷十九《展台诗钞下》有诗《沈绎堂先生邸中灯集》。

二月，徐秉义归昆山，有诗相赠。《健松斋集》卷十九《展台诗钞下》有诗《送徐果亭宫允归昆山》。

魏象枢作《除夕》《元旦》二诗，和之。《健松斋集》卷十九《展台诗钞下》有诗《奉和司农夫子〈除夕〉〈元旦〉二首》。

春日，与姜宸英、黄虞稷、万斯同、万言等于寓斋同饮。《健松斋集》卷十九《展台诗钞下》有诗《春日西溟、俞邰、季野、贞一寓斋小饮》。

春，从张玉书处借明穆宗、神宗实录，不逾月而完稿，致怔忡疾加剧。《健松斋集》卷十六《纪分撰〈明史〉》："癸亥春，从丹徒张公借得穆、神两庙实录，日夕搜寻，手披目涉，躬自钞录。一月之内，悉皆改定。比脱稿，而怔忡病作矣。"毛际可《会侯先生文钞》卷十六《方渭仁〈明史〉拟稿题词》："犹恐其考据之未确也，从丹徒张宗伯假《穆神两朝实录》，目涉手抄，不逾月而脱稿，遂致怔忡疾剧，请假归里。"

送袁佑归省，作诗以赠。《健松斋集》卷十九《展台诗钞下》有诗《送袁杜少归省》。

族侄方韩假归，有诗相赠。《健松斋集》卷十九《展台诗钞下》有诗《送家侄若韩假归》。

洪昇纳姬，作诗多加赞美。《健松斋集》卷十九《展台诗钞下》有诗《洪昉思纳姬四首》。

作诗寄镇江知府高龙光。《健松斋集》卷十九《展台诗钞下》有诗《寄高镇江紫虹》

五叔父方成邰谒选入都，留寓在自己斋所。《健松斋续集》卷七《五叔父助教公行述》："癸亥，谒选入都，余适有使蜀之役。……余拜别西行，公留邸中。"

闰六月十三日，施闰章卒于邸斋。施念曾《施愚山先生年谱》卷四："康熙二十二年癸亥，先生年六十六岁，闰六月十三日，丑时以疾卒于邸斋。"

宋荦以通永佥事奉檄偕部使按海滨地，作诗相送，充满赞美之情。《健松斋集》卷十九《展台诗钞下》有《送宋牧仲宪副通永》。

闰六月，奉命与吏部员外郎王材任典试四川，梁清标、毛奇龄、李澄中、高层云、沈荃、彭孙遹等作诗相送。《健松斋集》卷七《使蜀日记》："康熙二十二年癸亥闰六月，奉命典试四川。初八日宣旨。……上以文教怀柔远人，特命象瑛及吏部员外郎王君材任往。"陶梁《国朝畿辅诗传》卷六梁清标《送方渭仁门人典试蜀中》、毛奇龄《西河合集》"七言律诗九"《方编修典试四川》、《遂安方氏族谱》卷八李澄中《送同年方渭仁编修典试四川序》、《遂安方氏族谱》卷八高层云《送方太史渭仁先生典试四川序》、《遂安方氏族谱》卷八沈荃《送方渭仁馆丈典试四川》、彭孙遹《松桂堂集》卷二十三《送方渭仁典试蜀中》等。

七月初一日，出都。门人马教思、高寿名、沈朝初相送。时，怔忡病加剧，日服参半两。是夕，宿良乡县，梦亡室吴氏来送。《健松斋集》卷七《使蜀日记》："七月初一日，出都，门人马生教思、高生寿名、沈生朝初郊送，下车话别。时余病怔忡，力疾西行，日服参半两，药称之。是夕宿良乡县，梦亡室吴肩舆来送，怆然有赋。"《健松斋集》卷二十《锦官集上》有诗《出都二首》。

七月初六日，过定州，休憩于新乐县，读王士禛壁间诗。时施闰章已卒于京邸，作诗哀悼。《健松斋集》卷七《使蜀日记》："初六日，过定州，憩新乐县，读王阮亭司成（士祯）壁间诗，因感施愚山侍讲（闰章）。时愚山殁京邸，余以使命不得往哭，作诗纪哀。"《健松斋集》卷二十《锦官集上》有诗《新乐使院读王阮亭司成壁间韵因感施愚山侍讲，时愚山殁京邸余以使命不得往哭》。

七月初七日，到真定府，渡滹沱河。康熙二年癸卯（1663），举贤书时曾路经于此，感慨万千。《健松斋集》卷七《使蜀日记》："初七日，次真定府。余癸卯公车过此，今二十年矣。渡滹沱河，洪流浊浪甚汹涌。晚至获鹿县。"《健松斋集》卷二十《锦官集上》有诗《重过真定》《渡滹沱河二首》。

七月初八日，次井陉县，出固关。《健松斋集》卷七《使蜀日记》："初八日，次井陉县，出固关。关踞山顶，中通一路，即井陉关（韩信大破赵师处）也。晚宿核桃源，夹道皆胡桃。两山石层叠，僧庵之。往来曲折，自此数日，皆太行山路。"《健松斋集》卷二十《锦官集上》有诗《井陉道中》。

七月初九日，过柏井驿，到达平定州，和韵王士祯题壁诗。《健松斋集》卷七《使蜀日记》："初九日，过柏井驿，至平定州，热甚，和阮亭韵题壁。"《健松斋集》卷二十《锦官集上》有诗《出固关、宿平定院署和王司成韵题壁》，有自注："阮亭壬子秋亦以试事入蜀。"

七月初十日至十四日，经过寿阳县、徐沟县、祁县、平遥县等，连日雨。《健松斋集》卷七《使蜀日记》："初十日，过芹泉驿，雨甚。夜始抵寿阳县，令遣灯来迓。入城时，民燃灯烛或草束候于门，光照街衢。十一日，大雨，过太安驿，宿土桥。十二日，大雨，过鸣谦驿，至徐沟县。十三日，大雨甚，人马蹀躞泥淖中，尽一日始到祁县（晋祁奚采邑）。十四日，雨，次平遥县（古陶地，尧初封地此），尧城在县西。午后稍霁，宿郝家堡。"《健松斋集》卷二十《锦官集上》有诗《自平定州至祁县连日雨甚兴中口占》。

七月十五日，到达介休县（古绵上地）。游介子推庙、郭林宗故里、文潞公祠，夜抵灵石县。《健松斋集》卷七《使蜀日记》："十五日，至介休县（古绵上地），有介子推庙、郭林宗故里、文潞公祠。

夜抵灵石县（北门一石高丈许，县名以此）。道傍三义词，俗传李卫公遇张仲坚处。是夕，复大雨。"《健松斋集》卷二十《锦官集上》有诗《绵上》《郭林宗墓》《文潞公祠》《土穴》《大雨发灵石》。

七月十六日，过韩信岭，夜入霍州。《健松斋集》卷七《使蜀日记》："十六日，冒雨过韩信岭，山谷险巇，车殆马滑，绝顶有韩侯庙。夜入霍州，望霍山晦蒙不可见。"《健松斋集》卷二十《锦官集上》有诗《望霍山不见》。

七月十七日，到达赵城县，即周穆王封造父之地。《健松斋集》卷七《使蜀日记》："十七日，至赵城县（周穆王封造父之地），途中国土桥，豫让漆身报赵襄子处。傍有祠，流水绕其足。申刻洪洞县。是日，细雨，沿汾河西行。"《健松斋集》卷二十《锦官集上》有诗《豫让桥》。

七月十八日至二十二日，抵平阳府，到达蒙城驿，过王通（字仲淹，号文中子）故里，至候马驿、喜县、弘芝驿，过临晋县，抵蒲州。《健松斋集》卷七《使蜀日记》："十八日，霁，抵平阳府。自发平定。凡八日，皆山行，苦雨。至此始旷衍。古尧都遗庙存焉。十九日，复大雨，至蒙城驿。夜宿高巇，过文中子故里。二十日，至候马驿。午后雨，从者相失。夜始抵闻喜县（古桐邑，汉武帝过此闻破南粤，因名），有裴晋公祠、郭景纯故里。二十一日，至弘芝驿。午后雨，宿猗氏县（古郇国，秦更猗氏，以猗顿名）。二十二日，过临晋县，稍晴，望中条山，修然云表，顾不知何处为首阳山。晡时抵蒲州，古帝舜都。"《健松斋集》卷二十《锦官集上》有诗《次平阳》《文中子故里》《闻喜道中》。

七月二十三日，渡黄河，景色让诗人惊诧。夜宿华阴县。《健松斋集》卷七《使蜀日记》："二十三日，渡黄河。濒河，路仄甚，疾雨如注，人马几蹶者数四。少顷，达南岸，崇山壁立，潼关踞其上（秦桃林塞）。俯视河流，奔涌撼荡，因叹'一夫当关，万人莫敌'。乃禄山之乱，哥舒翰弃不守。明末李自成困秦中，尚未大逞，自出关始蹂躏晋豫，以至亡国，可叹也。为《潼关行》一章书其事。十里杨桥铺，汉太尉杨震墓，旁有四知祠。过西岳庙，雨，不得入。

太少二峰，仅从云雾中仿佛其概。是夕宿华阴县。"《健松斋集》卷二十《锦官集上》有诗《冒雨渡黄河》《潼关行》《雨过华山》。

七月二十四日，到达华州（即郭子仪故里），至赤水镇。《健松斋集》卷七《使蜀日记》："二十四日，至华州（郭汾阳故里）。时雨久，诸水皆涨。州守言：西行，山涧暴溢，往往留滞。以余王事迫遣谕，沿途濒水，居民预为渡具。比至赤水镇，果阻水，宿莲花庵，为二绝句赠僧。晡后稍霁。"《健松斋集》卷二十《锦官集上》有诗《阻水宿莲花庵》《霁望》。

七月二十五日，过渭南县，至新丰，过鸿门，抵临潼县。《健松斋集》卷七《使蜀日记》："二十五日，水落，缚几案，坐其上，数十人擎之以济，仆从、行李皆然。水汹汹尚数尺也。午过渭南县，数里至新丰（汉高帝为太公营新丰即此）。是日，喜晴，过鸿门（项羽宴沛公处）。夜三鼓，抵临潼县。骊山在县南，温泉出其下，有唐梨园故址、秦始皇陵，惜夜阑未试浴耳。"《健松斋集》卷二十《锦官集上》有诗《渭南和壁间韵》《新丰》《鸿门》《骊山》《梨园》。

七月二十六日，至西安府。《健松斋集》卷七《使蜀日记》："二十六日，渡大小浐水，灞桥横灞水上，石已断，以土木续之。午时至西安府，秦中山水奇秀，终南一带佳气郁葱，汉唐建都有以也。问樊川、韦曲、杜曲，皆淤为民居。夜有巨蛇堕梁间，从者欲毙之，余不可，放池中。"《健松斋集》卷二十《锦官集上》有诗《灞桥》《杜曲》《望终南云气》。

七月二十七日、二十八日，留西安，作家书，次渭水。《健松斋集》卷七《使蜀日记》："二十七日，留西安，更骡马，作家书邮寄。二十八日，次渭水。汉时东西渭桥，无复旧址。咸阳令具舟迎，遂登舟。贾舶渔船，衔尾相接。登岸即咸阳县，始皇所都，周文武成康陵在焉。复大雨，遂止宿。"《健松斋集》卷二十《锦官集上》有诗《寄家书》《咸阳》《咸阳怀古》。

七月二十九日，至兴平县，过马嵬，观杨妃墓，遥望汉武帝茂陵，夜宿扶风驿。《健松斋集》卷七《使蜀日记》："二十九日，雾，至兴平县，过马嵬，观杨妃墓，碑石题咏甚多，所谓墓上白土如粉

（可治女人面瘢）无有也。遥望汉武帝茂陵，萧萧禾黍，杨雄元冢，亦未知何所。而妃墓独岿然，行人往来凭吊，驻马久之，何邪？夜宿扶风驿。"《健松斋集》卷二十《锦官集上》有诗《茂陵》《杨妃墓》。

七月三十日，至武功县，观太白山，夜抵扶风县。《健松斋集》卷七《使蜀日记》："三十日，至武功县。武功诸山皆有秀气，而太白山最挺拔。古诗'去天三百'当非虚语。是日又雨。夜行十余里，抵扶风县，道左汉兰台令班固墓碑、马伏波祠。"《健松斋集》卷二十《锦官集上》有诗《望武功太白诸山》《太白山》《扶风咏古》。

八月初一日，到岐山县、凤翔。《健松斋集》卷七《使蜀日记》："初一日，次岐山县，三公庙祀太公望、周公旦、召公奭，今圮。秦地过此，风景渐萧索。抵凤翔，已暮矣。"《健松斋集》卷二十《锦官集上》有诗《岐山县》。

八月初二日，经磻溪，抵宝鸡县，作诗怀四弟。《健松斋集》卷七《使蜀日记》："初二日，经磻溪，涧中乱石硁硁，泉流清冽。上为太公庙，'梦应飞熊'四大字刻石，或言石上隐隐两膝痕，未审果否。晡，抵宝鸡县（古陈仓地），大散关在其西，询石鼓山，无知者。"《健松斋集》卷二十《锦官集上》有诗《磻溪》《宝鸡示四弟》。

八月初三日，宝鸡县令送别，留诗相赠。至益门镇，此为入栈之始。过观音堂，康熙十一年壬子（1672）秋，王士禛典试四川时，曾宿于此并作诗。夜抵东河驿。《健松斋集》卷七《使蜀日记》："初三日，县令吕君送余渡渭水上流，曰：'过此即栈道矣。'余赋诗留别。二十里，至益门镇，为入栈之始。高峰崒嵂，涧水奔流，两山茂林深箐，止通一路，巨石横斜。涧中栈山，大抵皆然。特险处，各不同耳。过观音堂。壬子秋，阮亭以试事入蜀，宿此，有诗。今才十年，院宇倾颓，无旧时下榻处矣。数里，度煎茶坪（坪水东流入秦，西流入汉中）。夜抵东河驿，编竹为舍，山风飒飒，时闻虎啸声。"《健松斋集》卷二十《锦官集上》有《留别宝鸡吕令》《益门镇》《大散关》《东河驿》等诗。

八月初四日，过黄牛驿，夜宿草凉楼驿，没有驿舍，条件简陋。夜梦施闰章。《健松斋集》卷七《使蜀日记》："初四日，过黄牛驿一带，崇山峻阪，水□□流石隙中，细浪如雪。途中野花遍开，红黄紫翠，多所未见者。夜宿草凉楼驿，无驿舍，茅屋数间，虫声四壁，霜气袭人。夜梦施愚山，索余诗共读。愚山殁久，此时或归榇宣城，不知栈山千里，何以入梦也。"《健松斋集》卷二十《锦官集上》有《梦施愚山》诗。

八月初五日，度石门岭，抵凤县，题诗。《健松斋集》卷七《使蜀日记》："初五日，度石门岭，抵凤县，寥寥数十家。和尚原在县东，题入栈四诗及草凉楼截句于壁。"《健松斋集》卷二十《锦官集上》有《凤县》《入栈》《草凉楼驿》诗。

八月初六日，过心红峡，风景如画；过废丘驿、逾凤岭，岭高峻崎岖，夜宿南星茅舍，人马同群，虫豸往来衾枕之间，条件非常艰苦。《健松斋集》卷七《使蜀日记》："初六日，过心红峡，峡当两山间，横亘如枕。鹦鹉群群，飞鸣林箐中，泉流清浅，鱼游可数。过废丘驿，逾凤岭，岭极高，曲折崎岖。从舆中仰睇，前驱度岭，如在天半，人马皆长尺许，蜿蜒鸟道中。岭有关，上接崇崖，俯临邃壑，中止通一骑。峰峦云雾，皆出其下。秦凤，天险也。夜宿南星茅舍，人马同群，截竹为箸，铺筱为茵，虫豸往来衾枕间。"《健松斋集》卷二十《锦官集上》有《心红峡》《自心红峡至凤岭一带地稍平，山水清秀宛如吾乡喜赋》《凤岭》《南星夜宿柬王擔人吏部》等诗。

八月初七日，次松林驿，度柴关岭，路途泥泞难行，止宿流坝驿。《健松斋集》卷七《使蜀日记》："初七日，次松林驿。午度柴关岭，四面高山，不见顶，路狭苦泞。止宿流坝驿。"《健松斋集》卷二十《锦官集上》有《柴关岭》《流坝驿遇同馆旧识》诗。

八月初八日，度武关、虎头关、画眉岭、马鞍岭，马鞍岭纡曲难行，夜宿马道驿。《健松斋集》卷七《使蜀日记》："初八日，大雨，度武关、虎头关、画眉岭、马鞍岭，皆险隘。马鞍尤嶔崎纡曲，高或隆起，低则洼伏，如马鞍然，登降凡二十有四。夜宿马道驿，相传萧相国追韩信至此。"《健松斋集》卷二十《锦官集上》有《马鞍岭》《画眉关》《武关》《马道驿夜宿》诗。

八月初九日，过青桥驿，至观音碥。景色宜人，诗人对此景观的描述也精彩纷呈，令人神往。抵褒城县。《健松斋集》卷七《使蜀日记》："初九日，霁，过青桥驿，至观音碥。危崖峻壁，横列如屏障。凿石为径，下临绝涧。石缺处架木补之，人马相扶以度，摇摇然。志称褒城栈阁二千九百八十九间，想即此。今废。斧凿痕参错崖壁间。本名阎王碥，顺治中，贾中丞汉复锻石开径，稍宽之，护以竹阑，始更今名。莱阳宋玉叔琬赋栈道平歌，华亭沈绎堂荃书刻于石。西即鸡头关，巨石巉锐，横出道中，如鸡头。自此十数盘，始至顶。瀑布落涧中，轰轰不辨人语。巅有石，约高十数丈，从山下屹立如竹笋，离奇峭拔，较江郎三石更奇。出关不数里，山势陡断，平原旷野，炊烟点点，即褒城县也。"《健松斋集》卷二十《锦官集上》有《观音碥》《鸡头关》《抵褒城》《栈暮》诗。

八月初十日，在黄沙驿休憩，怀念挚友毛际可。《健松斋集》卷七《使蜀日记》："初十日，憩黄沙驿（东南距汉中府六十里）。自益门镇至褒城，凡五百五十里，曰北栈，至此始平。"《健松斋集》卷二十《锦官集上》有《出栈怀毛会侯》诗。

八月十一日，过沔县定军山，拜谒诸葛亮祠墓，抵沮水，听猿声。《健松斋集》卷七《使蜀日记》："十一日，过沔县定军山，谒汉丞相诸葛忠武侯祠墓，墓之西为征西将军马超墓。薄暮，始抵沮水。乔柯丛筱间，猿声凄切，百十为群。"《健松斋集》卷二十《锦官集上》有《谒诸葛武侯墓》《闻猿》《赠诸葛耳鼎》诗。

八月十三日，度五丁峡，景致奇崛，山路险峻难行。傍晚，抵宁羌州。《健松斋集》卷七《使蜀日记》："十三日，过裂锦坝（以褒姒名，姒，褒产也）。未时，度五丁峡（一名金牛峡，即五丁力士凿山开道处），山石高数百仞，截然中分，两崖锋锷廉厉，碎石零乱溪涧中。水激石如雷鸣，或如笙瑟。人行石上，杖而步，伛偻上下。马蹄触石皆脱落，舆人则疾驱，步武著石，不失尺寸。哀猿怪鸟，吟啸壁间。数里，瀑布从山巅下泻，束于石，散溅如珠飞，曰滴水崖。暮，抵宁羌州，城郭室庐尽废，秋花烂漫满街市，嶓冢山在州境，汉水出焉。"《健松斋集》卷二十《锦官集上》有《五丁峡》

《宁羌》《雨发宁羌州》诗。

八月十五日，过闵家山、木架山、七盘岭，岭高陡险峻，顶上可望蜀地全境景观。《健松斋集》卷七《使蜀日记》："十五日，过闵家山、木架山、七盘岭。岭最高陡，凡七折，四面危峰峭石，下视皆百尺深涧，人伛而行，前后顶趾相触，以铁鞧系足心，状如马鞍，铁著石得不滑也。绝顶四望，全蜀山川历历，在西南另辟一境，是为秦蜀分界处。"《健松斋集》卷二十《锦官集上》有《七盘关》诗。

八月十六日，到达神宣驿，山石险峻，形状各异，有名景龙洞背。《健松斋集》卷七《使蜀日记》："十六日，次神宣驿。山石险恶，或高如浮图，或连亘如列幛，下有洞甚修广，神龙所居，道乃出其上，曰龙洞背。三十里，至朝天铺。西北即剑州，古剑阁也。"《健松斋集》卷二十《锦官集上》有《中秋次神宣驿入蜀境》《龙洞背》诗。

八月十七日，开始水路行进。晚发嘉陵江，舟人唱渝州歌，千佛崖中佛像数百，形状各异。泊广元县。《健松斋集》卷七《使蜀日记》："十七日，始更舟。凡陆行由朝天铺上朝天关，大小梅岭，大小二郎，曰南栈，视北栈尤险峻。舟行避险也。晚发嘉陵江（俗呼白龙江，经剑州、广元、昭化、阆中界，其曰阆水、巴水、渝水、汉水，皆此江之异名也），疾流激石，舟行如驶。榜人唱渝州歌，悠扬清越可听。仰睇朝天诸岭，高入天际，崖半石穴数千，亦古栈阁故迹也。下有千佛崖，凿石为屋，镂诸佛罗汉其中，大小数百，或立或坐，变相毕具。川东诸处亦有之。是夕，泊广元县（古葭萌地）。询武侯筹笔驿，已非旧矣。"《健松斋集》卷二十《锦官集上》有《放舟嘉陵江》《夜泊广元县》诗。

八月十八日至二十一日，经飞仙阁，到虎跳驿，宿高桥。经苍溪县，午后抵保宁府。《健松斋集》卷七《使蜀日记》："十八日，经飞仙阁、桔柏津，泊昭化之平林坝。十九日，次虎跳驿，宿高桥。二十日，经苍溪县，离堆山，秦李冰所凿，突入江中，直上数百尺，不与众山伍，故名（蜀有三离堆，此其一也）。午余，抵保宁府

（古阆中地）。前对锦屏山，两峰壁立如屏（一名宝鞍山）。治西为张桓侯祠墓。侯守阆死，蜀人祀之，曰土主。是日，郡将吏迎谒，谢不见，题诗院署古今体五首。二十一日，留治装具。"《健松斋集》卷二十《锦官集上》有《虎跳驿》《苍溪县》《抵保宁府》《张桓侯庙》诗。

八月二十二日、二十三日，渡阆水，再次走陆路，次龙山驿。夜宿草舍，求米不得。次柳边驿，因役夫不习舆，行程异常艰难。《健松斋集》卷七《使蜀日记》："二十二日，渡阆水，复陆行。次龙山驿，舍宇颓废，摩娑断碣，中有瑞笋碑，宋陈尧叟、尧佐、尧咨兄弟故居也。夜趋柳边驿，不及。宿小猴牙草舍，索米不得，取干粮给从人，然薪达旦。二十三日，次柳边驿，颇多民居。夫役不习舆，踉跄欹仄，甚苦之。晚，次富村驿。"《健松斋集》卷二十《锦官集上》有《发阆中至龙山驿》《将赴柳边驿不及夜宿小猴牙草舍》诗。

八月二十四日，由灵山铺到达盐亭县，川北自保宁以下，曾遭到张献忠的屠戮，村镇颓废，田野荒芜。《健松斋集》卷七《使蜀日记》："二十四日，由灵山铺至盐亭县。川北自保宁以下，旧称陆海。明末张献忠屠戮最惨，城廓村镇尽毁，田野荒芜，人民死徙，处处皆然。颓垣废畦间，犹想见昔日之盛。"《健松斋集》卷二十《锦官集上》有《哀川北》《废墟》诗。

二十五日，抵秋林驿，看到很多雕刻精巧的佛像。《健松斋集》卷七《使蜀日记》："二十五日，抵秋林驿。僧寺佛像最古，小铜佛尤精巧，眉目态致，皆有生气，与时制迥异。唐元宗、僖宗幸蜀，画师巧工悉从，故蜀寺观多名画铸像，皆毁于寇。此犹幸见之。"

八月二十六日，抵潼川州，田野荒废，访陈子昂、文同（字与可）故宅。《健松斋集》卷七《使蜀日记》："二十六日，抵潼川州（汉广汉郪地，蜀汉曰梓潼，隋唐梓州），沃野千里，尽荒弃，田中树林如拱，沟塍隐隐，悉膏壤也。访陈子昂、文与可故宅，皆不可考。"《健松斋集》卷二十《锦官集上》有《文与可故里》《潼川州》《潼川怀陈正字》诗。

八月二十七日、二十八日、二十九日，渡梓潼江，夜宿建宁驿。过中江县，过天柱山。《健松斋集》卷七《使蜀日记》："二十七日，渡梓潼江（或云郪江），宿建宁驿。二十八日，过中江县。溪谷中产石，白黑相杂成文，或红润如错锦，可为纤。二十九日，过天柱山，甚高，多巨竹，节长二尺余。晚，止连山铺。"《健松斋集》卷二十《锦官集上》有《渡梓潼江》诗。

九月一日，次汉州，抵新都县。《健松斋集》卷七《使蜀日记》："九月一日，次汉州，抵新都县，皆名区。乱后中衢茅屋数十家，余皆茂草，虎迹遍街巷，讯杨升庵宅，已为按察司署，今亦荡然矣。八阵图在县北，以疾驱失之。"《健松斋集》卷二十《锦官集上》有《新都感扬升庵》诗。

九月二日，抵成都府。《健松斋集》卷七《使蜀日记》："初二日，抵成都府。故事初六日入闱。主司至，待于境上，扃鐍严密，先期一日入。余至，新都无使院，民居周垣不蔽，篱落而已。余谓虎狼且攫人，何关防为。遣吏白监临，以是日入城。初由北门，吏白应从东，乃过升仙桥（鱼凫王、张伯子俱乘虎仙去，因名），司马相如题柱处，今曰驷马桥。入东门，亦无院署，僦民宅以居。"《健松斋集》卷二十《锦官集上》有《题驷马桥》诗。

九月三日，寓楼望雪山。《健松斋集》卷七《使蜀日记》："初三日，寓楼望雪山，积雪鳞鳞，九峰皆白（在威州松潘境，距会城百二十里）。"《健松斋集》卷二十《锦官集上》有《望雪山》诗。

九月六日、七日、八日，入闱，祭神，选读考试规则。《健松斋集》卷七《使蜀日记》："初六日，入闱，如故事。贡院，故蜀王府也。初七日，率同考官誓于神。初八日，申条约凡三十四则，蜀中三科未举秋试，诸老吏无存者，新旧例悉从礼部，考据得无舛误。"

九月九日，初次试士。是日，亦是方象瑛生日。《健松斋集》卷七《使蜀日记》："初九日，初试士。蜀向称才薮，今应举不满千人，亟移会外帘，小误悉免议，仍约同考，勿轻涂乙。"《健松斋集》卷二十《锦官集上》有《重九闱中生日即事》诗。

九月十八日至二十日，阅卷，尽心审读，期间发生怪异之事。

《健松斋集》卷七《使蜀日记》："十八日，得《易》《春秋》卷各一，拟首冠，索二三场，皆不得，叹惋弥日。榜后拆阅之，垫江涂珪、沪州曾亮也。两生次年皆隽。十九日，内帘鬼啸。《易》两房例解十名，一房佳卷多至六卷，而二房仅得四。余谓取士务真才，何论彼此。乃以一房赢卷入二房，众以为公。已二房有后言，余不怿，索回，而责二房别求佳者，终不得。是夕，鬼从后出。余勿闻也，王吏部闻之。旦，语余，余笑曰：'佳卷不得隽，鬼神固宜怒耳。'俄而各房至，人人皆闻，并研令仆人且亲见之，朱衣长身，从《易》二房出，循墙至中堂而灭。于是众皆惊叹。二房亦颇悟，请别《易》一牍前卷，定本房第二。是夕，寂无声。盖十七名，涪州刘衍均也。二十日，搜遗卷，磨封中式诸牍。余病甚，日夕搜阅，不知病之在身也。"

九月二十四日，发榜，取中樊泽达等四十二人，副榜充贡雷弘震等八人。《健松斋集》卷七《使蜀日记》："二十四日，发榜，取中樊泽达等四十二人，副榜充贡雷弘震等八人，鹿鸣宴如仪。"

九月二十五日，诸吏过访、谒见，疾病复发。《健松斋集》卷七《使蜀日记》："二十五日，文武诸大吏过访，府州县以次谒见，劳瘁之余，苦酬对，疾复大作。"

九月二十六日，门生拜谒。《健松斋集》卷七《使蜀日记》："二十六日，诸生来谒，所取多三川名隽，年亦十七以上、四十以下，蜀中称得人。"

九月二十七日，遍览城市，自此一个月，卧病谢客。"二十七日，报谒诸当事，因遍览城市。蜀都周五十里，异时人物繁富，号锦城。张献忠据蜀。已，去之秦，尽烧公私庐舍，屠其人凡数十万。自浣溪至新津，尸山积，水为不流。今通衢瓦房百十所，余皆诛茅编竹为之。……自此两旬，皆卧病谢客。"

十月二十日，过两浙会馆，答拜流寓于此的浙江同乡。《健松斋集》卷七《使蜀日记》："二十日，过两浙会馆，答拜同乡流寓。馆创于前按察使，今太常胡君升猷召僧主之，浙人依焉。众醵金饮余，索题额，余榜曰'吴越星临'。偶及桐花凤，无知者。郫筒酒井尚存，其法不传。蜀锦川扇，屠戮后，法皆绝矣。"

十月二十五日，拜谒江渎庙。《健松斋集》卷七《使蜀日记》："二十五日，谒江渎庙，江出岷山，故庙在蜀（岷山在茂州西北，俗呼铁豹岭）。"

十一月一日，王材任事竣，南归还朝，作诗相赠。《健松斋集》卷七《使蜀日记》："十一月一日，王吏部南归。"《健松斋集》卷二十《锦官集上》有《送王檐人事竣省觐还朝》诗。

十一月二日，出锦官门，过万里桥，游杜工部草堂。《健松斋集》卷七《使蜀日记》："初二日，病稍间，南出锦官门，过万里桥（武侯送费祎使吴，曰万里之行，自此始矣。后人因以名桥），桥西为青羊宫，殿上铜羊青色，不知何据，旧极闳丽，今圮。张三丰手书诗六句刻石。里许为草堂寺，古浣花溪寺也。右即杜工部祠，有石刻像，详游记。"《健松斋集》卷七有《游杜工部草堂记》文、卷二十《锦官集上》有《草堂寺》《杜工部祠》诗。

十一月三日，拜谒诸葛丞相祠、昭烈惠陵。《健松斋集》卷七《使蜀日记》："初三日，谒诸葛丞相祠，古汉庙，今皆称武侯祠。前殿祀昭烈、关、张等十五人，配颇未当。余作《从祀议》正之。后殿祀侯长子瞻，瞻子尚配。旧有双柏，今不存。古碑惟唐贞元中裴度撰、柳公绰书稍古（有小蛇穴碑中，甚怪），余皆近世石刻。祠西昭烈惠陵，志称关羽、张飞墓在万里桥南，未及访。望帝祠、蚕业祠、张忠定祠，皆荒废不得其处。"《健松斋集》卷八有《汉庙从祀议》文、卷二十《锦官集上》有《忠武侯祠下作》《谒昭烈惠陵》诗。

十一月四日，游浣花溪、薛涛井等。《健松斋集》卷七《使蜀日记》："初四日，游浣花溪，一名百花潭，即锦江也。溪流澄澈，荇藻纷披。前代游人画舫不减西湖，山水如故，无复昔时佳丽矣。详具游记。潭上薛涛井，涛家于旁。以潭水造五色笺，明蜀王即此制锦，今失传。文翁礼殿、相如琴台、扬雄草玄亭、严君平宅，皆不可考。或云扬亭在成都县治，琴台在市桥，又云金花桥西。"《健松斋集》卷七有《浣花溪记》一文、卷二十《锦官集上》有《薛涛井》《扬子云宅》诗。

十一月五日辞行，七日发成都府，诸公在武侯祠为其践行。陆行至金花桥，宿黄水河，门人樊泽达跟从。《健松斋集》卷七《使蜀日记》："初七日，发成都府，诸公会饯武侯祠。是日，陆行至金花桥，宿黄水河，门人樊泽达从。"

十一月八日、九日，过修觉山，至新津县，开始水路行进。至旧彭山县，远望诸山。《健松斋集》卷七《使蜀日记》："初八日，过修觉山，至新津县，始登筏子，编竹为之，架竹屋，覆以茅，门窗皆具，可远眺。初九日，至旧彭山县，望青城、玉垒、大隋诸山，连亘千里，峰峦秀出。"《健松斋集》卷二十一《锦官集下》有《发新津》诗。

十一月初十日，至眉州，度玻璃江，访三苏祠。《健松斋集》卷七《使蜀日记》："初十日，至眉州，度玻璃江。访三苏祠，祠在州西门内，灌木丛草，飒然深山。榜曰'眉山书院'，即老泉纱縠行旧第也。门前古榆树，相传老泉手植。祠三楹，奉公父子木主。后为木假山，堂右瑞莲院，残荷荡漾池中。东坡手书马券乳母任氏墓志刻石（嫡系止存一人，州守请于督学，给衣顶奉祠）。"《健松斋集》卷二十一《锦官集下》有《眉州谒三苏先生祠》诗。

十一月十一日、十二日，经青衣江、小三峡，因江水汹涌，停舟野泊。《健松斋集》卷七《使蜀日记》："十一日，经青衣江（一名平羌江），上有上岩、中岩，为古诺距那尊者道场，唤鱼潭，客至抚掌，鱼辄跃出，以夜过，不及登。十二日，过小三峡，水汹急，筏皆摇荡，遂停桡野泊。"《健松斋集》卷二十一《锦官集下》有《江行》《夜过中岩》诗。

十一月十三日，至嘉定州。《健松斋集》卷七《使蜀日记》："十三日，至嘉定州，整筏子（古汉嘉地，唐宋曰嘉州），谯楼榜曰'海棠香国'，所谓海棠无香，惟嘉州独香也。或云昌州，今重庆府大足县，有香霏亭，然汉嘉海棠实香。州守为余言气似兰，云竹公溪在城外，竹中小儿，夜郎王也。江有鱼，大而肥美，曰鱼舅，春水时见。"《健松斋集》卷二十一《锦官集下》有《嘉定夜泊》诗。

十一月十四日，游凌云寺、尔雅台等。《健松斋集》卷七《使蜀日记》："十四日，微雪。或言凌云山之胜，棹舟乘雪登之，山濒江，路颇峭仄。东坡诗'载酒时作凌云游'是也（今石崖刻'东坡载酒时游处'七大字），中为寺，前为大佛阁。唐韦皋建镂巨石为佛头。旁有小阁，可望三水九山。后为注易洞，宋吴秘读书处。右有僧龛，明初住持坐化，人髤而龛之，宛然生也。左达乌尤山，晋郭璞隐此注《尔雅》，曰尔雅台。洗砚山下，鱼吞之头皆黑。今有乌头鱼，二三月中见，曰墨鱼，然止傍山十许里有之，余皆无。"《健松斋集》卷二十一《锦官集下》有《雪中游凌云寺同门人罗廷抡、樊昆来、杨圣与、家弟式予》《尔雅台》《东坡洗墨池》诗。

十一月十五日，与门人樊泽达、罗英、杨葳，家弟方象璥等登高标山（一名高望山）。《健松斋集》卷七《使蜀日记》："十五日，登高标山（一名高望山），高阁可望峨眉。初苦昏雾，已而雾散，三峨历历，积雪数百仞，日光灼之，一望如削玉。余拟往游，僧言此时雪封路，山僧方积薪米为冬春计，即往不得上矣。眺望久之。山下涪翁亭故址，为黄鲁直建，丁东泉在焉。遥睇州城，三面滨水，盖雅水、沫水合流，达于江也。倚槛作歌，从游者门人樊泽达、罗英、杨葳，家弟象璥。"《健松斋集》卷二十一《锦官集下》有《登高标山望峨眉歌》诗。

十一月十六日，马州守赠给香海棠、雪兰各二盘，作诗谢之。《健松斋集》卷七《使蜀日记》："十六日，马州守赠香海棠、雪兰，口占截句谢之。"《健松斋集》卷二十一《锦官集下》有《马州守贻香海棠、雪兰各二盆口占寄谢》诗。

十一月十七日、十八日、十九日，泊石板溪，至犍为县、宣化驿。《健松斋集》卷七《使蜀日记》："十七日，泊石板溪。嘉定，旧称繁庶。献忠之乱，州人杨展集兵拒守，得免屠戮。后贼将袁韬、武大定溃，卒据犍为伪降，展信之，遂杀展并其军，民始被害，然较诸郡稍胜。十八日，至犍为县，有花卿庙。唐段子璋反，牙将花敬定讨平之，庙食于此。十九日，至宣化驿。"《健松斋集》卷二十一《锦官集下》有《犍为县》诗。

十一月二十日，抵叙州府。《健松斋集》卷七《使蜀日记》："二十日，抵叙州府（古僰国，汉犍为郡治此，隋曰戎州），沪水出其南，俗呼马湖江。武侯五月渡沪，其上流也。郡有师来、朱提诸胜。郁姑台在城北，产筇竹，可作杖。客馈佛手柑二枚，重二层，放数十指，香气馥烈，峨眉山产也。"《健松斋集》卷二十一《锦官集下》有《发叙州》诗。

十一月二十二日，发宜宾，夜抵南溪县，门人樊泽达离去。《健松斋集》卷七《使蜀日记》："二十二日，发宜宾，濒江一带皆石，望之如堵墙，连亘数里。及登岸，其平如砥，可当数十千人石。惜生戎僰，无人能点缀者。夜抵南溪县，樊生别去。"《健松斋集》卷二十一《锦官集下》有《夜泊南溪县》诗。

十一月二十三日，至江安县（汉江阳地），旧有江阳儿祠，以诗戏嘲。夜泊井口。《健松斋集》卷七《使蜀日记》："二十三日，至江安县（汉江阳地），旧有江阳儿祠。相传光武微时过江阳，生一子，望气者言江阳有贵儿气。县人因王莽乱，求而杀之。后光武怒，为儿立祠，不使江阳人冠带。余谓诞漫不轻，戏嘲以诗。夜泊井口。"《健松斋集》卷二十一《锦官集下》有《江安尹吉甫庙》《戏题江阳儿祠》诗。

十一月二十四日，过纳溪县，至沪州，作诗讽诮魏武帝庙，认为蜀地不应祭祀曹操。《健松斋集》卷七《使蜀日记》："二十四日，过纳溪县。县踞石山顶，石虎关通云南交址。晚至沪州。州枕沪江，一名汶江，非武侯渡处也。伯奇为后母所逐，自沉于此。南有穆清庙，祀尹吉甫。北有抚琴台，伯奇鼓履霜操处。方山之麓，乃有魏武帝庙。旧传宋时征乞弟蛮，阴雨数月，神宗缄香祷之，辄应。余意汉地不应祀曹瞒，以诗诮之。或曰蜀祀甘宁，楚祀伍员，非与？余谓：'兴霸，蜀人；子胥，楚人，祀于其乡耳。彼操，何许人耶？'"《健松斋集》卷二十一《锦官集下》有《魏武帝庙》诗。

十一月二十五日至二十八日，泊旧沪州，至合江县、江津县。《健松斋集》卷七《使蜀日记》："二十五日，泊旧沪州。二十六日，至合江县。县东榕山，宋时产天符，叶如荔枝叶，而长文如虫蚀篆，不知何木。或曰刘真人仙迹。二十七日，松溉。二十八日，至江津县，过七门滩。大石横江，凡七，望之如门。"

十一月二十九日，抵重庆府。《健松斋集》卷七《使蜀日记》："二十九日，抵重庆府（古巴子国，隋曰渝州），阆水与白水合流，至城东，曲折三回，如巴字，故名郡。皆石山，城市庐舍依陂陀为高下，三面距水，陆路达佛图关。东鱼复，西僰道，北汉中，南夜郎，形胜要地也。石高水疾。漏二鼓，始抵岸。"《健松斋集》卷二十一《锦官集下》有《抵重庆府》诗。

十一月三十日，舟发重庆，较为详尽地交代了舟之形状、如何使舟、如何分工等。《健松斋集》卷七《使蜀日记》："三十日，具舟为出峡计。舟长五丈，广半之，惟后二舱可坐，余皆平以板，上架木为篷屋，舟行则撤去。用桡十有四，十四人左右荡之。前二人挽巨桡，觇所向。后柁类橹。而长主船者曰板主，柁工曰太公，意即古长年三老也。祭江，祀水神及张桓侯，餕余先太公，然后敢食。每行船，太公升柁楼，唱巴渝歌，众和之。轻重疾徐，皆有顿挫。大约唱峡中诸地名，或俗传故事，无他词也。"《健松斋集》卷二十一《锦官集下》有《舟发重庆》诗。

十二月二日，泊木洞驿。《健松斋集》卷七《使蜀日记》："初二日，放舟东下，泊木洞驿。"《健松斋集》卷二十一《锦官集下》有《泊木洞驿》诗。

十二月四日，至涪州，有荔枝园。《健松斋集》卷七《使蜀日记》："初四日，至涪州。荔枝园在龟龙峡东。唐时为妃子园，荔枝百余株，'马上七日抵长安'即此。今无种。江心双鱼刻石上，各三十六鳞。旁有石称'石斗'，见则岁丰。北岩普津院，程伊川读《易》处。黄山谷题曰'钩深'。有张飞祠，宋大观中人于祠前得三印及佩钩刀，斗上镌飞名。"《健松斋集》卷二十一《锦官集下》有《荔枝曲》《钩深堂》《江心石鱼》诗。

十二月五日，到丰都县。《健松斋集》卷七《使蜀日记》："初五日，丰都县（古枳县地，汉平都，隋始曰丰都）。城倚平都山，道书七十二福地之一，汉王方平得道于此。又云阴长生上升处。有仙都观、麻姑洞，林木幽深，夹道翠柏，皆千余年物。麋鹿出没，与人狎。号紫府，真仙之居，不知何时创。森罗殿，因传会为阎君洞，以为即地狱之丰都，远近祷祀，求符箓。盖道流惑世，失其实耳。"《健松斋集》卷二十一《锦官集下》有《平都山》诗。

十二月六日，抵忠州，拜谒陆贽墓。《健松斋集》卷七《使蜀日记》："初六日，抵忠州（古巴地，唐初以巴蔓子严颜名）。白居易刺郡时筑东坡、西坡，建荔枝楼，今皆不存。陆宣公墓在城南，公论裴延龄，谪州别驾，卒葬于此，墓碣驳落不可辨识。"《健松斋集》卷二十一《锦官集下》有《忠州》《谒陆宣公祠墓》诗。

十二月七日，过石宝驿，江石峥嵘挺拔，形状各异。宿万县。《健松斋集》卷七《使蜀日记》："初七日，过石宝驿。江岸石奇绝峥嵘，挺拔如峰如云，或如楼台如屏如柱如笏，是不一状。顶有瀑布，穿石而下，惜无善画者图之为卧游耳。晡时，至万县。西山有绝尘龛，宋郡守马元颖、鲁有开于山麓修池、种芙蕖及荔枝杂果，景物清胜，为夔路第一。南山下瞰，大江水落石出，曰蛾眉碛。上有岑公岩，石盘结若华盖。左右方池，泉喷薄如帘，松篁藤萝，蓊蔚苍翠，乱后皆不复睹。饥虎昼出，猿狖成群。"《健松斋集》卷二十一《锦官集下》有《石宝驿一带石奇甚得十二韵》《夜泊万县》《自万县至云阳作》诗。

十二月八日，至云阳县，僧人请书匾额，以"矫矫虎臣"酬应。《健松斋集》卷七《使蜀日记》："初八日，至云阳县，荒残无人居。篷茅数间，令尉栖焉。对江飞凤山，古刻'凤凰岩'三字，瀑布注桥下，有庙祀张桓侯，僧请榜额，余书'矫矫虎臣'应。"《健松斋集》卷二十一《锦官集下》有《云阳县》诗。

十二月九日，至夔州府，登城楼遥望八阵图。《健松斋集》卷七《使蜀日记》："初九日，至夔州府（古鱼复国，春秋夔国）。八阵图在城南石碛上，凡六十四蕆，拟棹舟观之，大雨，不果。登城楼遥望而已，别有记。甘夫人墓在府治镇峡堂后，永安宫即今府学。"《健松斋集》卷七有文《八阵图记》、卷二十一《锦官集下》有《登夔州城楼望八阵图》诗。

十二月十日，至瞿唐峡，登白帝城，景色壮美，诗人对景物的描写细腻生动、对方位的交代详尽周全，令人神往。《健松斋集》卷七《使蜀日记》："初十日，十余里至瞿唐峡，两岸各数十仞，对峙如门。滟滪堆当其口，江水分流左右。下循滟滪而北，登白帝城，路陡峻，上为先主庙，丞相亮、前将军羽、车骑将军飞配。庙前石坊，倚阑望大江，正对滟滪，所谓如象如马，峡人以此占水候。今冬残水涸，不觉其险耳。城之东接白盐山，山石白如水晶。白盐之对为赤甲山，不产树木，土石皆赤，山有废城址，即汉鱼复县。基城之北一带，渚田清流如线，俗呼草堂河，余意即瀼水。东屯，少陵寓处也。详具滟滪、白帝二记。峡外南岸石鼻子，北岸铁柱，当是旧设关处。关今废。关外张飞擂鼓台、孟良梯，皆极高峻。下有粉壁堂，壁白如垩粉，旧有题咏。兵书峡，在绝壁上，石层叠，如束数卷书。弹穿石，亦高耸，广丈许，有眼如丸，隙光相通，若弹所穿。然大抵三峡皆重岩叠嶂，亏蔽天日，非亭午夜分不见日月，非虚语也。"《健松斋集》卷七有文《滟滪堆记》《登白帝城记》、卷二十一《锦官集下》有《登白帝城》《白帝城谒先主庙》《瀼水》《杜少陵宅》《滟滪堆》《瞿塘峡》《鱼复城》诗。

十二月十一日、十二日，至巫山县，观巫峡，至跳石阻风峡。《健松斋集》卷七《使蜀日记》："十一日，至巫山县。巫山在县南，形如巫字，故名。东曰琵琶峰，神女庙移此，旧传峰形似琵琶，此中妇女多晓音律，未知然否。巫峡，壁立峭削，与瞿唐、归峡为三峡，连亘七百里，绝顶皆桧柏，悬泉飞瀑，猿猱哀吟。十二日，至跳石阻风峡，山数里一折，水奔急，舟行易触，故遇风辄止。"《健松斋集》卷二十一《锦官集下》有《巫山县》《巫峡》诗。

十二月十三日，出峡，过三分水，望十二峰、神女庙，次巴东县。《健松斋集》卷七《使蜀日记》："十三日，出峡，过三分水，岩畔三泉眼，分流甚奇。舟人言：相传上为川水，性浮；中湖广水，性平；下江西水，性沉。好事者瀹茗试之，果然。余以风逆，未及辨。望十二峰，皆雄峭，横见错出，惟美人峰最高秀。考十二峰，曰望霞、翠屏、朝云、松峦、集仙、聚鹤、净坛、上升、起云、飞凤、登龙、圣泉，首尾一百六十里，顾不甚肖，亦无美人名。旧神女庙在峰半，故有石刻，引《墉城记》：瑶妃，西王母女，称云华夫人，助禹驱神鬼，斩石疏波，今封妙用真人。庙额曰凝真观，神女所由名也。宋玉《高唐赋》，文人游戏，如牛女、洛神之类，后人不察，至加秽亵。余作诗为解嘲，或亦神所乐闻耳。午过万流驿，楚蜀分界处。次巴东县，濒江倚巴山（又名金字山，一峰发三冈，状若金字），自麓至颠，因山为城市。寇莱公祠二柏，相传公手植。"《健松斋集》卷二十一《锦官集下》有《出峡》《高唐观》《神女庙二首》《戏为神女解嘲》《峡中野泊》《三分水》《望十二峰》《巴东县》《万流驿楚蜀分界处》《寇莱公祠》等诗。

十二月十四日，过归峡，午抵归州，不得停泊，谒三闾大夫庙、夔子城、宋玉宅、昭君村。《健松斋集》卷七《使蜀日记》："十四日，过归峡，怪石狰狞，较瞿、巫二峡稍卑，而奔流怒涛过之。叶滩多石，与新滩同险。然叶滩水高于石，新滩石高于水。语云：有叶无新，言叶滩水大，则新滩平也。午抵归州，不得泊，阻风，舣屈原沱（沱即潭），谒三闾大夫庙（俗呼清烈公）。旧有姊归庙，祀原姊嫈。夔子城，俗呼旧归州。宋玉宅、昭君村皆在姊归。"《健松斋集》卷二十一《锦官集下》有《过归州》《兵书峡》《阻风屈沱谒三闾大夫庙》《楚王故城》《夔子城》《宋玉宅》《昭君村》诗。

十二月十五日，度新滩，舟在水中行驶，惊险异常，动人心魄。《健松斋集》卷七《使蜀日记》："十五日，度新滩。滩高数丈，巨石横欹江中，雪浪峰涌，昼夜轰轰，若江潮声。凡舟至，行李悉陆运，更募其地舟师，加桡楫，凌空而下，船首没浪，复起者再，然后徐引近岸。小船则以长筏沿岸放之。上水用百丈盘之而上，蜀江第一险也。余从岸上遥观，魂摇目悸。是夕，宿滩下，滩凡三处。"《健松斋集》卷二十一《锦官集下》有《新滩》诗。

十二月十六日，至黄牛峡，漏三鼓，抵彝陵州。《健松斋集》卷七《使蜀日记》："十六日，至黄牛峡，重岩叠起，最高处崖黑色，如人负刀牵牛状，人黑牛黄。江湍纡曲，经数宿犹望见之。行者谣曰：朝发黄牛，暮宿黄牛。三朝三暮，黄牛如故。山下黄陵庙，峡神佐禹治水，诸葛亮建祠祀之，自为记，碑文刻庙中。前有阁临江，乱石嶙峋，水石相触，磷磷齿齿。此下水渐平，乘夜泛舟，山空峡静，明月满船，猿声袅袅峭壁间。漏三鼓，抵彝陵州（以川江至此始平，故名夷陵），岩石中断，豁然大江矣。"《健松斋集》卷二十一《锦官集下》有《黄陵庙》《峡中夜泛》《夜抵彝陵州》诗。

十二月十七日、十八日，更舟，过白阳驿，夜抵枝江县，忆家兄方象瑸。《健松斋集》卷七《使蜀日记》："十七日，更舟，州守延余署斋，即欧公六一堂故址。十八日，过白阳驿，张江陵（居正）祖墓，野烧满山，樵采往来。对江宜都县虎牙山，公孙述据此造浮桥拒汉。下有虎牙滩（一名武牙），与荆门山对。夜抵枝江县（古罗国地），忆家兄（象瑸）李荆时署邑事，今十八年矣。"《健松斋集》卷二十一《锦官集下》有《过宜都县》《重过荆州有怀家兄雪岷》诗。

十二月十九日立春，过松滋县，至百里洲。《健松斋集》卷七《使蜀日记》："十九日，立春，过松滋县，至百里洲，地宽衍。洲首派别，南为外江，北为内江，故称枝江。吴三桂之叛，自归巴以下，皆遣兵拒守。王师驻城陵矶，卒歼叛逆。洲上营垒尚存。"《健松斋集》卷二十一《锦官集下》有《松滋舟中立春》《百里洲》诗。

十二月二十日至二十三日，到荆州，回忆起昔日往事。到公安县，宿三杆桅。过石首县，至壶瓶套。《健松斋集》卷七《使蜀日记》："二十日，至荆州府，泊沙市。江陵名胜，皆余旧游。留理署三月，乙巳秋冬也。二十一日，公安县。二十二日，宿三杆桅。二十三日，过石首县，至壶瓶套。"《健松斋集》卷二十一《锦官集下》有《午过公安》《泊壶瓶套》诗。

十二月二十四日，过监利县，经城陵矶，望洞庭湖、岳阳楼。《健松斋集》卷七《使蜀日记》："二十四日，过监利县，经城陵矶（在洞庭湖口），南望洞庭，水天浩淼，岳阳楼峥嵘云雾间，青螺数点，盖君山也。"《健松斋集》卷二十一《锦官集下》有《洞庭湖》《望岳阳楼》《城陵矶》诗。

十二月二十五日，至白罗山，因大风雨雪，不得前行，众人皆思家念亲，作怀人诗二十首抒怀。《健松斋集》卷七《使蜀日记》："二十五日，至白罗山，夜大风骤雨，江豚跳掷，寒鸦噪呼，甚萧寂。初意抵汉上度岁。至是连值怪风，雨雪纷霏，舟人皆思归，叹息长随，燕人泣下沾襟。余亦怅然有怀，呼酒放歌，作怀人诗二十首。"《健松斋集》卷二十一《锦官集下》有《舟中风雪有感》《白罗山》《舟中大雨》《大风》《大雪》《阻雪放歌》《雪中有怀二十首》诗。

十二月二十九日除夕，至新堤。《健松斋集》卷七《使蜀日记》："二十九日，至新堤（在临湘县东六十里），客馈酒脯小饮，不知为岁除也。"《健松斋集》卷二十一《锦官集下》有《癸亥除夕》诗。

康熙二十三年甲子（1684），五十三岁

正月初一日，经嘉鱼县，望赤壁山，夜泊牌洲。《健松斋集》卷七《使蜀日记》："一日，风利，遂发舟，经嘉鱼县，望赤壁山，孙刘破曹处也。黄州特以东坡二赋名（本名赤鼻山），夜泊牌洲（在嘉鱼县东七十里）。"《健松斋集》卷二十一《锦官集下》有《甲子元旦》《赤壁》诗。

正月初二日，过鹦鹉洲，达汉口。《健松斋集》卷七《使蜀日记》："初二日，过鹦鹉洲，达汉口，询祢衡墓，久失其处。"《健松斋集》卷二十一《锦官集下》有《过鹦鹉洲》《抵汉口》诗。

正月初三日，访罗世珍，相识陈平乐，为其所集唐诗作序。《健松斋集》卷七《使蜀日记》："初三日，访罗鲁峰（世珍），留饮镜堂，始见梅花。"《健松斋集》卷三《陈平乐集唐序》、卷二十一《锦官集下》有《饮罗子镜堂》诗。

正月初四日、初五日，游大别山，登晴川阁，渡江访医，疾病复发严重。《健松斋集》卷七《使蜀日记》："初四日，重游大别山，登晴川阁。初五日，渡江访医，中流风涛怒涌，疾遂大作。留寓汉阳门内，距黄鹄矶不半里。"

正月二十日、二十二日，疾病稍愈，游览黄鹤楼。徐惺招饮。

《健松斋集》卷七《使蜀日记》:"二十日,稍瘥,阔步黄鹤楼及仙枣亭诸胜。二十二日,徐方伯惺招饮即山楼,楼踞大观山巅,俯视鄂城,万井鳞次,远望江汉及湖南诸峰,极山川胜览,自是复卧病。"《健松斋集》卷二十一《锦官集下》有《和武昌诸子立春日登黄鹤楼限韵,是日余在松滋道中》诗。

正月二十六日,第三孙方锡绅出生。《遂安方氏族谱》卷二《世系考》:"锡绅,引祾第三子。……康熙甲子年正月廿六日申时生。"

正月三十日,同龚首骧、俞洁存、蒋佩若、孙枝蔚、孙念博、李仁熟、罗世珍等人游洪山寺。《健松斋集》卷七《使蜀日记》:"三十日,游洪山寺,寺极弘丽,为全楚诸刹冠。亭有故楚王诗刻石,东十里即卓刀泉。"《健松斋集》卷二十一《锦官集下》有《同孙豹人诸君游洪山寺》诗。孙枝蔚《溉堂后集》卷六甲子《春分前一日龚首骧、俞洁存、蒋佩若招同方渭仁、念博、李仁熟、罗鲁峰游洪山寺限文字》。

为孙枝蔚诗、罗世珍诗作序,詹文夏过访,为其诗作序。《健松斋集》卷二《孙豹人诗序》:"今春,放舟南下,客有言先生在武昌者,亟渡江访之,握手问劳,不知身之在客也。相与游洪山,登黄鹤楼,尊酒纵谈,因得尽读别后诸诗大略数卷。"卷二《罗鲁峰诗序》:"稍间,即奉使蜀之命,力疾西行,君过余为别,约以腊月待于汉上。是时方立秋,比竣事,还过楚,而晴川芳草已青矣。君饮余镜堂,旋同游洪山,登黄鹤楼,往复唱和,得尽读所为诗歌。"卷二《詹文夏诗序》:"今春,蜀归,过武昌,饮徐子星即山楼,读其与文夏唱和诗,向往久之。继偕诸君游洪山……。越十日,文夏访余寓斋,执手欢甚,已复嘱掌天索序其诗。"

二月初二日,疾病复发,半月不能行进、游览。《健松斋集》卷七《使蜀日记》:"初二日,疾复甚,旬余不能兴。"

二月十七日、二十日,病愈,发武昌。《健松斋集》卷七《使蜀日记》:"十七日,病起,王昊庐少詹(泽宏)治具汉阳相招,子重吏部尊人也。力疾往赴,询郎官湖,久湮。二十日,清明,渡江东发。"《健松斋集》卷二十一《锦官集下》有《清明发武昌》诗。

二月二十一日至二十四日，至青山、白湖镇。至黄州赤壁，都是曾经游览处，因病未游。过武昌县，至兰溪驿。《健松斋集》卷七《使蜀日记》："二十一日，至青山，阻风。二十二日，过阳逻，至白湖镇。二十三日，经团风镇，至黄州赤壁白龟渚，皆旧迹游，以病未登。二十四日，过武昌县，至兰溪驿。"《健松斋集》卷二十一《锦官集下》有《重过黄州》《泊兰溪驿》诗。

二月二十五日，至蕲水县，拜谒房师张邦福，宿浴莲庵。《健松斋集》卷七《使蜀日记》："二十五日，进蕲水县，谒房师张郅山先生（讳邦福），宿浴莲庵，颇幽雅。明末故宗伯龚端毅公鼎孳宰蕲时，为诗僧恒度建，恒度弟子等观年七十四，善诗，有《秋影阁集》。余初未及见，次日始知之，为题数语卷首。"《健松斋集》卷十二《书蕲水僧等观诗》："甲子春，余使蜀还朝，过蕲水，谒吾师张郅山先生，兼访李令君欲仙，留宿浴莲庵。"《健松斋集》卷二十一《锦官集下》有《蕲水道中》《宿浴莲庵》诗。

二月二十六至三十日，游文昌阁，经凤栖山，过蕲州，泊田家镇。《健松斋集》卷七《使蜀日记》："二十六日，游文昌阁，临溪石壁刻'击空明'三字云，苏子瞻书。二十七日，返舟经凤栖山，访陆羽第三泉，是日，泊道士洑。二十八日，过蕲州，泊田家镇，镇有吴将甘宁庙。二十九日、三十日，阻风。"《健松斋集》卷二十一《锦官集下》有《田家镇阻风十六韵》诗。

三月一日，至九江府，登琵琶亭。《健松斋集》卷七《使蜀日记》："初一日，至九江府，登琵琶亭，眺望匡庐诸山。"《健松斋集》卷二十一《锦官集下》有《登江州琵琶亭》诗。

三月三日，过彭泽县。经马当山，泊花阳镇，抵安庆府，憩天宁寺。《健松斋集》卷七《使蜀日记》："初三日，过彭泽县，小孤山突立江心，四面斗绝。经马当山，王勃梦神助风处也。是夕，泊花阳镇。初四日，东流县，阻风。初五日，抵安庆府，寓天宁寺。"《健松斋集》卷二十一《锦官集下》有《彭泽县》《小孤山》《马当山》《抵安庆憩天宁寺》诗。

三月初六日，遇到倪灿。从维扬入都。《健松斋集》卷七《使蜀日记》："初六日，遇同年倪检讨灿，遂别去。从维扬入都，向有日记，不复登历矣。"

夏，还京，成《使蜀日记》一卷。《健松斋集》卷七《使蜀日记》。

有书信寄冯溥、魏象枢，冯溥、魏象枢有回书。《健松斋集》卷十一《上益都先生书》《报魏庸斋先生书》，《遂安方氏族谱》卷八《艺文考》载冯溥《答方渭仁书》、魏象枢《柬方渭仁编修书》。

秋九月，汪懋麟假归，送其出都门。《健松斋续集》卷八《汪蛟门墓志铭》："甲子秋，送君出都门。"

秋冬，汤斌出为江宁巡抚，作诗相送。《健松斋集》卷十九《展台诗钞下》有《送汤潜庵学士抚吴中》。

秋，为方成郊《地理十种》作序。《健松斋集》卷一《地理十种序》："今年秋，议尽出十种书行世，不果。大兄捐赀刻犀精，叔父贻书属余序。"

魏象枢告归蔚州，有诗相赠。《健松斋集》卷十九《展台诗钞下》有《送魏庸斋先生予告归蔚州》。徐乾学《憺园集》卷二十三《送魏大司寇致政还蔚州序》。

冬，毛奇龄为《锦官集》作序。《健松斋集》卷二十《锦官集上》卷首毛奇龄序："读《锦官》一集，其襟怀所寄，岂犹然分厅聚草，悻悻自得者所能几与？……康熙甲子冬月，西河弟毛奇龄僧开氏拜题。"

朱彝尊为《锦官集》作序。朱彝尊《曝书亭集》卷三十七《方编修〈锦官集〉序》，此序亦载《锦官集》卷首。

有书答毛先舒、王晫。《健松斋集》卷十一《答毛稚黄书》："七月十八日，从吴志伊检讨得足下二月所寄书。……明年史事竣，乞假南还，尔时登吴山，快读枕中之秘，并请教益也。"同卷《答王丹麓书》："客岁四月中，得足下书，并示《今世说》数则。……此时史事敦迫，不遑他务，明年事竣，乞身归田里，当为足下佐成快举事。"

康熙二十四年乙丑（1685），五十四岁

首春，御试懋勤殿，作应制诗。《健松斋集》卷十九《展台诗钞下》《御试首春懋勤殿应制》。

春，为《四川乡试序齿录》作序。《健松斋集》卷一《四川乡试序齿录序》："今年春，诸生计偕京师，以中卷额少，举南宫者二人，皆余所取士，而樊生泽达以解首得入读中秘书。诸生亦循例试县职学官，以需后举，汇其同年序齿录，请余序。"

御试，作《经史赋》。《健松斋集》卷九《经史赋有序》。

病中作诗束徐釚、周清原。《健松斋集》卷十九《展台诗钞下》有《病中杂感束徐电发、周雅楣》诗。

章振萼中进士后归里，作诗相赠。《健松斋集》卷十九《展台诗钞下》有《送章范山春捷归里》。《光绪严州府志》卷十八："章振萼，字范山，遂安人。康熙乙丑进士，授上犹知县。"

三月十日，王晫五十岁生日，作《千秋岁》词自寿，众友人作诗文恭祝、唱和。王晫《霞举堂集》卷三十二《千秋岁·初度感怀》："乙丑三月十日，为仆五十诞辰。……偶述小词，聊复寄慨。览者或惜其志，依韵赐以和言，仆一日犹千秋也。"《健松斋集》卷十二《千秋雅调题辞》："丹麓襟期如故，撰述益工，五十诞辰，赋《千秋岁》词一阕，悠闲旷达，若有以自适者，一时名人属和，极词场盛事。"

清明，作诗予四弟。《健松斋集》卷十九《展台诗钞下》有《清明示四弟》诗。

五月二日，毛奇龄妾张曼殊卒，作挽诗。《健松斋集》卷十九《展台诗钞下》有《鬘殊挽诗为毛大可检讨赋》诗。京师众文人作诗、词、文、赋悼念，俱载毛奇龄《西河合集·墓志铭六》。

汪錞母程氏八十寿，作诗祝贺。《健松斋集》卷十三《汪母程太君传》："甲子典试秦中，事竣复星驰省候，得秦碑寿萱字摹，归悬之中堂，为太君八秩庆。一时名人为诗歌美之。"《健松斋集》卷十九《展台诗钞下》有《寿萱堂诗祝同年汪吏部母程太宜人八

秩》诗。

题《躬耕养母图》送方中德归桐城。《健松斋集》卷十九《展台诗钞下》有《题〈躬耕养母图〉送家田伯还桐城》诗。

仲秋，梁清标为祖父母作墓志铭。《遂安方氏族谱》卷八《艺文考》载梁清标《明资善大夫礼部尚书兼东阁大学士书田方公偕元配毛夫人合葬墓志铭》文末："康熙二十四年岁次乙丑仲秋穀旦……梁清标顿首拜撰。"

因病乞假归里。《健松斋续集》卷二《沈昭子耿岩文钞序》："乙丑，予以病请假，君亦投老归东海。"梁清标、江闿等作诗赠别，梁清标《蕉林二集》"五言律"《送方渭仁门人请急归里》、梁江闿《江辰六文集》卷十八《送方渭仁编修归里》。

归里途中，作诗抒怀。《健松斋集》卷二十四《倦还篇》有诗《述归》。

重过济宁，因病未登太白楼。《健松斋集》卷二十四《倦还篇》有诗《重过济宁以病未登太白楼》。

南归舟中，更号艮山。《健松斋集》卷十六《艮山说》："方子乞假南归，舟中更号艮山。"

于扬州遇伯兄方象琮。《健松斋续集》卷三《伯兄拔贡公画像记》："予奉假南归，遇公于广陵。"

渡淮，作诗和洪昇赠别诗韵。《健松斋集》卷二十四《倦还篇》有诗《度淮和洪昉思赠别韵》。

途经淮安、扬州、镇江等地，游览当地名胜古迹。《健松斋集》卷二十四《倦还篇》有诗《韩侯钓台》《漂母祠》《露筋庙》《扬州》《董公祠》《晓渡扬子望金山》。

邓汉仪以诗相赠，依韵酬答。《健松斋集》卷二十四《倦还篇》有诗《答邓孝威见赠和原韵》。

归次钱塘，作诗和朱彝尊赠别韵。《健松斋集》卷二十四《倦还篇》有诗《归次钱塘和朱竹垞赠别韵》。

处州城守副将武德荣书信问候。《健松斋续集》卷八《荣禄大夫协镇浙江处州左都督官副将事世袭拜他喇布勒哈番华宇武君墓志铭》："都督华宇武君，驻防遂安最久。……余奉假南归，书问往复，情意周至。"

十二月，遂安重建马仪新墅堰，为作记文。《健松斋续集》卷三《重建马仪新墅堰碑记》："夏六月……倡议重建，请于邑侯何公，报可，以告余。余衰病，不能任事，然心喜是举。……经始于七月辛卯，落成于十二月己巳，诸君属余为记。"《雍正浙江通志》卷六十："马仪新墅堰，在县西南十里。……国朝康熙十年，典史李守奎督修。二十一年，大水坏，县丞王时来督修。二十四年，知县何伟重修。"

康熙二十五年丙寅（1686），五十五岁

初夏，金鋐迁浙江巡抚，于三衢相迎。《健松斋集》卷一《东南舆诵序》："丙寅初夏，先生自闽移镇两浙。象瑛迓于三衢。"

林云铭为二十四卷本《健松斋集》作序。《健松斋集》卷首林云铭序："兹当全集告成，余友王子丹麓为之属序。……晋安林云铭西仲撰。"林云铭《挹奎楼选稿》卷三《健松斋全集序》（丙寅）文同。

中秋前一日，客杭州，洪昇过访。从洪昇处，得祖父方逢年手书扇子一把。《健松斋集》卷十六《纪重得先大父手书扇子》："今年，客钱唐，故人洪君过访，偶尔话及，洪归，以一扇见贻，则公手书《灵岩》四律也。……康熙丙寅中秋前一日。"

九月二十三日，伯兄方象琮去世，享年六十四岁。《健松斋续集》卷三《伯兄拔贡公画像记》："伯兄讳象琮，字玉宗，号蓉邨，晚更号缄斋。大父阁学公冢孙，伯父岁贡公长子也。……公生天启癸亥十二月初十日，卒康熙丙寅九月廿三日，寿六十四。"

十一月五日，父亲方成郊崇祀乡贤，书其后。《健松斋集》卷十二《先府君崇祀乡贤录纪后》。《遂安方氏族谱》卷五《人物考·赠编修公崇祀乡贤看语批词》文末："康熙二十五年十一月初五日。"

冬，乔莱被谴出都。丘象随《西轩丙寅集·送乔石林侍读被谴出都七首》。是年前后，博学鸿词科五十人或升转，或假归，或降调,或罢黜,或病卒。邓之诚《清诗纪事初编》卷三"潘耒"条:"鸿博之试,诸生、布衣入选者,未几皆降黜,或假归。始则招之唯恐不来,继则挥之唯恐不去矣。"

康熙二十六年丁卯(1687),五十六岁

二月,倪灿卒。乔莱《归田集》卷二《倪检讨墓志铭》:"康熙二十六年二月,翰林院检讨倪公闇公以疾卒于官。"

春,徐釚罢归。徐釚《南州草堂集》卷十二《左迁南归舟中述怀八首兼寄同馆诸君时三月三日也》。

春,于杭州养病,为陆进《付雪词三集》题辞。《健松斋集》卷十二《〈付雪词三集〉题辞》:"今春,养疴湖上,苌思过余,读所为《付雪》三集,声情意致,依然余杭大陆。……苌思索余序,且戒勿以病为辞,然余实不能作,姑书此归之。"

三月立夏后一日,毛先舒为二十四卷本《健松斋集》作序。《健松斋集》卷首毛先舒序:"遂安方子渭仁,宰相孙起家,成进士,入直史馆,出典蜀试,盖以文章名海内三十年矣。归于乡而辑其集若干篇,属余序之。……康熙二十六年三月立夏后一日,钱唐同学弟毛先舒稚黄拜撰。"

季春谷雨日,尤侗为二十四卷本《健松斋集》作序。《健松斋集》卷首尤侗序:"遂安方子渭仁所著《健松斋集》,予十年前既得而读之矣。今春,遇于湖上,出其续集,合若干卷,将授剞劂,命予曰:'子为我序之。'……康熙丁卯季春谷雨日,长洲年弟尤侗拜撰。"

孟夏,金鋐为二十四卷本《健松斋集》作序。金鋐《健松斋集序》:"……有所谓健松斋者,……属余论定,以传于后。……康熙丁卯孟夏中澣,宛平金鋐拜撰。"

首夏,毛升芳为《展台诗钞》作序。《健松斋集》卷十八《展台诗钞》卷首毛升芳序文末:"康熙丁卯首夏,年眷同学侄毛升芳顿首拜撰。"

五月初五日,《〈明史〉分稿残本》二卷成,自作序。《健松斋

集》卷十六《纪分撰〈明史〉》。《丛书集成续编》史部第22册收录《〈明史〉分稿残本》上下卷，卷首有毛际可《〈明史〉拟稿题辞》，另有方象瑛自序，与《纪分撰〈明史〉》文字略有不同，文末识："康熙丁卯午日，方象瑛书于吴山旅舍。"

在吴山寓舍，为《〈明史〉分稿》撰写序言。

秋，与韩魏定交，并为其诗集作序、为其父手书《桃花源记》作跋。《健松斋集》卷三《韩醉白诗序》："韩子醉白在江都得诗名最早，意必风流蕴藉，江淮间一诗人耳。……今年，就医钱塘，醉白亦在湖上。"卷十二《韩文适先生手书〈桃花源记〉跋》："与醉白神交十许年，今秋，始相见于湖上。握手极欢，出其尊人文适先生手书，端楷秀劲，如见其人。"

十月，游南昌，访程只婴。《健松斋续集》卷三《程只婴画像记》："丁卯十月，予游豫章，便道由溪访之。"

冬十月，过海阳，汪錞请为其母作传。《健松斋集》卷十三《汪母程太君传》："冬十月，过海阳，钟如以状属余为传，曰：'知吾母者，莫君若也。'余不敢辞。"

十月十二日，五叔方成郐卒。《健松斋续集》卷七《五叔父助教公行述》："五叔父讳成郐，字稚稷，阁学公第五子也。……公生天启辛酉十一月二十六日，卒康熙丁卯十月十二日，享年六十有七。"

冬，游南昌诸名胜古迹。《健松斋续集》卷九《所之草上》有诗《康山忠臣庙》《登滕王阁》《许旌阳祠》《滕王阁咏古》。

冬，周清原官浙江提学使。方象瑛应郡人所请，作文纪其政绩。《健松斋续集》卷三《学院周君实政碑记》："丁卯，主试山左，得人称极盛。不数月，复有督学两浙之命……余忝同谱，故从郡人士之请，纪其实如此。"

康熙二十七年戊辰（1688），五十七岁

春，与沈珩、毛奇龄、毛际可、尤侗聚西湖，诗文唱和。尤侗《悔庵年谱》卷下"康熙二十七年戊辰"条："二月，重至武林。一春苦雨，不能入山，仅从湖舫望山色空蒙而已。沈昭子珩、毛大可奇龄、方渭仁象瑛、毛会侯际可皆至，略有倡和。"

三月三日，吴陈琰为《展台诗钞》作序。《健松斋集》卷十八《展台诗钞》卷首吴陈琰序："顾先生善病，犹复孜求掌故，无间寒暑，而又以其余闲，肆志于声诗，汇其七八年来之作，曰《展台诗钞》，人又莫不叹且羡。……康熙戊辰上巳，钱唐后学吴陈琰宝崖氏撰。"

梅文鼎游西湖，与之定交，为其《饮酒读书图》题诗。《健松斋集》卷十二《题梅定九饮酒读书图》。毛际可《会侯先生文钞》卷十一《梅定九传》："曩者岁在戊辰，余与梅定九先生晤于西湖，遂倾盖定交，日载酒赋诗。余为题其《饮酒读书图》而别。"

为浙江巡抚金鋐《东南舆诵》作序。《健松斋集》卷一《〈东南舆诵〉序》："象瑛年来就医会城，亲睹先生善政种种。……两浙士民歌颂载道，偶一裒集，而诗文且盈笥箧。都人士编次授梓，传之久远。……是集也，岂独吴越一方之幸也哉？刻成，属象瑛识末简。"

秋，包映奎官仁和教谕，辑《从祀先儒考》，为之作序。《健松斋续集》卷一《〈从祀先儒考〉序》："今秋，相见湖上，意气豪迈，不减少壮时，出其所辑《从祀先儒考》属予序。"《乾隆杭州府志》卷六十三："（仁和教谕）包映奎，象山人，举人，二十七年任。"

开化县重建先师庙，作文记之。《健松斋集》卷十五《开化县重建先师庙碑记》。《乾隆开化县志》卷三："二十七年，邑侯董铎、教谕姚夔重修，方象瑛为记。"

姜如芝七十岁生日，为其像题诗以祝。《健松斋续集》卷八《文学瑞若姜公偕配吴孺人合葬墓志铭》："戊辰，公寿七十，命余题像并以为祝。"毛际可《安叙堂文钞》卷五《姜瑞若小像诗序》。

秋，游虎丘，作诗柬姜实节。《健松斋续集》卷九《所之草上》有诗《虎丘莱阳二姜先生祠柬姜学在》。

拜访汪琬。《健松斋续集》卷九《所之草上》有诗《访汪钝翁山居》。

于虎丘遇乔莱，乔莱将归里，作诗相送。《健松斋续集》卷九《所之草上》有诗《虎丘遇乔石林即送之还里》。

顾图河、薛熙过访，适赴汪琬言别，未能相遇。《健松斋续集》卷九《所之草上》有诗《顾书宣、薛孝穆枉过适赴钝翁言别未遇，及报谒复不值，予亦遄归怅然有作》。

十月初三日，第四孙方锡纕出生。《健松斋集》卷二十四《倦还篇》中《三儿举孙喜成》诗有"灯下传呼近，新添第四孙"句。《遂安方氏族谱》卷二《世系考》："引祶长子……康熙戊辰年十月初三日亥时生。"

冬，同孙子们在松树下晒太阳，其乐融融。《健松斋集》卷二十四《倦还篇》有诗《同诸孙松下晒日》。

康熙二十八年己巳（1689），五十八岁

二月，康熙第二次南巡，作诗恭纪。《健松斋续集》卷九《所之草上》有《己巳二月圣驾南巡恭纪四首》。

仲夏，方氏家谱重修完成，为之作序。《健松斋续集》卷一《重修家谱序》："吾家族谱自宋元龙公、明永仕公再修，后缺焉不讲，至百八十余年，先太学叔留心采葺，手录成编。辛酉，太学公殁。明年壬戌，族中父老子弟始梓而藏之。己巳，刻成，属象瑛识于末简。"

三月，与毛际可、张鸿烈、丁澎、杨雍建、顾嗣协、顾嗣立、吴陈琰、许田、杜首昌、俞玚、吴沐、金辂、王六皆、张星陈等集会于许莘野之草堂。毛奇龄《西河集》卷三十七《听松楼燕集序》："听松楼者，萧山吴氏别业也。……康熙己巳，淮阴张子毅文、杜子湘草与吴门俞子犀月、顾子迂客，侠君兄弟同来明湖，适睦州方子渭仁、家季会侯寄湖之南屏，而越州吴子应辰、王子六皆、张子星陈、金子以宾皆前后至，因偕丁子药园辈若干人，高会于莘野之草堂，而以杨先生以斋为之祭酒，仍题之曰《听松楼燕集》，统所名也。"

春，同沈珩于王晫斋中饮酒论文，以未读沈珩诗文为憾事。《健

松斋续集》卷二《沈昭子耿岩文钞序》:"己巳春,见君于王隐君丹麓斋中。樽酒论文,叹其学识愈高,撰述日富,以未得快读为憾。"

门人樊泽达过访。《健松斋续集》卷九《所之草上》有诗《门人樊昆来检讨过访》。

京口与潘耒相遇。《健松斋续集》卷九《所之草上》有诗《京口遇潘次耕夜话》。

访乔莱,乔莱留饮纵棹园,观剧。《健松斋续集》卷九《所之草上》有诗《纵棹园访乔石林》《石林留饮观家剧》。

过扬州,郑熙绩留饮休园,为休园三峰题诗,为休园作记文。《健松斋续集》卷九《所之草上》有诗《过广陵郑懋嘉留寓休园》《题休园三峰》。《健松斋续集》卷三《休园记》:"休园在江都流水桥,故水部士介郑公之别业,而其孙懋嘉孝廉读书之处也。……而余以仲冬至……余赋近体二章,并留题石峰草堂两截句,懋嘉复请余为记。"

于扬州见何御鹿,为其《大山堂诗》题辞。《健松斋续集》卷五《何御鹿〈大山堂诗〉题辞》:"今年冬,见御鹿于邗上。……御鹿出其近诗示予。"

于扬州为方挺所画梅花题诗。《健松斋续集》卷九《所之草上》有诗《题家恂如画梅花卷》。

游扬州,汪耀麟请托为其兄汪懋麟作墓志铭。《健松斋续集》卷八《汪蛟门墓志铭》:"今年过广陵,君兄叔定携孤子萦以志铭请,余何容辞。乃雪涕而志之。"《健松斋续集》卷九《答汪叔定见简用令弟蛟门健松斋赠诗韵》诗有注"君属余志蛟门墓",卷九《所之草上》有诗《吊汪蛟门墓》。

与江闿相见于扬州,受邀为江闿父作行状。《健松斋续集》卷七《皇清敕封文林郎湖广长沙府益阳县知县青园江公行状》:"今冬,过广陵,青园公已捐馆,复属余状公行实。"江闿《江辰六文集》卷十八有诗《送方渭仁编修归里》《次方渭仁留寓蕊楼元韵》。

游扬州名胜古迹。《健松斋续集》卷九《所之草上》有诗《寻迷楼故址》《玉钩斜》《红桥》《雷塘》《梅花岭》。

从扬州归，便道拜访汪琬。赵经达《汪尧峰先生年谱》"康熙二十八年己巳六十六岁"条："方渭仁象瑛自广陵归，便舟过访先生，诣渭仁言别，执其手曰：'吾老矣，再至吴门，幸一看我。'言毕惨然。"

宗元鼎有诗相赠，作诗酬答。《健松斋续集》卷九《所之草上》有诗《答宗定九见赠》。

韩魏属题东轩。《健松斋续集》卷九《所之草上》有诗《韩醉白属题东轩》。

游平山堂，作诗和欧阳修韵。《健松斋续集》卷九《所之草上》有诗《平山堂和欧公韵》。

康熙二十九年庚午（1690），五十九岁

秋，于杭州游于谦祠、净慈寺。《健松斋续集》卷九《所之草上》有诗《于忠肃公祠》《净慈寺看菊花》。

十一月，自杭州归里。《健松斋续集》卷七《仲妇毛氏殉烈述》："庚午十一月，予归自武林。"

十二月二十一日，仲子方引禩妻毛孟绝食十九日而死，年二十七。《健松斋续集》卷七《仲妇毛氏殉烈述》："仲妇生于康熙甲辰十二月十八日，终于庚午十二月二十一日，年仅二十有七。"《健松斋续集》卷一《林烈妇传序》："忆庚午冬，仲妇毛氏为亡儿营葬，绝食十九日而殁。"毛际可《安叙堂文钞》卷二十一《亡女节烈述》："庚午仲冬……延至二十一日辰时，正襟而逝。计勺水不入于口者，十有九日。"毛氏的贞节得到当世名流的一致赞誉，作诗文以赞。如黄宗羲《南雷文定前后三四集》四集卷三《毛烈妇墓表》，江闿《江辰六文集》《方烈妇》（诗）、《方烈妇传》（文），陈玉璂《学余堂文集》传十《方烈妇传》，袁佑《霁轩诗钞》卷四《方妇毛氏节烈歌》，陈维崧《陈检讨四六》卷七《毛贞女堕楼诗序》，徐釚《南州草堂集》《方烈妇传》，毛奇龄《西河集》《家烈妇诔文有序》卷六十六《家贞女坠楼记》，唐孙华《东江诗钞》卷二《挽方烈妇毛氏进士毛会侯女》，冯景《解春集诗文钞》卷四《方节妇吞金记》等。

康熙三十年辛未（1691），六十岁

暮春，过江西，同徐釚、胡渭于冯协一斋宴饮。《健松斋续集》卷九《所之草上》有诗《重过信州冯躬暨使君留饮》"何意来冰署，相逢有故人"诗句有注"吴江徐电发、苕上胡胐明"。

冯协一招同徐釚、李延泽、吴允嘉花前观小伶演剧。徐釚《南州草堂集》卷十四《躬暨招同方渭仁同年暨李颂将、吴志上花前观小伶演剧即席成四绝句》。

在江西般若庵与徐釚话旧。《健松斋续集》卷九《所之草上》有诗《般若庵与徐电发话旧》。

夏，过宜春，访门人宜春知县陈俊，并为陈俊诗作序。《健松斋续集》卷九《所之草上》有诗《辛未夏访门人陈宅三于宜春时新葺东斋予名之曰静，寄留寓数日喜而有作并以志别》。《健松斋续集》卷二《陈宜春诗序》。

江上遇朱载震。《健松斋续集》卷九《所之草上》有诗《江上遇朱悔人》。

张兰溪致仕归秦中，作诗相送。《健松斋续集》卷九《所之草上》有诗《送张兰溪致仕归秦中》。

为王文龙《秋山扫墓图》题诗。《健松斋续集》卷九《所之草上》有诗《题王宛虹孝廉〈秋山扫墓图〉》。

毛先舒已卒，作诗哀悼。《健松斋续集》卷九《所之草上》有诗《哭毛稚黄》。

为仲媳毛孟作墓志，续记仲媳毛孟吞金事。《健松斋续集》卷七《仲妇毛氏殉烈述》《续记吞金事》。

九月初三日，仲兄方象璜卒，年六十七，为其作行状。《健松斋续集》卷七《仲兄合肥公行状》："公讳象璜，字玉双，号雪岷。先伯父岁贡公仲子。……公生天启乙丑七月十二日，卒于康熙辛未九月初三日，享年六十有七。"

九日，省墓斗阁，归舟望马仪潭一带红叶。《健松斋续集》卷九

《所之草上》有诗《九日斗阁省墓归舟望马仪潭一带红叶》。

九月九日，六十岁生日，乡人制屏幛祝寿，推辞不受。《健松斋续集》卷二《七十自序》："往辛未秋，余虚度六十。阖邑五十七里以余向年条列利病，颇裨桑梓，公制屏幛为寿。余意乡先生初度，从无里民称祝，固辞，不获。"

康熙三十一年壬申（1692），六十一岁

春，与友人小集湖舫，将游汴梁。《健松斋续集》卷九《所之草上》有诗《湖舫小集时将有汴梁之游》。

夜泊京口，作诗寄阎兴邦。《健松斋续集》卷九《所之草上》有诗《京口夜泊用杜诗为起句先寄阎梅公中丞》。

三月，于朱仙镇出资掩埋饿死者，心情沉痛。《健松斋续集》卷四《瘗莩说》："康熙壬申春，秦晋大饥……三月七日，予自颍赴汴，舣舟朱仙镇，见道旁一饿者，息奄奄垂尽，饮以水能咽。犬餂其面，尚引手逐之。予欲求其生不可得，比再问之，则已死矣。予心恻然，给钱数百缗，属土人瘗之。"《健松斋续集》卷九《所之草上》有诗《晓发六合县》《荆山》《淮河舟行》《悯饥二首》。

游汴梁相国寺，与钟静远相识，钟氏以诗集、手订《陈留志》《蔡邕集》相赠。《健松斋续集》卷二《钟陈留词序》："今春，客汴梁，始见静远于相国寺，握手如平生欢。静远赠予诗及手订《陈留志》《蔡中郎集》，予心喜之。"《健松斋续集》卷九《所之草上》有诗《相国寺东院即事》。

夜坐，感仲子亡于汴，触境伤怀。《健松斋续集》卷九《所之草上》有诗《夜坐有感》序云："亡仲子殁于汴署十三年矣。前岁冬，仲妇复殉烈死，触境感怀，怆然有作。"

朱彝尊南归，遇于汴梁。《健松斋续集》卷九《所之草上》有诗《朱锡鬯南归遇于汴梁喜赋》。

有诗寄赠汪楫，时汪楫出任河南府知府。《健松斋续集》卷九《所之草上》有诗《寄汪悔斋时以翰林出守河南》。

道经陈留，钟静远过访，为其词作序。《健松斋续集》卷二

《钟陈留词序》:"已赴宋中,道经陈留,静远访予旅次,出所为词属序。"

自汴梁归,访陈玉琀于常州,为其《史论》作序。《健松斋续集》卷一《陈椒峰〈史论〉序》:"今年秋,予归自汴梁,访椒峰于□圃,出所为《史论》,上自夏、商,下迄元末,凡三十卷,以属予序。"

八月,过杭州,吴仪一为《健松斋续集》作序。《健松斋续集》卷前吴仪一序:"今年秋,自汴归,过杭,又成续集若干篇,属予为序。……康熙壬申八月,钱唐后学吴仪一拜撰。"

与林云铭、聂先、毛际可、王晫集于洪若皋寓斋,时有清文选之举。《健松斋续集》卷九《所之草上》有诗《洪虞邻招集寓斋同林西仲、聂晋人、毛会侯、王丹麓》诗题下有注:"时将有本朝文选之举。"

为程只婴画像题记。《健松斋续集》卷三《程只婴画像记》:"今只婴年七十四,予犬马齿亦六十有一。……只婴寄画像属题,因书此报之。"

方象琮子请为父亲画像题字,作画像记文一篇。《健松斋续集》卷三《伯兄拔贡公画像记》:"丙寅秋,感微疾,寻卒。……今公捐馆已六年……乃公既先亡,仲兄顷又沦逝,抚今追昔,慨焉伤之。两侄出画像索题,因述其生平如此。"

康熙三十二年癸酉(1693),六十二岁

五月初一日,有客馈赠兴化荔枝,作诗寄高兆、杨允大。《健松斋续集》卷十《所之草上》有诗《五月朔客馈兴化荔枝虽未及熟亦稍慰闽来想望之意,赋三绝句柬云客、允大诸君》。

五月五日,杨允大、高兆集斋邸。高兆馈赠新荔,杨允大馈赠莲须白酒。《健松斋续集》卷十《所之草上》有诗《五日邸中小集》诗题下有注:"高云客馈新荔,杨允大馈酒名莲须白。"

建宁府重修先师庙,受人之托,作记文。《健松斋续集》卷三《建宁府重修先师庙记》:"经始于壬申八月,落成于癸酉六月……

属予记其事。"

寄书邓瓯宁，言及曾祖方可正传入《建宁志》事。《健松斋续集》卷四《与邓瓯宁书》："先曾祖讳可正，前明天启间，由桐乡司训擢令寿宁，薄有治绩，从祀两邑名宦……而郡志宦绩未为立传……今当《建志》告成之时，足下适董其事，仆又适来此邦，机会相值，似非偶然。……比谨采家传中宰寿一二事，葺成小传，录奉台鉴。"

将返里，李既白、杨世栋、潘中子、江子京招饮，以诗答谢、话别。《健松斋续集》卷十《所之草上》有诗《李既白、杨隆吉、潘中子、江子京招饮走笔成长句并以志别》。

自建州归，为沈珩《耿岩二集》作序。《健松斋续集》卷二《沈昭子耿岩文钞序》："今年，归自建州，君贻书《耿岩二集》嘱序。"

秋，叔祖方迈年与妻徐氏合葬，受托作墓志铭。《健松斋续集》卷八《叔祖年九府君偕配徐太安人合葬墓志铭》："叔祖年九公捐馆舍，距今二十六年矣！……今年秋，公仲子成邰卜兆得吉，于九月一日壬寅奉公暨太安人归葬，而以侧室郑氏附焉。事既竣，属象瑛志墓。"

遂安训导张天佐致仕归临海，作文相送。《健松斋续集》卷二《送张广文致仕归临海序》："临海张君司训遂庠十载，投牒致仕去，诸生为诗歌遂之，以属予序。"《乾隆遂安县志》卷四："张天佐，临海人，二十三年任。"

康熙三十三年甲戌（1694），六十三岁

徐釚过严陵，有诗怀念方象瑛。徐釚《南州草堂集》卷十六有诗《舟过严陵有怀方渭仁兼寄毛允大》。

知县何伟重修树声楼，作文记之。《健松斋续集》卷三《重修树声楼记》："何侯治县十载，洁己爱民，政通人和之暇，葺而更新之。……工既竣，属予记其事。……侯讳伟，号五峰，关东人。"

康熙三十四年乙亥（1695），六十四岁

与毛奇龄、徐釚夜集汪霦邸宅。《健松斋续集》卷十《所之草下》有诗《夜集汪东川宅同毛大可、徐电发》。

秋，遇姚际恒，互有诗酬答。《健松斋续集》卷十《所之草下》有诗《和韵答姚立方》。

张夏钟过访，出其所选明文大家。《健松斋续集》卷十《所之草下》有诗《张夏钟过访以所选明文大家见贻》。

王晫六十岁生日，作诗祝寿。《健松斋续集》卷十《所之草下》有诗《王丹麓六十和原韵所和九人，名九老诗》。

出北郭，王嗣槐、王晫留饮，遇吴仪一、吴允嘉。《健松斋续集》卷十《所之草下》有诗《出北郭王仲昭、丹麓留饮喜值吴舒凫、志上》。

上巳夜，饮蔡方炳宅。《健松斋续集》卷十《上巳夜饮蔡九霞宅》。

为蔡方炳所辑《息关六述》作序。《健松斋续集》卷二《蔡九霞〈息关六述〉序》："比再过苏台，君治具留饮，出所辑《息关六述》属予序。"

过汪琬故居尧峰。《健松斋续集》卷十《所之草下》有诗《过钝翁故居》。

过南京，遇汪耀麟。《健松斋续集》卷十《所之草下》有诗《白门遇汪叔定》。

龚翰苍为《所之草》题辞。《健松斋续集》卷九《所之草》卷前龚翰苍题辞："兹过金陵，复出《所之草》一编见示，乃先生十余年来往来吴越、瓯闽及汴宋、豫章求医治疾，足之所履、目之所瞻之作也。"

泊燕子矶，阻风，汪耀麟过舟中闲谈。《健松斋续集》卷十《所之草下》有诗《泊燕子矶》《燕子矶阻风叔定过舟中快谈竟日》。

四月，返杭州，值何千之六十岁生日，作序文祝寿。《健松斋续集》卷二《何千之六十寿序》："今春，同游金陵，凭眺六朝遗迹。四月，返钱塘，值其六十生辰。……严子、毛子、王子暨予侄阆客各赋诗祝之，属予为序。"

诸匡鼎赴桂林，作诗相送。《健松斋续集》卷十《所之草下》有诗《送诸虎男赴桂林》。诸匡鼎《说诗堂集·橘苑文钞》卷六

《游栖霞寺记》:"予将启行之粤,值方翰林渭仁来送。"

门人樊泽达充广东乡试主考官,有诗寄赠。《健松斋续集》卷十《所之草下》有诗《樊昆来典试粤东却寄》有"锦里知君刚十载,求贤又见使车来"诗句。

康熙三十五年丙子(1696),六十五

春,就医于西泠,张远访之寓斋,读张远《杜诗荟萃》,给予高度评价。《健松斋续集》卷二《张迩可梅庄集序》:"丙子春,予就医西泠,君适以明经司训缙云,访予寓斋,出所茸《杜诗会萃》一编,予读而善之。"

六月初二日,第五孙方锡缣生。《遂安方氏族谱》卷二《世系考》:"锡缣……康熙丙子年六月初二日寅时生。"

秋,袁佑典浙乡试,连续受邀宴饮,作诗怀念同年朱彝尊、方象瑛等。袁佑《霁轩诗钞》卷五《连夕群公招饮湖上怀义山、竹垞、渭仁三同年》。

康熙三十六年丁丑(1697),六十六岁

弟方象琨卒,作诗悼念。《健松斋续集》卷十《所之草下》有诗《哭弟象琨》。

访门人曹武韩于长兴,留署中十日而别。《健松斋续集》卷十《所之草下》有诗《长兴访门人曹武韩留署中十日赋此言别》。

过吴兴,便道杭州,访王嗣槐、王晫。《健松斋续集》卷十《所之草下》有诗《吴兴道中》。

自吴兴归,过杭州,访王嗣槐、王晫。《健松斋续集》卷十《所之草下》有诗《归舟访仲昭、丹麓》。

康熙三十七年戊寅(1698),六十七岁

长子方引禛举明经,赴金华,作诗勉励。《健松斋续集》卷十《所之草下》有诗《大儿举明经赴试金华诗以勉之》。

卧病山中,得到朝廷诏令,作诗感恩。《健松斋续集》卷十

《所之草下》有诗《卧病山中有诏告假在籍翰林官贫不能进京者督抚酌量资送,予老病未能赴,感极涕零恭赋二诗纪恩》。

康熙三十八年己卯(1699),六十八岁

姜如芝去世,受其子所请,作墓志铭。《健松斋续集》卷八《文学瑞若姜公偕配吴孺人合葬墓志铭》:"公姓姜氏,讳如芝,字瑞若。晚更号半庵。……公生万历己未七月初七日,卒康熙己卯十月十六日,享年八十有一。"

长至日,为张远《梅庄集》作序。《健松斋续集》卷二《张迩可〈梅庄集〉序》:"君来京师,偶一过从,旋即别去。丙子春,予就医西泠,君适以明经司训缙云,访予寓斋。……今年秋,复邮其近著《梅庄诗文》属予序。"张远《梅庄文集》卷首载此序,文末:"康熙己卯长至日,遂安方象瑛戋堂撰。"

康熙三十九年庚辰(1700),六十九岁

为姜如芝及妻吴氏作墓志铭。《健松斋续集》卷八《文学瑞若姜公偕配吴孺人合葬墓志铭》:"去年冬,感微疴,寻卒。外弟奋渭贤孝,砥文行,请毛子会侯作传,而属余志其墓。"

康熙四十年辛巳(1701),七十岁

王晫为《健松斋续集》题辞。《健松斋续集》卷首王晫序:"今越十六年,又成《续集》示予。予有以知其志之专且勤也。……今且十有八年,年七十矣,未尝一日离楮墨,不可谓不勤也。"

八月,曹衍琦为《健松斋续集》作跋。《健松斋续集》卷前曹衍琦跋:"乃与两世兄同加校正,厘为文八卷、诗二卷。世之慕先生之文者,取前后集合读之,文章品行其景仰更当何如也?衍琦川东下士,辱先生知遇,谨附数言志于简末。康熙辛巳八月上澣,江津受业曹衍琦拜手谨识。"

九月九日,七十岁生日,自作序文;作诗示儿子。《健松斋续集》卷二《七十自序》,此篇文章记录了方象瑛的大致生平经历,对研究

方象瑛有重要价值。《健松斋续集》卷十《所之草下》有诗《七十初度示儿辈》。

康熙四十一年壬午（1702），七十一岁

为文集《所之草》自题。《健松斋续集》卷九《所之草》卷首《自题〈所之草〉》文末有语云："康熙壬午春日，艮堂耆叟象瑛偶书，时年七十有一。"

主要参考文献

（按拼音首字母排序）

一 古籍与著作

班固撰，颜师古注：《汉书》，中华书局1962年版。

陈康祺著，晋石点校：《郎潜纪闻初笔二笔三笔》（合订本），中华书局1984年版。

陈枚辑：《留青新集》，清康熙四十七年（1708）刻本。

陈善：《扪虱新话》，两江总督采进本。

陈寿撰，裴松之注：《三国志》，中华书局1999年版。

陈玉璂：《学文堂文集》，《清代诗文集汇编》第142册，上海古籍出版社2010年版。

陈元辅：《枕山楼课儿诗话》，日本内阁文库藏雍正三年（1725）重刊本。

程章灿：《魏晋南北朝赋史》，江苏古籍出版社2001年版。

褚斌杰：《中国古代文体概论》（增订本），北京大学出版社1997年版。

邓汉仪：《诗观三集》，清康熙刻本。

邓之诚：《清诗纪事初编》，上海古籍出版社2012年版。

段润秀：《官修〈明史〉的幕后功臣》，人民出版社2011年版。

方长顺等：《遂安方氏族谱》，民国三十年（1941）永锡堂木活字本。

方象瑛：《健松斋集》《健松斋续集》，《清代诗文集汇编》第128册，上海古籍出版社2010年版。

冯尔康：《清代人物传记史料研究》，天津教育出版社2005年版。

冯桂芬纂：《同治苏州府志》，光绪八年（1882）江苏书局刻本。

冯溥：《佳山堂诗集》，《清代诗文集汇编》第29册，上海古籍出版社2010年版。

傅修延：《先秦叙事学研究》，东方出版社1999年版。

顾学颉校点：《白居易全集》，中华书局1979年版。

郭绍虞选编，富寿荪校点：《清诗话续编》，上海古籍出版社2016年版。

郭绍虞主编：《中国历代文论选》，上海古籍出版社2001年版。

郭英德主编：《多维视角：中国古代文学史的立体建构》，北京师范大学出版社2011年版。

韩愈撰，马茂元整理、马其昶校注：《韩昌黎文集校注》，上海古籍出版社1986年版。

何文焕辑：《历代诗话》，中华书局1981年版。

洪本健：《欧阳修诗文集校笺》，上海古籍出版社2009年版。

《胡适文集》，北京大学出版社1998年版。

黄汝成：《日知录集释》，上海古籍出版社1985年版。

黄与坚：《愿学斋文集》，《清代诗文集汇编》第74册，上海古籍出版社2010年版。

黄宗羲辑：《明文海》，文渊阁四库全书本。

纪昀等：《钦定四库全书总目提要》，中华书局1997年版。

江闿：《江辰六文集》，《清代诗文集汇编》第162册，上海古籍出版社2010年版。

姜宸英：《姜先生全集》，《清代诗文集汇编》第107册，上海古籍出版社2010年版。

蒋述卓等：《宋代文艺理论集成》，中国社会科学出版社2000年版。

蒋寅：《大历诗风》，凤凰出版社2009年版。

蒋寅：《清代诗学史》（第一卷），中国社会科学出版社2012年版。

蒋寅：《清代文学论稿》，凤凰出版社2009年版。

蒋寅：《王渔洋与康熙诗坛》，凤凰出版社2013年版。

柯愈春：《清人诗文集总目提要》，北京古籍出版社 2001 年版。
赖玉芹：《博学鸿儒与清初学术转变》，中国社会科学出版社 2010 年版。
黎翔凤撰：《管子校注》，《新编诸子集成》本，中华书局 2004 年版。
李纲：《梁溪集》，《文渊阁四库全书》影印本。
李光地著，陈祖美点校：《榕村语录》，中华书局 1995 年版。
李集辑，李富孙续辑：《鹤征录》，清嘉庆十五年（1810）漾葭老屋刻本。
李建英主编：《石家庄市志》，中国社会出版社 1999 年版。
李灵年、杨忠主编：《清人别集总目》，安徽教育出版社 2000 年版。
李式玉：《巴馀集》，《清代诗文集汇编》第 78 册，上海古籍出版社 2010 年版。
郦道元：《水经注》，时代文艺出版社 2001 年版。
梁启超：《中国历史研究法》，岳麓书社 2010 年版。
梁思成：《中国建筑史》，百花文艺出版社 2005 年版。
梁章钜：《楹联丛话》，中华书局 1996 年版。
刘义庆著，张万起、刘尚慈译注：《世说新语译注》，中华书局 2006 年版。
刘知几撰，张振珮笺注：《史通笺注》，贵州人民出版社 1985 年版。
陆进：《巢青阁集》，清康熙刘愫刻本。
陆勇强：《陈维崧年谱》，中国社会科学出版社 2006 年版。
罗柏丽修，姚桓等纂：《遂安县志》，《中国地方志集成·浙江府县志辑》，民国十九年（1930）排印本，上海书店 1993 年版。
罗时进：《地域·家族·文学——清代江南诗文研究》，上海古籍出版社 2010 年版。
罗香林：《中国族谱研究》，香港中国学社 1971 年版。
罗宗强：《魏晋南北朝文学思想史》，中华书局 1996 年版。
毛际可撰，顾克勇校点：《毛际可集》，浙江大学出版社 2015 年版。
毛奇龄：《西河文集》，《清代诗文集汇编》第 87、88、89 册，上海古籍出版社 2010 年版。

毛先舒：《诗辩坻》，郭绍虞编选，富寿荪校点：《清诗话续编》第 1 册，上海古籍出版社 1983 年版。

穆克宏主编：《魏晋南北朝文论全编》，上海远东出版社 2012 年版。

欧阳修著，李逸安点校：《欧阳修全集》，中华书局 2001 年版。

潘务正：《清代翰林院与文学研究》，人民出版社 2014 年版。

彭孙遹著，霍西胜校注：《彭孙遹集》，浙江古籍出版社 2016 年版。

钱穆：《现代中国学术论衡》，生活·读书·新知三联书店 1996 年版。

钱穆：《中国历史研究法》，生活·读书·新知三联书店 2001 年版。

钱钟书：《谈艺录》（订补本），中华书局 1993 年版。

钱仲联主编：《清诗纪事》，凤凰出版社 2004 年版。

钱仲联主编：《中国文学家大辞典》（清代卷），中华书局 1996 年版。

秦瀛编：《己未词科录》，清嘉庆刻本。

青木正儿著，王古鲁译著：《中国近代戏曲史》，中华书局 2010 年版。

邵长蘅：《邵子湘全集》，清康熙刻本。

沈德潜：《清诗别裁集》，上海古籍出版社 2013 年版。

沈善洪主编：《黄宗羲全集》，浙江古籍出版社 2005 年版。

施闰章：《学余堂文集》，《清代诗文集汇编》第 67 册，上海古籍出版社 2010 年版。

宋濂：《宋学士全集》，丛书集成初编本。

孙枝蔚：《溉堂集》（上中下），上海古籍出版社 1979 年版。

汪懋麟：《百尺梧桐阁诗集》，《清代诗文集汇编》第 151 册，上海古籍出版社 2010 年版。

王艮：《鸿逸堂稿》，四库全书存目丛书影印康熙刊本。

王琦注：《李白全集》，中华书局 1977 年版。

《王十朋全集》，上海古籍出版社 1998 年版。

《王士禛全集》，齐鲁书社 2007 年版。

王嗣槐：《桂山堂文选》《桂山堂诗选》，《清代诗文集汇编》第 73 册，上海古籍出版社 2010 年版。

王文诰辑注，孔凡礼点校：《苏轼诗集》，中华书局 1982 年版。

王应奎著，严英俊点校：《柳南随笔》，中华书局 1984 年版。

王晫：《霞举堂集》，《清代诗文集汇编》第 144 册，上海古籍出版社 2010 年版。

王晫、张潮合编：《檀几丛书》二集，康熙三十四年（1695）新安张氏霞举堂刊本。

王晫著，陈大康译注：《今世说》，东方出版中心 1996 年版。

韦勒克：《文学理论》，刘象愚等译，生活·读书·新知三联书店 1984 年版。

魏禧著，胡守仁点校：《魏叔子文集》，中华书局 2003 年版。

魏象枢：《寒松堂前集》，《清代诗文集汇编》第 60 册，上海古籍出版社 2010 年版。

魏裔介：《兼济堂文集》，《清代诗文集汇编》第 57 册，上海古籍出版社 2010 年版。

吴奔星：《文学风格流派论》，北岳文艺出版 1987 年版。

吴讷著，于北山校点：《文章辨体序说》，人民文学出版社 1962 年版。

吴庆坻撰，张文其、刘德麟点校：《蕉廊脞录》，中华出版社 1990 年版。

吴秋士选编：《天下名山游记》，上海书店 1982 年版。

吴毓华：《中国古代戏曲序跋集》，中国戏剧出版社 1990 年版。

夏定域：《德清胡朏明先生年谱》，台湾商务印书馆 1978 年版。

萧统编，李善注：《文选》，岳麓书社 2002 年版。

徐釚：《南州草堂集》，《清代诗文集汇编》第 141 册，上海古籍出版社 2010 年版。

徐釚撰，唐圭璋校注：《词苑丛谈》，上海古籍出版社 1981 年版。

徐锡龄、钱泳：《熙朝新语》，上海古籍出版社 1983 年版。

徐正英、常佩雨译注：《周礼》，中华书局 2014 年版。

玄烨：《圣祖仁皇帝圣训》，《文渊阁四库全书》影印本。
严迪昌：《清诗史》，浙江古籍出版社 2002 年版。
扬雄著，韩敬译注：《法言》，中华书局 2012 年版。
杨伯峻译注：《论语译注》，中华书局 1980 年版。
杨伯峻译注：《孟子译注》，中华书局 1960 年版。
杨庆存：《宋代散文研究》，人民文学出版社 2002 年版。
叶燮：《兼济堂文集》，民国六年（1917）叶氏重刊本。
叶幼明：《辞赋通论》，湖南教育出版社 1991 年版。
佚名：《啁啾漫记》，《中国野史集成》，满清野史五编本。
永瑢：《四库全书总目》，中华书局 1995 年版。
尤侗著，杨旭辉点校：《尤侗文集》，上海古籍出版社 2015 年版。
俞樟华、邱江宁等：《清代传记研究》，上海三联书店 2013 年版。
张兵等：《文化视域中的清代文学研究》，人民出版社 2013 年版。
张秉国：《临朐冯氏年谱》，人民文学出版社 2016 年版。
张丹：《张秦亭诗集》，清康熙石瓮山房刻本。
张健：《清代诗学研究》，北京大学出版社 1999 年版。
张立敏：《冯溥与康熙京师诗坛》，中国社会科学出版社 2011 年版。
张维屏辑：《国朝诗人征略初编》，（台湾）明文书局 1986 年版。
张新科：《中国古典传记文学的生命价值》，人民出版社 2012 年版。
章百成：《淳安进士》，浙江工商大学出版社 2013 年版。
章学诚撰，吕思勉评，李永圻、张耕华整理：《文史通义》，上海古籍出版社 2008 年版。
赵尔巽等：《清史稿》，中华书局 1977 年版。
周兴陆主编：《渔洋精华录汇评》，齐鲁书社 2007 年版。
周勋初：《中国文学批评小史》，复旦大学出版社 2007 年版。
周振甫注：《文心雕龙注释》，人民文学出版社 1981 年版。
朱彝尊：《曝书亭集》，《清代诗文集汇编》第 116 册，上海古籍出版社 2010 年版。

二 论文

陈思和：《文本细读在当代的意义及其方法》，《河北学刊》2004年第2期。

杜广学、魏磊：《万柳堂雅集与博学鸿儒科前后的政治和诗歌》，《明清文学与文献》2019年第7辑。

杜桂萍：《"名士牙行"与孙默归黄山诗文之征集》，《社会科学战线》2015年第1期。

杜桂萍：《袁骏〈霜哺篇〉与清初文学生态》，《文学评论》2010年第5期。

方亮：《方象瑛巴蜀诗文论略》，《成都大学学报》（社科版）2012年第2期。

甘成英、毛晓红：《巴蜀文化对李白诗歌艺术风格的浸润》，《西南科技大学学报》（哲学社会科学版）2014年第2期。

高莲莲：《王士禛的文人雅集与康熙诗坛风尚的变迁》，《河北学刊》2014年第3期。

胡春丽：《方象瑛年谱》，《明清文学与文献》2018年第6辑。

蒋寅：《拟与避：古典诗歌文本的互文性问题》，《文史哲》2012年第1期。

蒋寅：《清初钱塘诗人和毛奇龄的诗学倾向》，《湖南社会科学》2008年第5期。

蒋寅：《文如其人？——一个古典命题的合理内涵与适用限度》，《求是学刊》2011年第6期。

李舜臣：《"博学鸿儒科"与康熙诗坛》，《民族文学研究》2012年第5期。

刘明波：《雅的崇尚与文人雅集》，《中国艺术研究》2013年第4期。

刘文娟：《"彭王"并称及其文学活动考论》，《励耘学刊》2021年第2辑。

刘文娟：《彭孙贻、彭孙遹仕隐心态与清初士人的出处选择》，《学术交流》2022年第3期。

梅华：《宋代家谱序跋的文化意蕴》，《社会科学家》2012年第8期。

潘务正：《王士禛进入翰林院的诗史意义》，《文学遗产》2008年第2期。

任遂虎：《分层析理与价值认定——"文如其人"理论命题新论》，《文学评论》2010年第2期。

王利民、查紫阳：《秦蜀驿道上的神韵与性灵——王士禛和张问陶的蜀道诗对读》，《中国韵文学刊》2003年第1期。

王伟丽：《江闿研究》，安徽大学，博士学位论文，2014年。

后　　记

　　本书是在我的博士后出站报告基础上修改、完善而成的，能够涉猎清代诗文研究、收获清代诗文相关研究成果，与我的博士后合作导师杜桂萍教授是密不可分的。

　　与杜老师第一次见面是在我读博期间参加的一次学术会议上，杜老师的随和、严谨与对学术问题独特而深刻的见解，令我仰望和向往。博士毕业后，我进入博士后流动站进一步学习，有幸成为杜老师的学生。是杜老师引领我进入清代诗文研究，并逐渐摸索出清代诗文研究的有效路径与方法。清代诗文于我而言是一个充满挑战、全新的研究领域（博士阶段的研究方向主要是域外汉学），准确定位研究对象、深入开展学术研究是困难的，于是，大到论文选题、逻辑框架，细至语句措辞、标点符号，杜老师都不厌其烦地指导、嘱咐。杜老师总说我是勤奋的，其实我是试图用些许的努力来弥补先天的驽钝。杜老师从未嫌弃过我的驽钝，每每向她求教，或者把稚嫩的文字发给她审阅，无论多晚多忙，她都会第一时间回复，得到的都是切中肯綮的解答、意见，以及温馨的鼓励。

　　博士后出站汇报会上，张安祖教授、胡元翎教授、陈才训教授、李桂奎教授、罗剑波教授对本论文提出了诸多宝贵的意见；胡春丽编审赠送的《汪懋麟年谱》《毛奇龄年谱》等著作，对本书的完成起到了很大的助力；本书部分章节曾提交杜门知非论坛，得到了诸位同门的热情讨论、指正，受益良多；本书修改过程中，编辑张潜老师提出了许多富有建议性的意见。对上述提及的专家学者、以及一直默默给我帮助、支持的师友们，表达我最诚挚的敬意、谢意。

同时要感谢家人多年来无私的关怀、呵护，他们没有太大奢望，只希望我能过得幸福、快乐。

"贤者识其大者，不贤者识其小者"，自己的学术道路尚未走出多远，也充满着艰辛与波折，但还是有满满的收获与期待。本书尚有很多不尽如人意的地方，恳请学界前辈、师友们批评、指正。

王　成

癸卯仲夏于哈尔滨